Ed McBain

DEAD MAN'S SONG

Roman aus dem 87. Polizeirevier

W0418601

Europa Verlag
Hamburg · Wien

Die Deutsche Bibliothek – CIP-Einheitsaufnahme

Ein Titeldatensatz für diese Publikation ist bei
Der Deutschen Bibliothek erhältlich

Originalausgabe:
The Last Dance
Simon & Schuster, New York, 2000
© by Hui Corporation

Deutsche Erstausgabe
© Europa Verlag GmbH Hamburg/Wien, März 2001
Lektorat: Andreas C. Knigge
Umschlaggestaltung: Kathrin Steigerwald, Hamburg,
unter Verwendung eines Fotos von Benn Mitchell, Image Bank
Innengestaltung: H & G Herstellung, Hamburg
Druck und Bindung: Wiener Verlag, Himberg bei Wien
ISBN 3-203-80027-6

Informationen über unser Programm erhalten Sie beim
Europa Verlag, Neuer Wall 10, 20354 Hamburg
oder unter www.europaverlag.de

Die in diesem Roman geschilderte Stadt
gibt es nicht. Alle Personen und
Schauplätze sind frei erfunden.
Die Darstellung der Polizeiarbeit
hingegen basiert auf authentischen
Ermittlungsmethoden.

Auch dieses Buch ist meiner Frau gewidmet –
Dragica Dimitrijević-Hunter

1

»Er hatte Herzprobleme«, erklärte die Frau Carella.

Was vielleicht eine Erklärung für die winzigen, stecknadelkopfgroßen Blutergüsse in den Augäpfeln des Toten war. Bei akutem Versagen der rechten Herzhälfte kam es oft zu solchen Blutungen. Die graublauen Füße, die unter dem Laken hervorschauten, waren eine ganz andere Sache.

»Er hat davon gesprochen, daß er sich in den letzten Tagen nicht sehr gut gefühlt hat«, erzählte die Frau. »Ich hab ihm gesagt, er solle endlich zum Arzt gehen. Ja, ja, ich geh schon, meinte er. Dann kam ich heute morgen vorbei, um zu sehen, wie es ihm geht, und hab ihn so gefunden. Im Bett. Tot.«

»Und dann haben Sie die Polizei gerufen«, sagte Meyer und nickte.

Weil er sich an diesem Vormittag eigentlich ein Drogenlabor hatte vornehmen wollen, trug er Bluejeans, ein Sweatshirt und Reeboks. Statt dessen war er mit Carella losgeschickt worden, und da war er nun. Mitten im Verhör einer Frau, die seines Erachtens log. Stämmig und kahlköpfig, wie er war, stellte er seine Fragen mit sprichwörtlich blauäugiger Unschuldsmiene, so, als hätte er keine Handgranate in petto.

»Ja«, antwortete sie, »dann habe ich die Polizei gerufen. Das war das erste, was ich tat.«

»Sie wußten sofort, daß er tot war?«

»Nun ... ja. Ich konnte sehen, daß er nicht mehr atmete.«

»Sie haben nicht seinen Puls gefühlt oder ihn anderweitig untersucht, nicht war?« fragte Carella.

Er war lange nicht mehr so schlank und fit gewesen – seit seinem vierzigsten Geburtstag hatte er sechs Pfund abgespeckt – und trug dunkelblaue Hosen, ein graues Cordsakko, ein kariertes Sporthemd und eine dunkelblaue Strickkrawatte. Um kurz nach zehn an diesem Vormittag hatte er nicht mit einem solchen Einsatz gerechnet. Eigentlich hatte er für Viertel nach zehn im Dienstzimmer eine Vernehmung des Opfers eines Einbruchdiebstahls angesetzt. Statt dessen war auch er hier und redete mit einer Frau, von der er ebenfalls glaubte, daß sie log.

»Nein«, sagte sie. »Also, ja. Na ja, nicht den Puls. Aber ich habe mich über ihn gebeugt. Um nachzusehen, ob er noch atmete. Aber ich konnte erkennen, daß er tot war. Ich meine ... sehen Sie ihn doch mal an.«

Der Tote lag auf dem Rücken. Eine Decke war über ihn gebreitet. Augen und Mund standen offen, die Zunge hing ihm aus dem Mund. Carella betrachtete ihn wieder. Mitleid und Trauer brannten einen Moment lang in seinen Augen. In Situationen wie diesen fühlte er sich besonders verwundbar, und wie so oft fragte er sich auch jetzt, ob er nicht doch zu empfindlich für diesen Job war, der ihn ständig mit dem Tod konfrontierte.

»Dann haben Sie die Polizei gerufen«, wiederholte Meyer.

»Ja. Ich sagte der Frau am Telefon ...«

»Haben Sie die 911 angerufen? Oder direkt die Nummer des Reviers?«

»911. Die Nummer des Reviers kenne ich nicht. Ich wohne nicht hier.«

»Sie haben der Telefonistin erzählt, Sie hätten die Wohnung Ihres Vaters betreten und ihn tot vorgefunden. Ist das so richtig?«

»Ja.«

»Um wieviel Uhr war das, Miss?«

»Kurz nach zehn heute vormittag. Übrigens, es heißt Mrs.«, sagte sie in einem fast entschuldigenden Tonfall.

Carella warf einen Blick auf die Uhr. Sie zeigte zwanzig vor elf. Er fragte sich, wo der amtliche Leichenbeschauer blieb. Sie durften hier nichts berühren, bis der Leichenbeschauer das Opfer amtlich für tot erklärte. Er wollte sich den Rest des Körpers ansehen. Wollte sehen, ob die Beine zu den Füßen passten.

»Mrs. Robert Keating«, sagte die Frau. »Nun, *Cynthia* Keating, um genau zu sein.«

»Und der Name Ihres Vaters?« fragte Meyer.

»Andrew. Andrew Hale.«

Besser, wenn Meyer jetzt weitermacht, dachte Carella. Ihm waren dieselben Dinge aufgefallen wie Carella. Auch er kannte die verräterischen Anzeichen eines Todes durch Erhängen, wofür in diesem Fall auf den ersten Blick vieles sprach. Allerdings konnte man sich kaum selbst erhängen, wenn man keine Schlinge um den Hals hatte und auf dem Rücken in einem Bett lag.

»Können Sie uns sagen, wie alt er war?«

»Achtundsechzig.«

»Und er hatte Probleme mit dem Herzen?«

»Zwei Herzinfarkte während der letzten acht Jahre.«

»Schwere?«

»Oh, ja.«

»Bypässe?«

»Nein. Zwei Angioplastien. Aber sein Zustand war sehr ernst. Beide Infarkte waren beinahe tödlich.«

»Und er hatte ständig Probleme?«

»Also ... nein.«

»Sie sagten, er hätte Probleme mit dem Herzen.«

»Zwei schwere Infarkte in acht Jahren, das dürften

Herzprobleme sein. Aber er war in seinen Aktivitäten nicht eingeschränkt.«

»Guten Morgen, Gentlemen«, sagte eine Stimme von der Schlafzimmertür. Einen Moment lang konnten die Detectives nicht entscheiden, ob der Mann, der dort stand, Carl oder Paul Blaney war. Nicht allzu viele Leute wussten, daß Carl Blaney und Paul Blaney Zwillinge waren. Die meisten Detectives in dieser Stadt hatten schon einzeln mit ihnen gesprochen, sei es am Telefon oder persönlich im Leichenschauhaus, aber sie gingen davon aus, daß die gleichen Nachnamen und die Tatsache, daß beide im Büro des ärztlichen Leichenbeschauers tätig waren, reiner Zufall waren. Wie jeder erfahrene Cop wußte, war der Zufall ein wesentlicher Faktor in der Polizeiarbeit.

Beide Blaneys waren einssiebzig groß. Paul Blaney wog hundertachtzig Pfund, während sein Bruder Carl hundertfünfundsechzig Pfund auf die Waage brachte. Carl erfreute sich noch der vollen Pracht seiner Haare. Paul hingegen hatte hinten schon eine kahle Stelle. Beide, Paul und Carl, hatten violette Augen; allerdings war keiner der beiden mit Elizabeth Taylor verwandt.

»Carl«, sagte der Mann in der Tür und sorgte für Klarheit. Er trug einen leichten Mantel und hatte einen karierten Wollschal locker um den Hals geschlungen. Er legte Mantel und Schal ab und warf beides über die Lehne eines Stuhls neben der Schlafzimmertür.

»Sie sind ...?« fragte er Cynthia.

»Seine Tochter«, antwortete sie.

»Es tut mir leid, Sie belästigen zu müssen«, sagte er in einem Ton zu ihr, als meine er es ernst. »Aber ich würde jetzt gern Ihren Vater untersuchen. Macht es Ihnen was aus, kurz hinauszugehen?«

»Nein, natürlich nicht«, sagte sie und ging zur Tür.

Dann blieb sie stehen und fragte: »Soll ich meinen Mann herholen?«

»Das ist vielleicht eine gute Idee«, sagte Carella.

»Er arbeitet in der Nähe«, sagte sie zu niemand bestimmtem und ging in die Küche. Sie konnten hören, wie sie am Wandtelefon eine Nummer wählte.

»Wonach sieht es aus?« erkundigte Blaney sich.

»Nach Ersticken«, sagte Carella.

Blaney stand bereits am Bett und beugte sich über den Toten, als wollte er ihn auf den Mund küssen. Die Augen fielen ihm sofort auf. »Meinen Sie das?« fragte er. »Die Petechien?«

»Ja.«

»Die sind kein eindeutiger Beweis für einen Tod durch Ersticken«, sagte Blaney knapp. »Das sollten Sie eigentlich wissen, Detective. Wurde er so gefunden? Auf dem Rükken liegend?«

»Laut Aussage der Tochter.«

»Demnach kann es sich nicht um einen Unfall handeln, oder?«

»Ich glaube nicht.«

»Haben Sie irgendwelche Gründe, ihr nicht zu glauben?«

»Nur die Blutflecken. Und die blauen Füße.«

»Oh? Wir haben auch blaue Füße?« fragte Blaney und blickte zum Fußende des Bettes. »Besteht demnach ein Verdacht auf Tod durch Erhängen? Sehe ich das richtig?«

»Die Tochter sagt, er wäre schon längere Zeit herzkrank gewesen«, sagte Carella. »Vielleicht war es ein Herzversagen. Wer weiß?«

»Ja wirklich, wer weiß?« fragte Blaney die Füße des Toten. »Mal sehen, was wir sonst noch haben, okay?« sagte er und schlug die Decke zurück.

Der Tote trug ein weißes Hemd, dessen Kragen offen

war, und eine graue Flanellhose mit einem schwarzen Ledergürtel. Keine Schuhe oder Socken.

»Er ging wohl immer vollständig bekleidet zu Bett, wie ich sehe«, sagte Blaney trocken.

»Aber immerhin barfuß«, meinte Carella.

Blaney stieß ein ungehaltenes Brummen aus, knöpfte das Oberhemd auf und drückte ein Stethoskop auf die Brust des Toten. Er rechnete nicht damit, ein Herz schlagen zu hören, und war deshalb nicht überrascht, daß die Hörmuschel stumm blieb. Er entfernte sämtliche Kleidungsstücke des Mannes – er trug außerdem gestreifte Boxershorts – und bemerkte sofort die graublauen Verfärbungen der Beine, Unterarme und Hände der Leiche. »*Falls* er erhängt wurde«, sagte er zu Carella, »und ich sage nicht, daß dies tatsächlich der Fall war, geschah es in einer aufrechten Haltung. Und *falls* er in dieses Bett gelegt wurde, und ich behaupte nicht, daß dies auch wirklich geschehen ist, dürfte es nicht allzu kurz nach seinem Tod stattgefunden haben. Anderenfalls hätte die Verfärbung in den Extremitäten abgenommen und sich auf den Rücken und das Gesäß ausgebreitet. Sehen Sie hier«, sagte er und drehte den Toten auf die Seite. Sein Rücken war bleich, und sein Hintern leuchtete weiß wie ein Vollmond. »Nein«, sagte er und drehte die Leiche wieder auf den Rücken. Der Penis des Mannes war angeschwollen und ragte hoch.

»Totenblässe«, erklärte Blaney. »Die Ansammlung von Gewebeflüssigkeit.« In der Unterhose der Leiche befanden sich Flecken einer eingetrockneten Substanz. »Wahrscheinlich Samen«, sagte Blaney. »Wir wissen nicht warum, aber das Austreten von Samenflüssigkeit ist beim Erstickungstod eine normale Erscheinung. Es hat nichts mit irgendwelchen sexuellen Aktivitäten zu tun. Der Auslöser ist der Rigor mortis in den Vesiculae seminalis.« Er sah zu Carella hoch. Carella nickte lediglich. »Keine von einem Strick verursachten Hautabschürfungen«, sagte Blaney, während er den Hals untersuchte. »Kein Abdruck einer Schlinge, keine Blasen, wo Haut eingeklemmt oder zusammengedrückt wurde. Das hier könnte von einem Knoten hervorgerufen worden sein.« Er deutete auf eine kleine Abschürfung unterm Kinn. »Haben Sie so etwas wie eine Schlinge gefunden?«

»Wir haben noch nicht mit der Suche angefangen«, erwiderte Carella.

»Nun, es sieht tatsächlich nach einem Tod durch Erhängen aus«, sagte Blaney, »aber wer weiß das schon genau?«

»Tja, wer weiß?« meinte auch Carella, als führten sie im Kabarett einen Sketch auf.

»An Ihrer Stelle würde ich mich eingehender mit der Tochter unterhalten«, sagte Blaney. »Mal sehen, was die Autopsie ergibt. Auf alle Fälle ist er tot und gehört Ihnen.«

Das Team der Spurensicherung traf zehn Minuten, nachdem die Leiche und Blaney verschwunden waren, ein. Carella bat die Männer, speziell nach Fasern zu suchen. Der Cheftechniker erklärte ihm, daß sie *immer* nach Fasern suchten, was er denn mit *speziell* meinte? Carella schaute zur anderen Seite des Raums, wo Meyer sich mit Cynthia Keating unterhielt. Der Cheftechniker wußte noch immer nicht, warum sie speziell nach Fasern suchen sollten, doch er stellte Carella keine weiteren Fragen.

Es begann zu regnen.

Das obligatorische Datum zur Inbetriebnahme der Wohnungsheizung war in dieser Stadt der 15. Oktober – das Geburtsdatum berühmter Männer, dachte Carella, sprach es jedoch nicht aus. Man schrieb bereits den 29., aber viele Gebäude ließen sich Zeit, der gesetzlichen Bestimmung nachzukommen. Der Regen und die sinkende Außentemperatur sorgten dafür, daß in der kleinen Wohnung eine unangenehme Kälte herrschte. Die Techniker, die soeben von draußen hereingekommen waren, behielten die Mäntel an. Carella schlüpfte ebenfalls wieder in seinen Mantel, ehe er zu Meyer hinüberschlenderte, der sich noch immer mit der Tochter des Toten unterhielt. Sie wollten beide wissen, ob sie die Leiche wirklich an der Stelle gefunden hatte, wo sie sie zu finden behauptet hatte, stellten jedoch genau diese Frage noch nicht.

»... oder sind Sie einfach nur zufällig vorbeigekommen?« fragte Meyer gerade.

»Er wußte, daß ich kam.«

»Wußte er auch, um welche Uhrzeit?«

»Nein. Ich hatte ihm nur gesagt, irgendwann heute vormittag.«

»Aber er lag noch im Bett, als Sie eintrafen?«

Die Schlüsselfrage.

»Ja«, antwortete sie.

Ohne im mindesten zu zögern.

»Vollständig angezogen?« fragte Carella.

Sie drehte sich zu ihm um. *Böser Cop* stand in ihren Augen. Es gab zu viele verdammte Polizei-Serien im Fernsehen, jeder kannte inzwischen die Cop-Tricks.

»Ja«, sagte sie. »Allerdings ohne Schuhe und Socken.«

»Schlief er immer in seinen Kleidern?« fragte Carella.

»Nein. Er ist wohl aufgestanden und ...«

»Ja?« fragte Meyer.

Sie wandte sich zu ihm um, vermutete *Guter Cop*, war sich aber nicht ganz sicher.

»Und hat sich dann wieder hingelegt«, beendete sie den angefangenen Satz.

»Verstehe«, sagte Meyer und blickte zu Carella, als brauchte er dessen Zustimmung zu dieser absolut einleuchtenden Erklärung, weshalb ein Mann vollständig angezogen bis auf Schuhe und Socken im Bett lag.

»Vielleicht hat er gespürt, daß irgend etwas geschehen würde«, meinte Cynthia weiter.

»Daß etwas geschehen würde?« wiederholte Meyer fragend.

»Ja. Ein Herzinfarkt. Oft wissen die Betroffenen, wann es soweit ist.«

»Ach so. Und Sie denken, er hat sich vielleicht deshalb hingelegt.«

»Ja.«

»Er rief keinen Notarzt oder so was«, sagte Carella. »Sondern legte sich einfach hin?«

»Ja. Er dachte, es ginge vielleicht vorbei. Der Herzinfarkt.«

»Er zog die Schuhe und die Socken aus und legte sich hin.«

»Ja.«

»War die Tür abgeschlossen, als Sie herkamen?« fragte Carella.

»Ich habe einen Schlüssel.«

»Dann war sie abgeschlossen.«

»Ja.«

»Haben Sie geklopft?«

»Ich habe geklopft, aber es hat sich nichts gerührt. Deshalb habe ich aufgeschlossen.«

»Und fanden Ihren Vater im Bett.«

»Ja.«

»Lagen seine Schuhe und seine Socken dort, wo sie jetzt sind?«

»Ja.«

»Auf dem Fußboden? Neben dem Sessel?«

»Ja.«

»Und dann haben Sie die Polizei gerufen«, sagte Meyer zum dritten Mal.

»Ja«, sagte Cynthia und sah ihn an.

»Kam Ihnen der Verdacht, daß ein Verbrechen begangen worden sein könnte?« fragte Carella.

»Nein. Natürlich nicht.«

»Aber Sie haben die Polizei gerufen«, stellte Meyer fest.

»Warum ist das so wichtig?« schnappte sie. Sie begriff plötzlich, was hier im Gange war. Der gute Cop wurde blitzschnell zum bösen Cop.

»Er fragt nur«, sagte Carella.

»Nein, er fragt nicht nur. Er denkt offenbar, daß es wichtig ist. Er fragt in einem fort, haben Sie die Polizei gerufen, haben Sie die Polizei gerufen, wo Sie doch genau *wissen*, daß ich die Polizei gerufen habe, sonst wären Sie nämlich gar nicht hier.«

»Wir müssen bestimmte Fragen stellen«, sagte Carella beschwichtigend.

»Aber warum diese eine Frage?«

»Weil einige Leute nicht unbedingt die Polizei rufen, wenn sie jemanden finden, der eines natürlichen Todes gestorben ist.«

»Wen rufen *die* denn an? Normalerweise?«

»Verwandte, Freunde, sogar einen Anwalt. Nicht unbedingt die Polizei, meint mein Partner«, erklärte Carella geduldig.

»Warum sagt er es dann nicht?« schnappte Cynthia. »Statt dessen fragt er mich die ganze Zeit, ob ich die Polizei gerufen habe.«

»Tut mir leid, Ma'am«, sagte Meyer in seinem niedergeschlagensten Tonfall. »Ich wollte keinesfalls andeuten, daß es vielleicht ungewöhnlich ist, daß Sie die Polizei gerufen haben.«

»Nun, Ihr Partner scheint es aber für seltsam zu halten«, sagte Cynthia. Sie war jetzt total verwirrt. »Er scheint zu denken, daß ich meinen Mann oder meine Freundin oder einen Priester oder irgend jemand anderen hätte rufen sollen, nur nicht die Polizei. Was wollen Sie beide eigentlich?«

»Wir müssen ganz einfach jede Möglichkeit in Betracht ziehen«, sagte Carella, dessen Überzeugung wuchs, daß die Frau log. »Allem äußeren Anschein nach ist Ihr Vater im Bett gestorben, vielleicht an einem Herzinfarkt, vielleicht an irgend etwas anderem. Wir wissen es nicht, ehe die Ergebnisse der Autopsie vorliegen ...«

»Er war ein alter Mann, der schon zwei Herzinfarkte hinter sich hatte«, sagte Cynthia. »Was glauben Sie denn, woran er gestorben ist?«

»Ich weiß es nicht, Ma'am«, sagte Carella. »Sie vielleicht?«

Cynthia schaute ihm in die Augen.

»Mein Mann ist Anwalt, wissen Sie«, sagte sie.

»Lebt Ihre Mutter noch?« fragte Meyer und wich der Drohung aus.

»Er ist auf dem Weg hierher«, sagte sie. Sie schaute nicht zu Meyer, sondern hielt den Blick auf Carella gerichtet, als wollte sie, daß er vor ihren Augen zerschmolz. Grün, stellte er fest. Ein Mensch konnte leicht unter einem grünen Laserstrahl zerschmelzen.

»Lebt sie noch?« fragte Meyer.

»Ja, sie lebt noch«, sagte Cynthia. »Aber sie sind geschieden.«

»Gibt es außer Ihnen weitere Kinder?«

Sie fixierte Carella noch einen Moment länger, dann sah sie Meyer an. Sie schien sich ein wenig beruhigt zu haben. »Nein, nur mich«, sagte sie.

»Wie lange sind sie schon geschieden?« fragte Meyer.

»Fünf Jahre.«

»Wie waren seine derzeitigen Umstände?«

»Was meinen Sie?«

»Ihren Vater. Lebte er mit jemandem zusammen?«

»Keine Ahnung.«

»War er mit jemandem befreundet?«

»Sein Privatleben war seine Sache.«

»Wie oft haben Sie Ihren Vater besucht, Mrs. Keating?«

»Etwa einmal im Monat.«

»Hat er in letzter Zeit über Herzbeschwerden geklagt?« fragte Carella.

»Mir gegenüber nicht. Aber Sie wissen ja, wie alte Männer sind. Sie achten nicht sehr auf sich selbst.«

»Hat er sich überhaupt bei irgend jemandem über Beschwerden beklagt?« fragte Meyer.

»Nicht daß ich wüßte.«

»Wie kommen Sie dann darauf, daß er an einem Herzinfarkt gestorben ist?« fragte Carella.

Cynthia sah erst ihn, dann Meyer, dann wieder ihn an.

»Ich glaube, ich mag Sie beide nicht«, stellte sie fest und ging in die Küche. Sie blieb vor dem Fenster stehen und schaute hinaus.

Einer der Techniker schien etwas auf dem Herzen zu haben. Er fing Carellas Blick auf. Carella nickte und ging zu ihm hinüber.

»Ein blauer Kaschmirgürtel«, sagte der Techniker. »Blaue Kaschmirfasern drüben an dem Türhaken. Was halten Sie davon?«

»Wo ist der Gürtel?«

»Neben dem Sessel«, sagte er und deutete auf den Sessel unweit der Schubladenkommode. Ein blauer Bademantel war über die Lehne drapiert. Der Gürtel des Mantels lag auf dem Fußboden neben den Schuhen und den Socken des Toten.

»Und der Haken?«

»Auf der Rückseite der Badezimmertür.«

Carella schaute sich um. Die Badezimmertür stand offen. Dicht unter dem oberen Rand war ein Chromhaken in die Tür geschraubt.

»Der Mantel hat Schlaufen für den Gürtel«, sagte der Techniker. »Schon seltsam, daß er lose auf dem Fußboden liegt.«

»Diese Gürtel rutschen immer raus«, sagte Carella.

»Sicher, das weiß ich. Aber es passiert nicht jeden Tag, daß wir einen Toten in einem Bett finden, der aussieht, als wäre er erhängt worden.«

»Wie stabil ist der Haken?«

»So stabil braucht er gar nicht zu sein«, sagte der Techniker. »Beim Erhängen geschieht nichts anderes, als daß der Blutstrom zum Gehirn unterbrochen wird. Dazu reicht schon das Gewicht des Kopfs aus. Und das wären ungefähr zehn Pfund. Die hält auch ein einfacher Bilderhaken.«

»Sie sollten Detective werden«, riet Carella ihm lächelnd.

»Schönen Dank«, erwiderte der Techniker. »Der Gürtel könnte um den Hals des Mannes geschlungen und dann über den Haken gelegt worden sein, um ihn zu erhängen. Vorausgesetzt, die Fasern sind identisch.«

»Und vorausgesetzt, er hat seinen Mantel nicht gewöhnlich an den Haken gehängt.«

»Suchen Sie Beweise für eine natürliche Todesursache? Oder suchen Sie einen Beweis, der darauf hindeutet, daß es ein Mord gewesen sein könnte?«

»Wer hat denn von Mord geredet?«

»Herrje, entschuldigen Sie, ich dachte, davon würden Sie ausgehen, Detective.«

»Wie wäre es denn mit Selbstmord, der wie ein natürlicher Tod aussehen soll?«

»Das wäre auch eine Möglichkeit«, gab der Techniker zu.

»Wann haben Sie die Ergebnisse?«

»Heute am späten Nachmittag.«

»Ich rufe Sie an.«

»Hier ist meine Karte«, sagte der Techniker.

»Detective?« fragte eine männliche Stimme.

Carella wandte sich zur Küchentür um. Dort stand ein stämmiger Mann in einem dunkelgrauen Mantel mit schwarzem Samtkragen. Die Schultern des Mantels waren feucht vom Regen, und das Gesicht des Mannes war von der Kälte draußen gerötet. Er hatte einen schmalen Schnurrbart unter der Nase, dicke Wangen und sehr dunkle braune Augen.

»Ich bin Robert Keating«, stellte er sich vor und kam auf Carella zu. Er verzichtete darauf, ihm die Hand entgegenzustrecken. Seine Frau hielt sich dicht hinter ihm. Sie hatten offensichtlich schon miteinander geredet. Ein erwartungsvoller Ausdruck lag auf ihrem Gesicht, als rechnete sie damit, daß ihr Mann gegenüber einem der Detectives handgreiflich wurde. Carella hoffte, daß es nicht dazu kam.

»Wie ich höre, haben Sie meine Frau unnötig unter Druck gesetzt«, sagte Keating.

»Das ist mir nicht bewußt, Sir«, sagte Carella.

»Es wäre besser, wenn es nicht der Fall wäre.«

Es wäre besser, dachte Carella, *wenn Ihre Frau nicht hergekommen wäre, ihren Vater an der Badezimmertür hängen sah, ihn herunternahm und ins Bett legte. Es wäre wirklich besser, wenn es sich nicht so verhielt.*

»Es tut mir leid, falls es zu einem Mißverständnis gekommen ist«, sagte er.

»Es wäre besser, wenn es kein Mißverständnis gäbe«, sagte Keating.

»Damit es nicht dazu kommt«, sagte Carella, »will ich Ihnen unsere Absichten erklären. Wenn Ihr Schwiegervater an einem Herzinfarkt gestorben ist, können Sie ihn morgen begraben und sehen uns nie im Leben wieder. Aber wenn er aus einem anderen Grund gestorben ist, werden wir es herausfinden, und dann werden Sie uns noch für eine Weile ertragen müssen. Okay, Sir?«

»Dies ist ein Tatort, Sir«, sagte der Techniker. »Würden Sie bitte die Räumlichkeiten verlassen, Sir?«

»Wie bitte?« sagte Keating.

Um halb fünf an diesem Nachmittag rief Carella im Labor in der Stadt an und verlangte Anthony Moreno. Der Techniker kam ans Telefon und teilte ihm mit, daß die Fasern, die sie am Haken gefunden hatten, mit den Faserproben vom blauen Kaschmirgürtel des Bademantels übereinstimmten.

Keine zehn Minuten später meldete sich Carl Blaney bei Carella und informierte ihn, daß die Autopsie Hinweise auf einen Erstickungstod Andrew Henry Hales ergeben hätte.

Carella fragte sich, ob Cynthia Keatings Ehemann sie wohl aufs Revier begleiten würde, wenn man sie vorlud.

Es stellte sich heraus, daß Robert Keating Wirtschaftsanwalt und klug genug war, einzusehen, daß die Polizei seine Frau sicher nicht vorladen würde, wenn sie keinen Grund zu der Annahme hätte, daß ein Verbrechen begangen worden war. Er hatte einen Freund benachrichtigt, der als Strafverteidiger tätig war. Dieser Mann war jetzt zugegen und wollte wissen, was seine Klientin in einem Polizeirevier zu suchen hatte, obgleich er bereits darüber informiert worden war, daß Mrs. Keating hergebeten worden und aus freiem Willen in Begleitung ihres Mannes gekommen war.

Todd Alexander war ein stämmiger kleiner blonder Mann in einem dunkelblauen Sportsakko mit karierter Weste und grauen Flanellhosen. Er sah aus, als gehörte er eher auf eine Versammlung eines Yachtclubs als in eins der schäbigen städtischen Polizeireviere. Sein Auftreten verriet jedoch, daß er sich schon mit Hunderten von unbegründeten Vorwürfen von Hunderten von rücksichtslosen Polizeibeamten herumgeschlagen hatte. Die augenblickliche Kulisse und die Umstände, die sein Erscheinen hier erforderlich machten, schienen ihn völlig kalt zu lassen.

»Erklären Sie mir, worum es geht«, verlangte er. »Möglichst in fünfundzwanzig Worten oder weniger.«

Carella zuckte noch nicht mal mit der Wimper.

»Uns liegt ein Autopsiebericht vor, aus dem hervorgeht, daß Andrew Hale erstickt ist«, sagte er. »Sind das fünfundzwanzig Worte oder weniger?«

»Dreizehn«, sagte Meyer. »Aber wir wollen ja nicht kleinlich sein.«

»Die Indizien haben ergeben, daß der Gürtel von Mr. Hales Kaschmirmantel um seinen Hals geschlungen, geknotet und dann über den Haken in der Badezimmertür gezogen wurde«, fuhr Carella fort. »Das spricht für Selbstmord oder Mord.«

»Und was hat das mit meiner Klientin zu tun?«

»Ihre Klientin geht offenbar davon aus, daß ihr Vater im Bett gestorben ist.«

»Hast du ihnen das erzählt?«

»Ich habe gesagt, ich hätte ihn im Bett gefunden.«

»Tot?«

»Ja«, antwortete Cynthia.

»Ist Mrs. Keating über ihre Rechte aufgeklärt worden?« fragte Alexander.

»Wir haben ihr noch keine Fragen gestellt«, sagte Carella.

»Sie hat mir gerade mitgeteilt ...«

»Das war am Tatort.«

»Sie haben nicht mit ihr geredet, seit sie hier eintraf?«

»Sie ist ganze drei Minuten vor Ihnen angekommen.«

»Wurde sie irgendeines Vergehens beschuldigt?«

»Nein.«

»Warum ist sie hier?«

»Wir wollen ihr ein paar Fragen stellen.«

»Dann lesen Sie ihr ihre Rechte vor.«

»Natürlich.«

»Spielen Sie nicht den Überraschten, Detective. Sie ist in Gewahrsam, und Sie werfen mit Begriffen wie Mord um sich, daher möchte ich, daß sie über ihre Rechte aufgeklärt wird. Danach entscheiden wir, ob sie irgendwelche Fragen beantworten will.«

»Natürlich«, sagte Carella und begann den Vortrag, den er auswendig kannte. »In Anlehnung an die höchstrichterliche Entscheidung im Fall Miranda gegen Escobedo«, zitierte er und informierte sie darüber, daß sie das Recht hätte zu schweigen, fragte sie praktisch nach jedem Wort, ob sie alles genau verstanden hätte, erklärte ihr dann, daß sie das Recht hätte, einen Anwalt hinzuzuziehen, was sie bereits getan hatte, machte sie darauf aufmerksam, daß sie ihr einen Anwalt besorgen würden, falls sie keinen hätte, was ja nicht mehr nötig war, sagte ihr, daß sie, falls sie sich entschied, Fragen in oder ohne Anwesenheit ihres Anwalts zu beantworten, die Befragung jederzeit abbrechen könnte, haben Sie das verstanden, und fragte sie schließlich, ob sie bereit wäre, zu diesem Zeitpunkt Fragen zu beantworten, worauf sie erwiderte: »Ich habe nichts zu verbergen.«

»Heißt das ja?« fragte Carella.

»Ja. Ich werde alle Ihre Fragen beantworten.«

»Wo ist dieser Autopsiebericht?« fragte Alexander.

»Hier auf meinem Schreibtisch.«

Alexander nahm ihn, warf einen kurzen Blick darauf …

»Wer hat ihn unterschrieben?« fragte er.

»Carl Blaney.«

... schien ihn plötzlich schrecklich langweilig zu finden und ließ ihn wieder auf die Tischplatte fallen.

»Haben Sie persönlich mit Blaney gesprochen?« wollte er wissen.

»Ja, das habe ich.«

»Hatte er seinen Ergebnissen etwas hinzuzufügen?«

»Nur, daß aufgrund der Tatsache, daß die Schlinge weich und breit war, diese nur einen schwachen Abdruck auf der Haut um den Hals hinterlassen hat. Daß der Knoten jedoch unter dem Kinn eine typische Hautabschürfung verursacht hat.«

»Na schön, dann stellen Sie Ihre Fragen«, sagte Alexander. »Wir wollen hier nicht den ganzen Tag vertrödeln.«

»Mrs. Keating«, begann Carella, »um welche Uhrzeit haben Sie heute vormittag die Wohnung Ihres Vaters betreten?«

»Um kurz nach zehn.«

»Haben Sie die Notrufzentrale um zehn Uhr sieben angerufen?«

»Die genaue Zeit weiß ich nicht.«

»Könnte das Ihre Erinnerung auffrischen?« fragte Carella und machte Anstalten, ihr den Computerausdruck zu reichen.

»Darf ich das mal bitte sehen?« sagte Alexander und nahm den Bogen an sich. Auch diesmal blickte er nur flüchtig auf das Dokument, gab es an Cynthia weiter und fragte: »Hast du angerufen?«

»Darf ich mal sehen?« fragte sie.

Er reichte ihr den Ausdruck. Sie las wortlos und sagte: »Ja, das habe ich.«

»Ist die Zeit richtig?« fragte Carella.

»Nun, sie ist hier festgehalten, daher nehme ich an, daß ich um diese Zeit angerufen habe.«

»Um zehn Uhr sieben.«

»Ja.«

»Haben Sie der Telefonistin erklärt, Sie hätten soeben die Wohnung Ihres Vaters betreten und ihn tot im Bett vorgefunden?«

»Ja.«

»Haben Sie sie gebeten, sofort jemanden vorbeizuschicken?«

»Das habe ich.«

»Hier ist das Einsatzprotokoll von Adam Two«, sagte Carella. »Die Ankunftszeit ...«

»Adam Two?« fragte Alexander dazwischen.

»Von diesem Revier. Einer der Wagen, die heute von acht Uhr morgens bis vier Uhr nachmittags den Bezirk Adam abfuhren. Mr. Hales Wohnung befindet sich im Bezirk Adam. Als Ankunftszeit ist zehn Uhr fünfzehn angegeben. Und dies ist der Bericht meiner eigenen Abteilung, der der Detectives, in dem als unsere Ankunftszeit zehn Uhr einunddreißig vermerkt ist. Mein Partner und ich. Detective Meyer und meine Wenigkeit.«

»Und was soll all das beweisen, Detective?«

»Überhaupt nichts, Sir, außer den Ablauf der Ereignisse.«

»Bemerkenswert«, sagte Alexander. »Keine vierundzwanzig Minuten, nachdem Mrs. Keating die 911 gewählt hat, waren nicht weniger als vier Polizisten am Schauplatz des Geschehens! Wunderbar! Aber ehe Sie weitere Fragen stellen, darf ich wissen, wohin das alles führen soll?«

»Ich möchte von Mrs. Keating erfahren, was sie tat, *bevor* sie die Polizei anrief.«

»Das hat sie Ihnen doch schon erzählt. Sie kam in die Wohnung, fand ihren Vater tot in seinem Bett und rief sofort die Polizei. Das hat sie getan, Detective.«

»Das glaube ich nicht.«

»Was glauben Sie *denn*?«

»Das weiß ich nicht. Aber ich weiß, daß sie sich fast vierzig Minuten in dem Apartment aufgehalten hat, ehe sie die Notrufnummer gewählt hat.«

»Ich verstehe. Und woher wissen Sie das?«

»Der Hausmeister hat erzählt, er hätte sie um halb zehn reinkommen gesehen.«

»Stimmt das, Cynthia?«

»Nein, das stimmt nicht.«

»In diesem Fall schlage ich vor, daß wir die Befragung abbrechen und uns produktiveren Beschäftigungen zuwenden. Detective Carella, Detective Meyer, es ist ein eindeutiger ...«

»Er wartet am Ende des Flurs«, sagte Carella. »Im Büro des Lieutenants. Soll ich ihn bitten, herzukommen?«

» *Wer* wartet am Ende des Flurs?«

»Der Hausmeister. Mr. Zabriski. Er erinnert sich, daß es halb zehn war, weil er genau um diese Zeit jeden Morgen die Mülltonnen auf die Straße stellt. Der Müllwagen kommt um Viertel vor zehn.«

Im Raum herrschte für einen Moment Stille.

»Angenommen, Sie haben tatsächlich diesen Hausmeister ...« begann Alexander.

»Oh, ich habe ihn, ganz bestimmt sogar.«

»Und angenommen, er hat Mrs. Keating um halb zehn ins Haus kommen sehen ...«

»Genau das hat er gesagt.«

»Und was genau ist dann Ihrer Meinung nach zwischen halb zehn und zehn Uhr sieben, als sie die Notrufzentrale anrief, in dieser Wohnung geschehen?«

»Angenommen«, sagte Carella, »sie hat ihren Vater nicht selbst an dem Haken in der Badezimmertür aufgehängt ...«

»Auf Wiedersehen, Mr. Carella«, sagte Alexander und erhob sich abrupt. »Cynthia«, sagte er, »laß uns gehen. Bob«, meinte er zu ihrem Ehemann, »es war gut, daß du mich gerufen hast. Mr. Carella versucht, einen Mordvorwurf zu konstruieren.«

»Versuchen Sie es mal mit Behinderung der Justiz.«

»Wie bitte?«

»Oder mit Manipulation von Beweismitteln.«

»Was?«

»Oder mit beidem. Sie wollen wissen, was ich glaube, Mr. Alexander? Ich glaube, Mrs. Keating hat ihren Vater an diesem Haken hängend vorgefunden ...«

»Wir gehen, Cynthia.«

»... hat ihn abgenommen und zum Bett geschleppt. Ich glaube weiterhin, daß sie ...«

»Das reicht«, sagte Alexander energisch. »Auf Wiedersehen, Detective ...«

»... den Gürtel von seinem Hals entfernt, ihm die Schuhe und Socken ausgezogen und eine Decke über ihn gebreitet hat. Dann erst hat sie die Polizei angerufen.«

»Zu welchem Zweck?« fragte Alexander.

»Warum fragen Sie sie nicht? Ich weiß nur, daß die Behinderung regierungsamtlicher Stellen bei Ausübung ihrer Aufgaben ein Verstoß gegen Paragraph 195 Absatz 5 des Strafrechts ist. Und die Manipulation von Beweismitteln ist ein Verstoß gegen Paragraph 215 Absatz 40. Behinderung ist nur ein geringes ...«

»Sie haben keinen Beweis für eins der Vergehen!« sagte Alexander.

»Ich *weiß*, daß die Leiche bewegt wurde!« widersprach Carella. »Und das ist Manipulation. Und allein *dafür* kann sie vier Jahre ins Gefängnis wandern!«

Cynthia Keating brach plötzlich in Tränen aus.

Ihr zufolge ...

»Cyntha, ich glaube, ich sollte dich warnen«, unterbricht ihr Anwalt sie immer wieder, aber sie will es loswerden, so wie sie alle es sich – früher oder später – von der Seele reden wollen.

»Folgendes ist geschehen«, sagt sie, und jetzt sind da drei Detectives, die ihr zuhören, Carella und Meyer, die dem Notruf gefolgt waren, sowie Lieutenant Byrnes, denn plötzlich ist die Sache interessant genug, um ihn aus seinem Eckbüro heraus und ins Verhörzimmer zu locken. Byrnes trägt einen braunen Anzug, ein weizengelbes Hemd mit Button-down-Kragen und dazu eine ebenfalls braune, aber im Ton deutlich dunklere Krawatte mit einem perfekten Windsorknoten. Sogar in diesem formellen Outfit vermittelt er noch den Eindruck eines eisenharten Iren, der gerade aus dem Moor kommt, wo er Torf gestochen hat. Vielleicht liegt es an seinem Haarschnitt. Sein graues Haar sieht wie vom Wind zerzaust aus, obgleich sich in dem fensterlosen Raum nicht das geringste Lüftchen regt. Seine Augen sind von einem geradezu gefährlichen Blau. Er mag es gar nicht, daß jemand, sei er männlich *oder* weiblich, am Gesetz herumpfuscht.

»Ich bin zu ihm gegangen«, erzählt Cynthia, »weil er sich in den letzten Tagen nicht sehr gut gefühlt hat und ich mir Sorgen um ihn gemacht habe. Ich hatte am Abend vorher mit ihm gesprochen ...«

»Um wieviel Uhr?« will Carella wissen.

»Gegen neun.«

Alle drei Detectives denken, daß er am Vorabend um neun noch am Leben war. Was immer ihm zugestoßen ist, es ist irgendwann nach neun Uhr abends geschehen.

Die Wohnung ihres Vaters ist mit der U-Bahn vierzig Minuten von Calm's Point auf der anderen Seite des Flusses entfernt, wo sie wohnt. Ihr Mann macht sich jeden Morgen um halb acht auf den Weg zur Arbeit. Gewöhnlich frühstücken sie gemeinsam in ihrem Apartment mit Blick auf den Fluß. Nachdem er sich verabschiedet hat, macht sie sich für den Tag fertig. Sie haben keine Kinder, aber sie geht auch nicht arbeiten, vielleicht, weil sie nie eine Ausbildung absolviert hat, und um halb acht gibt es nichts Produktives, was sie tun könnte. Außer ...

Sie hat sich niemals einer anderen Menschenseele gegenüber geäußert, aber sie erzählt es jetzt in der bedrückenden Enge des Verhörzimmers in Anwesenheit von drei Detectives, die aufmerksam mit steinernen Mienen an einer Tischseite sitzen, und ihres Mannes und ihres Anwalts, die genauso distanziert dreinschauend die andere Seite des Tisches besetzen. Sie hat keine Ahnung, weshalb sie es jetzt und vor diesen Männern einräumt, hier in diesem Beichtstuhl zu diesem Zeitpunkt, aber sie erzählt ihnen, ohne zu zögern, daß sie sich selbst nie als besonders intelligent betrachtet hat. Sie ist lediglich in jeder Hinsicht ein einfaches Mädchen (sie benutzt sogar das Wort »Mädchen«), nicht besonders hübsch, nicht besonders gescheit, sondern nur ... nun ... Cynthia. Und sie zuckt mit den Achseln.

Cynthia ist keine von den Ladys, die allmittäglich in geschwätziger Gemeinschaft zu speisen pflegen, aber auch sie sucht sich im Laufe des Tages geistlose Beschäftigungen wie Einkaufen, Besuche in Galerien oder Museen, manchmal auch ein Kinofilm am Nachmittag. Im Grunde tut sie nichts anderes, als die Zeit totzuschlagen zwischen halb acht Uhr morgens, wenn ihr Mann zur Arbeit fährt, und halb acht Uhr abends, wenn er wieder nach Hause zurückkehrt. »Er ist Syndikus einer Firma«, sagt sie, als erkläre das seinen Zwölfstundentag. Sie ist dankbar für die Gelegenheit, ihren Vater zu besuchen. Sie hat etwas zu tun.

Ehrlich gesagt ist ihr die Gesellschaft ihres Vaters nicht sehr angenehm. Auch das gesteht sie vor der Zufallsjury von fünf Männern, die mit unverbindlichen Mienen an dem langen Tisch sitzen, der mit den Zigarettenbrandflekken zu vieler langer Verhöre aus zu vielen langen Jahren übersät ist. Fast scheint es, als hätte sie sich schon immer gewünscht, dieses Geständnis ablegen zu können. Noch hat sie kein Wort zur Manipulation von Beweismitteln und Behinderung der Justiz gesagt, aber sie scheint gewillt, alles zu gestehen, was sie je getan oder empfunden hat. Und plötzlich kommt Carella in den Sinn, daß sie ein Mensch ist, der niemanden zum Reden hat. Zum ersten Mal in ihrem Leben hat Cynthia Keating Publikum. Und dieses Publikum schenkt ihr seine ungeteilte Aufmerksamkeit.

»Er ist ein Langweiler«, erzählt sie den Männern. »Mein Vater. Er war ein Langweiler, als er jung war, und nun, im Alter, ist er ein noch größerer Langweiler. Er war Krankenpfleger, aber ist das ein Beruf für einen Mann? Selbst als Rentner kann er über nichts anderes reden als über diesen oder jenen Patienten im ›Hospital‹, in dem er gearbeitet hat. Ich glaube, er weiß nicht einmal mehr, welches Krankenhaus es war. Es ist immer nur ›das Hospital‹. Dies oder jenes ist im ›Hospital‹ passiert. Das ist alles, worüber er redet.«

Die Detectives nehmen zur Kenntnis, daß sie von ihrem Vater noch immer in der Gegenwart spricht, aber das ist nicht ungewöhnlich und stellt keinen besonderen Hinweis dar. Sie warten geduldig, daß sie endlich auf die Manipulation und Behinderung zu sprechen kommt. Deshalb sind sie hier. Sie wollen wissen, was zwischen neun Uhr gestern abend und sieben nach zehn an diesem Vormittag, als sie die Polizei anrief, in der Wohnung passiert ist.

Wegen des Wetters hat sie einen grünen Tweedrock und einen Rollkragenpullover, den sie in der Gap-Boutique gekauft hat, angezogen. Dazu flache Laufschuhe und eine zum Rock passende Strumpfhose. Sie geht gern spazieren. Der Wetterbericht hat für den Nachmittag Regen angesagt ...

Es regnet tatsächlich, während sie ihren Bericht fortsetzt, aber keine der Personen in dem fensterlosen Raum weiß oder interessiert sich dafür, was da draußen passiert ...

... und deshalb hat sie einen Klappschirm in einer Tasche, die sie sich über die Schulter hängt. Die U-Bahnstation ist nicht weit von ihrer Wohnung entfernt. Um etwa zwanzig vor neun steigt sie in den Zug und ist vierzig Minuten später auf der anderen Seite des Flusses und in der City. Es ist nur ein kurzer Fußmarsch bis zum Haus, in dem ihr Vater wohnt. Sie betritt es um halb zehn. Sie erinnert sich auch, gesehen zu haben, wie der Hausmeister die Mülltonnen nach draußen brachte. Ihr Vater wohnt im dritten Stock. Das Haus hat keinen Fahrstuhl. Einen solchen Luxus kann er sich nicht leisten. Nach seiner Pensionierung hat er herzlich wenig zur Verfügung. Während sie die Treppe hinaufsteigt, verursachen ihr die Kochdüfte im Hausflur eine leichte Übelkeit. Im dritten Stock verharrt sie kurz auf dem Treppenabsatz, um zu Atem zu kommen, und geht dann zu Apartment 3-A und klopft an die Tür. Nichts rührt sich dahinter. Sie schaut auf die Uhr. Fünf nach halb zehn. Sie klopft erneut.

Er weiß, daß sie ihn an diesem Morgen besucht. Sie hat ihm am Vorabend gesagt, sie würde kommen. Ist es möglich, daß er es vergessen hat? Ist er irgendwohin frühstükken gegangen? Oder steht er nur unter der Dusche? Sie hat einen Schlüssel zu dem Apartment, den er ihr nach seinem letzten Herzinfarkt ausgehändigt hat, als er es mit der Angst zu tun bekam, er könnte völlig allein sterben und tagelang in der Wohnung vermodern, bis jemand seine Leiche finden würde. Sie benutzt den Schlüssel nur selten und weiß kaum, wie er aussieht, aber sie sucht ihn in ihrer Handtasche inmitten des anderen Kleinkrams und findet ihn schließlich in einem kleinen schwarzen Lederetui, das auch den Schlüssel zu seinem Bankschließfach enthält, eine weitere Versicherung gegen einen unerwarteten Herzanfall.

Sie steckt den Schlüssel ins Schlüsselloch, dreht ihn herum. In der Stille des morgendlichen Korridors – die meisten Leute sind schon zur Arbeit, bis auf die Frau irgendwo ein Stück den Flur hinunter, die irgend etwas kocht, das entsetzlich stinkt – hört Cynthia das ölige Klicken der Schließzylinder. Sie dreht den Türknauf und drückt die Tür auf. Sie zieht den Schlüssel aus dem Schlüsselloch, verstaut ihn in ihrer schwarzen Lederhandtasche, betritt das Apartment …

»Dad?«

… und schließt die Tür hinter sich.

Stille.

»Dad?« ruft sie wieder.

Kein Laut ertönt im Apartment.

Es herrscht eine seltsame Stille. Nicht die gespannte Stille einer Wohnung, die nur kurzzeitig verlassen ist. Es ist ein ehrfürchtiges Schweigen, eine Stille, die Dauerhaftigkeit in sich birgt. In dieser Stille liegt etwas Endgültiges, etwas so Absolutes, daß sie beängstigend und erregend zugleich ist. Etwas Bedrohliches lauert hier. Etwas Schreckliches wartet in diesen Räumen. Die Stille signalisiert schlimme Erwartungen und läßt ihr ein eisiges Frösteln der Vorahnung über den Rücken rieseln. Beinahe dreht sie sich auf dem Absatz um und geht hinaus. Sie ist kurz davor, wieder wegzugehen.

»Ich wünschte, ich hätte es getan«, erzählt sie jetzt.

Ihr Vater hängt an der Innenseite der Badezimmertür. Die Tür ist offen und ragt ins Schlafzimmer, und seine hängende Gestalt ist das erste, was sie sieht, als sie das Zimmer betritt. Sie schreit nicht. Statt dessen weicht sie zurück und stößt gegen die Wand. Dann dreht sie sich um und schickt sich erneut an, einfach zu gehen, verläßt auch tatsächlich das Schlafzimmer und tritt in die Diele, aber die stumme, hängende Gestalt ruft sie zurück, und sie betritt das Schlafzimmer erneut. Sie durchquert den Raum und geht zu der Gestalt, die an der Innenseite der Badezimmertür hängt. Sie macht immer nur einen Schritt, bleibt vor jedem weiteren stehen, um Luft zu holen und ihren Mut zusammenzuraffen. Sie blickt hoch zu dem Mann, der dort hängt, dann senkt sie den Kopf und schaut nach unten. Um einen weiteren Schritt zu machen. Sie beobachtet ihre sich vorwärts schiebenden Füße und nähert sich immer mehr der Tür und der grotesken Gestalt, die dort hängt.

Etwas Blaues ist um seinen Hals geschlungen. Sein Kopf ist zur Seite gekippt, als wäre er dorthin gesunken, als er einschlief. Der Haken befindet sich dicht unter dem oberen Rand der Tür, und das Blaue – ein Schal, nicht wahr? Eine Krawatte? – ist um den Haken geschlungen, so daß die Zehen ihres Vaters ein paar Zentimeter über dem Fußboden schweben. Sie stellt fest, daß er barfuß ist und seine Füße blau sind, ein Blau, das dunkler und rötlicher ist als der Stoff, der um seinen Hals geknotet ist. Seine Hände sind ebenfalls blau. Es ist dasselbe dunkle rötliche Blau, das an einen schlimmen Bluterguß denken läßt, der die Handflächen und die Finger und die Handrücken verfärbt. Die Hände sind geöffnet und nehmen eine fast betende Haltung ein. Er trägt ein weißes Oberhemd und eine graue Flanellhose. Die Zunge hängt ihm aus dem Mund. Sie ist fast schwarz.

Sie tritt dicht an den Körper heran, der da hängt.

Und blickt hoch in sein Gesicht.

»Dad?« sagt sie ungläubig. Sie erwartet, daß er die Zunge noch weiter herausstreckt, vielleicht ein Prusten von sich gibt, zu grinsen beginnt, sie weiß nicht, was, irgend etwas tut, um ihr zu zeigen, daß er ein Spiel treibt, so wie er früher immer gespielt hat, als sie noch ein kleines Mädchen war, ehe er alt wurde ... und langweilig ... und tot war. Tot, ja. Er rührt sich nicht. Er ist tot. Er ist wirklich und wahrhaftig tot, und er wird sie nie mehr anlächeln. Sie starrt in seine weit geöffneten Augen, die so grün sind wie ihre eigenen. Aber jetzt sind sie mit winzigen Blutflecken übersät. Sie kneift die eigenen Augen fast vollständig zu. Ihr Gesicht ist verzerrt, nicht vor Schmerz. Sie verspürt keinen Schmerz, sie empfindet noch nicht einmal so etwas wie Verlust oder Einsamkeit. Sie hat diesen Mann schon sehr lange nicht mehr richtig gekannt. Sie verspürt lediglich Entsetzen und einen tiefen Schrecken und Zorn, ja, unerklärlichen Zorn, Zorn, der unvermittelt und heftig auflodert. Warum hat er das getan? Warum hat er nicht irgendwen gerufen? Was, gottverdammt noch mal, ist mit ihm los?

»Ich nehme solche Ausdrücke normalerweise nicht in den Mund«, sagt sie zu den fünf Männern, die ihr zuhören, und im Raum kehrt wieder Stille ein.

Die Polizei, denkt sie. Ich muß die Polizei rufen. Ein Mann hat sich erhängt, mein Vater hat sich erhängt, ich muß die Polizei benachrichtigen. Sie schaut sich im Zimmer um. Das Telefon. Wo ist das Telefon? Er sollte ein Telefon am Bett haben, er hat Probleme mit dem Herzen, ein Telefon sollte stets in Reichweite ...

Sie entdeckt das Telefon – nicht neben dem Bett. Sondern am anderen Ende des Zimmers auf der Kommode. Aber gegen ein schnurloses Telefon hatte er sich immer gewehrt. In ihrem Geist wirbeln all die Dinge herum, die sie jetzt erledigen muß, wichtige Aufgaben, die sie wahrnehmen muß. Zuerst wird sie ihren Mann anrufen müssen. »Bob, Liebling, mein Vater ist tot.« Sie werden die Beerdigungsvorbereitungen treffen müssen, sie müssen einen Sarg aussuchen, seine Freunde benachrichtigen, aber wer zum Teufel sind seine Freunde? Auch ihre Mutter, sie wird sie anrufen müssen, seit fünf Jahren geschieden, und sie wird sicher sagen: »Gut, das freut mich!« Aber zuerst die

Polizei. Sie ist sicher, daß die Polizei bei einem Selbstmord benachrichtigt werden muß. Sie hat mal irgendwo gelesen oder gesehen, daß man die Polizei rufen muß, wenn man seinen Vater an einem Haken und mit heraushängender Zunge vorfindet. Plötzlich bricht sie in hysterisches Gelächter aus. Sie preßt eine Hand auf den Mund und lugt über ihren Rand wie ein kleines Kind und lauscht mit weit aufgerissenen Augen und voller Angst, daß jemand hereinkommt und sie bei dem Toten antrifft.

Sie wartet mehrere Sekunden lang. Ihr Herz schlägt wild in der Brust, und dann geht sie zum Telefon und will gerade 911 wählen, als ihr etwas einfällt. Etwas taucht plötzlich ungefragt in ihrem Geist auf. Sie erinnert sich an den Schließfachschlüssel in dem kleinen schwarzen Lederetui, und ihr fällt gleichzeitig ein, daß ihr Vater ihr erklärt hat, daß sich in dem Schließfach neben anderen Dingen wie seiner silbernen Medaille, die er als Sieger in einem Laufwettkampf auf der High-School erhalten hat, auch eine Versicherungspolice befindet. Viel ist es nicht, hat ihr Vater ihr erzählt, aber du und Bob, ihr seid die Nutznießer, daher vergiß nicht, daß es sie gibt. Sie erinnert sich auch daran, irgendwo gehört oder gelesen oder im Fernsehen oder im Kino gesehen zu haben – heute kriegt man ja so viele Informationen – also, sie erinnert sich daran, daß, wenn jemand Selbstmord begeht, die Versicherung die Lebensversicherung nicht auszahlt.

Sie weiß nicht, ob das stimmt, aber angenommen, es ist so? Sie hat auch keine Ahnung, wie hoch er sich versichert hat, viel wird es nicht sein, er hat eigentlich nie nennenswert viel Geld besessen. Aber angenommen, die Versicherung beläuft sich auf hunderttausend Dollar oder auch nur fünfzig oder zwanzig oder zehn? Wen interessiert das schon. Soll die Versicherungsgesellschaft die Prämie behalten, für die er all die Jahre eingezahlt hat? Nur weil irgend etwas ihn so sehr bedrückte – was zum Teufel hat dich so bedrückt, Dad? –, daß er sich selbst erhängen mußte? Sie denkt, daß das nicht fair ist. Nein, das ist wirklich nicht fair.

Andererseits ...

Angenommen ...

Nur einmal angenommen ...

Nur mal angenommen, er ist im Schlaf an einem Herzinfarkt oder an was auch immer gestorben? Nur mal angenommen, derjenige, der den Totenschein ausstellen muß, findet ihn tot im Bett, eines natürlichen Todes gestorben. Dann gäbe es keine Probleme mit der Versicherungsgesellschaft, und sie und Bob würden kassieren können, was die Versicherung wert war. Sie läßt sich das kurz durch den Kopf gehen. Sie ist erstaunlich ruhig. Sie hat sich mittlerweile an die Stille im Apartment gewöhnt und an ihren Vater, der dort reg- und leblos hängt. Sie schaut auf die Uhr. Es ist Viertel vor zehn. Ist sie erst seit zehn Minuten in der Wohnung? Wirklich nur so kurz? Ihr kommt es wie eine Ewigkeit vor.

Sie denkt, daß sie ihn abnehmen und zum Bett tragen muß.

Sie nähert sich wieder der Leiche. Blickt in die toten grünen Augen ihres Vaters, studiert die Poren seines Gesichts, die winzigen Blutflecken, die häßlich herausragende Zunge. Sie rafft allen Mut zusammen, den sie braucht, um ihn zu berühren. Sie denkt, wenn sie so dicht vor dem Tod stehen kann, ohne sich zu übergeben oder sich zu besudeln, wird sie ganz sicher auch in der Lage sein, ihn zu berühren und zu bewegen.

Der Stoff um seinen Hals sieht aus wie der Gürtel des Bademantels. Sie sieht, daß ihr Vater die Enden verknotet hat, so daß sie eine Schlinge bilden, und diese Schlinge hat er sich über den Kopf gestreift und um den Hals gelegt. Er muß einen Hocker oder etwas anderes benutzt haben, um darauf zu steigen, als er die Schlinge über den Haken legte, und dann muß er den Hocker weggetreten haben, um sich aufzuhängen. Aber wo ist der Hocker? Oder hat er etwas anderes benutzt? Darüber kann sie sich jetzt nicht den Kopf zerbrechen. Ganz egal, wie er es getan hat, er hat es getan, und wenn sie es nicht schafft, ihn herunterzunehmen und zum Bett zu schleppen, werden sie und ihr Mann die Lebensversicherung verlieren, so einfach ist das.

In den nächsten Sekunden denkt sie nicht ein einziges Mal darüber nach, daß sie etwas tut, was sie später in die Lage versetzt, einen Versicherungsbetrug zu begehen. Nicht eine Sekunde lang kommt sie auf die Idee, daß sie ungesetzlich handelt. Sie korrigiert lediglich einen kleinen Fehler. Die Dummheit ihres Vaters, der nicht gewußt hat, daß ein Selbstmord gegen die Klauseln der Lebensversicherung verstößt, falls das, was sie gehört hat, wirklich zutrifft. Sie ist überzeugt, daß es zutrifft, wie kann sie sonst davon gehört haben?

Nun, denkt sie, dann mal los.

Der erste Kontakt mit ihm – sein Gesicht an dem ihren, während sie eine Schulter unter seinen Arm schiebt und mit der freien Hand den Bademantelgürtel vom Haken nestelt – ist kalt und abstoßend. Sie spürt, wie ihr Fleisch sich verkrampft, sich eine Gänsehaut bildet, und hätte ihn in diesem Moment beinah fallen lassen. Doch sie hält ihn fest in einer makabren Tanzhaltung und schleppt und schleift ihn zum Bett, wo sie ihn sofort losläßt. Sein Oberkörper und sein Gesäß liegen auf dem Bett, Beine und Füße hängen hinab. Sie weicht angeekelt zurück. Sie ist außer Atem. Er ist viel schwerer, als sie es erwartet hat. Der Gürtel liegt immer noch um seinen Hals wie ein breites, blaues Band, das zu seinen grotesk blauen Händen und Füßen paßt. Sie schiebt eine Hand unter seinen Kopf, spürt die klamme Kälte seiner Haut, hebt den Kopf an und zieht den Gürtel herunter. Sie löst den Knoten, und dann bringt sie den Gürtel quer durch das Zimmer zum Sessel, über dessen Lehne der blaue Bademantel drapiert ist. Sie überlegt, ob sie den Gürtel durch die Schlaufen fädeln soll, fängt damit an, aber ihre Hände zittern, haben keine Geduld, und sie läßt den Gürtel einfach auf den Fußboden fallen, wo er neben seinen Schuhen und seinen Socken liegenbleibt.

Sie blickt wieder auf die Uhr.

Es ist fast zehn.

Irgendwo schlägt eine Kirchenglocke die volle Stunde.

Der Klang weckt bei ihr eine Erinnerung, die sie nicht richtig einordnen kann. Ein Sonntag vor langer Zeit? Vorbereitungen für ein Picknick? Ein kleines Mädchen in einem geblümten Sommerkleidchen? Sie lauscht dem Schlag der Kirchenglocke. Ihr Klang läßt ihr beinahe die Tränen in die Augen steigen. Stocksteif steht sie in der Wohnung, während die Kirchenglocke in der Ferne erklingt. Und schließlich verstummt die Glocke. Sie seufzt tief und geht wieder zum Bett zurück.

Ihr Vater liegt quer darauf, so wie sie ihn fallen lassen hat, auf dem Rücken, die Beine an den Knien gebeugt und auf dem Fußboden ruhend. Sie geht zu ihm hin und hebt die Beine hoch. Sie dreht den Körper, so daß er jetzt richtig liegt, den Kopf auf dem Kissen, die Füße am Fußende, wo sie beinah das Fußbrett berühren. Sie zerrt die Decke unter ihm hervor und zieht sie bis zum Fußende hinunter. Sie weiß, daß es seltsam aussehen wird, daß er in voller Kleidung im Bett liegt. Sie weiß, daß es sicherlich besser wäre, ihn ganz auszuziehen, ehe sie die Decke über seine Brust breitet. Aber sie hat in ihrem ganzen Leben ihren Vater niemals nackt gesehen, und die Aussicht darauf, ihn auszuziehen, der schreckliche Gedanke, seinen nackten

Körper kalt und blau und schrumpelig und tot vor sich zu sehen, ist so entsetzlich, so erschreckend, daß sie unwillkürlich einen Schritt rückwärts macht und den Kopf schüttelt, als weigere sie sich, einen solchen Akt auch nur vage in Erwägung zu ziehen. Wie grauenvoll, denkt sie. Der absolute Horror. Und sie breitet die Decke über ihn, zieht sie hoch bis dicht unter sein Kinn und verbirgt bis auf sein Gesicht alles andere.

Dann geht sie zum Telefon, wählt 911 und erklärt der Telefonistin mit fester Stimme, daß sie soeben ihren Vater tot in seinem Bett gefunden hat, und ob sie nicht umgehend jemanden vorbeischicken könne.

»Die Frau stand unter Schock«, sagte Alexander. »Sie wußte nicht, was sie tat.«

»Sie hat uns gerade erzählt, daß sie einen Versicherungsbetrug geplant hat«, widersprach Carella.

»Nein, das hat sie überhaupt nicht erzählt. Sie weiß noch nicht einmal, was in der Police steht. Gibt es dort tatsächlich eine Ausschlußklausel bei Selbstmord? Wer weiß das? Sie weiß nur, daß im Bankschließfach ihres Vaters eine Versicherungspolice liegt. Wie die Police aussieht und über welchen Betrag sie abgeschlossen wurde, weiß sie nicht. Wie können Sie also behaupten, daß sie einen Versicherungsbetrug geplant hat?«

»Nun überlegen Sie mal, Herr Anwalt«, sagte Carella. »Wenn jemand versucht, einen Selbstmord aussehen zu lassen wie einen natürlichen Tod ...«

»Sie wollte nicht, daß die ganze Welt erfährt, daß ihr Vater sich selbst das Leben nahm«, sagte Alexander.

»Quatsch«, sagte Lieutenant Byrnes.

Eine der Beamtinnen hatte Cynthia Keating auf die Toilette am Ende des Flurs begleitet. Die drei Detectives saßen immer noch an dem langen Tisch im Verhörzimmer.

Alexander stand jetzt, sah sie an und vertrat seinen Fall, als hätte er eine Jury vor sich. Die Detectives sahen aus, als spielten sie Poker, was sie wahrscheinlich auch taten. Carella hatte die Führung übernommen, indem er Cynthia Keating verhörte und sie dazu brachte, mindestens zwei Verbrechen zu gestehen, zu denen möglicherweise noch ein drittes kam: versuchter Versicherungsbetrug. Nach fast zwölf Stunden Dienst sah er ein wenig müde aus. Meyer neben ihm sah aus wie jemand, der einen Royal Flush in Pik in der Hand hat. Seine Miene verriet absolute Siegesgewißheit. Die Lady hatte ihnen alles erzählt, was sie wissen mußten. Alexander konnte sich ins Zeug legen, wie er wollte, aus dieser Klemme würde er sie nicht herausbekommen. Bei derart günstig verteilten Karten würde der Lieutenant, da war Meyer ganz sicher, sie anweisen, die Frau wegen aller drei Punkte in Haft zu nehmen.

»Wollen Sie die arme Frau wirklich ins Gefängnis bringen?« fragte Alexander.

Das war eine gute Frage.

Wollten sie?

Sie mochte durchaus einen Versicherungsbetrug in Erwägung gezogen haben, während sie bestimmte kriminelle Handlungen beging, um später ihre Forderung an die Versicherung zu stellen, aber solange sie die Forderung nicht vorbrachte, hätte sie auch keinen Versicherungsbetrug begangen, oder? Also, welchen Schaden hatte sie der Gesellschaft eigentlich zugefügt? Wollten sie sie wirklich ins Gefängnis zu anderen Frauen schicken, die ihre eigenen Babys ermordet und ihre Leichen auf den Müll geworfen hatten? Wollten sie wirklich eine harmlose Hausfrau aus Calm's Point an einen Ort verfrachten, wo sie gezwungen würde, sexuelle Handlungen an abgebrühten weiblichen Kriminellen vorzunehmen, die Schnapsladenbesitzer oder Tankstellenkassierer umgebracht hatten? Wollten sie das wirklich?

Es war in der Tat eine gute Frage.

Bis Carl Blaney abends um halb neun anrief, um Bescheid zu sagen, daß er Feierabend machen wollte, nachdem er die Autopsie an Andrew Henry Hale abgeschlossen hatte. Er hätte sich gedacht, daß Carella die Ergebnisse seiner Untersuchungen umgehend erfahren wollte.

»Ich habe seine Haare routinemäßig einer toxikologischen Analyse unterzogen«, berichtete Blaney. »Ich habe sie gewaschen und getrocknet, und dann habe ich die Haarproben verschiedenen organischen Lösungsmitteln ausgesetzt. Die Extrakte habe ich im Spektrometer untersucht und die dort gewonnenen Ergebnisse mit anderen in der Fachliteratur beschriebenen Proben verglichen.«

»Was haben Sie gefunden?«

»Tetrahydrocannabinol.«

»Bitte so, daß auch ich es verstehe, Doc.«

»Marihuana. Haben Sie etwas in der Wohnung gefunden?«

»Nein.«

»Aber das ist nicht alles, was das Haar hergegeben hat.«

»Was sonst noch?«

»Rohypnol.«

»Rohippwas?«

»R-O-H-Y-P-N-O-L«, wiederholte Blaney. »Die Markenbezeichnung für eine Droge namens Flunitrazepam.«

»Nie gehört.«

»Wir stoßen in dieser Stadt nicht allzu oft darauf. Es gibt im Zusammenhang damit keine Notfälle, und der Konsum ist nicht tödlich. Es handelt sich um ein Benzodiazepin, das im Süden und im Südwesten ziemlich beliebt ist. Junge Leute nehmen es zusammen mit Alkohol und anderen Drogen.«

»Ich dachte, Sie hätten festgestellt, es wäre ein Erstikkungstod gewesen.«

»Das war es auch. Hören Sie weiter. Auf Grund der Haaranalyse habe ich mir noch mal sein Blut vorgenommen. Diesmal konzentrierte ich mich auf Flunitrazepam und seine siebenfachen Aminometaboliten. Ich fand nur bescheidene Mengen der Ausgangsdroge – Konzentrationen, die nicht hoch genug waren, um den Tod herbeigeführt zu haben. Aber genug, um zu dem Schluss gelangen zu können, daß er mindestens zwei Milligramm konsumiert hat.«

»Heißt?«

»Heißt, daß er sich nicht selbst erhängt haben kann. Er ist nämlich bewußtlos gewesen. Sie haben es mit einem Mord zu tun.«

Und so fing es an.

2

Es regnete unbarmherzig am Morgen des 13. Oktober. Es war ein Samstag und der Tag, nachdem Andrew Henry Hale in seinem Apartment an der Ecke Currey und Twelfth tot aufgefunden worden war. Carella und Meyer verließen das Revier im Laufschritt und gelangten auf den Parkplatz hinter dem Gebäude. Ehe sie auch nur ein halbes Dutzend Schritte gemacht hatten, waren sie schon bis auf die Haut durchnäßt. Regen trommelte auf das Wagendach. Regen prasselte auf Carellas Schädel, während er den Schlüssel auf der Fahrerseite ins Türschloß bugsierte, Regen spritzte ihm in die Augen, Regen tränkte die Schultern seines Mantels und klatschte ihm das Haar auf die Stirn. Meyer stand geduldig mit hochgezogenen Schultern und als massiger Schatten auf der Beifahrerseite des Wagens, die Augen zusammengekniffen und allmählich in dem gnadenlosen Wolkenbruch absaufend.

»Du hast alle Zeit der Welt«, meinte er.

Carella brachte endlich den Schlüssel ins Schloß, öffnete die Tür, warf sich in den Wagen und griff über den Beifahrersitz, um die andere Tür für Meyer zu entriegeln.

»Endlich!« sagte Meyer und zog die Tür hinter sich zu.

Beide Männer saßen für einen Moment atemlos da, eingeschlossen in einen rappelnden Kokon, dessen Windschutzscheibe und Seitenfenster im Regen zerflossen. Hinter ihnen verströmten die Lampen des Reviers einen gelblichen Schein, verhießen Behaglichkeit und Wärme, seltsame Vorzüge, die man nicht unbedingt mit diesem

Ort in Verbindung brachte. Meyer verlagerte sein Gewicht und holte ein Taschentuch aus seiner Gesäßtasche. Er trocknete sich damit das Gesicht und den kahlen Schädel ab. Carella nahm mehrere Dunkin'-Donut-Servietten aus der Türablage und versuchte damit, Wasser aus seinen triefenden Haaren aufzusaugen. »Junge, Junge«, sagte er und fischte weitere Papierservietten aus der Tür.

Die beiden Männer in ihren schweren Mänteln füllten die vorderen Sitze des »Firmenwagens«, wie sie ihn scherzhaft nannten, vollständig aus. Sie arbeiteten unregelmäßig zusammen, wobei die beiden Phänomene Dringlichkeit und Zufall häufig weitaus wirkungsvoller bestimmten als jeder Dienstplan, wer sich jeweils gerade im Dienstzimmer aufhielt, wenn das Telefon klingelte. Sie hatten den Hale-Notruf gestern morgen gemeinsam entgegengenommen. Es war nun ihr Fall, bis sie eine Verhaftung vornahmen oder sich pensionieren ließen oder ihn unter der Rubrik »Ungelöste Fälle« ablegten.

Carella ließ den Wagen an.

Meyer schaltete das Funkgerät ein.

Das ständige Geschnatter der Polizeidialoge kämpfte gegen den trommelnden Regen. Die altersschwache Heizung brauchte einige Zeit, um Wärme in den Wagen zu blasen. Ihr blechernes Klappern war eine neue Stimme in dieser Sinfonie aus trommelndem Regen, Polizeistimmen aus dem Funkgerät und dem Zischen von Reifen auf schwarzem Asphalt. Cops im Einsatz lauschten ständig mit einem Ohr, warteten darauf, die Stimme der Zentrale zu hören, wenn sie speziell ihren Wagen rief, und warteten vor allem auf die alarmierende Meldung, daß ein Kollege in Schwierigkeiten war, ein Signal, auf das jeder Wagen in der näheren Umgebung reagieren würde. Während der Regen nicht nachlassen wollte und das Heizgebläse schwallweise heiße Luft in ihre Gesichter und auf ihre Füße schleuderte, unterhielten sie sich über Carellas Geburtstagsfeier Anfang des Monats – ein Ereignis, das er lieber vergessen hätte, da er an diesem Tag vierzig Jahre alt geworden war – und über die Probleme, die Meyer mit seinem Schwager hatte, der Meyer noch nie besonders gemocht hatte und der ständig versuchte, ihm eine weitere Lebensversicherung zu verkaufen, weil er doch einen so gefährlichen Beruf ausübte.

»Glaubst du, unser Beruf ist gefährlich?« fragte er.

»Gefährlich, nein«, sagte Carella. »Riskant.«

»Riskant genug, um etwas abzuschließen, das er *Einsatz*-Versicherung nennt?«

»Nein, das finde ich nicht.«

»Ich hab mir letzte Woche ein Video ausgeliehen«, erzählte Meyer. »Darin stirbt Robin Williams und kommt in den Himmel. Einer der miesesten Filme, die ich je im Leben gesehen habe.«

»Ich gehe nie in Filme, in denen jemand stirbt und in den Himmel kommt«, sagte Carella.

»Du solltest nie in einen Film gehen, in dessen Titel das Wort ›Traum‹ vorkommt«, sagte Meyer. »Sarah liebt diese Filme, in denen Filmstars sterben, damit normale Sterbliche sie nicht sehen können, und weiter durch die Gegend laufen. Du hast also noch nie davon gehört, was?« sagte Meyer.

»Noch nie«, antwortete Carella und lächelte. Er dachte, daß man, wenn man lange genug mit jemandem zusammenarbeitete, irgendwann seine Gedanken lesen konnte.

»Deine Kinder sind noch keine Teenager«, sagte Meyer. »Rophies? Roofies? Rope? R2? Das sind die Namen, die die Kids dafür haben.«

»Das ist mir neu«, sagte Carella.

»Es wurde als Ein- oder Zwei-Milligramm-Tabletten verkauft«, sagte Meyer. »Hoffman-La Roche – das ist die Firma, die sie herstellt – hat kürzlich die Zwei-Milligramm-Tablette in Deutschland vom Markt genommen.

Aber hier ist sie noch zu kriegen. Das ist übrigens ein weiterer Name dafür. La Roche. Oder einfach nur Roach. Wieviel hat der alte Mann laut Blaney eingenommen?«

»Mindestens zwei Milligramm.«

»Die hätten ihn innerhalb einer halben Stunde umgehauen. Es soll zehnmal stärker sein als Valium, außerdem ist es geschmacks- und geruchlos. Hast du wirklich noch nie davon gehört?«

»Nein«, beteuerte Carella.

»Man nennt das Zeug auch Date-Rape-Droge«, sagte Meyer. »Als es zuerst in Texas populär wurde, haben die Kids damit die Wirkung von Heroin gesteigert oder einen Kokain-Absturz aufgefangen. Dann hat irgendein Cowboy rausgekriegt, daß es, wenn man einem Mädchen eine Zwei-Milli-Tablette ins Bier tut, es die gleiche Wirkung hat, als würde sie ein Sixpack trinken. Nach zehn, zwanzig Minuten tut ihr nichts mehr weh. Sie verliert alle Hemmungen, tritt völlig weg und wacht am nächsten Morgen auf, ohne sich an etwas erinnern zu können.«

»Das klingt wie Science Fiction«, sagte Carella.

»Es sind kleine weiße Tabletten«, fuhr Meyer fort. »Man kann sie in einem Getränk auflösen oder schnupfen. Ruffies ist ein anderer Name dafür. Auch die Forget Pill. Oder Roofenol. Oder Rib. Sie kostet drei oder vier Dollar pro Stück.«

»Danke für die Information«, sagte Carella.

Die Männer waren unterwegs zu Andrew Hales Bank.

Sie hatten einen Gerichtsbeschluß erwirkt, der sie ermächtigte, sein Bankschließfach zu öffnen. Darin befand sich Cynthia Keatings zufolge die Police einer Lebensversicherung ihres Vaters. Ihr Mann hatte ihnen außerdem mitgeteilt, daß sein Anwaltsbüro im Besitz des Letzten Willens ihres Vaters wäre, auf Grund dessen der Ehemann und seine Frau den gesamten Besitz des alten Mannes erbten – was nicht gerade viel war. Ein Sparbuch, das sie in seiner Wohnung gefunden hatten, verzeichnete ein Guthaben von zweitausendvierhundertsechsundsiebzig Dollar und zwölf Cent. Der alte Mann hatte außerdem eine Sammlung von 78er Schallplatten aus den dreißiger und vierziger Jahren besessen. Keine davon war ein seltenes Stück. Es waren hauptsächlich Swing-Hits aus der damaligen Zeit – Benny Goodman, Harry James, Glenn Miller –, die unzählige Male abgespielt worden waren, so daß der Schellack zerkratzt und die Rillen abgewetzt waren. Es gab in der Wohnung auch ein paar Bücher, die meisten davon zerlesene Taschenbücher. Außerdem ein achtteiliges billiges Silbergeschirr.

Sicher, in einer Stadt, in der ein Fünf-Dollar-Schein in einem ausgeleierten Portemonnaie oft genug ein hinreichender Grund für einen Mord war, könnten diese Besitztümer ein Motiv dargestellt haben. Aber nicht für zwei Menschen, denen es so gut ging wie den Keatings. Überdies hatte in diesem Fall niemand rein zufällig sein Opfer auf der Straße ausgesucht und war bei ihm eingedrungen, was so gut wie jeden Tag geschah. Jemand hatte sich hier große Mühe gegeben, hatte den alten Mann zuerst betäubt und ihn dann erhängt. Der Preis mußte diese Mühe wert sein.

Carella lenkte den Wagen in die Parkverbotszone vor der Bank. Er klappte die Sonnenblende herunter, damit der rosafarbene Polizeiausweis zu sehen war, der normalerweise jeden Streifenpolizisten vom Ausfüllen möglicher Strafzettel abhielt. Dann stieg er aus dem Wagen und rannte durch den Regen zum Eingang der Bank. Meyer folgte ihm in kurzem Abstand.

Der Gerichtsbeschluß öffnete das Bankschließfach des Toten, und sie fanden in der Tat eine Versicherungspolice über fünfundzwanzigtausend Dollar, in der Andrew Hales Tochter und sein Schwiegersohn als einzige Begünstigte genannt wurden. Die Police enthielt tatsächlich eine Selbstmord-Ausschluß-Klausel:

> Abschnitt 1 Paragraph 5 FREITOD
> Sollte der Versicherte innerhalb eines Jahres nach Inkrafttreten der Versicherung durch Freitod aus dem Leben scheiden, beschränkt sich der von der Versicherung zu zahlende Betrag auf die bis zu diesem Zeitpunkt eingezahlten Prämien.

Die Versicherung war jedoch bereits vor zehn Jahren abgeschlossen worden.

Die Nacht vom Donnerstag auf den Freitag war der kritische Zeitraum.

Cynthia Keaton zufolge hatte sie noch um neun Uhr abends mit ihrem Vater telefoniert und ihn am nächsten Morgen gegen halb zehn erhängt aufgefunden. Eine Nachfrage bei der Telefongesellschaft ergab, daß sie seine Nummer tatsächlich um sieben nach neun am Vorabend angerufen und zwei Minuten lang mit ihm gesprochen hatte. Das schloß jedoch nicht aus, daß sie kurz darauf mit der U-Bahn auf die andere Seite des Flusses gefahren war, sich in seine Wohnung begeben, ein paar Tabletten in seinen Wein oder sein Bier oder sein Mineralwasser getan und ihn dann an einem Haken erhängt hatte.

Aber...

Cynthia berichtete, nach dem Telefongespräch mit ihrem Vater hätte sie ihre Freundin Josie vor dem Kino eine Straße von ihrem Apartment entfernt getroffen. Zusammen hätten sie sich dort einen Film angesehen, der gegen Viertel nach neun begann und um Viertel vor zwölf zu Ende war. Danach wären sie und ihre Freundin Josie auf ein Glas Tee und ein Stück Kuchen in eine Snackbar namens Westmore's gegangen. Um halb eins wäre sie nach Hause gekommen und hätte die Wohnung bis zwanzig vor neun am nächsten Morgen nicht verlassen. Dann nämlich wäre sie mit der U-Bahn über den Fluß zur Wohnung ihres Vaters gefahren und hätte Dad, meinen armen Dad, erhängt aufgefunden, o mein Gott, war das schrecklich, und ich fühle mich ja so schlecht. Der Film, den sie gesehen hatte, gehörte zu einer Kurosawa-Retrospektive. Er hieß *Zwischen Himmel und Hölle* und basierte auf dem Roman eines Amerikaners, der billige Krimis schrieb. Ein Anruf im Kino bestätigte den Titel des Films sowie die Anfangszeit und das Ende. Ein Anruf bei ihrer Freundin Josie Gallitano ergab, daß sie Cynthia tatsächlich ins Kino begleitet und danach mit ihr noch eine Tasse Tee und ein Stück Schokoladenkuchen verzehrt hatte. Wie zu erwarten bestätigte Cynthias Ehemann, daß sie bereits im Bett gelegen und geschlafen hätte, als er gegen ein Uhr von einem Pokerspiel nach Hause kam. Nein, in dieser Nacht hätte sie die Wohnung nicht mehr verlassen.

Sechs andere Männer hatten an der Pokerrunde teilgenommen. Keating erklärte, sie hätten mit dem Spiel gegen acht Uhr angefangen und um Viertel nach zwölf Schluß gemacht. Die sechs anderen Männer bestätigten, daß er sich in dem von ihm angegebenen Zeitraum dort ununterbrochen aufgehalten hätte. Wie erwartet bestätigte seine Frau seine Heimkehr gegen ein Uhr, und daß er in dieser Nacht die Wohnung nicht mehr verlassen hätte.

Es dämmerte den Detectives, daß ihre beiden Hauptverdächtigen wasserdichte Alibis hatten und derjenige, der Andrew Hales Getränk mit Rohypnol versetzt und ihn dann an den Türhaken im Badezimmer gehängt hatte, immer noch irgendwo da draußen herumschlich.

Bei Hales Beerdigung am Sonntag morgen hörten sie zu, wie ein Priester, der den Mann niemals in seinem Leben kennengelernt hatte, den einzigen nahen Verwandten schilderte, was für ein feiner und aufrechter Mensch er gewesen war. Cynthia Keating und ihr Mann Robert lauschten der Ansprache, ohne eine Träne zu vergießen. Es regnete immer noch, als die erste Schaufel Erde auf Hales schlichten Holzsarg fiel.

Es war, als hätte er nie existiert.

An diesem Sonntag rief Carella von zu Hause Danny Gimp an.

»Danny?« meldete er sich. »Ich bin's, Steve.«

»Hey, Steve«, sagte Danny. »Was gibt's Neues?«

Es war ein Scherz. Danny Gimp war ein Informant. Er – und nicht Carella – war derjenige, der Dinge aufschnappte und sie weitergab. Für Geld. Die Männer hielten sich nicht mit Nettigkeiten auf. Carella kam sofort zur Sache.

»Ein alter Knabe namens Andrew Hale ...«

»Wie alt?« fragte Danny.

»Achtundsechzig.«

»Also uralt«, sagte Danny.

»Wurde Donnerstag nacht geerdet.«

»Wo?«

»In seiner Wohnung in der Nähe des Currey Yard.«

»Um wieviel Uhr?«

»Unser Doc tippt auf Mitternacht. Aber du weißt ja, wie schwierig genaue Schätzungen in solchen Fällen sind.«

»Wie hat's ihn erwischt?«

»Er wurde erhängt. Aber vorher wurde er mit einer Droge namens Rohypnol betäubt. Schon mal davon gehört?«

»Klar.«

»Du kennst das Zeug?«

»Sicher«, sagte Danny.

»Wie dem auch sei«, sagte Carella, »die einzigen beiden Leute, die Grund gehabt hatten, ihn tot sehen zu wollen, haben kilometerlange Alibis. Wir denken, vielleicht kannten sie jemanden, der mit einer Schlinge umgehen kann.«

»Hm-m.«

»Er ist Anwalt ...«

»Der Tote?«

»Nein. Einer der Verdächtigen.«

»Ein Strafverteidiger?«

»Nein. Aber er kennt Strafverteidiger.«

»Das heißt nicht, daß er Mietkiller kennt.«

»Es heißt, daß er an einen rankommen konnte.«

»Okay.«

»Frag mal rum, Danny. Es geht um fünfundzwanzig Riesen Versicherungssumme.«

»Das ist nicht viel.«

»Ich weiß. Aber vielleicht ist es genug.«

»Na schön, ich hör mich mal um, mal sehen, was Sache ist.«

»Melde dich bei mir, okay?«

»Wenn ich was höre.«

»Auch wenn nicht.«

»Okay«, sagte Danny und legte auf.

Er meldete sich bei Carella erst am darauffolgenden Sonntag, dem 7. November. Zu diesem Zeitpunkt war der Fall mausetot.

Danny kam in das Etablissement gehumpelt, eine Pizzeria an der Ecke Culver und Sixth, die er selbst als Treffpunkt ausgesucht hatte. Den Kragen seines fadenscheinigen Mantels hatte er zum Schutz vor Regen und Kälte hochgeschlagen. Ein langer, gestreifter Schal war um seinen Hals geschlungen, und er trug Wollhandschuhe. Er schaute sich vorsichtig in dem Restaurant um, als wäre er ein Spion, der den geheimen Bauplan einer Atombombe anzubieten hatte. Carella winkte ihm zu. Dannys Gesicht verzog sich mürrisch.

»Das solltest du nicht tun«, sagte er und schlängelte sich in die Nische. »Schon schlimm genug, daß wir uns in der Öffentlichkeit treffen.«

Carella war bereit, Danny seine gelegentliche Gereiztheit zu verzeihen. Er hatte nie vergessen, daß Danny ihn im Krankenhaus besucht hatte, als er das erste Mal in seinem Berufsleben angeschossen worden war. Es war für Danny nicht so einfach gewesen. Informanten der Polizei halten sich nicht lange in ihrem Job, sobald bekannt ist, daß sie Polizeispitzel sind. Dannys Augen zuckten hin und her und überprüften die Umgebung. Er selbst hatte den Laden ausgewählt, aber jetzt schien es ihm hier ungemütlich zu werden, denn es herrschte für einen Montagmorgen um neun unerwartet lebhafter Betrieb. Wer zum Teufel rechnete schon damit, daß jemand Pizza zum Frühstück aß? Aber er konnte nicht ins Revier gehen, und er wollte Carella nicht in seine beschissene kleine Bude drüben auf der South Side einladen, denn das war ihm peinlich, um ehrlich zu sein. Danny hatte bessere Zeiten gekannt.

Er war noch dünner, als Carella ihn je gesehen hatte. Seine Augen tränten, und seine Nase lief. Er nahm sich ständig Servietten aus dem Spender auf dem Tisch, putzte sich die Nase, knüllte die Servietten zusammen und stopfte sie in die Taschen seines Mantels, den er noch nicht ausgezogen hatte. Er sah nicht gesund aus. Außerdem wirkte er ungepflegt, was für jemanden, der immer Wert auf seine, wie er fand, elegante Kleidung gelegt hatte, ungewöhnlich war. Danny brauchte dringend eine Rasur. Schmuddelige Hemdmanschetten ragten aus seinen zerschlissenen Mantelärmeln. Sein Gesicht war mit schwarzen Mitessern übersät, die Fingernägel hatten schwarze Schmutzränder. Er spürte Carellas prüfenden Blick und lieferte als Erklärung: »Das Bein macht mir wieder mal Ärger.«

»Das tut mir leid.«

»Ja, es quält mich noch immer. Seit ich damals angeschossen wurde.«

»Hm-m.«

Tatsächlich war Danny in seinem ganzen Leben niemals angeschossen worden. Er humpelte, weil er als Kind Kinderlähmung gehabt hatte. Aber so zu tun, als wäre er in einem Gangsterkrieg verwundet worden, verlieh ihm ein gewisses Ansehen auf der Straße, das er als geradezu existentiell notwendig für die Beschaffung von Informationen betrachtete. Carella war durchaus bereit, ihm diese Lüge nachzusehen.

»Möchtest du eine Pizza?« erkundigte er sich.

»Kaffee wäre wahrscheinlich besser«, sagte Danny und machte Anstalten, wieder aufzustehen.

»Bleib sitzen«, sagte Carella. »Ich hole ihn. Möchtest du etwas dazu?«

»Das Gebäck sieht ganz gut aus«, sagte Danny. »Bring mir irgend etwas mit Schokolade, okay?«

Carella ging zur Theke und kam ein paar Minuten später mit zwei Schokoladeneclairs und zwei Tassen Kaffee zurück. Danny hauchte sich in die Hände, um sie anzuwärmen. Ein ständiger Strom von Gästen, die hereinkamen oder hinausgingen, ließ die Kälte von draußen eindringen. Danny griff nach seiner Kaffeetasse und wärmte seine Hände daran. Carella biß in sein Schokoladengebäck. Danny folgte seinem Beispiel. »Lieber Gott«, seufzte er, »das ist köstlich«, und nahm einen zweiten Bissen. »Lieber Gott«, sagte er noch einmal.

»Also, was hast du?« fragte Carella.

Fünfundzwanzigtausend Dollar waren eine ausreichende Summe in einer Stadt, in der man den Tod jedes Mitmenschen für ein U-Bahn-Ticket kaufen konnte. Wenn Robert Keating und seine Frau Cynthia anderweitig beschäftigt gewesen waren, als ihr Vater erwürgt und aufgehängt wurde, bestand die Möglichkeit, daß sie jemanden engagiert hatten, um für sie die Arbeit zu tun. In dieser Stadt konnte man für den richtigen Preis einfach alles erledigen lassen. Sie wollen, daß jemandem die Brille zertrümmert wird? Oder jemandem sollen die Fingernägel ausgerissen werden? Oder die Beine gebrochen? Oder er soll noch schlimmer zugerichtet werden? Soll es so schlimm sein, daß er für den Rest seines Lebens Invalide ist? Ihm soll die Haut abgezogen werden, er soll verbrannt oder – Sie wagen es noch nicht mal zu flüstern – umgebracht werden? Das läßt sich machen. Ich werde mal mit jemandem reden. Es kann arrangiert werden. Kein Problem.

»Ich habe sogar eine ganze Menge«, sagte Danny, der im Augenblick mehr an seinem Eclair als an Geschäften interessiert zu sein schien.

»Tatsächlich?« sagte Carella.

Am Telefon hatte Danny am Vorabend nur angedeutet, daß er was Interessantes rausgekriegt hätte. An diesem Morgen schien es noch mehr zu sein. Aber vielleicht war das auch nur das Vorspiel zu zähen Honorarverhandlungen.

Tatsächlich wußte Danny, daß das, was er hatte, bestes Material war. So gut sogar, daß es möglicherweise mehr wert war, als Carella gewöhnlich zu bezahlen pflegte. Er haßte es, mit jemandem zu feilschen, den er als guten Freund betrachtete, obgleich er nie ganz sicher sein konnte, daß Carella dieses Gefühl erwiderte. Gleichzeitig wollte er keine Information weitergeben, die höchstwahrscheinlich zu einer Verhaftung in einem Mordfall führte, und dann mit ansehen müssen, wie Carella mickrige fünfzig Dollar über den Tisch schob. Das, was er wußte, war zu gut für ein Trinkgeld.

»Ich weiß, wer es getan hat«, sagte er geradeheraus.

Carella hob überrascht die Augenbrauen.

»Ja, ich hatte Glück«, sagte Danny grinsend. Seine Zähne sahen ebenfalls schlecht aus. Ganz offensichtlich achtete er nicht sonderlich auf sein Äußeres.

»Dann laß mal hören«, forderte Carella ihn auf.

»Ich denke, es ist mindestens soviel wert, wie der Killer gekriegt hat«, sagte Danny mit gesenkter Stimme.

»Und wieviel ist das?«

»Fünf Riesen«, antwortete Danny.

»Du machst doch Witze, oder?«

»Glaubst du?« erwiderte Danny.

Carella glaubte es nicht.

»Bei so viel Geld muß ich vorher mit dem Lieutenant reden«, erklärte er.

»Klar, rede mit ihm. Ich glaube aber nicht, daß dieser Kerl noch allzu lange hier sein wird.«

»Was kann ich ihm erzählen?«

»Wem?«

»Meinem Lieutenant.«

Fünftausend war eine Menge Geld für einen Informanten. In der Schmiergeldkasse des Reviers war manchmal noch mehr als das, je nachdem, welche Spenden dort eingegangen waren. Niemand stellte lästige Fragen nach ein paar Dollars, die ab und zu während einer Drogenrazzia verschwanden, vorausgesetzt, das Geld ging in das, was euphemistisch »Kriegskasse« genannt wurde. Aber ein großer Drogenfang unten in den Docks hatte während der letzten zwei Monate den Betrieb im Revier ein wenig einschlafen lassen, und Carella fragte sich, ob im Augenblick noch so viel Schmiergeld vorhanden war. Er fragte sich außerdem, ob der Lieutenant einem Spitzel so viel Geld zahlen konnte. Dannys Information müßte geradezu Gold wert sein, um eine solche Ausgabe zu rechtfertigen.

»Sag ihm, ich weiß, wer es getan hat, und ich weiß außerdem, wo der Betreffende sich aufhält«, sagte er. »Wenn das keine fünf Riesen wert ist, bin ich im falschen Gewerbe.«

»Wie bist du daran gekommen?« wollte Carella wissen.

»Durch einen Bekannten.«

»Und wie hat er es erfahren?«

»Direkt aus erster Hand.«

»Erzähl mir was, das ich weitergeben kann.«

»Gern«, sagte Danny. »Dein Mann gehörte zu einer Pokerrunde.«

»Du meinst Robert Keating?« fragte Carella überrascht.

»Nein. Wer ist Robert Keating?«

»Wen meinst du dann?«

»Den Kerl, den du suchst«, sagte Danny. »Er hat am vergangenen Samstag abend mit ein paar Leuten gepokert.«

»Okay.«

»Wer ist Robert Keating?« wiederholte Danny seine Frage.

»Niemand«, wehrte Carella ab. »Was war mit der Pokerrunde?«

»Dein Mann hat hoch gesetzt.«

»Wie hoch?«

»Tausend-Dollar-Pötte. Er kam mit fünf Riesen hin und machte zwanzig daraus, ehe der Morgen anbrach. Ein großer Gewinner.«

»Ist er Spieler?«

»Nein, nur ein Mietkiller, der gern spielt.«

»Ist er von hier?«

»Aus Houston, Texas. Und er geht dorthin zurück.«

»Wann?«

»Irgendwann an diesem Mittwoch. Wenn du ihn schnappen willst, solltest du dich beeilen. Komisch, das mit Houston, nicht wahr?«

Carella fand an Houston gar nichts komisch.

»Das macht Fremde sicherlich verrückt«, sagte Danny. »Wie Worte gleich geschrieben, aber völlig unterschiedlich ausgesprochen werden. Im Englischen, meine ich.«

»Und wie wird der Name dieses Kerls geschrieben?« versuchte Carella auf den Busch zu klopfen.

»Ho, ho«, sagte Danny. »In New York gibt es eine Straße, die wird genauso geschrieben wie die Stadt in Texas, aber ausgesprochen wird sie *House*-ton Street. Statt dessen sagen wir *Youse*-ton, Texas, nach Sam Youse-ton, so wie er seinen Namen ausspricht. Das ist doch seltsam, findest du nicht?«

»Wie spricht der Killer seinen Namen aus?«

»Ho, ho, ho«, sagte Danny und drohte mit dem Zeigefinger.

»Wer hat ihn engagiert?« fragte Carella. »Kannst du mir das verraten?«

»Ich weiß nicht, wer ihn engagiert hat.«

»Warum wurde der alte Mann umgebracht?«

»Jemand wollte das, was er besaß, und er wollte es nicht hergeben. Deshalb haben sie ihn beiseite geschafft.«

»Sie?«

»Wer auch immer.«

»Mehr als eine Person?«

»Das weiß ich nicht genau.«

»Du hast ›sie‹ gesagt.«

»Nur so ein Ausdruck. Ich weiß nur, daß sie nur kriegen konnten, was sie haben wollten, wenn sie ihn wegschafften.«

»Der alte Mann hatte kaum mehr, als er am Leibe trug, Danny.«

»Ich habe nur erzählt, was ich gehört habe.«
»Von wem?«
»Von meinem Freund. Und der hat es direkt vom Killer.«
»*Er* hat deinem Freund erzählt, er hätte jemanden *umgebracht*?«
»Natürlich nicht.«
»Das hatte ich auch nicht erwartet.«
»Aber er hat ihm genug erzählt.«
»Was, zum Beispiel?«
»Besoffenes Gequatsche. Dies und das.«
»Was, Danny?«
»Okay, angenommen, da ist ein alter Knacker, der etwas besitzt, das jemand anderer ganz dringend haben will, aber er ist nicht bereit, sich davon zu trennen? Und angenommen, es ist viel Geld wert? Und angenommen ...«
»Sind das die Worte unseres Kerls?«
»Das sind sie. Angenommen, jemand ist bereit, jemand anderem fünf Riesen zu zahlen, um den alten Knacker loszuwerden und dafür zu sorgen, daß es wie ein Unfall aussieht? Und angenommen ...«
»Hat er dieses Wort benutzt? Unfall?«
»Ja.«
»Und der Preis war fünf Riesen?«
»Die fünf, die er zum Pokern mitgebracht hat.«
»Wann hat er all das deinem Freund erzählt?«
»Am Samstag abend. Nach dem Spiel. Sie gingen auf sein Hotelzimmer, tranken etwas, zogen ein paar Joints durch.«
»Wer hat sie versorgt?«
»Mit den Drinks?«
»Mit den Drinks, dem Gras?«
»Der Killer. Es war seine Party. Ich muß dir was erklären, Steve. Wenn jemand einen dicken Verdienst einstreicht und den bei einem Kartenspiel vervierfacht, will er darüber re-

den, klar? Er ist stolz darauf. Das ist ganz typisch für diese Kerle. Sie wollen einem demonstrieren, wie toll sie sind. Mein Freund hat bei dem Spiel Samstag nacht sein letztes Hemd verloren. Nun ja, Gewinner lieben es, Verlierer richtig zu quälen. Daher mimte dein Killer bei meinem Freund den Mitfühlenden, lud ihn zu einer Flasche und ein paar Joints ein, damit er ihm lang und breit erzählen konnte, wie verdammt gut er ist und daß er sogar fünf Riesen dafür kriegt, um einen alten Knacker alle zu machen.«

»Aber das hat er ihm nicht erzählt.«

»Das mit den fünf Riesen ja. Daß und wie er ihn alle gemacht hat, nicht.«

»Demnach hast du mir nichts zu verkaufen.«

»Oh, ich habe eine Menge zu verkaufen. Weißt du noch, was du am Telefon gesagt hast? Du hast gefragt, ob ich gehört hätte, daß dieser alte Mann mit R2 betäubt wurde, ehe jemand ihn aufgehängt hat. Das sind Details, die man nicht vergißt, Steve. Nun, bevor mein Freund das Hotelzimmer verließ ... übrigens glaube ich, daß sie Sex hatten. Mein Freund und der Killer. Mein Freund ist schwul. Auf jeden Fall machte der Killer ihm ein kleines Geschenk. Eine milde Gabe für den Verlierer, weißt du? Eine Art Trostpreis. Er sagte, es würde seinen Sex verbessern. Er grinste. Das macht deinen Sex noch wilder, Harpo, versuch's nur. So heißt mein Freund, Harpo. Also Harpo glaubt, der Typ wolle ihm eine Viagrakapsel unterjubeln. Statt dessen kriegte er das hier.« Danny griff in die Manteltasche. Er öffnete die Hand. Eine Karte mit eingeschweißten weißen Tabletten lag darauf, das Wort Roche deutlich auf der Silberfolie lesbar. »Roach«, sagte Danny. »Dasselbe Zeug, das dein Henker benutzt hat.«

»Wer hat dir das gegeben?«

»Harpo.«

»Harpo wie?«

»Marx«, sagte Danny und grinste wie ein Barracuda.

»Laß mich mal zusammenfassen.«

»Gern.«

»Eine Pokerrunde am Samstag abend ...«

»Auf der Lewiston Avenue.«

»Der Typ, der Andrew Hale umgebracht hat, kommt mit fünf Riesen dazu und verabschiedet sich mit zwanzig. Er lädt deinen Freund Harpo zu einem Drink, zu Gras, zu ein wenig Sex ein und fängt an, mit dem Killerjob zu prahlen, und dann schenkt er ihm einen Streifen Roach, ehe sie sich trennen.«

»So war's.«

»Und du sagst, daß der Killer übermorgen die Stadt verläßt?«

»So habe ich es verstanden.«

»Das ist doch nicht etwa breitgetretener Quark, oder, Danny?«

»Ich? Breitgetreten?«

»Ich meine, er kehrt wirklich an diesem Mittwoch nach Houston zurück?«

»Das hat Harpo mir erzählt.«

»Und er hat dir auch den Namen des Burschen genannt ...«

»Hat er.«

»... und wo er wohnt.«

»Richtig.«

»Aus reiner Herzensgüte.«

»Er ist ein Freund. Außerdem lasse ich ihm auch etwas zukommen, wenn dein Lieutenant die Scheine rüberwachsen läßt.«

»Ich melde mich deswegen bei dir«, sagte Carella.

»Klar, überstürz nichts«, sagte Danny. »Du hast bis Mittwoch Zeit.«

»Ich lasse von mir hören«, versprach Carella und machte

Anstalten, die Nische zu verlassen. Dabei fiel ihm ein, wie kalt es draußen an diesem achten Tag im November war. Man wurde vierzig, und plötzlich war es da draußen nur noch kalt. Er rutschte über die Kunstlederbank, schwang die Beine hinaus, begann aufzustehen, und Danny machte auf der anderen Seite des Tisches das gleiche, als der erste Schuß den Lärm des ungewöhnlich dicht bevölkerten Raums durchschnitt und abrupt zum Verstummen brachte. Noch ehe der zweite Schuß fiel, tauchten die Leute bereits unter die Tische. Carella brauchte einen Moment, um die beiden Schützen zu sehen, die schnell auf die Nische zukamen. Der eine war schwarz, der andere weiß, und beide hatten den gleichen Auftrag. Es dauerte einen weiteren Moment, bis er begriff, daß Danny Gimp ihr Ziel war.

Sein Mantel war bereits aufgeknöpft. Er griff über die Taille, um die Waffe zu ziehen. Die Neun-Millimeter-Glock sprang dank eines Federmechanismus aus dem Holster. Weitere Schüsse fielen. Jemand schrie. Danny kroch auf Händen und Knien über den Fußboden und zog eine Blutspur hinter sich her. Ein Mann, der zum Ausgang rannte, stieß eine der Theken um, und Pizzabeläge ergossen sich auf den Boden, Tomatensauce vermischte sich mit Sardellen und Champignons und geraspeltem Käse und glitschigen Pepperonistreifen. Carella warf einen Tisch um und duckte sich dahinter. Weitere Schreie ertönten, zwei Schüsse in nächster Nähe, trommelnde Füße. Er hob den Kopf gerade rechtzeitig, um die Schützen in den vorderen Teil des Restaurants rennen zu sehen. Er sprang hoch und nahm die Verfolgung auf. Es herrschte noch immer viel zuviel Menschengewimmel, um einen Schuß zu riskieren. Er folgte den beiden hinaus auf die Straße, glaubte, dort ein freies Schußfeld zu haben, doch sie bogen schon um die nächste Ecke und waren verschwunden.

Scheiße, dachte er.

Die letzten beiden Schüsse, die Carella gehört hatte, waren aus nächster Nähe in Dannys Kopf abgefeuert worden. Beim Schuß in seine Wange hatte die Mündung die Haut beinahe berührt. Rußpartikel hatten sich ins Fleisch gebrannt, doch direkt um die Wunde waren kaum nennenswerte Pulverrückstände zu erkennen. Der Schuß in Dannys Kinn war aus einigen Zentimeter Entfernung abgefeuert worden. Pulverpartikel waren auf einer Fläche von rund fünf Quadratzentimetern verteilt, und die Wunde war mit Rußspuren umsäumt. Danny war bereits tot, als Carella neben ihm niederkniete.

Ein Streifenpolizist kam mit gezogener Waffe in die Pizzeria gestürmt, jagte den Gästen noch mehr Angst ein und brüllte: »Alles zurücktreten, nicht näherkommen!« Er wirkte dabei wie ein Statist in einem Abenteuerfilm. Tische und Stühle waren in dem wilden Durcheinander umgefallen, als die Gäste den Speisesaal fluchtartig verließen. Aber viele Gäste waren geblieben, entweder aus Neugier, um zu sehen, wie eine blutende Leiche aus der Nähe aussah, oder weil sie hofften, in die Fernsehkameras winken zu können, auf die man mit Sicherheit nicht lange warten mußte. Es gab nichts, was solche Schwachköpfe mehr liebten, als dämlich zu grinsen und in die Kamera zu winken, während im Vordergrund ein Drama stattfand.

»Ich bin im Dienst«, klärte Carella den Streifenpolizisten auf. »Rufen Sie einen Krankenwagen.«

Ein weiterer Streifenpolizist kam herein. Er hatte ebenfalls die Pistole gezückt. Seine Augen waren weit aufgerissen, sein Gesicht zeigte eine ungesunde Blässe. Er hatte noch nie eine Leiche aus nächster Nähe gesehen, außer in der Leichenhalle bei der Beerdigung seines Onkels Peter, der an Lebersklerose gestorben war. Der erste Streifenpolizist, ähnlich unerfahren, hatte bereits sein Mobiltelefon am Ohr und teilte Sergeant Murchison im 87. mit, daß in der Pizzeria an der Ecke Culver und Sixth – Guido's hieß das Restaurant – eine Schießerei stattgefunden hatte. »Es gab einen Toten, daher schicken Sie lieber einen Fleischwagen«, sagte er tatsächlich. Murchison verkrampfte sich innerlich und stöhnte gequält.

Die Fernsehkameras trafen fünf Minuten vor dem Krankenwagen und einem zweiten Streifenwagen aus dem angrenzenden Bezirk Charlie ein. Eine Frau in einem Kunstpelz, der auch so aussah, erzählte dem Reporter des Fernsehteams, daß plötzlich diese beiden riesigen Kerle reingekommen wären und angefangen hätten, auf den Mann zu schießen, der dort drüben auf dem Fußboden lag. An diesem Punkt machte der Kameramann einen Schwenk hinüber zu Danny, der in einem Ozean von glitschigen Pizzabelägen, Blut und Tomatensuppe ruhte. Das Arrangement, das die Kamera einfing, erinnerte an Performance-Art aus der Blütezeit dieser Kunstrichtung. Der zweite Streifenpolizist befahl den Anwesenden ebenfalls, zurückzubleiben. Er überlegte, ob er die gelben Absperrbänder zum Abriegeln des Tatorts, die im Kofferraum des Streifenwagens lagen, aufspannen sollte. Zwei Teenager mit Wollmützen, Skianoraks und ausgebeulten Hosen versuchten sich hinter dem Opfer aufzubauen, damit sie in die Fernsehkamera grinsen und winken konnten, aber sie kamen zu spät. Der Kameramann filmte bereits die Eingangstür, durch die zwei Detectives aus dem 87. hereinkamen. Mit ihren Abzeichen, die sie an die Mäntel geheftet hatten, und den von der Kälte geröteten Gesichtern sahen sie sehr amtlich und sehr geschäftig aus. Hinter ihnen fuhr der Krankenwagen vor, was eine weitere spektakuläre Einstellung ergab, dazu die Detectives mit flatternden Mänteln und das rotierende Rotlicht des Krankenwagens – der Kameramann hatte heute seinen Glückstag.

Arthur Brown, einer der Detectives, die zuerst am Tatort

waren, erzählte später jedem im Dienstraum, daß er, noch ehe Carella ihn informiert hatte, längst wußte, daß der Typ auf dem Fußboden tot war. Der Detective in Browns Begleitung war Bert Kling. Als er Carella entdeckte, ging er zu ihm hinüber und fragte: »Was ist passiert?«

»Zwei Killer haben Danny Gimp erwischt«, sagte Carella und erhob sich. Seine Mantelschöße waren mit Blut aus Dannys Schußwunden besudelt, und die Knie seiner Hose waren voller Pizzaflecken.

Die Männer standen untätig herum, während die Tragbahre hereingebracht wurde.

Die Sanitäter erkannten sofort, daß sie sich Zeit lassen konnten, Danny einzuladen.

3

Da an diesem Dienstag morgen zwei Tötungsdelikte auf dem Tisch lagen – sogar für das 87. Revier ein ungewöhnlicher Umstand –, erklärte Lieutenant Byrnes den in seinem Büro versammelten Detectives, daß er sich den üblichen Scheiß an Erklärungen schenken und direkt zu den Morden kommen wolle, falls niemand irgendwelche Einwände hätte. Andy Parker war nicht der Meinung, daß der Mord an einem armseligen Polizeispitzel wichtiger war als eine Drogenrazzia, die er seit zwei Wochen intensiv vorbereitet hatte, aber er war klug genug, dem Lieutenant nicht zu widersprechen, wenn er das in den Augen hatte, was Parker insgeheim als den »Irischen Blick« bezeichnete.

Hal Willis war auch nicht gerade begeistert, übergangen zu werden. Er hatte am Vortag einen Einbruch bearbeiten müssen, bei dem der Täter mit Schokoglasur überzogene Donuts auf dem Kopfkissen seines Opfers hinterlassen hatte. Das sah auf den ersten Blick nach dem Cookie Boy aus, aber der hatte im August die Kaution sausen lassen und trieb sich nun wer weiß wo herum. Demnach war dieser Kerl offenbar ein Nachahmer, was sicherlich zum morgendlichen Amüsement im Revier hätte beitragen können, wenn der Lieutenant diese Möglichkeit nicht brutal beseitigt hätte. Wie Teenager, die zu einer Party eingeladen wurden und dann aufgefordert wurden, bitte ja nicht zu tanzen, lehnten die beiden Detectives mißgelaunt an der Wand und hatten die Arme in unmißverständlicher Körpersprache vor der Brust verschränkt. Sie würdigten die Kringel und den Kaffee auf dem Tisch des Lieutenants, eine nette Geste – oder genauer ein Bestechungsversuch, um die allgemeine Pünktlichkeit zu fördern –, die jeden Dienstag mit Geld aus dem Bestechungsfonds gekauft wurden, keines Blickes.

Es war acht Uhr morgens. Hartes, grelles Sonnenlicht strömte durch Byrnes' Eckfenster. Insgesamt, den Lieutenant eingeschlossen, befanden sich jetzt acht Detectives im Büro. Artie Brown und Bert Kling waren zu der Schießerei in der Pizzeria ausgerückt und versuchten, Informationen über die beiden Schützen zu sammeln. Carella und Meyer wollten den Hale-Fall weiterverfolgen. Die beiden Detectives, die an der Wand lehnten, hatten keine Lust, anderen Leuten ihre Gedanken mitzuteilen. Sie waren ausgeschlossen, und sie waren sauer, obgleich Byrnes betont aufgeräumt über ihre stumme Anklage hinwegging. Cotton Hawes war neutral. Seine Weste war im Augenblick sauber. Genaugenommen hatte er die ganze letzte Woche vor Gericht aussagen müssen. Er saß in einem Ledersessel gegenüber dem Schreibtisch des Lieutenants, fühlte sich seltsam unbeteiligt, wie ein Cop aus einer anderen Stadt auf Informationsreise, hörte zu, wie der Lieutenant die beiden Mordfälle zusammenfaßte, und fragte dann: »Glauben Sie, sie hängen miteinander zusammen?«

»Vielleicht«, sagte Carella.

»Meyer?« fragte Byrnes.

»Nur wenn sie versucht haben, Danny zum Schweigen zu bringen.«

»Sind Sie sicher, daß sie nicht hinter Steve herwaren?«

»Nein, es war Danny«, sagte Kling.

»Keiner der beiden hat auf mich geschossen.«

»Zehn bis zwölf Leute haben gesehen, daß sie direkt auf Danny losgingen«, sagte Brown.

»Die haben zu viele Kinofilme gesehen.«

»Sie beschreiben es als Hinrichtung zwischen Gangstern.«

»Am hellichten Tag?« fragte Hawes und schüttelte zweifelnd den Kopf. Er saß direkt im Sonnenschein, der sein rotes Haar in Flammen zu setzen schien. Die einzelne weiße Strähne über seiner linken Schläfe erinnerte an einen schmelzenden Schneefleck.

»Niemand behauptet, daß Killer behutsam wie Gehirnchirurgen sind.«

»Schwarz und weiß, hm?«

»Und rundum rot.«

»Es könnte eine alte Geschichte sein«, schlug Hawes vor. »Die schließlich beglichen wurde.«

»Ausgerechnet an dem Tag, an dem er sich mit Steve trifft. Aber ich lasse solche Zufälle gelten«, sagte Byrnes. »Ich bin immerhin lange genug Cop.«

»Es könnte doch sein, daß sie schon hinter ihm her waren, ehe er Steve erzählte, was immer er ihm erzählen mußte«, sagte Brown. Er saß rittlings auf einem Stuhl in der Nähe der Aktenschränke, ein massiger Mann, dessen graubraune Haut an das Fell eines Grizzlys erinnerte. Sein Hemdkragen stand offen, und er trug darüber einen grünen Pullover. Seine Arme ruhten auf der Rückenlehne des Stuhls.

»Hat er dir irgendwas erzählt?« fragte Kling. »Ehe sie ihn erwischten?«

»Eigentlich nicht. Er wollte erst Geld sehen.«

»Was für eine Überraschung.«

»Wieviel wollte er?« fragte Hawes.

»Fünf Riesen.«

Hawes stieß einen Pfiff aus.

»Und was hat er dafür versprochen?« fragte Willis, indem er endlich seiner Neugier nachgab. Er war der kleinste Mann der Truppe, drahtig und voller Eifer, und mit dunklen Augen, die das kalte Licht des Tages reflektierten.

Parker fuhr mit einem scharfen Blick zu ihm herum, als wäre sein bester Freund in der ganzen weiten Welt plötzlich nach Anniston, Alabama, umgezogen, um sich im Schweinedreck zu suhlen.

»Er sagte, er kenne den Namen und die Adresse des Kerls, der Hale erledigt hat«, antwortete Carella.

»Woher weiß er das denn?« fragte Willis, mittlerweile voll auf den Fall konzentriert. Parker rückte einen Schritt von ihm weg.

»Ein Freund von ihm hat mit dem Killer gepokert.«

»Habe ich das richtig verstanden?« fragte Hawes. »Danny hat mit dem Mörder Karten gespielt?«

»Nein, nein«, sagte Meyer. »Ein Freund von Danny hat mit ihm gespielt.«

»Mit dem Kerl, der Hale an der Badezimmertür aufgehängt hat?«

»Ja, aufgehängt.«

»Genau. Mit dem?«

»Höchstpersönlich.«

»Was ist das, ein schlechter Film?« fragte Willis.

»Schön wär's«, sagte Carella.

»Ich hätte ihn auf der Stelle bezahlt«, sagte Parker plötzlich und stellte dann erschrocken fest, daß er sein trotziges Schweigen gebrochen hatte. Alle drehten sich zu ihm um, erstaunt über die Heftigkeit in seiner Stimme, und auch überrascht darüber, daß er sich an diesem Morgen die Mühe gemacht hatte, sich zu rasieren. »Bei so einer Information immer«, fuhr er entschlossen fort. »Ich hätte ihn zur Not gebeten, sich einen Moment zu gedulden, weil ich erst eine Bank ausrauben müßte.«

»Das hätte ich wohl tun sollen«, sagte Carella.

»Wer ist dieser Kumpel?« fragte Kling. Er trug an diesem Vormittag eine braune Lederjacke, die aussah, als käme sie aus Oklahoma oder Wisconsin, die er jedoch in diesem Sommer auf einem Flohmarkt gekauft hatte. Blond und mit haselnußbraunen Augen und mit einem Teint und Wimpern, für die die meisten Frauen einen Mord begangen hätten, erweckte er den Eindruck eines harmlosen Landeis, was die ideale Rolle bei Guter-Cop-Böser-Cop-Szenarios war. Er war der perfekte Partner von Brown, dessen ständig zur Schau getragene finstere Miene einem schon Angst einjagen konnte. »Hat Danny dir einen Hinweis geben können?«

»Er sprach von einem Harpo.«

»Es ist *tatsächlich* ein Film«, stellte Willis fest.

»Harpo – und weiter?«

»Hat er nicht gesagt.«

»Er ist schwul«, warf Meyer ein.

»Weiß, schwarz?«

»Hat er nicht gesagt.«

»Wo haben sie gespielt?«

»In der Lewiston Avenue.«

»Im Eight-Eight.«

»Ja.«

»Dann wahrscheinlich schwarz«, sagte Parker. »Im Eight-Eight.«

Brown musterte ihn herausfordernd.

»Was ist?« fragte Parker. »Hab ich was Falsches gesagt?«

»Ich weiß nicht, *was* du gesagt hast.«

»Ich habe gesagt, wenn von einer Pokerrunde im Eight-Eight die Rede ist, kann man davon ausgehen, daß die Spieler schwarz sind«, meinte Parker und zuckte mit den Achseln. »Aber egal, du kannst mich mal. Sei nicht so empfindlich.«

»Was hab ich dir getan? Ich hab dich nur angeschaut«, sagte Brown.

»Ziemlich aggressiv, würde ich meinen.«

»Könnt ihr damit aufhören?« fragte Byrnes.

»Sei nur nicht so empfindlich«, sagte Parker. »Glaub mir, es ist keineswegs so, daß die ganze Welt es auf dich abgesehen hat.«

»He!« rief Byrnes. »Haben Sie nicht gehört oder was?«

»Klar habe ich Sie gehört. Aber er ist so verdammt sensibel.«

»Sag das noch mal, Andy«, schnappte Brown.

»He!« brüllte Byrnes.

»Ich hab doch nur gesagt«, verteidigte Parker sich, »wenn es eine verbotene Runde war, könnten Dannys Freund Harpo und der Typ, der Hale aufgehängt hat, schwarz sein, mehr nicht.«

»Hab schon begriffen«, sagte Brown.

»Gütiger Himmel.« Parker verdrehte die Augen.

»Ist jetzt Schluß?« fragte Byrnes.

»Wir sind schon fertig«, sagte Parker. »Ich würde jetzt gerne über eine Razzia in einem ...«

»Ich meine, seid ihr beide endlich mit eurem Scheiß fertig?«

»Mit welchem Scheiß?« fragte Parker.

»Laß es gut sein, Andy«, sagte Brown.

Byrnes funkelte beide wütend an. Eine Sekunde lang war es im Raum totenstill. Dann räusperte sich Hawes.

»Es ist möglich«, sagte er, »daß einer der beiden Schützen in der Pizzeria derjenige war, der auch Hale umgebracht hat.«

»Wie meinen Sie das?«

»Er kriegt raus, daß Harpo mit Danny gequatscht hat, und denkt sich, daß er Danny lieber von der Bildfläche verschwinden läßt, ehe der mit seinem Wissen hausieren geht. Das wäre doch möglich, oder?«

»Daß aus unserem Henker plötzlich ein Scharfschütze wird?« fragte Parker.

»Es wäre eine Möglichkeit.«

»Was ist mit dieser Lebensversicherung über fünfundzwanzigtausend Dollar?« fragte Willis.

»Begünstigte sind die Tochter und der Schwiegersohn«, erklärte Carella.

»Wissen sie Bescheid?«

»Na klar.«

»Die haben Alibis bis zum Abwinken«, sagte Meyer.

»Demnach vermuten Sie einen Auftragsjob.«

»Das hat Danny angedeutet. Er hat gesagt, der Killer habe fünftausend gekriegt, um den alten Mann zu erledigen.«

»Waren das genau seine Worte?« fragte Byrnes.

»Nein, er sagte, der alte Mann besäße etwas, das jemand anderer dringend haben wollte. Er wollte sich jedoch nicht davon trennen. Es sollte eine Menge wert sein.«

»Was hat er über diesen Mordauftrag erzählt?«

»Er sagte, jemand wäre bereit, fünftausend zu zahlen, um den alten Mann zu töten und es wie einen Unfall aussehen zu lassen.«

»Aber warum?« fragte Willis.

»Was meinen Sie, warum?«

»Sie sagten, der alte Mann hätte etwas besessen, das jemand anderer haben wollte ...«

»Richtig.«

»Wie soll dieser Jemand es denn in die Finger kriegen, wenn er den alten Mann umbringen läßt?«

Die Detectives verstummten und ließen sich das durch den Kopf gehen.

»Es muß wohl die Versicherungssumme sein«, meinte Hawes schließlich.

»Das ist das einzige, das man kriegen kann, wenn er tot ist.«

»Womit wir wieder bei der Tochter und dem Schwiegersohn wären.«

»Es sei denn, da ist noch etwas anderes«, sagte Carella.

»Was denn?«

»Wurde das Opfer gefoltert?« fragte Hawes.

»Nein.«

»Dann hat der Killer vielleicht versucht, zu kriegen, was immer es war, und als er es nicht ...«

»Nein, er wurde nicht gefoltert«, sagte Meyer. »Der Mörder hat ihn betäubt und aufgehängt. Ende.«

»Er hat mit ihm Gras geraucht, Roofers in seinen Drink getan ...«

»Das hat auch der Typ aus der Pokerrunde Harpo angeboten.«

»Kannten die beiden sich?« fragte Parker.

»Sie haben sich bei dem Spiel kennengelernt.«

»Nein, die anderen beiden. Ich rede von dem alten Mann und dem Kerl, der ihn getötet hat.«

Erneut herrschte Schweigen im Büro des Lieutenants. Sie schauten alle auf Parker. Und warteten auf einen Geistesblitz.

»Ich meine, waren sie befreundet oder was auch immer? Denn wie ist er sonst in die Wohnung reingekommen? Und wie konnten sie zusammen Gras rauchen und etwas trinken? Sie mußten sich kennen, oder?«

»Ich wüßte nicht, wie«, sagte Carella. »Danny erzählte mir, der Killer sei ein Profi aus Houston. Der morgen wieder zurückfliegt.«

»Er hat Ihnen alles erzählt außer dem, was Sie wirklich wissen wollten, nicht wahr?«

»War der alte Mann irgendwann mal in Houston?« fragte Byrnes.

»Das weiß ich nicht.«

»Was wissen Sie denn von ihm?«

»Nicht viel. Noch nicht.«

»Finden Sie es raus. Schnell.«

»Hat er ein Testament hinterlassen?« fragte Hawes.

»Es geht alles an die Kinder.«

»Und wieviel?«

»*Bupkes*«, sagte Meyer.

»Was ist das?« fragte Parker.

»Hasenköttel.«

»Was also wollte jemand so dringend haben, um dafür sogar einen Mord zu begehen?«

»Das ist der berühmte McGuffin«, sagte Hawes.

»Ich hab's doch gesagt«, meine Willis. »Wir sind hier in einem Scheißfilm.«

»Von wegen Film«, sagte Byrnes. »Lassen Sie mit Hilfe aller Zeugen in dem Pizzaladen Phantombilder anfertigen. Versuchen wir wenigstens, zwei Typen zu finden, die am hellichten Tag dort aufgetaucht sind, okay? Und versuchen wir rauszukriegen, wo diese Pokerrunde getagt hat. Es muß doch ...«

»An der Lewiston«, unterbrach Carella ihn. »Oben in ...«

»*Wo* an der Lewiston? Unser Mann verläßt *morgen* die Stadt.«

Die Männer verstummten.

»Ich möchte, daß Sie diese Sache als einen Fall mit Danny als Verbindungsglied behandeln«, erklärte Byrnes schließlich. »Einer der Teilnehmer an der Pokerrunde kannte Danny, und ein anderer hat vielleicht Hale getötet. Versuchen wir erst mal rauszukriegen, wer an diesem verdammten Spiel teilgenommen hat. Und überprüfen wir, wer dieser alte Mann wirklich war. Er hat nicht im luftleeren Raum gelebt. Das tut niemand. Wenn er etwas hatte, hinter dem jemand anderer her war, dann findet verdammt noch mal raus, was es war. Wenn es nur die Versicherung gibt, dann tretet den Keatings auf die Füße, bis ihr sie am Wickel habt. Ich möchte, daß die vier, die die Notrufe bearbeitet haben, als Team zusammenarbeiten. Teilen Sie sich die Kleinarbeit auf, wie Sie wollen. Aber bringen Sie mir Ergebnisse.«

Carella nickte.

»Meyer?«

»Ja?«

»Artie? Bert?«

»Wir haben verstanden.«

»Dann an die Arbeit«, sagte Byrnes.

»Und was ist mit meiner Drogenrazzia?« fragte Parker.

»Aus«, sagte Byrnes, als redete er mit einem Pitbull.

Es gab mehrere Übungen an der Akademie, die entwickelt worden waren, um die Unzuverlässigkeit von Augenzeugen zu demonstrieren. Jede bestand aus einer Variation desselben Vorgangs. Während einer Unterrichtsstunde kam jemand in den Raum, unterbrach kurz den Unterricht und ging wieder hinaus. Die Polizeischüler wurden anschließend aufgefordert, die Person, die hereingekommen und wieder hinausgegangen war, zu beschreiben. Bei einer Übung war der Störenfried lediglich jemand, der zu einem Fenster ging, es öffnete und wieder hinausging. Bei einer anderen war es eine Frau, die mit einem Schrubber und einem Putzeimer hereinkam, ein kleines Stück Fußboden reinigte und dann wieder verschwand. Bei einer lebhafteren Übung erschien ein Mann, feuerte eine Pistole ab und rannte sofort wieder hinaus. Bei keiner dieser Übungen wurde der Störenfried anschließend zutreffend beschrieben.

Brown, Kling und der Polizeizeichner befragten an diesem Dienstag vormittag vierzehn Leute. Nur einer von ihnen – Steve Carella – war ein geübter Beobachter, doch sogar er hatte Schwierigkeiten, die beiden Schützen genau zu beschreiben, die am Vortag um zehn Minuten nach neun die Pizzeria betreten hatten. Von allen Zeugen, die zu diesem Zeitpunkt in dem Restaurant waren, konnten sich nur zwei Schwarze und vier Weiße überhaupt an Einzelheiten erinnern. Den weißen Zeugen fiel es schwer, zu schildern, wie der schwarze Schütze ausgesehen hatte. Wenn man sie gebeten hätte, die Unterschiede zwischen Morgan Freeman, Denzel Washington, Eddie Murphy und Mike Tyson zu nennen, hätten sie damit keine Probleme gehabt. Vielleicht. Aber als der Polizeizeichner sie aufforderte, sich unter den zur Auswahl stehenden Augen, Nasen, Mündern, Wangen, Kinn- und Stirnpartien zu entscheiden, sahen alle Schwarzen plötzlich gleich aus. Andererseits wäre es ihnen wahrscheinlich genauso schwer gefallen, einen asiatischen Verdächtigen zu beschreiben.

Am Ende hing – wie viele andere Entscheidungen in Amerika – das Ergebnis mal wieder von der Rasse ab. Die Schwarzen hatten mehr Glück bei der Beschreibung des schwarzen Tatverdächtigen, und die Weißen hatten mehr Glück mit dem weißen Täter. Die Detectives waren mit dem, was der Zeichner schließlich lieferte, weniger zufrieden. Sie fanden, daß die Skizzen ... nun ... bestenfalls skizzenhaft waren.

Als Carella und Meyer an diesem späten Dienstag morgen hereinkamen, saß Fat Ollie Weeks allein in einer Nische im hinteren Teil des Restaurants und war in sein Frühstück vertieft. Nachdem er ihr Erscheinen mit einem knappen Kopfnicken quittiert hatte, spießte Ollie mit seiner Gabel ein Würstchen auf und schob es sich sofort in den Mund. Ein Eigelbfaden tropfte von der Wurst auf Ollies Krawatte, wo er eine Kollektion anderer verkrusteter und eingetrockneter Überreste von hastig verschlungenen Frühstücken, Mittagsmahlzeiten und Abendessen vervollständigte. Ollie aß immer, als rechnete er mit einer unmittelbar bevorstehenden Hungersnot. Er setzte die Tasse an die Lippen, trank einen großen Schluck Kaffee, lächelte dann zufrieden und sah schließlich die beiden Cops über den Tisch hinweg an. Er streckte ihnen nicht die Hand entgegen. Cops schüttelten einander nur selten die Hand, noch nicht einmal bei gesellschaftlichen Anlässen.

»Was führt euch denn hierher?« fragte er.

»Der Mord von gestern«, sagte Carella.

»Welcher Mord?« fragte Ollie. Hier in Simbabwe-West, wie er sein geliebtes 88. Revier gerne zu nennen pflegte, gab es an jedem Tag der Woche Morde, zu jeder Minute des Tages.

»Ein Informant namens Danny Gimp«, antwortete Carella.

»Den kenne ich«, sagte Ollie.

»Zwei Revolverhelden kamen in Guido's Pizzeria marschiert, während wir uns dort unterhielten«, berichtete Carella.

»Vielleicht waren sie hinter dir her«, äußerte Ollie eine Vermutung.

»Nein. Ich bin allgemein beliebt«, wehrte Carella ab. »Sie wollten Danny, und sie haben ihn gekriegt.«

»Wo ist das Guido's?«

»An der Ecke Culver und Sixth.«

»Das ist *dein* Gebiet, Mann.«

»Lewiston nicht.«

»Okay, ich höre.«

»Ein Kumpel von Danny hat letzten Samstag an einem Pokerspiel teilgenommen«, sagte Meyer. »An der Lewiston Avenue.«

»Er traf dort einen Killer aus Houston, der ihn später zu ein paar Drinks, ein wenig Gras, schnellem Sex und einem Streifen Roofers einlud.«

»Hm-m«, sagte Ollie und winkte der Kellnerin. »Was hat das mit mir zu tun?«

»Lewiston ist oben im 88. Revier.«

»Und? Soll ich etwa jedes beschissene kleine Kartenspiel im Revier beobachten?« fragte Ollie. »Ich möchte noch ein getoastetes Zwiebelbrot mit Schmelzkäse«, bestellte er bei der Kellnerin. »Wollt ihr auch was, Leute?«

»Nur Kaffee«, sagte Meyer.

»Ebenfalls«, schloß Carella sich an.

»Haben Sie das?« fragte Ollie die Serviererin, die mit dem Kopf nickte und zur Theke ging. »Glaubt ihr, dieses Kartenspiel führt euch zu den Schützen?«

»Nein, wir glauben, es bringt uns zu dem Killer aus Houston.«

»Die Welt ist heutzutage voll von Mördern, nicht wahr?« sagte Ollie philosophisch. »Glaubt ihr, daß zwischen dem Killer aus Houston und euren beiden Pizzeria-Schützen eine Verbindung besteht?«

»Nein.«

»Was wollt ihr dann ...«

»Arbeiten Sie nicht im 83. Revier?« wollte die Kellnerin wissen, während sie Ollies Zwiebelbrot und die beiden Kaffees servierte.

»Ich habe früher mal im Dreiundachzigsten gearbeitet«, sagte Ollie. »Bis ich versetzt wurde.«

»Wollen Sie noch Kaffee?«

»Aber gern, meine Liebe«, sagte Ollie und gab seine weltberühmte W.-C.-Field-Imitation zum besten. »Wenn es Ihnen nicht zuviel Mühe macht, gern.«

»Gefällt es Ihnen hier besser als im 83. Revier?« fragte die Serviererin und schenkte ein.

»Mir gefällt es überall dort, wo *Sie* sind, mein kleiner Sonnenschein.«

»Süßholzraspler«, sagte sie lächelnd und entfernte sich. Dabei schwenkte sie ihre beachtlichen Kurven.

»Die Leute fragen mich das ständig«, erzählte Ollie. »Arbeiten Sie nicht im 83. Revier? Als ob ich, verdammt noch mal, nicht wüßte, wo ich arbeite. Als würde ich mich wegen meines Arbeitsplatzes irren. Die Welt wimmelt von Menschen, die einen bei irgendwas erwischen wollen! Die wissen mit ihrer Zeit nichts Besseres anzufangen, als bei anderen nach Fehlern zu suchen. Lautet Ihr zweiter Name nicht Lloyd? Verdammt, nein, er lautet Wendell. Oliver Wendell Weeks, als würde ich meinen eigenen zweiten Namen nicht kennen. Wenn ich einmal erzählt habe, ich hieße Lloyd oder Frank oder Ralph, habe ich gelogen. Das gehörte zu meiner Scheißtarnung.«

Ein schwacher, unangenehmer Geruch schien immer dann von Ollie aufzusteigen, wenn er sich aufregte, was im Augenblick der Fall war. Er ignorierte seine Körperausdünstungen, griff nach dem Zwiebelbrot und biß hinein. Dabei setzten seine malmenden Zähne einen Schwall Schmelzkäse in Bewegung, der sich auf das rechte Revers seines Jacketts ergoß.

»Hat dieser Typ einen Namen?« fragte er. »Ich meine den Schwulen, der mit eurem Killer gepokert hat?«

»Harpo«, sagte Carella.

»Arbeitet er in der First Bap?« fragte Ollie.

Beide Detectives sahen ihn verwirrt an.

»Dort gibt es den einzigen Harpo, den ich in dieser Gegend kenne«, sagte Ollie. »Ich bin erstaunt, daß er Karten spielt. Falls es derselbe ist.«

»Harpo was?« fragte Meyer.

»Sein Mäzen ist Walter Hopwell, aber fragt mich nicht, wieso gerade Harpo. Ich hatte keine Ahnung, daß er andersrum war, ehe ihr es erwähnt habt. Was es nicht alles gibt, was? Habt ihr keinen Hunger?« Er winkte erneut der Kellnerin. »Bringen Sie meinen Freunden noch ein wenig Kaffee«, sagte er. »Das sind berühmte Plattfüße aus dem Nachbarrevier. Und ich kriege noch so ein Croissant.« Er sprach das Wort aus, als könnte er fließend Französisch, aber in Wirklichkeit redete nur sein Magen. »Ich frage mich«, sagte er, »wie kommt es, daß ein weißer Spitzel sich mit einem schwulen Neger zusammentut?«

Ollie benutzte das Wort »Neger« ganz bewußt ab und an, denn er glaubte, damit beweisen zu können, wie tolerant er sei, obgleich er genau wußte, daß all die Farbigen, die es bevorzugten, von Weißen als Schwarze oder Afroamerikaner bezeichnet zu werden, sauer darauf reagierten. Aber er hatte so lange gebraucht, überzeugend »Neger« sagen zu können, daß ihn alle, die ihn in dieser Hinsicht umerziehen wollten, am Arsch lecken konnten.

»Kann es sein, daß er jetzt in der Kirche anzutreffen ist?« fragte Carella.

»Eigentlich schon. Im obersten Stockwerk haben sie einen richtigen Bürobetrieb.«

»Dann nichts wie hin«, sagte Meyer.

»Wollt ihr etwa Rassenunruhen in Gang setzen?« fragte Ollie und grinste, als gefiele ihm diese Aussicht. »Die First Bap gilt als neuralgisches Terrain. An eurer Stelle würde ich mir Mr. Hopwells Adresse aus dem Telefonbuch raussuchen und ihn abfangen, wenn er von der Arbeit nach Hause kommt.«

»Unser Mann beabsichtigt, morgen die Stadt zu verlassen«, sagte Carella.

»In diesem Fall, Freunde, laßt mich mein Frühstück beenden«, erklärte Ollie. »Dann gehe ich mit euch in die Kirche.«

Browns Mutter nannte sie die »Friseursfrau«. Das war nur ein anderer Name für die örtliche Klatschbase. Die Theorie besagte, daß jemand, der sich die Haare schneiden oder rasieren ließ, etwa eine Stunde auf dem Stuhl des Friseurs gefangen war und ihm alles erzählte, was ihm in den Sinn kam. Am Abend ging der Friseur nach Hause und berichtete seiner Frau alles, was er im Laufe des Tages von seinen Kunden gehört hatte. Demnach wußte die Friseursfrau besser als jeder Streifenpolizist, was in der Gegend geschah. Brown und Kling taten nichts anderes, als diese Friseursfrau in Andrew Hales Wohnhaus zu suchen.

Sechs Stockwerke hatte das Gebäude, drei Mieter auf jeder Etage. Als sie an diesem Vormittag um kurz nach zehn dort eintrafen, waren die meisten Mieter zur Arbeit. Sie klopften an sechs Türen, ehe jemand öffnete, und danach an zwei weiteren, ehe sie die Frau fanden, die sie suchten. Ihre Wohnung befand sich auf derselben Etage wie die Andrew Hales. Sie wohnte am Ende des Flurs in Apartment 3-C. Als sie sie aufforderte, doch bitte hereinzukommen, zögerten sie, denn sie hatte gerade etwas auf dem Herd stehen, das unsagbar ekelhaft roch.

Der Geruch kam aus einem großen Aluminiumtopf. Als sie den Deckel zum Umrühren abnahm, erfüllten stinkende Wolken die Luft, und Kling erhaschte einen Blick auf eine blubbernde Flüssigkeit, die klebrig und schwarz aussah. Er fragte sich, ob auch Krötenaugen darin schwammen. Am liebsten wäre er auf den Flur hinausgegangen, um sich zu übergeben. Aber die Frau führte sie in ein kleines Wohnzimmer, das gnädigerweise ein offenes Fenster hatte, wodurch der Gestank nicht mehr ganz so aufdringlich war. Sie nahmen auf einem Sofa Platz, dessen Rücken- und Armlehnen mit Spitzendeckchen verziert waren. Die Frau hatte ein künstliches Gebiß, aber sie lächelte trotzdem in einem fort. Lächelnd erzählte sie ihnen, sie hieße Katherine Kipp und wäre seit sieben Jahren Mr. Hales Nachbarin. Sie schätzten sie auf über sechzig, aber sie fragten sie nicht danach, weil sie beide Gentlemen waren. Die Frau erzählte weiter, ihr Mann habe in Riverhead bei der Eisenbahn gearbeitet, bis er bei einem Unfall ums Leben gekommen sei. Was für ein Unfall es gewesen war, sagte sie nicht, und sie fragten auch nicht weiter. Kling fragte sich, ob der verstorbene Mr. Kipp zu Lebzeiten vielleicht einmal von dem schwarzen Gebräu auf dem Küchenherd gekostet hatte.

Sie erkundigten sich zuerst nach dem Abend des 28. Oktober, denn das war der Abend, an dem jemand in Hales Wohnung gewesen, mit ihm getrunken, Marihuana geraucht und wer weiß was getan hatte. Am Ende hatte er Mr. Hale an einem Haken an der Badezimmertür erhängt. Hatte Mrs. Kipp vielleicht irgend etwas gesehen? Oder gehört?

»Nein«, sagte sie.

»Wie war es denn in der Zeit *vor* diesem Abend?« fragte Brown. »Haben Sie irgendwen in die Wohnung hineingehen oder herauskommen sehen?«

»Wie meinen Sie das?« fragte Mrs. Kipp.

»Irgend jemand, der Mr. Hale besucht hat. Ein Freund, Bekannte ... ein Angehöriger.«

»Nur seine Tochter schaut ab und zu vorbei. Cynthia. Sie besucht ihn des öfteren.«

»Am Abend des 28. haben Sie sie nicht gesehen, oder?« fragte Kling.

»Nein.«

»Jemand anderen vielleicht?«

»An diesem Abend, meinen Sie?«

»An diesem Abend oder auch zu einer anderen Zeit. Jemand, der den Eindruck machte, daß er mit ihm ein Schwätzchen halten oder ein Gläschen trinken wollte oder so.«

»Er hatte nicht viel Besuch«, sagte Mrs. Kipp.

»Sie haben niemals jemanden reingehen oder rauskommen sehen, hm?« fragte Brown.

»Na ja, schon. Aber nicht regelmäßig.«

»Wie soll ich das verstehen, Mrs. Kipp?«

»Nun, Sie sprachen von einem Freund oder einem Bekannten ...«

»Das ist richtig, aber ...«

»Ich dachte, Sie meinen jemanden, der regelmäßig zu Mr. Hale kam. Ein Freund, wissen Sie? Ein guter Bekannter.«

»Ich meinte eigentlich irgendwen, jeden«, sagte Kling. »Irgendwen, der herkam und Mr. Hale besuchte. Ganz egal wie oft.«

»Nun ja«, sagte Mrs. Kipp. »Jemand hat ihn tatsächlich besucht.«

»Wie oft?« fragte Brown.

»Dreimal.«

»Wann?«

»Im September.«

Als Carella die Limousine am Bordstein vor der First Baptist Church parkte, fing es wieder zu regnen an. Sie warteten fünf oder sechs Minuten und hofften, daß der Regen vielleicht nachließ. Als ihnen klar wurde, daß ihre Hoffnung vergeblich war, stiegen sie aus dem Wagen und rannten zur Kirchentür. Ollie drückte auf einen Klingelknopf rechts neben der Tür.

Die Kirche befand sich in einem weißen Holzbau, der von zwei sechsstöckigen Mietshäusern eingeklemmt wurde, deren Klinkerfassaden vor kurzem sandgestrahlt worden waren. Es gab ganze Viertel in Diamondback, die schon vor langer Zeit im Sumpf hoffnungsloser Armut untergegangen waren und in denen jegliche Gedanken an Verbesserung und Aufschwung nicht mehr waren als Luftschlösser. Aber die St. Sebastian Avenue hier im 88. zwischen 17th und 21th war der Mittelpunkt einer blühenden Mini-Kommune, die wie eine eigene Kleinstadt wirkte. Auf diesem Straßenstück fand man gute Restaurants, Läden mit einem üppigen Angebot an bestem

Fleisch und frischem Gemüse, Kleidermärkte mit Designermode, Reparaturwerkstätten für Schuhe, Fahrräder oder Regenschirme, ein neues Kinocenter mit sechs Leinwänden und sogar ein Fitneßstudio.

Ollie klingelte erneut. Blitze zuckten hinter den niedrigen Gebäuden auf der anderen Straßenseite. Donner rollte. Die mittlere der drei Türen öffnete sich. Den Mann, der dort erschien und auf die Detectives und den Regen blickte, schätzte Carella auf etwa einsfünfundachtzig. Er hatte die breiten Schultern und den mächtigen Brustkorb eines Schwergewichtsboxers, was Reverend Gabriel Foster früher auch einmal gewesen war. Seine Augenbrauen waren gezeichnet von Narben, die das Ergebnis zu häufigen blindwütigen Widerstands gegen überlegene Gegner waren, als er überall im Land in Clubkämpfen antrat. Mit achtundvierzig sah er noch immer bösartig und gefährlich aus. Bekleidet mit einem moosgrünen Cordanzug über einem schwarzen Rollkragenpullover, schwarzen Schuhen und schwarzen Socken und mit einem schweren goldenen Ring am kleinen Finger seiner linken Hand stand er in der gewölbten offenen Tür seiner Kirche, während die Detectives draußen im Regen ausharren mußten.

»Sie haben schlechtes Wetter mitgebracht«, stellte er fest.

Den Polizeiakten zufolge lautete Fosters Geburtsname Gabriel Foster Jones. Er hatte ihn jedoch, als er zu boxen begann, zu Rhino Jones umgewandelt, und dann, als er als Prediger auftrat, zu Gabriel Foster. Foster betrachtete sich als aktiven Bürgerrechtler. Die Polizei sah in ihm einen Aufwiegler, einen opportunistischen Egomanen und einen Geschäftemacher, der die Rassendiskriminierung zu seinem eigenen Vorteil zu nutzen wußte. »Neuralgisches Terrain« war die polizeiinterne Bezeichnung für Orte, an dem das Erscheinen von Polizeikräften Rassenunruhen auslösen konnte. Nach Carellas Erfahrungen handelte es sich dabei vorwiegend um Kirchen.

Die Detectives standen im strömenden Regen auf der breiten Eingangstreppe der Kirche und warteten darauf, daß der Prediger sie hereinbat. Dieser zeigte durch nichts die Bereitschaft zu einer derartigen gastfreundlichen Geste.

»Detective Carella«, stellte Carella sich vor. »87. Revier. Wir suchen einen Mann namens Walter Hopwell. Soweit wir erfahren haben, soll er hier arbeiten.«

»Das trifft zu«, sagte Foster.

Der Regen prasselte unbarmherzig auf sie herab.

»Offenbar kannte er jemanden namens Daniel Nelson, der gestern vormittag getötet wurde«, sagte Meyer.

»Ja, ich habe es in den Nachrichten gesehen.«

»Ist Mr. Hopwell zur Zeit hier?« fragte Carella.

»Weshalb möchten Sie ihn sprechen?«

»Wir nehmen an, daß er möglicherweise über Informationen verfügt, die den Fall betreffen, in dem wir gerade ermitteln.«

»Sie sind doch der, der Sonny Cole erschossen hat, nicht wahr?« fragte Foster.

Carella sah den Prediger wortlos an.

»Was hat das mit unserer Frage zu tun?« fragte Ollie.

»Alles«, erwiderte Foster. »Dieser Officer hat kaltblütig einen Bruder getötet.«

Einen Bruder, dachte Ollie.

»Dieser Officer hat die Person erschossen, die seinen Vater getötet hat«, sagte Ollie. »Was überhaupt nichts mit Walter Hopwell zu tun hat.«

Regen rann an seinen Wangen herab und tropfte von seinem Kinn. Er war triefend naß, blickte in das gemütlich trockene Heim des Predigers und haßte das Arschloch, weil es trocken und schwarz war und so verdammt selbstgefällig auftrat.

»Sie sind hier nicht willkommen«, stellte Foster fest.

»Na schön, dann passiert folgendes«, sagte Ollie.

»Laß es gut sein, Ollie«, bat Carella.

»Aber ganz und gar nicht«, widersprach Ollie und wandte sich wieder an Foster. »Wir bitten den Staatsanwalt, Hopwell unter Strafandrohung als Zeugen in einem Mordfall vorzuladen. Dann kommen wir mit der Vorladung für Walter Hopwell alias Harpo Hopwell zurück, stellen uns vor Ihrer hübschen kleinen Kirche im Regen auf und fragen jeden, der herauskommt: ›Sind Sie Walter Hopwell, Sir?‹ Wenn die Antwort ja lautet oder wenn wir keine Antwort kriegen, überreichen wir ihm die Vorladung für halb zehn morgen vormittag vor der Grand Jury. Wenn er vor der Grand Jury erscheinen muß, kann es vielleicht den ganzen Tag dauern, ihm dieselben Fragen zu stellen, die wir jetzt in einer halben Stunde klären können, wenn Sie uns reinlassen. Was halten Sie davon, Mister? Es ist Ihre Entscheidung.«

Foster musterte Ollie, als überlegte er, ob er ihn mit einem Hieb in den Magen oder mit einem sauberen Kinnhaken auf die Bretter schicken sollte. Ollie traute Schwarzen keine allzu große Gedankenakrobatik zu, aber an Fosters Stelle käme er sicher zu dem Schluß, daß Carella in der Tat einen überführten Mörder getötet hatte, der nur durch Zufall die gleiche Hautfarbe wie der Reverend hatte – und war das Grund genug, um hier und jetzt eine Auseinandersetzung vom Zaun zu brechen? Der vergangene August war längst vergessen. War ein getöteter Bruder, der unglücklicherweise Carella mit einer Neun-Millimeter-Pistole aufgelauert hatte, es wert, sich auf eine unter Umständen folgenschwere Konfrontation einzulassen? Ollie konnte keine Gedanken lesen, aber er vermutete, daß die Gedanken des Reverend sich höchstwahrscheinlich in diese Richtung bewegten.

»Kommen Sie rein«, sagte Foster schließlich.

Sie hatte sie streiten gehört.

»Die Wände in diesem Gebäude sind dünn wie Papier«, erzählte sie. »Man kann alles hören. Lauschen Sie mal. Wenn wir mal ein paar Sekunden lang schweigen, verstehen Sie sofort, was ich meine. Lassen Sie uns nur mal still sein, okay?«

Die Detectives hatten überhaupt keine Lust, still zu sein, jedenfalls nicht, nachdem ihnen Mrs. Kipp gerade offenbart hatte, daß der normalerweise überaus zurückgezogen lebende Andrew Hale im Laufe des September dreimal von jemandem besucht worden war. Aber sie verstummten trotzdem und lauschten aufmerksam. Jemand betätigte eine Toilettenspülung. Ein Telefon klingelte. Sie konnten etwas hören, das wie die Stimmen einer Fernseh-Seifenoper klang.

»Sehen Sie, was ich meine?« fragte sie.

Hören Sie, was ich meine, dachte Kling, ohne es auszusprechen.

»War es ein Mann oder eine Frau?« fragte Brown. »Diese Person, die Mr. Hale besucht hat.«

»Ein Mann.«

»Haben Sie ihn *gesehen*?«

»Oh, ja. Aber nur einmal. Das erste Mal, als er hier war. Ich klopfte an Mr. Hales Tür, um zu fragen, ob er etwas aus dem Lebensmittelladen brauchte, wissen Sie ...«

So wie Mrs. Kipp sich erinnert, hört sie den Besucher in dem Moment, als sie auf den Flur hinaustritt und ihre Wohnungstür abschließt. Es ist eine ausgebildete Stimme, die Stimme eines Schauspielers, eines Opernsängers, eines Rundfunksprechers, etwas in dieser Richtung. Sie dringt durch die geschlossene Tür von Mr. Hales Apartment und hallt durch den Hausflur.

Sie kann einzelne Worte verstehen, während sie sich der Tür zu 3-A nähert. Mr. Hales Besucher ruft etwas von der einmaligen Chance des Lebens. Er sagt zu Mr. Hale, daß nur ein Idiot sich solch eine Gelegenheit entgehen ließe. Es wäre ein einmaliger Zufall, daß sich ihm diese Gelegenheit böte, und er sollte dafür der Vorsehung dankbar sein. Sie können *Millionen* verdienen, ruft der Mann. Sie sind ein gottverdammter Schwachkopf!

Sie steht jetzt genau vor Mr. Hales Tür.

Fast hat sie Angst, anzuklopfen, so wütend und gewalttätig klingt der Mann. Gleichzeitig hat sie aber auch Angst, *nicht* zu klopfen. Angenommen, er tut Mr. Hale etwas an? Er klingt jähzornig. Angenommen, er *verprügelt* Mr. Hale?

Die Stimme verstummt im selben Moment, als sie an die Tür klopft.

»Ja, bitte?«

»Mr. Hale? Ich bin's. Katherine Kipp.«

»Einen Moment, Mrs. Kipp.«

Die Tür geht auf. Mr. Hale trägt eine Strickjacke, ein Hemd mit offenem Kragen und eine Cordhose. Der Mann sitzt in der Küche vor einer Tasse Kaffee.

»Kennen Sie Mr. Hales Schwiegersohn?« will Kling wissen.

»Ja, den kenne ich.«

»War das der Mann in der Küche?«

»Oh, nein.«

»Wissen Sie denn, wer dieser Mann war?«

»Nein. Aber ich würde ihn wiedererkennen, wenn ich ihn sehen würde. Aber nein, ich kenne ihn nicht.«

»Hat Mr. Hale Sie mit ihm bekannt gemacht?«

»Nein.«

»Wie sah er aus?« fragte Kling.

Walter Hopwell arbeitete mit mindestens einem Dutzend anderer Leute in der obersten Etage der Kirche. Diese Leute hatten nichts mit der Kirchenhierarchie zu tun. Hier oben gab es keine Diakone, kein Treuhänder, keine Pastorengehilfen, keine Gemeindesekretäre oder sonstige offiziellen Angestellten. Statt dessen waren diese Männer und Frauen von Foster eingestellt worden, um für die persönliche Publicity, die Werbung und die Propaganda zu sorgen, dank derer er seit nunmehr zehn Jahren im Blickpunkt der Öffentlichkeit stand und in der politischen Arena mitmischte. Bis auf drei junge weiße Männer und eine weiße Frau waren alle Anwesenden schwarz.

Hier in Hopwells kleinem Privatbüro hingen Fotos von Malcolm X, Martin Luther King und Nelson Mandela. Das Wasser schlängelte sich in Rinnsalen über die Fensterscheiben. Carella und Meyer unterhielten sich mit Hopwell, während Fat Ollie ein überhebliches Grinsen aufgelegt hatte, als wäre er sicher, daß der Mann, den sie befragten, bestenfalls ein Axtmörder, vielleicht aber sogar ein Serienkiller war. Hopwell sah wie keiner von beiden aus. Er war schlank, hatte eine makellose Figur und den Kopf so kahl rasiert wie Meyer. Er trug schwarze Jeans, einen schwarzen Rollkragenpullover und eine mit Fransen besetzte Wildlederweste. Sein linkes Ohrläppchen zierte ein kleiner goldener Ohrring. Ollie vermutete, daß dies eine Art Signal für andere Schwule war. Oder gehörte der Ring ins rechte Ohr?

»Gestern vormittag wurde Danny Nelson getötet. Wissen Sie davon?« fragte Carella.

»Ja, ich hab's im Fernsehen gesehen«, antwortete Hopwell.

»Woher kannten Sie ihn?« fragte Meyer.

»Er hat mal für mich gearbeitet.«

»Ach?«

»Was für eine Arbeit war das?« fragte Carella.

»Er hat recherchiert«, sagte Hopwell.

Ollie verdrehte die Augen.

»Was hat er recherchiert?« fragte Meyer.

»Er hat Informationen über Leute beschafft, die Reverend Foster nicht wohlwollend gegenüberstanden.«

Ein verdammter Spitzel, dachte Ollie.

»Wie lange war er für Sie tätig?«

»Ein halbes Jahr oder so.«

»Sie kannten ihn ein halbes Jahr?«

»Ja.«

»Er kam hier zur Kirche, nicht wahr?«

»Ja. Mit seinen Berichten.«

»Was haben Sie mit diesen Berichten gemacht?«

»Ich habe sie benutzt, um Gerüchten und falschen Anschuldigungen entgegenzutreten.«

»Wie?«

»In unseren Druckschriften. Und in den Radioansprachen des Reverend.«

»Als ich mich gestern vormittag mit Danny traf«, sagte Carella, »erwähnte er eine Pokerrunde, an der Sie teilgenommen haben ...«

»Ja.«

»... mit einem Mann aus Houston.«

»Ja.«

»Der viel Geld gewonnen hat.«

»Das hat er.«

»Haben Sie sich danach mit dem Mann unterhalten?«

»Wir haben zusammen etwas getrunken, ja. Und wir haben uns unterhalten.«

»Hat er davon gesprochen, jemanden getötet zu haben?«

Donnerwetter, das ist aber behutsam gefragt, dachte Ollie.

»Nein, er hat nicht gesagt, daß er jemanden getötet hat.«

»Was hat er denn gesagt?«

»Werde ich etwa in irgendeine unangenehme Sache hineingezogen?« fragte Hopwell.

»Wir suchen diesen Mann«, sagte Meyer.

»Ich wüßte nicht, wie ich Ihnen dabei helfen kann.«

»Wir glauben, daß Sie wissen, wo er sich aufhält.«

»Nein, das weiß ich nicht.«

»Danny sagte, Sie wüßten den Namen des Mannes ...«

»Ja, den kenne ich.«

»... und wo er wohnt.«

»Nun, ich weiß, wo er am Samstag war. Ich weiß nicht, ob er noch dort ist. Seit Samstag habe ich ihn nämlich nicht mehr gesehen.«

»Wie lautet sein Name?« fragte Carella.

»John Bridges. So hat er sich mir vorgestellt.«

»Wo hat er gewohnt? Wo waren Sie an diesem Abend?«

»Im President Hotel. In der Innenstadt. Auf der Jefferson.«

»Wie sah er aus? Beschreiben Sie ihn.«

»Groß, zwischen einsachtzig und einsneunzig, mit gewelltem schwarzem Haar und blaßgrünen Augen. Breite Schultern, schmale Hüften und ein reizendes Lächeln«, sagte Hopwell und zeigte selbst ein reizendes Lächeln.

»Weiß oder schwarz?«

»Ein sehr hellhäutiger Jamaikaner«, sagte Hopwell. »Mit dem allerliebsten Akzent, den diese Leute immer haben, Sie wissen schon. Das liegt an der Sprache, nicht wahr?«

»Er war weiß«, erzählte Mrs. Kipp. »Etwa fünfundvierzig Jahre alt, würde ich schätzen, mit dunklem Haar und blauen Augen. Groß. Ein sehr großer Mann.«

»Wie groß?« fragte Brown.

»Sehr groß. Etwa Ihre Größe«, sagte sie und musterte ihn abschätzend.

Brown war einsfünfundachtzig groß und wog einhundertfünfundneunzig Pfund. Einige meinten, er sähe aus wie ein Ozeandampfer. Auf jeden Fall war er kein Ballettänzer.

»Irgendwelche Narben, Tätowierungen oder andere besondere Kennzeichen?« fragte er.

»Mir ist nichts aufgefallen.«

»Sie sagten, Sie hätten ihn nur gesehen, als er das erste Mal hier war. Woher wissen Sie, daß es bei den beiden anderen Gelegenheiten derselbe Mann war?«

»Seine Stimme. Er hatte eine sehr auffällige Stimme. Wenn er sich aufregte, dröhnte sie regelrecht.«

»War er bei seinen beiden nächsten Besuchen ebenfalls erregt?«

»Aber ja.«

»Er hat auch gebrüllt?«

»Ja.«

»Und was?«

»Nun, das gleiche, wie mir schien. Er schrie, daß Mr. Hale ein verdammter Narr wäre oder so ähnlich. Er böte ihm eine Menge Geld an, und es würde noch viel mehr kommen ...«

»Mehr Geld? Später?«

»Ja. Jahr für Jahr, sagte er.«

»Was wollte er denn haben?« fragte Brown.

»Keine Ahnung.«

»Aber Sie hatten den Eindruck ...«

»Ja.«

»... daß Mr. Hale etwas besaß, das dieser Mann haben wollte.«

»Oh, ja. Ganz eindeutig.«

»Daß dieser Mann dreimal hintereinander zu Mr. Hale gekommen war ...«

»Na ja, nicht hintereinander. Er kam das erste Mal Anfang September, dann um den fünfzehnten herum und das dritte Mal etwa eine Woche später.«

»Um ein Angebot für das zu machen, was Mr. Hale besaß.«

»Ja.«

»Dreimal.«

»Ja. Das war mein Eindruck von dem, was ich gehört habe.«

»Und Mr. Hale hat sich weiterhin geweigert, ihm zu geben, was immer es war.«

»Er sagte dem Mann, er solle ihn nicht weiter belästigen.«

»Und wie reagierte der Mann darauf?«

»Er drohte Mr. Hale.«

»Wann war das?«

»Als er das letzte Mal hier war.«

»Wann genau? Können Sie uns in etwa das Datum nennen?«

»Ich weiß, daß es ein Feiertag war.«

Brown schaute bereits auf seinen Kalender.

»Nicht am Labor Day«, sagte er.

»Nein, nein, viel später.«

»Der einzige andere Feiertag im September war Yom Kippur.«

»Dann war es an diesem Tag«, entschied Mrs. Kipp.

»Am 20. September.«

»An diesem Tag war er das letzte Mal hier.«

Es wurde still. Und wieder konnten sie, wie Mrs. Kipp prophezeit hatte, sämtliche Geräusche des Gebäudes hören, unsichtbar, heimlich, fast scheu. In der Stille wurden sie auch an den entsetzlichen Gestank aus dem Topf erinnert, der auf dem Küchenherd stand.

»Und Sie sagen, er hat Mr. Hale gedroht?« fragte Brown.

»Ja, er meinte, es würde ihm noch leid tun. Sie würden schon kriegen, was sie haben wollten, auf die eine oder andere Weise.«

»*Sie*? Hat er dieses Wort benutzt? Sie?«

»Ich verstehe nicht.«

»Sie würden kriegen, was sie haben wollten?«

»Ja, ich bin mir ziemlich sicher, daß er *sie* gesagt hat.«

»Und was wollten *sie* haben?« fragte Brown erneut.

»Nun, das weiß ich wirklich nicht«, antwortete Mrs. Kipp und stand auf, um nach ihrem Kochtopf zu sehen.

»Danny erzählte mir, dieser Mann hätte damit geprahlt, fünf Riesen verdient zu haben«, sagte Carella.

»Ach, ich glaube, er hat das Ganze nur erfunden«, erwiderte Hopwell.

»Was erfunden?«

»Die fünftausend Dollar.«

»Warum hätte er das tun sollen?«

»Um mich zu beeindrucken.«

»Er hat Ihnen erzählt, jemand hätte ihm fünftausend Dollar gegeben ...«

»Ja, sicher, aber er hat geschwindelt.«

»Fünftausend Dollar, um jemanden zu töten.«

»Nein, das hat er nicht gesagt.«

»Was hat er denn gesagt?«

»Ich kann mich kaum dran erinnern. Wir haben ziemlich viel getrunken.«

»Hat er Ihnen erzählt, es gäbe da einen alten Mann ...«

»Ja.«

»Der etwas besaß, das jemand anderer haben wollte ...«

»Ja, das hat er, aber das hat er sich nur ausgedacht.«

»Der alte Mann war frei erfunden?«

»Ja, ich denke schon.«

»Daß jemand seinen Tod wollte, war also ein Märchen?«

»John hatte eine lebhafte Phantasie.«

»Jemand war bereit, fünftausend Dollar dafür zu zahlen, daß dieser alte Mann getötet wurde und es nach einem Unfall aussehen sollte ...«

»Davon habe ich kein Wort geglaubt.«

»Aber das hat er Ihnen doch erzählt, oder?«

»Ja, um bei mir Eindruck zu schinden.«

»Ich verstehe. Um Sie zu beeindrucken. Hat er Ihnen einen Streifen Roofers gegeben, als Sie das Hotel verließen?«

»Ja, das stimmt. Aber Roofers sind nicht verboten.«

»Mr. Hopwell, wenn ich Ihnen nun erzähle, daß der alte Mann mit Rohypnol betäubt und später erhängt wurde, damit es aussah wie ein Selbstmord, glauben Sie dann immer noch, daß John Bridges lediglich Eindruck bei Ihnen schinden wollte, als er behauptete, man hätte ihm fünftausend Dollar gezahlt ...«

»Das hat er gar nicht gesagt. Sie legen mir irgendwelche Worte in den Mund.«

Was hat *er* dir wohl in den Mund gelegt, überlegte Ollie.

»Was genau *hat* er denn gesagt?« fragte Meyer.

»Er hat eine Geschichte erzählt. Er sagte, angenommen, irgend jemandem würde eine bestimmte Summe Geld angeboten ...«

»Fünftausend Dollar.«

»Ja, diese Summe hat er wohl erwähnt. Aber das war doch alles reine Phantasie. Er hat eine Geschichte erfunden.«

»Eine Geschichte über jemanden, dem fünftausend Dollar angeboten wurden, um jemanden zu töten ...«

»Das Wort hat er nie benutzt. Er hat nie von *töten* gesprochen. Dann wäre ich nämlich blitzschnell verschwunden. Er hat nur damit geprahlt, um mich zu beeindrucken.«

»Welches Wort hat er denn benutzt?«

»Ich weiß es nicht, aber es war nicht das Wort *töten*, er hat nie davon gesprochen, jemanden zu töten. Außerdem ... wie soll ich mich auch so genau daran erinnern, worüber wir gesprochen haben? Wir haben eine Menge getrunken.«

»Und Sie haben eine Menge Gras geraucht, nicht wahr?«

»Na ja, ein wenig.«

»Und das ist doch wohl eine verbotene Substanz.«

»Haben Sie noch nie Gras geraucht, Detective?«

»Hat er irgendwelche Namen genannt?« fragte Meyer.

»Nein.«

»Und er hat auch nichts davon gesagt, welchen alten Mann er ...«

»Es war nur ein Schauermärchen.«

»Hat er nicht erwähnt, wer ihn angeheuert hat, um den alten Mann zu töten?«

»Es war eine verrückte Story, mehr nicht.«

»Er hat auch nicht erzählt, *wer* ihm die fünf Riesen gab, die er später als Grundstock in dem Pokerspiel benutzte und ...«

»Er war nicht mehr als ein verrückter Geschichtenerzähler«, sagte Hopwell.

»Sie kamen nicht auf die Idee, die Polizei zu rufen, nachdem Sie seine verrückte Geschichte gehört hatten?« fragte Carella.

»Nein, kam ich nicht.«

»Lesen Sie keine Zeitung, Mr. Hopwell?«

»Ich interessiere mich nur für Artikel über den Reverend.«

»Wie ist es mit Fernsehen? Sehen Sie nicht fern?«

»Auch dort ...«

»Als John Bridges Ihnen nun erzählte, er hätte fünftausend Dollar bekommen, um einen alten Mann zu töten und es aussehen zu lassen wie ...«

»Er hat nie das Wort *töten* benutzt. Das habe ich Ihnen doch schon erklärt.«

»Ganz gleich, welche Worte er benutzte, Sie haben niemals eine Verbindung zwischen dem, was er gesagt hat, und einem Mann namens Andrew Hale hergestellt, über den die ganze Woche im Fernsehen berichtet wurde?«

»Niemals. Und ich erkenne diese Verbindung noch immer nicht. Ich weiß nichts über den alten Mann, von dem Sie behaupten, er wäre getötet worden. Sehen Sie, ich habe Ihnen Johns Namen genannt. Ich habe Ihnen verraten, wo er wohnt. Wenn er irgend etwas Unrechtes getan hat, müssen Sie sich an ihn halten.«

»Was können Sie uns sonst noch über ihn erzählen?«

»Er hat auf der linken Seite seines Gesichts eine Narbe.«

»Was für eine Narbe?«

»Sie sah aus, als rühre sie von einem Messer her.«

»Sie erinnern sich erst jetzt an eine *Messer*narbe?« ergriff Ollie wieder das Wort. »Der Kerl hat eine Scheiß*messer*narbe im Gesicht, und das fällt Ihnen erst jetzt wieder ein?«

»Gewöhnlich achte ich nicht auf Entstellungen oder Behinderungen«, sagte Hopwell.

»Erinnern Sie sich an andere Entstellungen oder Behinderungen?«

»Nein.«

»Und wie steht es mit irgendwelchen besonderen Kennzeichen oder Tätowierungen? Ein Muttermal, zum Beispiel, oder ein Leberfleck ...«

»Ach ja, die Tätowierung«, sagte Hopwell und zögerte. »Ein blauer Stern auf der Spitze seines Penis.«

Im President Hotel war kein Gast namens John Bridges gemeldet. Auch war niemand unter diesem Namen am Abend des 6. November gemeldet gewesen. Als sie dem Manager Hopwells Beschreibung gaben, sagte er, er könnte sich auch nicht an jemanden erinnern, der jamaikanisch ausgesehen oder geklungen hätte, aber dies wäre ein großes Hotel mit Tausenden Gästen jede Woche, und es wäre durchaus möglich, daß an besagtem Abend einige Jamaikaner registriert gewesen waren.

Sie durchsuchten das Hotelregister nach jemandem aus Houston, Texas. Da war ein Gast aus Fort Worth, der am vierten angekommen und am nächsten Tag schon wieder abgereist war, und ein anderer Gast aus Austin, der mit seiner Frau und seinen beiden Kindern im Hotel gewohnt hatte. Diese Leute interessierten Carella nicht. Der Computer verzeichnete keine offenen Haftbefehle für jemanden namens John Bridges. Auch war niemand unter diesem Namen im Telefonbuch von Houston verzeichnet.

Carella rief das Polizeipräsidium von Houston an und unterhielt sich mit jemandem, der sich als Detective Jack Walman vorstellte. Er erzählte Carella, er sei seit fast zwölf Jahren Cop und würde die meisten Gauner und Ganoven in dieser Stadt kennen, aber er wäre noch nie jemandem begegnet, dessen linke Gesichtshälfte von einer Messernarbe entstellt wurde und dessen Penis ein blauer eintätowierter Stern zierte.

»Das stellt alles in den Schatten«, sagte er. »Wofür steht der Stern? Für den Lone-Star-Staat?«

»Könnte sein«, sagte Carella.

»Ich mache folgendes«, sagte Walman. »Ich lasse das durch den Computer laufen. Aber das ist eine ziemlich ungewöhnliche Kombination, nicht wahr, und ich würde mich ganz sicher an etwas so Abartiges erinnern, wenn es mir je untergekommen wäre. Allerdings könnte er sich die Messernarbe schon *vor* der Tätowierung eingefangen haben. Viele von diesen Kerlen haben ihre Tätowierungen aus dem Knast. In diesem Fall wären nicht beide Merkmale im Computer verzeichnet, klar? Hier unten haben wir jede Menge Messernarben. Ist Ihr Mann Chicano?«

»Nein. Ein Jamaikaner namens John Bridges.«

»Na ja, wir haben hier auch an die zweitausend Jamaikaner, also wer weiß? Was hat dieser Kerl getan?«

»Möglicherweise zwei Leute umgebracht.«

»Gefährlich, hm?«

»Ja, gefährlich.«

»Das muß doch weh tun, nicht wahr?« sagte Walman. »Sich etwas auf den Schwanz tätowieren lassen?«

Er rief eine Stunde später zurück und berichtete, er hätte das gesamte System – Stadt und Staat – nach einem Kriminellen namens John Bridges durchforstet und nichts gefunden. Wie schon erwähnt gab es im Staat Texas eine Menge Leute mit Messernarben im Gesicht, und wenn Carella von jedem Kriminellen mit einer solchen Narbe einen Ausdruck haben wolle, würde er sie ihm gern faxen. Aber keiner der Kerle mit einer Messernarbe hatte einen tätowierten Schwanz. Einer der Oldtimer im Revier könne sich jedoch an einen Typ erinnern, der die amerikanische Flagge als Tätowierung auf seinem besten Stück gehabt hatte, falls das eine Hilfe war. Sie flatterte im Wind, wenn er eine Erektion hatte. Aber er glaube, der Typ säße zur Zeit in Angola, drüben in Louisiana, eine Strafe ab. Abgesehen davon tat es Walman leid, daß er keine größere Hilfe sein konnte. Carella bat ihn, die Fotos der Gesichter mit den Messernarben zu faxen, und bedankte sich für seine Bemühungen.

Sie waren wieder genau dort, wo sie am Morgen des 29. Oktober, als der Notruf einging, gewesen waren.

4

Drei Flughäfen versorgten die Hauptstadt und Umgebung. Vom größten, draußen auf Sand Spit, starteten an den meisten Wochentagen drei direkte und sechs Anschlußflüge nach Houston. Vom stadtnächsten Flughafen gab es neun direkte und elf Anschlußflüge. Auf der anderen Seite des Flusses, im Nachbarstaat, startete von sechs Uhr zwanzig morgens an praktisch jede Stunde ein Direktflug. Das waren insgesamt einundzwanzig Nonstop- und Anschlußflüge allein von diesem Flughafen. Insgesamt machte das fünfzig Flüge nach Houston an fast jedem Tag der Woche. Dieses Houston, Texas, war eine geschäftige Stadt.

Am frühen Mittwoch morgen, dem 10. November, begannen zwölf Detectives mit der Überwachung der Check-in-Schalter der Fluggesellschaften Continental, Delta, US Airways, American, Northwest und United Airlines und hielten Ausschau nach einem Jamaikaner mit einer Narbe im Gesicht, der mit einem Direktflug zum Houston-Intercontinental oder zum Houston-Hobby wollte oder der einen Anschlußflug über Charlotte, Dallas/Fort Worth, New Orleans, Detroit, Chicago, Memphis, Atlanta, Cleveland, Pittsburgh oder Philadelphia nahm. Keiner der Männer, die eine der Maschinen bestiegen, entsprach der Beschreibung, die Harpo Hopwell ihnen gegeben hatte.

An diesem Tag starteten noch eine Menge anderer Flüge.

»Wer hat hier die Leitung?« fragte der Assistent des Leichenbeschauers.

Ollie streifte ihn mit einem schrägen Blick. Er war der einzige mit einem golden und blau emaillierten Detectiveabzeichen an seinem Revers; wer zum Teufel sollte hier also wohl die Leitung haben? Die beiden einzigen anderen Cops am Tatort waren zwei Uniformierte, die mit ziemlich unschlüssigen Mienen herumstanden und sich die Füße platt traten. Glaubte der Mann etwa, daß mittlerweile *Uniformen* sich mit Mordfällen befaßten?

Oder hatte der Mann vielleicht vergessen, daß er und Ollie schon früher zusammengearbeitet hatten? Ollie konnte sich das nicht vorstellen. Er hielt sich nicht für einen Menschen, den man schnell vergaß. Arbeitete der Mann vielleicht jeden Tag mit Detectives zusammen, die so fett waren wie Ollie? Der Mann mußte einfach wissen, daß der dicke Detective in dem auffälligen Sportsakko hier die Leitung hatte. Oder tat er so, als würde er Ollie nicht kennen, weil er nicht wollte, daß Ollie glaubte, er erinnere sich nur deshalb an ihn, weil er so dick war? Wenn ja, dann war das absoluter Blödsinn. Ollie wußte, daß er fett war. Er wußte auch, daß die Leute ihn hinter seinem Rücken Fat Ollie nannten, und betrachtete es als einen Ausdruck von Respekt, daß ihn aber niemand offen so nannte.

»Oh, hallo, Weeks«, sagte der Leichenbeschauer, als würde er ihn erst in diesem Moment erkennen, was in etwa genauso war, als bemerkte er plötzlich ein Rhinozeros am Frühstückstisch. »Was haben wir?«

»Eine tote junge Schwarze in der Küche«, antwortete Ollie.

Der Name des Leichenbeschauers lautete Frederick Kurtz, ein Nazischwein, wie Ollie kein zweites kannte. Er hatte sogar ein kleines Hitlerbärtchen unter der Nase. Und eine kleine schwarze Arzttasche wie ein wahnsinniger

Doktor in Buchenwald. Sein zerknautschter Anzug sah aus, als hätte er die ganze letzte Woche darin geschlafen. Er war außerdem schwer erkältet. Holte ständig sein schmutziges Taschentuch aus der Gesäßtasche und schneuzte hinein, dieser verdammte Nazi. Ollie folgte ihm in die Küche.

Die junge Frau lag auf dem Rücken vor dem Spülstein, das Messer noch immer im Körper. Das war in der Tat ein verzwickter Fall. Um eine tödliche Stichverletzung zu diagnostizieren, war ein verdammter Nazi-Raketenwissenschaftler nötig! Niemand hatte bisher das Messer aus der Leiche herausgezogen, weil Regel Nummer eins verlangte, daß man nichts anrührte, solange der Leichenbeschauer das Opfer offiziell nicht für tot erklärt hatte. Ollie wartete, während Kurtz die Leiche wie ein Geier umkreiste und eine günstige Position suchte, aus der er die junge Tote untersuchen konnte. Er stellte den Koffer neben ihr auf den Boden und beugte sich dicht über ihren Mund, als hoffte er, einen leisen Atemhauch von ihren Lippen aufzufangen. Ollie dachte, wenn das Mädchen noch atmen sollte, wäre sie bis zum Abend heiliggesprochen. Sie wäre die erste schwarze Heilige aus dieser Stadt. Kurtz legte seinen Zeigefinger und Mittelfinger seitlich an ihren Hals und tastete nach einem Puls in der Halsschlagader. Keine Chance, dachte Ollie.

»Glauben Sie, sie ist tot?« fragte er. Er versuchte zu klingen wie John Wayne, aber heraus kam W. C. Fields. Ollie versuchte manchmal, Tom Hanks, Robin Williams und Robert De Niro zu imitieren, aber seltsamerweise klang es immer wie W. C. Fields. Er merkte das nicht. Er hielt all seine Versuche für gelungen und betrachtete sich selbst häufig als Mann mit goldenen Ohren. Kurtz erkannte Sarkasmus auf Anhieb, sogar wenn er aus dem Mund eines fetten Detectives kam, der weder aussah noch klang wie ein Cowboy. Er gab keine Antwort. Statt dessen setzte er das Stethoskop auf die Brust des Mädchens, obwohl er längst wußte, daß sie mausetot war, um es ganz unmedizinisch auszudrücken. Er setzte seine Untersuchung fort und tat so, als wäre Ollie gar nicht da, was unter allen Umständen mehr als schwierig war. Eine Stimme aus dem Schlafzimmer ließ Kurtz zusammenzucken, da sie seine frühere Frage wie ein Echo wiederholte.

»Wer hat hier die Leitung?« fragte Monoghan.

Dieselbe dämliche Frage von einem anderen Idioten, der es besser wissen mußte, dachte Ollie. In dieser Stadt war der Detective, der den Notruf als erster aufnahm, auch der Cop, der von diesem Moment an offiziell in dem Fall ermittelte. Detective Monoghan, sein Partner Monroe und verschiedene andere Detectives des Morddezernats wurden zu jedem Mord in ihrem Zuständigkeitsbereich geschickt, um in beratender und überwachender Funktion tätig zu werden. Der Grund für ihre Existenz war der, daß diese Stadt ein bürokratischer Monolith war, den in Gang zu halten mehr kostete, als ein ganzes afrikanisches Entwicklungsland ein Jahr lang über die Runden zu bringen.

In dieser Stadt waren zehn Personen nötig, um die Arbeit von einer zu leisten. Diese Stadt stellte High-School-Versager ein, steckte sie in Anzüge und lehrte sie dann, die Öffentlichkeit mit Gleichgültigkeit zu behandeln. Wenn man in dieser Stadt zum Beispiel die Kopie einer Geburtsurkunde oder einen Führerschein brauchte, stand man stundenlang in der Warteschlange, während irgendein Schwachkopf so tat, als bediene er einen Computer. Wenn er oder sie endlich begriffen hatte, weshalb man gekommen war, mußte man weitere anderthalb Stunden vor einem Postschalter anstehen, um einen Überweisungsbeleg zu ergattern, der bestätigte, daß man die geforderte Dienstleistung bezahlt hatte. Das lag daran, daß in dieser Stadt Verwaltungsangestellte kein Bargeld, keine Schecks oder Kreditkarten als Zahlungsmittel akzeptieren durften. Die Stadtväter kannten nämlich genau das Kaliber der Leute, die vom System mitgeschleppt wurden. Sie wußten, daß Bargeld im Handumdrehen verschwand, daß Kreditkarten kopiert wurden, daß Schecks nicht selten auf irgendwelchen privaten Konten endeten. Deshalb verströmten all die Menschen an den Schaltern der Verwaltung so viel Feindseligkeit. Sie waren wütend auf das System, weil sie es nicht bestehlen konnten. Oder vielleicht waren sie auch sauer, weil sie sich nicht für lukrativere Jobs wie zum Beispiel den Sicherheitsdienst in einem der städtischen Gefängnisse qualifizieren konnten, wo man bei entsprechendem Ehrgeiz eine beträchtliche Summe nicht meldepflichtigen Geldes mit dem Rauschgiftschmuggel für die Insassen verdienen konnte.

Monoghan und Monroe waren für ein solches System absolut unverzichtbar.

Ohne zwei Idioten, die einem erfahrenen Detective wie Ollie erklärten, wie er seinen Job zu tun hatte, würde das System innerhalb von anderthalb Minuten zusammenbrechen. Die Typen von der Mordkommission wußten verdammt genau, wer hier die Leitung innehatte. Nämlich Oliver Wendell Weeks. Es ärgerte sie auch, daß die Mordkommission sich in längst vergangenen Zeiten das Ansehen erarbeitet hatte, dessen sie sich nun nur noch im Fernsehen erfreute. Heutzutage war die stolze Tradition bestenfalls noch ansatzweise vorhanden. An ihre elegante Vergangenheit erinnerten nur noch die schwarzen Anzüge, die die Angehörigen der Mordkommission noch immer trugen. Es war die Farbe des Todes, die Farbe des Mordes.

Monoghan und Monroe trugen an diesem trüben Novembernachmittag Schwarz. Sie sahen aus, als wären sie unterwegs zu einer Leichenhalle, um irgendeinem irischen

Katholiken, wie sie selbst welche waren, zu beteuern, wie leid es ihnen täte, daß Paddy O'Toole, dieser arme Säufer, den Löffel abgegeben hatte. Das Verläßliche an Ollie Weeks war, daß er jeden haßte, ungeachtet seiner Rasse, Herkunft oder Hautfarbe. Ollie war die fleischgewordene Intoleranz. Aber das war ihm nicht im mindesten bewußt.

»Zwei Iren kamen mal aus einer Bar«, sagte er.

»Und?« sagte Monoghan.

»So was soll es tatsächlich schon mal gegeben haben«, sagte Ollie mit betontem Achselzucken.

Weder Monoghan noch Monroe lachten.

Dafür Kurtz, der verdammte Nazi, aber er versuchte es zu kaschieren, indem er sich erneut die Nase putzte, denn um ehrlich zu sein, diese beiden massigen irischen Cops flößten ihm eine Heidenangst ein. Er vermutete, daß Ollie englischer Abstammung war, sonst hätte er zwei Iren, die gekleidet waren wie Totengräber und leicht gerötete Gesichter hatten, niemals einen solchen Witz erzählt.

»Was soll das sein, so was wie ein Rassistenwitz?« fragte Monoghan.

»Oder eine Anspielung?« fragte Monroe.

»Ist sie tot oder nicht?« wollte Ollie von dem Leichenbeschauer wissen und wechselte das Thema, weil diese beiden irischen Idioten auf das Thema Saufen empfindlich reagierten.

»Ja, sie ist tot«, sagte Kurtz.

»Könnten Sie sich vielleicht zu einer Vermutung hinsichtlich der Todesursache hinreißen lassen?« fragte Ollie. Diesmal versuchte er, seiner Stimme den Tonfall eines sarkastischen englischen Anwalts zu verleihen, aber heraus kam wieder W. C. Fields.

»Das Büro des Coroners schickt Ihnen einen Bericht«, sagte Kurtz und dachte, damit hätte er den Big O mundtot gemacht, aber Ollie grinste nur.

»Ich kann verstehen, daß Sie vorsichtig sind«, sagte er. »Immerhin steckt das Messer mitten in ihrer Brust und so weiter.«

Leck mich, Fat Boy, dachte der Leichenbeschauer, sagte aber nichts, putzte sich statt dessen die Nase und ging hinaus.

Die Männer der Mordkommission wanderten durch das Apartment und verbreiteten miese Laune. Ollie vermutete, daß sie sich immer noch über seinen irischen Witz aufregten, den er für ziemlich gut hielt. Hey, leckt mich doch am Arsch, wenn ihr keinen Spaß versteht. Es waren genügend persönliche Gegenstände vorhanden – ein Terminkalender, ein Adreßbuch, Büstenhalter und Schlüpfer in der Kommode –, um Ollie davon zu überzeugen, daß das Mädchen hier tatsächlich gewohnt hatte und nicht zu Besuch bei dem gewesen war, der sie umgebracht hatte. Der Hausmeister des Gebäudes bestätigte dies ein paar Minuten später, als er heraufkam, um nachzusehen, wie die Ermittlungen vorankamen. Eines haßte Ollie – neben vielen anderen Dingen, die er verabscheute –, nämlich Amateurdetektive, die ihre Nase in die Polizeiarbeit steckten. Er fragte den Hausmeister, wie der Name des Mädchen lautete, und der Hausmeister informierte ihn, daß sie Althea Cleary hieß und seit Mai hier gewohnt hatte. Er glaubte, sie käme aus Ohio oder so. Vielleicht aus Idaho. Oder Iowa. Jedenfalls aus so einer Gegend. Ollie bedankte sich für die wertvollen Informationen und seine vorbildliche Bereitschaft zur Mithilfe und komplimentierte ihn aus der Wohnung hinaus. Einer der beiden Blauen teilte ihm mit, daß die Lady, die die Polizei benachrichtigt hatte, draußen auf dem Flur darauf wartete, mit ihm reden zu können, ob sie hereinkommen dürfe?

»Was meinen Sie mit dürfen?« fragte Ollie.

»Na ja, das ist ja hier ein Tatort und so weiter.«

»Das ist sehr umsichtig gedacht«, lobte Ollie und lächelte betörend. »Bringen Sie sie herein.«

Die Frau war Ende fünfzig, wie Ollie schätzte, und trug einen grünen Strickpullover und einen braunen Wollrock. Sie berichtete Ollie, daß sie und Althea befreundet waren und sie gegen zwei Uhr an ihre Wohnungstür geklopft hatte, um sie zu fragen, ob sie auf eine Tasse Cappuccino mitkommen wolle.

»Ich arbeite zu Hause«, sagte die Frau. »Und Althea war ebenfalls viel zu Hause. Daher gingen wir manchmal zusammen auf einen Cappuccino rüber zu Starbucks.«

»Was arbeiten Sie?« fragte Ollie. »Zu Hause, meine ich.«

»Ich gebe Klavierstunden«, sagte sie.

»Ich wollte auch immer Klavier spielen«, sagte Ollie. »Könnten Sie mir fünf Songs beibringen?«

»Ich verstehe nicht.«

»Ich möchte fünf Songs lernen. Ich möchte fünf Songs spielen können wie ein Profi. Wenn ich dann zu einer Party gehe, kann ich mich ans Klavier setzen und fünf Songs zum besten geben, und alle denken, wie toll ich Klavier spielen kann.«

»Nun, wenn Sie fünf Stücke spielen können, dann können Sie doch tatsächlich Klavier spielen, oder?«

Ollie haßte klugscheißerische Frauen, selbst wenn sie Klavier spielen konnten.

»Sicher«, sagte er, »aber ich meine, sie denken dann, ich könnte mehr als nur diese fünf Songs spielen.«

»Ich glaube, ich kann Ihnen fünf Stücke beibringen«, sagte die Frau.

»Haben Sie eine Visitenkarte oder so was?«

»Wollen Sie keine Fragen wegen Althea stellen?«

»Na klar will ich das. Haben Sie eine Visitenkarte? Ich rufe Sie an, und dann können Sie mir irgendwann fünf Songs beibringen. Kennen Sie *Night and Day*?«

»Ja, das kenne ich. Sie sollten aber wissen, daß ich ... also, normalerweise unterrichte ich klassisches Klavier. Und zwar habe ich vorwiegend Kinder als Schüler.«

»Das ist okay, ich möchte nur die fünf Songs können.«

»Na schön«, sagte die Frau seufzend und öffnete ihre Handtasche. Sie suchte darin nach einer Visitenkarte, fand eine und reichte sie Ollie. Der Name auf der Karte lautete Helen Hobson.

»Wieviel verlangen Sie?« fragte er.

»Darüber können wir uns noch unterhalten«, sagte sie.

»Vielleicht können Sie mir einen Pauschalpreis für die fünf Songs machen«, sagte er. »Hat sie nachts gearbeitet?«

Sein Themawechsel erfolgte derart abrupt, daß Helen tatsächlich irritiert blinzelte.

»Sie sagten, sie wäre viel zu Haus gewesen«, erinnerte Ollie sie.

»Ach, so. Ja, sie hat nachts gearbeitet. Bei der Telefongesellschaft.«

Ollie haßte die Telefongesellschaft. Er konnte sich gut vorstellen, wie irgendein wütender Kunde Althea Cleary ein halbes Dutzend mal in die Brust stach.

»Ich habe sie sehr gemocht«, sagte Helen. »Sie war eine sehr nette Person.«

»Mit der Sie ab und zu eine Tasse Cappuccino tranken.«

»Fast jeden Tag.«

»Aber als Sie heute runterkamen, war sie tot.«

»Die Tür stand offen«, sagte Helen und nickte.

»Sie stand weit offen, meinen Sie?«

»Nein, nur einen Spalt. Das kam mir seltsam vor. Ich rief Altheas Namen, und als ich keine Antwort erhielt, ging ich hinein. Sie lag in der Küche. Dort auf dem Fußboden.«

»Und dann?«

»Ich ging nach oben in meine Wohnung und rief die Polizei an.«

»Wann war das, Miss Hobson?«

»Um kurz nach zwei. Mein Unterricht war um zwei Uhr zu Ende, und ich hatte bis vier keine weitere Stunde. Daher kam ich runter, um nachzusehen, ob Althea nicht Lust hätte, mit rüber zu Starbucks zu gehen.«

»Wie sind sie heruntergekommen?«

»Über die Treppe. Ich wohne nur eine Etage höher.«

»Haben Sie auf dem Weg irgendwen gesehen?«

»Niemanden.«

»War irgend jemand draußen vor ihrem Apartment?«

»Nein.«

»Wann fiel Ihnen auf, daß die Tür offenstand?«

»Sofort.«

»Ehe Sie anklopften?«

»Ich habe gar nicht angeklopft. Ich sah die Tür ein paar Zentimeter offenstehen, rief ihren Namen und ging hinein.«

»Danke, Miss Hobson, wir wissen Ihre Hilfe zu schätzen«, sagte er. »Wegen der Klavierstunden rufe ich Sie in Kürze an. Ich möchte nur fünf Songs lernen.«

»Ja, das habe ich verstanden.«

»*Night and Day* und vier andere. Damit ich bei den Leuten Eindruck schinden kann.«

»Ich denke, sie werden ganz bestimmt beeindruckt sein.«

»He, wenn *Sie* das sagen«, meinte Ollie.

»Haben Sie hier alles unter Kontrolle?« fragte Monoghan.

»Ich warte nur auf die Techniker«, sagte Ollie. »Was stört denn jetzt schon wieder den Verkehr? Ist etwa der Papst in der Stadt oder was?«

»Wollen Sie jetzt einen Papst-Witz erzählen?«

»Ich kenne nur einen Papst-Witz«, sagte Ollie.

»Vielleicht kann diese Lady Ihnen vier weitere beibringen«, sagte Monroe. »Dann können Sie die Leute richtig beeindrucken. Sie können dann fünf Songs auf dem Klavier spielen, fünf Papst-Witze erzählen und vielleicht auch noch fünf Irenwitze, wenn irgendwelche Iren unter den Gästen sind.«

»Das ist eine gute Idee«, sagte Ollie. »Kennen Sie vier Papst-Witze, Miss Hobson?«

»Ich kenne überhaupt keine Papst-Witze«, entgegnete sie.

»Ich brauche noch vier Papst-Witze«, sagte Ollie. »Dann muß ich sie mir wohl woanders beschaffen.«

»Kann ich jetzt gehen?« fragte sie.

»Darf ich Ihnen einen Rat geben?« fragte Monroe.

»Klar, und welchen?« sagte Ollie.

»Bei unserem Verein arbeiten eine Menge Iren. An Ihrer Stelle würde ich keine Irenwitze mehr erzählen.«

»Donnerwetter, das ist Ihr Rat?«

»Das ist unser guter Rat für Sie«, bestätigte Monroe.

»Sie finden, daß das Erzählen von Irenwitzen politisch unkorrekt ist, hm?«

»Es könnte geradezu gefährlich sein«, sagte Monroe.

»He, das ist doch hoffentlich keine Drohung«, sagte Ollie.

»Es ist keine Drohung, aber Sie können es so verstehen, wenn Sie wollen.«

»Kann ich jetzt gehen?« fragte Helen erneut.

»Wissen Sie«, sagte Ollie, »es interessiert mich einen feuchten Kehricht, was politisch korrekt ist und was nicht. Ich möchte nur meine fünf Songs und meine fünf Papst-Witze lernen, mehr nicht, und vielleicht in meiner Freizeit rauskriegen, wer diese Kleine erstochen hat. Wenn Sie also keinen weiteren Ratschlag für mich haben ...«

»Ist es okay, wenn ich jetzt gehe?« wollte Helen wissen.

»Nun gehen Sie schon, Lady«, sagte Monoghan.

»Vielen Dank, Officers«, sagte sie und verließ eilends das Apartment.

»Was würden Sie denn sagen, wenn ich Ihnen verraten würde, daß ich selbst Ire bin?« fragte Ollie.

»Das würde ich Ihnen nicht glauben«, sagte Monoghan.

»Warum? Weil ich nicht besoffen bin?«

»Das ist so eine der Bemerkungen, mit denen Sie sich Ärger einhandeln können«, sagte Monoghan und drohte Ollie mit dem Finger.

»Ich hab mal einem Typen, der das auch getan hat, den Finger abgebissen«, sagte Ollie und grinste wie ein Hai.

»Versuchen Sie mal zuzubeißen«, sagte Monoghan.

»Es ist nur gut, daß die Klavierlehrerin nicht mehr da ist«, sagte Ollie und schüttelte traurig den Kopf.

»Wer hat hier die Leitung?« fragte einer der Techniker von der Tür.

»Sieh mal an, wer da kommt!« sagte Ollie.

»Halten Sie uns auf dem laufenden«, verlangte Monoghan.

Du fettes Schwein, dachte er, sprach es aber nicht aus.

An diesem Mittwochmorgen klopfte Arthur Brown um kurz nach elf an die Tür von Cynthia Keatings Wohnung.

»Ja, wer ist da?«

»Polizei«, antwortete Brown.

»Oh«, sagte sie. Eine ganze Weile blieb alles still. »Nur einen Augenblick«, sagte sie dann. Sie hörten einen Riegel zurückschnappen, dann ein Klicken. Die Tür ging einen Spaltbreit auf und wurde dann von einer Sicherheitskette gebremst. Cynthia lugte zu ihnen heraus.

»Ich kenne Sie nicht«, sagte sie.

Brown hielt seine Marke hoch.

»Detective Brown«, sagte er. »Vom 87. Revier.«

»Ich habe schon mit den anderen gesprochen«, sagte sie.

»Wir haben noch ein paar Fragen, Ma'am.«

»Ist das legal?«

»Dürfen wir hereinkommen, bitte?«

»Einen Moment«, sagte sie und schloß die Tür, um die Sicherheitskette abzunehmen. Sie öffnete sie erneut, sagte »Kommen Sie herein!« und ging voraus in die Wohnung. »Ich hoffe, das ist legal«, meinte sie.

»Ma'am«, sagte Kling, »kennen Sie einen Mann namens John Bridges?«

»Nein. Lassen Sie mich auch Ihr Abzeichen mal sehen«, verlangte sie.

Kling holte ein kleines Lederetui hervor und zeigte seine golden und blau emaillierte Marke.

»Entschuldigen Sie«, sagte sie und ging zum Telefon an der Küchenwand. Sie wählte eine Nummer, wartete, lauschte und sagte dann: »Mr. Alexander, bitte. Cynthia Keating.« Sie wartete wieder. »Todd«, sagte sie dann, »die Polizei ist hier. Was soll ich tun?« Sie lauschte wieder, nickte, lauschte weiter und sagte schließlich: »Danke, Todd, wir sprechen uns in Kürze«, und legte auf. »Gentlemen«, sagte sie dann, »solange Sie keinen Haftbefehl für mich haben, rät mein Anwalt, daß Sie lieber gehen sollen.«

Es hatte etwas Beruhigendes an sich, allein in der Wohnung der jungen Toten zu sein. Zuerst war da die Stille. In dieser Stadt ließ sich ein Ort der Stille und des Friedens normalerweise nicht leicht finden. Ständig heulten Sirenen, Tag und Nacht, Polizei oder Krankenwagen. Dann die Autohupen, vorwiegend Taxis, Einwanderer aus Indien oder Pakistan standen förmlich auf ihren Hupen, weil sie sich daran erinnerten, wie schnell ihre Kamele durch den Wüstensand rannten, wo es keine Verkehrsampeln gab. Diese Stadt war die lauteste verdammte Stadt im gesamten Universum. Ollie zog all dem die Stille in der Wohnung des toten Mädchens vor.

Manchmal glaubte er, wenn er lange genug in der Wohnung eines Toten ausharrte, könnte er die Schwingungen des Mörders auffangen. Irgendwie in seine Haut schlüpfen. Er hatte einmal eine Geschichte gelesen – er las höchst ungern –, in der von der Theorie die Rede war, daß das Bild des Mörders einer Person auf den Augäpfeln, der Retina oder wo auch immer zurückblieb. Totaler Quatsch. Aber die Stille in der Wohnung des Opfers war beinahe physisch greifbar, und er glaubte tatsächlich, wenn er lange genug dort in der Stille blieb, würden die Schwingungen des Killers in seine Knochen eindringen, obgleich ihm dies – ehrlich gesagt – noch nie passiert war. Nichtsdestoweniger stand er jetzt stocksteif am Fußende des Bettes der Toten, stellte sich vor, wie er sie das erste Mal auf dem Küchenfußboden gesehen hatte, das Messer in der Brust, versuchte zu empfinden, was der Mörder empfunden hatte, während er auf sie einstach, und bemühte sich, in seine Haut zu schlüpfen. Nichts geschah. Ollie seufzte, furzte und begann, Althea Clearys Wohnung zu durchsuchen.

Was er nicht zu finden hoffte, waren die Namen ihrer Eltern. Er wollte sie nicht anrufen müssen, um ihnen mitzuteilen, daß ihre Tochter tot war. Darin war er nicht sehr gut. Für Ollie war jemand, der gestorben war, tot, und das war's. Man lief nicht herum und rang die Hände oder riß sich die Haare aus. Ihm fiel kein einziger Toter ein, den er vermißte, seine eigene Mutter und seinen eigenen Vater eingeschlossen. Er glaubte, wenn seine Schwester Isabelle sterben würde, würde er sie ein wenig vermissen, aber nicht so sehr, um bei ihrer Beerdigung aufzustehen und ein paar Worte über sie zu sagen, denn ganz ehrlich, ihm fiel nichts ein, was er über sie erzählen könnte, sei sie nun tot oder lebendig. Wie die meisten lebenden Menschen war Isabelle Weeks eine Nervensäge. Sie hatte ihn einmal beschimpft, er wäre ein Charakterschwein. Er riet ihr daraufhin, leck mich am Arsch, Mädchen.

Er hatte bereits das Adreßbuch und den Terminkalender des toten Mädchens durchgeblättert und nirgendwo eine Eintragung für jemanden namens Cleary gefunden. Es gab ein paar Namen von Leuten in Montana, was weder Ohio noch Idaho oder Iowa war, wie der Hausmeister vermutet hatte, aber es waren keine Clearys, und er hatte nicht die Absicht, jemanden in Montana anzurufen, nur um herauszufinden, ob der Betreffende mit einem toten schwarzen Mädchen verwandt war, von dem er diesen Leuten am liebsten sowieso nichts erzählen würde. Ihr Terminkalender war auch keine große Hilfe. Sie war vermutlich noch nicht allzu lange in der Stadt gewesen, was vielleicht eine Erklärung dafür war, weshalb sie die ganze Zeit Cappuccino mit einer Frau aus dem Stockwerk über ihr trank, die Klavierstunden gab. Ollie würde sie anrufen müssen. *Night and Day,* dachte er. Und vielleicht *Satisfaction,* was ebenfalls einer seiner Lieblingssongs war.

Er ging jetzt an die Kommode der jungen Frau und öffnete die oberste Schublade auf der Suche nach irgendwas, er hatte keine Ahnung, wonach genau, das ihm etwas über sie verriet oder darüber, wer in der Nacht, als sie gestorben war, bei ihr gewesen war. Es gab Cops, die gingen genau nach dem Lehrbuch vor, hörten sich zuerst in der Nachbarschaft um, fragten Leroy und Luis, Carmen und Clarisse, ob sie irgend jemanden in die Wohnung hereingehen oder herauskommen gesehen hatten. Aber hier oben in Simbabwe West sah niemals irgendwer etwas, wenn man ein Cop war und fragte. Auf jeden Fall wollte er zuerst das Opfer kennenlernen und erst dann damit anfangen, all die kennenzulernen, die sie gekannt hatten. Außerdem hatte Ollie für Tote sehr viel mehr übrig als für die meisten Lebenden. Tote machten einem keine Schwierigkeiten mehr. Wenn man sich in der Wohnung eines Toten aufhielt, brauchte man sich mit Furzen und Rülpsen nicht zurückzuhalten. Und wenn das Opfer ein Mädchen war, konnte man seine Schlüpfer oder Strumpfhosen in die Hand nehmen und untersuchen – wie er es im Augenblick tat –, ohne daß jemand auf die Idee kam, daß man pervers war. Ollie roch am Schritt eines roten Höschens, was wirklich hervorragende Polizeiarbeit war, denn das Ergebnis verriet ihm, ob die Frau sauber war oder ob sie ihre Höschen nach dem Tragen einfach in die Schublade zurückgelegt hatte, ohne sie zu waschen. Das Höschen roch frisch und sauber.

Während er sich in ihrer Wohnung aufhielt, an ihren Höschen schnüffelte, ihre restliche Unterwäsche und ihre Pullover und ihre Blusen und ihre hochhackigen Schuhe im Wandschrank und ihre Mäntel und Kleider durchwühlte, eins davon ein blaues Monica-Lewinsky-Kostüm, ihre sämtlichen persönlichen Dinge inspizierte, etwas Aufschlußreiches zu finden hoffte, sich dabei fragte, was für ein Mensch, wie es schien, ein Dutzend Mal auf eine junge Frau hatte einstechen und dann das verdammte Brotmesser einfach in ihrer Brust hatte steckenlassen können, und während er ihre Handtasche öffnete und in den persönlichen Frauendingen darin herumkramte, fühlte er sich gleichzeitig privilegiert und unberührt, wie ein unsichtbarer Einbrecher.

Carl Blaney wog gerade eine Leber, als Ollie an diesem Mittwoch nachmittag gegen vier Uhr in die Stadt kam. Es regnete noch, wenn auch nicht mehr so stark wie zuvor. Die Leichenhalle und der Regen draußen zeigten den gleichen glänzenden Schimmer rostfreien Stahls. Er schaute zu, wie Blaney die Leber von der Waage nahm und in eine stählerne Schale legte. Insgeheim fand Ollie Körperteile und Organe abstoßend.

»Ist das ihre?« fragte er.

»Wessen?« fragte Blaney.

»Des Opfers.«

»Wir haben hier nur Teile von Opfern.«

»Althea Cleary. Das kleine farbige Girl, das erstochen wurde.«

»Ach, die.«

»Was tun Sie hier, sich eine Leber nach der anderen vornehmen?«

»Ja, genau das tun wir hier«, sagte Blaney knapp.

»Und was haben Sie für mich?« fragte Ollie.

Meyer genoß es geradezu, Fat Ollie Weeks in Rage zu bringen. Der Mann rief an und wollte Carella sprechen, aber Carella war am Ende des Korridors. Meyer konnte der Versuchung nicht widerstehen.

»Hast du die Absicht, den Kerl zu verklagen?« fragte er.

»Welchen Kerl?« fragte Ollie.

Er hatte in seinem ganzen Leben noch niemanden verklagt. Er hielt die Anwälte dieser Welt längst für reich genug.

»Diesen Burschen, der das Buch über die Polizei geschrieben hat.«

»Welcher Bursche?«

»Dieser Ire, der ein Buch geschrieben hat. Du bist jetzt berühmt, Ollie.«

»Was zum Teufel soll das heißen?« fragte Ollie.

»Andererseits heißt es am Anfang des Buchs, daß Namen, Personen, Orte und Ereignisse Phantasieprodukte des Autors sind oder rein fiktiv benutzt werden.«

»Wunderbar«, sagte Ollie. »Bestell Steve, ich hätte angerufen, okay? Ich muß ihn wegen eines Falls sprechen.«

»›Alle Personen und Schauplätze sind frei erfunden‹«,

zitierte Meyer. »So steht es da. Also nehme ich an, daß es nur ein Zufall ist.«

»*Was* ist nur ein Zufall?« fragte Ollie.

»Daß sein Name deinem so ähnlich ist und so weiter«, erklärte Meyer.

»Wessen Name?«

»Dieses Typen.«

»Welches Typen?« fragte Ollie zum dritten verdammten Mal.

»Dieses Kerls in dem Polizeiroman, der von diesem irischen Journalisten geschrieben wurde.«

»Okay, ich höre«, sagte Ollie.

»Fat Ollie Watts«, sagte Meyer und zog den Namen endlos lang. »Nicht, daß irgend jemand dich Fat Ollie nennt«, fügte er sofort hinzu.

»Das sollte man sich lieber auch verkneifen«, sagte Ollie. »Was meinst du damit ... Fat Ollie Watts?«

»Das ist der Name einer Person in diesem Buch.«

»Einer Person? Fat Ollie *Watts*?«

»Ja. Aber sie spielt nur eine Nebenrolle.«

»Eine Nebenrolle?«

»Ja, einen kleinen billigen Dieb.«

»Einen billigen Dieb?«

»Ja.«

»Mit dem Namen Fat Ollie Watts?«

»Ja. Ziemlich dicht dran, meinst du nicht?«

»Dicht? Es trifft mitten ins Schwarze!«

»Also ich finde nicht. Watts ist nicht Weeks.«

»Ist es nicht?«

»Es wird sogar anders buchstabiert.«

»Ach, tatsächlich?«

»Ich würde mir deshalb keine Sorgen machen.«

»Nun mal langsam, Fat Ollie *Watts* ist nicht Fat Ollie *Weeks*, hm? Was ist es dann?«

»Watts!«

»Wer zum Teufel ist dieser Kerl?«

»Fat Ollie Watts«, sagte Meyer. »Ich hab's dir doch erklärt.«

»Nicht der! Der Kerl, der dieses verdammte Buch geschrieben hat? Hat er keine Ahnung, daß es mich gibt?«

»Nein, ich glaube nicht.«

»Er schreibt ein Buch über Cops und hat noch nie von mir gehört? Einer echten Person? Er hat keine Ahnung von Oliver Wendell Weeks?«

»Ich bitte dich, Ollie, bleib ganz ruhig. Das ist doch nur eine dieser Serienkiller-Storys im Thomas-Harris-Stil. Ich würde mir deswegen keine Gedanken machen.«

»Lebt dieser verdammte Typ auf dem Mars, daß er noch nie von mir gehört hat?«

»Er lebt in Irland. Ich hab's dir gesagt.«

»Wo in Irland? In irgendeiner Kneipe? In einer Hütte an irgendeiner Landstraße? In irgendeinem stinkenden Nest?«

»He, tut mir leid, daß ich davon angefangen hab.«

»Wie heißt dieser Kerl?«

»Ich hab's dir gesagt. Fat Ollie ...«

»Nicht der«, sagte Ollie. »Der *Autor.* Der verdammte *Schreiberling*!«

»Um ganz ehrlich zu sein«, sagte Meyer grinsend. »Ich hab's bereits vergessen.«

Und legte auf.

Die beiden Männer trafen sich um fünf an diesem Nachmittag in einer Bar. Beide hatten offiziell Feierabend. Carella bestellte ein Bier. Ollie entschied sich für einen Harvey Wallbanger.

»Also, worum geht es?« fragte Carella.

»Ich hab's schon am Telefon angedeutet.«

»Eine Frau wurde erstochen ...«

»Eine kleine Schwarze namens Althea Cleary. Laut Leichenbeschauer acht Stiche. Das Messer steckte noch in ihrer Brust. Ein Küchenmesser. Es paßt zu den anderen in der Küche. Was mich hellhörig gemacht hat, war, was Blaney mir erzählte ...«

»Welcher Blaney?«

»Keine Ahnung. Wie viele Blaneys gibt es denn?«

»Zwei, glaube ich.«

»Nun, jedenfalls war es einer von ihnen«, sagte Ollie. »Er erzählte mir, das Mädchen wäre möglicherweise betäubt worden. Rate mal, womit.«

Carella sah ihn verblüfft an.

»Ja«, sagte Ollie.

»Mit Rohypnol?«

»Mit Rohypnol. He, Barkeeper!« brüllte er. »Entschuldigen Sie, aber ist in diesem verdammten Drink überhaupt ein Tropfen Wodka?«

»Natürlich ist da Wodka drin«, sagte der Barkeeper.

»Ich kann folgendes tun ... ich kann den Drink ins Polizeilabor bringen. Dann führen wir ein paar toxikologische Tests durch und werden ja sehen, ob überhaupt Alkohol drin ist.«

»Es ist alles drin, was reingehört«, sagte der Barkeeper. »Sie haben da einen guten, starken Drink.«

»Warum mixen Sie mir dann keinen zweiten, nur diesmal aufs Haus, wenn er so verdammt gut ist?«

»Warum aufs Haus?« fragte der Barkeeper.

»Weil eure Toilette undicht ist und die Toilettenfenster nicht zu öffnen sind«, sagte Ollie. »Das sind Verstöße gegen geltende Vorschriften.«

Was gar nicht zutraf.

»Bist du sicher, daß sie betäubt wurde?« fragte Carella.

»Laut Blaney ja.«

»Und er ist sicher, daß es Roofers waren?«

»Positiv.«

»Du deutest also an, daß eine Verbindung zu meinem Fall besteht?«

»Lieber Himmel! Du hast's erfasst!«

»Du meinst, weil beide mit ...«

»Jawohl.«

»... und später ermordet wurden, gibt es eine Verbindung?«

»Was meines Erachtens keine allzu gewagte Vermutung ist.«

»Ich glaube, das Ganze ist weit hergeholt, Ollie.«

»Da ist Ihr Wallbanger«, meldete sich der Barkeeper und stellte das Glas heftig auf die Theke.

Ollie schob den Stuhl vom Tisch zurück und stand auf, um das Glas zu holen. Carella, der ihn beobachtete, dachte, daß er sich für einen so dicken Menschen erstaunlich gewandt bewegte. Ollie setzte das Glas an die Lippen, trank einen Schluck und schnalzte mit der Zunge. »Hervorragend, guter Mann, wirklich absolute Spitze.« Er kam zum Tisch zurück. »So weit hergeholt ist es ganz und gar nicht«, widersprach er Carella.

»Nein? Du behauptest, dieselbe Person, die meinen Knaben erhängt hat, hat dein Mädchen erstochen?«

»Ich sage nur, daß es hier ein Muster gibt. Wir bei der Polizei nennen so etwas *modus operandi*, kurz M. O.«

»He, vielen Dank.«

»Gern geschehen«, sagte Ollie, hob das Glas zu einem stummen Toast und trank. »In dem ist auch kein Wodka«, stellte er fest und starrte in sein Glas.

Carella dachte nach.

»Fragen«, sagte er.

»Spuck's aus.«

»Hast du irgendeinen Hinweis darauf, daß Allison Cleary ...«

»Althea.«

»... John Bridges kannte?«

»Keinen einzigen. Aber sie hätten einander begegnet sein können.«

»Wie?«

»Der Typ kommt doch aus Houston, nicht wahr? Wohnt hier in der Stadt, okay? Mit Hilfe seiner Freunde erhängt er seinen Mann und macht dann am Wochenende ein kleines Spielchen. Er lernt unseren kleinen schwulen Freund Harpo kennen, stellt ihn seinen Freunden vor, und da, nimm nur, Kumpel, die helfen deinem Sex ein wenig auf die Sprünge. Heißt, falls Harpo bisexuelle Anwandlungen haben sollte, kann er ein paar Tabletten in den Drink einer Lady schmuggeln und sie dazu bringen, daß sie ihm einen bläst. Was genau das ist, was Bridges oder wer auch immer zwei Tage später mit der kleinen Althea Cleary getan hat.«

»Wo haben sie sich deiner Meinung nach kennengelernt?«

»Die Lady von der Etage über ihr trinkt ab und zu mit ihr einen Cappuccino. Sie erzählt, die Kleine arbeitet nachts bei der Telefongesellschaft. Okay, ich durchsuche ihre Bude und finde einen Sozialversicherungsausweis in ihrer Handtasche. Willst du wissen, wo sie gearbeitet hat?«

»Das hast du doch gerade gesagt. Bei der Telefongesellschaft.«

»Ja, aber nicht bei AT&T. Ich hab die Nummer auf ihrer Versicherungskarte überprüft. Der Arbeitgeberanteil für sie wurde während der letzten sechs Monate von einer Go-go-Bar namens The Telephone Company auf der Stem in der Stadt eingezahlt. Hast du Lust, tanzen zu gehen, Stevie-Baby?«

Die letzte Maschine nach Houston am Mittwochabend, ein Nonstop-Delta-Flug, der um eine Minute nach neun in Houston landen sollte, schloß um Punkt sechs die Türen.

Kein einziger Jamaikaner saß darin.

Wenn ein Tingeltangel The Telephone Company hieß, hatte Carella keine Ahnung, was er zu erwarten hatte. Vielleicht etwas im *Cabaret*-Stil mit Telefonen auf allen Tischen, mit großen Tafeln, auf denen die jeweiligen Tischnummern standen, und mit Girls, die von Tisch zu Tisch telefonierten: »Hier ist Tisch siebenundzwanzig für Tisch neunundvierzig. Wie kommt's, daß du so allein bist ...« Und so weiter.

Aber als sie gegen zehn Uhr an diesem Abend hineingingen, waren die einzigen Telefone, die sie sahen, das Haustelefon hinter der Bar und ein Münzfernsprecher an der Wand neben der Eingangstür. Das Lokal befand sich auf der Lower Stemmler mitten in der Stadt, wo The Stem sich zu einem schmalen Schlauch mit Fleischfabriken, vereinzelten Restaurants und einer Kollektion schäbiger Nachtclubs verengt, in denen Masturbatorinnen in leichtestem Outfit auftraten. Cross-Dresser trugen verschmierten Lippenstift, Stöckelschuhe und grelle Tätowierungen. Teenybopper mit rosa-grünen Haaren trieben sich dazwischen herum. Silikonüppige Westküsten-Starlets, die von der großen sündigen Stadt geträumt hatten, oder – wie in The Telephone Company der Fall – eine Ansammlung von Oben-ohne-Girls, die sich in knappen Tangas auf einer halbmondförmigen Bühne verrenkten.

Die Detectives schlenderten herum wie vergnügungssüchtige Gäste. Blaugraue Rauchschwaden trieben im Lichtstrahl der beweglichen Spots, die ein halbes Dutzend Girls beleuchteten, die ständig auf der Bühne herumrutschten und tanzten, die Augen geschlossen, mit den Zungenspitzen lüstern die Lippen anfeuchteten und aus jeder Pore ein billiges Seximitat verströmten, sobald sie einen verruchten Stöckelschuhschritt machten. Wenn ein Mann von einem der Tische vor der Bühne ein Zeichen gab, gab ein Augenzwinkern oder ein kurzes Zungenspiel zu erkennen, daß das Girl in der Tanzpause zu ihm kommen würde, um über das zu verhandeln, was seine Phantasie sich in einem Hinterzimmer namens The Party Line hinter einer Reihe Plastikpalmen ausmalte. Ein Blick in diesen Raum verriet den Detectives genau, was dort vor sich ging. Ein Rausschmeißer musterte sie argwöhnisch, enthielt sich jedoch jeglichen Kommentars über sie und ihre Anwesenheit.

Ungefähr ein Dutzend Männer saßen an Tischen unterhalb der Bühne, tranken, unterhielten sich und versuchten angesichts der Zurschaustellung all des Fleisches auf der Bühne gelangweilt auszusehen, denn es gehörte zu dem Vergnügen, das der Besuch dieses Etablissements verhieß, diese Frauen zu verachten. Sogar die Männer, die niemals auch nur davon träumten, eines dieser Mädchen zu einer Runde echtem Sex ins Hinterzimmer mitzunehmen, wußten, daß sie, indem sie einfach nur dort saßen, während die Mädchen sich selbst zur Schau stellten, ihnen klarmachten, daß sie nur eine Ware waren – wie schon die in die Schlüpfer geklemmten Zehn-Dollar-Scheine bewiesen. Die Mädchen hingegen redeten sich ein, vielleicht um sich zu beweisen, daß sie von dieser Stadt noch nicht vollständig gebrochen worden waren, daß nur ein hoffnungsloser Idiot sich von zehn Mäusen trennte, um zuzusehen, wie ein Girl die Titten hüpfen ließ oder sich bückte, um die Gesäßbacken auseinanderzuziehen.

Hier in dem von Spotlights durchschnittenen Dämmer, in dem es nach kaltem Zigarettenrauch und saurem Schweiß stank, und über das betäubende Dröhnen der

Musik hinweg, die aus Lautsprechern auf Säulen und an den Wänden donnerte, stellten die Detectives sich dem Mann hinter der Bar vor. Der erklärte ihnen, er wäre Mac Gordon, der Eigentümer des Clubs. Gordon war an die einsneunzig groß. Seine Augen schienen blau zu sein, aber wer konnte das in dieser Dunkelheit schon genau erkennen? Eins war jedoch sicher, er hatte einen Schnurrbart.

»Hat hier mal ein Mädchen namens Althea Cleary gearbeitet?« fragte Carella.

»Sie arbeitet noch immer hier. Sie müßte in einer Minute rauskommen.«

»Verlassen Sie sich lieber nicht darauf«, sagte Ollie.

»Was meinen Sie?«

»Sie wurde gestern abend ermordet.«

»Gütiger Himmel. Und ich dachte schon, es ginge um die Verletzung irgendeiner Vorschrift.«

»Was für eine Verletzung haben Sie denn im Sinn?« fragte Ollie.

»Also, na ja, wie soll ich das wissen?«

Carella war nicht gekommen, um den Eigentümer einzuschüchtern. Er wollte lediglich Informationen. Ollie hingegen konnte der Versuchung nicht widerstehen, den gemeinen Cop herauszukehren.

»Sie denken doch nicht etwa an die Handmassage im Hinterzimmer, oder?« fragte er.

»Ich weiß nicht, was das heißen soll, Sir.«

»Fünfzig Mäuse eine Runde.«

»Aber nicht hier, Sir.«

»Oder hundert für einmal blasen, wo der Dschungel ein wenig dichter ist?«

»Ich weiß nicht, welchen Dschungel Sie meinen, Sir.«

»Da drüben, ganz am Ende des Hinterzimmers«, sagte Ollie. »Wo aller möglicher Dreck von den künstlichen Bäumen runtertropft.«

»Sie verwechseln das hier sicherlich mit einem anderen Etablissement«, sagte Gordon.

»Ja, vielleicht. Sie haben gestern abend nicht zufällig gesehen, daß Althea vielleicht einen Jamaikaner mitgenommen hat?«

»Ganz gewiß nicht«, sagte Gordon.

»Einen Typen mit einer Messernarbe im Gesicht?«

»Fehlanzeige.«

»Wen haben Sie denn in ihrer Begleitung gesehen?«

»Ich glaube, sie hat sich zu verschiedenen Zeiten mit verschiedenen Gentlemen unterhalten.«

»Gentlemen, hm.«

»Ja, Sir.«

»Sie hat sich mit ihnen unterhalten, hm?«

»Ja, Sir. Und ab und zu auch etwas getrunken.«

»Aha, getrunken, ich verstehe. Ist sie vielleicht mit einem dieser Gentlemen von hier weggegangen?«

»Das ist absolut gegen die Vorschriften, Sir.«

»Oh, es gibt also Vorschriften.«

»Ja, Sir, sehr strenge Vorschriften sogar. Keine der Künstlerinnen ...«

»Künstlerinnen, ich verstehe.«

»... darf den Club in Begleitung eines Gasts verlassen. Oder sich mit einem der Gäste draußen verabreden.«

»Wie viele Mädchen arbeiten hier?« fragte Ollie.

»Ungefähr ein Dutzend. Vierzehn. Sechzehn. Das ändert sich von Nacht zu Nacht.«

»Wie viele waren es vergangene Nacht?«

»Ich würde sagen, zehn oder zwölf.«

»Wie viele nun?«

»Zehn. Elf.«

»Sind sie alle heute auch hier? Alle zehn oder elf dieser Mädchen?«

»Ich glaube ja. Ich müßte auf den Dienstplan schauen.«

»Oh, Sie haben einen Dienstplan?«

»Ja, Sir, das ist schließlich ein Geschäftsbetrieb.«

»Das ist es ganz bestimmt. Erkundigen Sie sich, welche Mädchen vergangene Nacht hier waren, okay? Wir wollen uns mit ihnen unterhalten. Haben Sie hier vielleicht ein stilles, gemütliches Eckchen, wo wir uns niederlassen können?«

»Sie können mein Büro benutzen«, sagte Gordon. »Wenn Ihnen die Unordnung nichts ausmacht.«

»Aber nicht doch, und haben Sie vielen Dank«, sagte Ollie.

Carella hätte ihm am liebsten in den fetten Hintern getreten.

Die Mädchen waren zwischen neunzehn und vierunddreißig Jahre alt. Das lag daran, daß Gordon klug genug war, niemanden unter achtzehn einzustellen. Ungeachtet der heftigen Anti-Unzucht-Kampagnen des Bürgermeisters betrieb Gordon hier praktisch ein Freudenhaus, in dem lediglich der Vorgang der genitalen Penetration fehlte, um ihm vollständigen Bordellstatus zuzugestehen. Wie sich herausstellte, waren fünf der elf Mädchen weiß. Die anderen sechs waren schwarz. Einige waren erfahren in diesem Metier, einige kamen direkt vom Zug aus Oaken Bucket, Minnesota. Neun der Mädchen waren Singles. Zwei waren verheiratet. Sogar einige der Singles hatten Kinder. Drei von den Mädchen hatten in Massagesalons gearbeitet ...

»Wo es manchmal ziemlich haarig zugehen kann«, erzählte ihnen ein Mädchen namens Sherry. »Denn während einer Massage ist man mit dem Kerl allein, klar? Da ist es nicht so wie hier, wo nebenbei noch ein Programm abläuft.«

Als sie lachte, entblößte sie eine Lücke in ihrem Mund, wo zwei Schneidezähne fehlten.

»Das ist ganz angenehm beim Blasen, hm?« sagte sie und lachte wieder. Dabei bedeckte sie den Mund mit einer Hand, an der ein falscher Smaragdring so groß wie ganz Hongkong steckte.

Keins der Mädchen zeigte während des Gesprächs mit den beiden Detectives so etwas wie Nervosität. Carella und Ollie kamen zu dem Schluß, daß Gordon offenbar unter den Gesetzesvertretern in der Nachbarschaft regelmäßig einige Scheine verteilte. Carella verabscheute diese weitverbreitete Praxis. Ollie betrachtete solche Vorgänge als ganz normalen Teil des Spiels, na klar doch.

Zwei Mädchen hatten als Hostessen gearbeitet.

»Das ist viel besser«, erzählte eine der beiden. »Man weiß nie genau, was einen erwartet, wenn man irgendwohin bestellt wird.«

Sie hieß Ruby Sass.

»Mein vollständiger Name ist Ruby Sassafras Martin«, sagte sie, »aber ich glaube, Ruby Sass hat was Besonderes, oder nicht?«

Sie war schwarz und hatte hellblond gefärbtes Haar. Sie trug einen Büstenhalter und einen mit Münzen bedeckten Tanga, der genauso schwarz war wie sie. Silikonbrüste sprangen regelrecht aus ihrem Oberteil heraus, aber es schien ihr gleichgültig zu sein. Statt dessen paffte sie ihre Zigarette und nippte an dem Drink, den die Detectives ihr bestellt hatten. Sie erzählte ihnen, daß sie eine Schauspielschule besuchte und tagsüber tanzte, was mindestens genauso echt und wahrhaftig war wie ihr blondes Haar. Sie erzählte ihnen außerdem, daß sie Althea am Vorabend mit drei verschiedenen Kunden hatte ins Hinterzimmer gehen sehen.

»Sie ging schließlich um kurz vor zwei nach Hause«, sagte sie.

»Allein?«

»Das heißt?«

»Das heißt, wurde sie von jemandem begleitet? Was sonst könnte allein heißen?«

»Hängt davon ab, ob Sie der Präsident der Vereinigten Staaten sind.«

»Das bin ich nicht«, sagte Ollie.

»Hatte ich auch nicht erwartet.«

»War sie nun allein oder nicht?«

»Ich will Ihnen mal etwas über dieses Geschäft erklären, okay?« sagte Ruby. »Die Typen, die hierherkommen, haben keine Lust auf das ganze Theater mit Verabredungen oder Verpflichtungen, klar? Sie schließen ein Geschäft ab, ganz gleich worüber, und das ist es dann. Mac sagt uns ständig, wir sollen uns draußen nicht mit Männern treffen, nehmt keine Männer mit nach Hause, was ohnehin nur höchst selten passiert. Wenn zum Beispiel irgendein pickeliger Collegetyp sich in eins der Mädchen verliebt, die da oben tanzen, und ihr den Schlüpfer mit Geld vollstopft und sie anschließend anfleht, doch mit ihm ins Hinterzimmer zu gehen. Wenn einer von diesen Jungen wiederkommt, verfährt man mit ihm wie mit einem Fisch an der Angel, bis er endlich den Mut aufbringt, einen zu fragen, ob er einen nach Haus begleiten darf. Dann sagt man ihm, na sicher doch, Schätzchen, aber das kostet dich einiges. Doch in diesem Moment ist er schon bereit, alles zu tun, was man ihm sagt, denn er gehört dir, Schätzchen, vollkommen, mit Haut und Haaren. Wenn man es richtig anstellt, hat man nach kurzer Zeit seinen persönlichen Beschäler und wird obendrein für den Spaß auch noch bezahlt.«

»Heißt das, Althea war allein?« fragte Carella.

»Es heißt, soweit ich es sehen konnte, hat Althea den Club allein verlassen. Ob draußen jemand gewartet hat, ist eine ganz andere Angelegenheit. Aber ich will Ihnen noch etwas anderes zu diesem Geschäft sagen ...«

»Wir sind ganz Ohr«, sagte Ollie.

»Die meisten Typen, die ich kenne – und dazu gehören auch Sie –, haben Sex mit einer Frau und wollen als nächstes sofort nach Hause und schlafen. Vor allem, wenn sie für den Sex bezahlen mußten. Haben Sie jemals für Sex bezahlt?«

»In meinem ganzen Leben noch nicht«, sagte Ollie.

»Das hatte ich bei einem so attraktiven Burschen wie Ihnen auch nicht erwartet«, meinte Ruby trocken und zog an ihrer Zigarette. »Aber selbst, wenn es gratis ist, möchte der Durchschnittstyp von heute am nächsten Morgen nicht mit irgendeiner Schlampe im Bett aufwachen, habe ich recht? Oder gar einer Schönheit.«

»Ich habe nichts dagegen, mit Schönheiten in meinem Bett aufzuwachen«, sagte Ollie.

»Dann unterscheiden Sie sich vom Durchschnittstypen, wie er zu uns kommt. Die Kerle, die hierherkommen, wollen keinerlei Verpflichtung, verstanden? So einfach ist das. Sie kommen her, finden ihr Vergnügen, und das war's dann. Glauben Sie etwa, daß hier ein Typ war, der für Sex in einem Freudenhaus bezahlt – denn was anderes ist das hier nicht –, und eine Stunde später mehr will? Was sind wir denn hier, ein chinesisches Restaurant?«

»Sie meinen also, er will gar nicht mehr?«

»Genau das sage ich. Wenn er mit einem Mädchen im Hinterzimmer verschwindet, reicht das normalerweise aus, um ihn zu befriedigen.«

»Und wenn er nicht ins Hinterzimmer geht?« fragte Carella.

»Dann ist er viel zu feige, um ein Mädchen zu fragen, ob er sich draußen mit ihr treffen kann. Außerdem ... warum sollte sie das tun?«

»Warum nicht?«

»Weil wir zuerst einmal müde und erschöpft sind, wenn

wir um zwei, halb drei Uhr morgens nach Hause gehen. Wir stehen die ganze Nacht auf der Bühne, wackeln mit dem Hintern und hoffen, so viele Zehn-Dollar-Scheine wie möglich einzusacken, aber was kommt da schon zusammen? Hundert Mäuse vielleicht. Das dicke Geld gibt es im Hinterzimmer. Wenn wir ein Zeichen von einem der Tische aufschnappen, setzen wir uns für zwanzig Minuten zu dem Typ, während er uns die Geschichte seines Lebens erzählt, und wir denken die ganze Zeit nur, wird was draus oder nicht? Soll ich's dir mit der Hand besorgen oder soll ich dir einen blasen, was willst du, Mister? Ohne geradeheraus danach fragen zu können, denn er könnte ja ein verdammter Cop sein, entschuldigen Sie bitte meine Ausdrucksweise.«

»Sie haben gesagt, bei Althea wäre es in der vergangenen Nacht dreimal für jeweils 'ne halbe Stunde was draus geworden«, sagte Carella.

»Stimmt. Und wenn es nicht länger gedauert hat, wollten die Jungs nicht mehr als eine Handbearbeitung. Die Tickets fürs Hinterzimmer haben sie für die halbe Stunde einen Zwanziger gekostet, und sie hat wahrscheinlich fünfzig, sechzig berechnet. Wenn wir einen vollen Job haben, kaufen wir gewöhnlich ein Stunden-Ticket für fünfzig Dollar und berechnen dem Freier einen Hunderter. Mac vermietet uns nämlich die Räumlichkeiten, verstanden? Das Hinterzimmer ist Mietfläche, mehr nicht. Er erlaubt uns, seine Bühne zu benutzen, um für unsere Vorzüge Werbung machen zu können, weil seine Kunden dann mehr trinken, während sie uns zuschauen.«

»Wenn also jemand gestern nacht mit Althea ins Hinterzimmer ging …«

»Ja, dann war es ein Handjob. Und dafür kaufen wir ein Halbstunden-Ticket.«

»Ist ihr jemand nach draußen gefolgt? Als sie gestern nacht nach Hause ging?«

»Ich habe nichts gesehen.«

»Wo waren Sie, als Sie sie weggehen sahen?«

»Auf der Bühne. Es war der letzte Tanz. Der letzte Tanz beginnt um zwei. Der Laden schließt zwischen halb drei und drei.«

»Demnach ging sie vor dem letzten Tanz, richtig?«

»Ich nehme an, sie hatte genug Geld verdient«, sagte Ruby mit einem Achselzucken.

»Wie? Sie haben gesagt, mehr als hundert Mäuse kann man beim Tanzen auf der Bühne nicht einnehmen ...«

»Na ja, hundert, hundertzwanzig ...«

»Okay, und wenn sie fünfzig für jeden Abstecher ins Hinterzimmer gekriegt hat ...«

»Eher schon sechzig.«

»Okay, damit blieben ihr vierzig für jeden Ausflug dorthin. Das wären dann hundertzwanzig, und mit dem Geld vom Tanzen käme sie auf zweihundertvierzig. Wann fangen Sie an?«

»Um neun.«

»Wenn sie um zwei gegangen ist, waren das fünf Stunden«, sagte Ollie. »Teilt man zweihundertvierzig durch fünf, kommt man auf achtundvierzig Mäuse in der Stunde. Da hätte sie bei McDonald's mehr verdienen können.«

»Wohl kaum.«

»Sie betrachten achtundvierzig Dollar in der Stunde als anständigen Lohn?«

»In den meisten Nächten schneiden wir besser ab.«

»Weshalb ist sie eine halbe Stunde vor Schluß gegangen, wenn sie in der vergangenen Nacht nur zweihundertvierzig Dollar verdient hat?«

»Vielleicht war sie müde.«

»Oder sie hat sich draußen mit jemandem verabredet, um mit ihm nach Hause zu gehen«, sagte Carella. »Ist das möglich?«

»Alles ist möglich«, sagte Ruby.

»Wie sahen diese Typen aus?« fragte Ollie. »Ich meine die, die mit ihr im Hinterzimmer waren.«

»Wer weiß schon, wie diese Heinis aussehen?«

»Ähnelte einer von ihnen einem Jamaikaner?«

»Wie sieht ein Jamaikaner aus?«

»Dieser hatte helle Haut, blaugrüne Augen und schwarze Locken. Etwa einsfünfundachtzig groß, breite Schultern, schmale Hüften, ein nettes Lächeln und einen hübschen Akzent.«

»Wenn ich so einen hier sehen würde«, sagte Ruby, »würde ich ihn sofort fragen, ob er mich heiraten will.«

Am Mittwoch war der Äther voller Meldungen über Danny Gimp und seine beiden Mörder. Ermordete Polizeispitzel erregen normalerweise nicht sehr viel Aufmerksamkeit. Solange sie nicht an einem öffentlichen Ort wie einer Pizzeria, am hellichten Tag und in einer Woche getötet werden, in der das Fernsehen nach Stoff hungert, um die Sensationsgier des klatschsüchtigen amerikanischen Publikums zu wecken und zu fesseln. Das Erhängen eines unscheinbaren alten Mannes in einem schäbigen kleinen Apartment in einem armen Viertel der Stadt war nichts im Vergleich mit zwei eiskalten Scharfschützen, die während der Frühstückszeit in eine Pizzeria stürmten und um sich ballerten wie Butch Cassidy und Sundance Kid, nur daß einer der beiden schwarz gewesen war.

In einer Stadt, durch die ein Rassengraben verläuft, war schon rassische Symmetrie ein Grund für allgemeine Begeisterung. Denn hier, wenn schon nirgendwo anders, schienen ein Schwarzer und ein Weißer in perfekter Harmonie zusammengearbeitet zu haben, um die Erde vom verkommensten aller menschlichen Wesen zu säubern, dem Informanten. Danny Gimp, zu Lebzeiten unauffällig und unbeachtet, wurde im Tode zu einem umgedrehten Märtyrer, zu einem Mann, der durch seine Auslöschung Berühmtheit erlangte. In einer Zeit, in der Kriege mit Namen versehen wurden wie Mini-Serien im Fernsehen, traten Danny und seine beiden dreisten Mörder aus der Wirklichkeit in die Welt der künstlich erscheinenden Wahrheit und erlangten für einen Moment einen Bekanntheitsgrad, der den mythischen Bösen und ihren Richtern und Henkern schon seit jeher reserviert war. Sie waren Mörder, aber der Weiße Rächer und der Schwarze Rächer hatten die Ratte hingerichtet. Angesichts des durch das Fernsehen geweckten Interesses hätte man annehmen können, daß man dem Pfeffer-und-Salz-Rächerpaar einen Orden verleihen und mit einer Parade die Hall Avenue hinuntergeleiten würde, sobald man es erst einmal gefaßt hatte.

An diesem Mittwoch abend brachten alle fünf Fernsehsender Meldungen über Danny Gimp, den schwarzen und den weißen Schützen und das farblich ebenso ausgeglichene Detectivepaar – Brown und Kling –, die als erste dem Notruf nachgegangen waren. Die sprechenden Köpfe in den Kabelkanälen traten plappernd in Sendungen auf, deren Titel die Worte »Pizza«, »Schießerei«, »Terror«, »Auseinandersetzung« und »Hinterhalt« in verschiedenen einfallslosen Kombinationen enthielten. Es wurden endlose Debatten darüber geführt, ob ein Polizeiinformant wirklich eine »Ratte« war, man diskutierte, weshalb der illegale Waffenbesitz in Amerika in einem so erschreckenden Maß zunahm und ob es nicht ein genialer politischer Schachzug war, daß ein schwarzweißes Team von Detectives in einem Fall ermittelte, an dem ein schwarzer und ein weißer Revolverheld beteiligt waren.

Der Donnerstag kam und verstrich.

Desgleichen Freitag und Samstag.

Und der Sonntag.

Und plötzlich brach eine neue Woche an.

In alten Zeiten veranstaltete die Polizeibehörde jeden Montag- und Donnerstagmorgen ein Defilee. Detectives aus allen Revieren der Stadt versammelten sich in der Turnhalle des Präsidiums, wo der Chief of Detectives jeden Kriminellen präsentierte, der in der vorangegangenen Nacht dingfest gemacht worden war. Das geschah, um die Angehörigen der Gesetzesvertreterfraktion mit den Sündern in der Stadt vertraut zu machen. Dabei ging man davon aus, daß die Bösen ihr ganzes Leben lang böse bleiben würden und es ganz gut wäre, wenn man sie auf der Straße schon von weitem erkannte.

Mittlerweile fanden solche Defilees nur noch zum Zweck der Identifikation statt, wobei der Tatverdächtige auf einer hell erleuchteten Bühne zwischen fünf unschuldigen Personen stand, von denen zwei gewöhnlich Detectives waren. Alldieweil saß das Verbrechensopfer hinter einem Einwegspiegel und versuchte, einen Treffer zu landen. Aber es gab auch noch eine andere Art von Defilee, und das fand in den Fernsehnachrichten statt, wann immer die Videobänder versteckter Überwachungskameras vorgeführt wurden. In den Fünf-Uhr-Nachrichten an diesem Montag wurden zum ersten Mal die Überwachungsbänder aus den Kameras der Pizzeria ausgestrahlt. Sie zeigten in voller Pracht die beiden dreisten Scharfschützen, die in das Lokal gerannt kamen und um sich schossen. Danny Nelsons Mörder waren vorwiegend auf Grund ihrer Rasse identifizierbar, aber ansonsten für niemanden zu erkennen, der sie nicht schon länger persönlich kannte. Auf jeden Fall meldete sich niemand.

In einem brillanten Publicity-Schachzug lobte Restaurant Affiliates, Inc. – die Firma, der Guido's Pizzakette gehörte – eine Belohnung von fünfzigtausend Dollar für jede Information aus, die zur Verhaftung und Verurteilung der beiden Schützen führte, die den Betrieb auf der Culver Avenue demoliert hatten. Daß RA, Inc. viel mehr an den Schäden in ihrem Etablissement interessiert war als am Ableben von Danny Gimp, lief unbeachtet an den Fernsehzuschauern und Zeitungslesern vorbei. Informanten waren nun mal der Abschaum der Welt, legte die Kampagne nahe, aber öffentliche Plätze sollten nicht als Schauplätze brutaler Gewalt mißbraucht werden. Indem Pizzarestaurants mit Hobbysportanlagen und Gebetshäusern in Verbindung gebracht wurden, forderten TV-Spots und Zeitungsanzeigen die schnelle Identifikation der Schuldigen und eine strengere Waffenkontrolle in dieser großen und wilden Nation. In Zusammenarbeit mit der Polizei wurde ein Telefonanschluß mit einer 800er-Nummer geschaltet und jedem Anrufer absolute Vertraulichkeit zugesichert. Ein Zeitungskommentator meinte, daß Charlton Heston in Zukunft auf den Verzehr von Pizza verzichten würde, und zwar zugunsten eines japanischen Gerichts namens Shogun Sushi, eine müde Anspielung auf den Begriff »Shotgun«, aber das erschien nur in der Nachmittagsausgabe der Zeitung. Die Kolumne rief bei den Managern von RA, Inc. allgemeine Heiterkeit hervor.

Und noch immer meldete sich niemand.

Innerhalb von etwas mehr als drei Wochen versank der Danny-Gimp-Fall bei abnehmendem Medieninteresse im Orkus des Vergessens.

Der Thanksgiving Day schien nur noch eine vage Erinnerung zu sein.

5

Er hatte zuviel getrunken und sich mit seinem Onkel Dominick zu laut darüber gestritten, an welchem Ort in der Welt gerade wieder ein Krieg im Gange war. Sein Onkel hatte immer die Meinung vertreten: »Bomben wir die Scheiße aus ihnen heraus!« Carella kannte diese Worte von ihm, seit er alt genug war, um sie zu verstehen, und seine Mutter hatte immer abzuwiegeln versucht: »Dom, die Kinder!« Aber das hatte Onkel Dominick nie gebremst. Er sah aus wie ein Vollstrecker der Mafia, und er hätte – was Carella sich dachte, aber nie erfragt hatte – in seinen jüngeren Jahren genau das gewesen sein können.

Sie waren an diesem Tag gegen neun Uhr abends nach Riverhead zurückgekehrt, und die Zwillinge hatten sie daran erinnert – als hätten sie eigens daran erinnert werden müssen –, daß am nächsten Tag keine Schule war. Also hatten sie ihnen erlaubt, wegen einer Sondersendung zum Thanksgiving auf NBC länger aufzubleiben. Carella ärgerte sich noch immer über seinen dickschädeligen Onkel, und Teddy teilte ihm mit Fingerzeichen mit, daß er duschen sollte, ehe er zu Bett ging, denn morgen sei ein neuer Tag, und *er* habe kein schulfrei. Außerdem würde in dieser jämmerlichen Welt immer irgendwo Krieg sein, und es gab mehr Leute als genug, aus denen man die S-C-H-E-I-S-S-E herausbomben müsse, wobei sie das Wort mit den Fingern Buchstabe für Buchstabe buchstabierte, damit Carella nicht entging, daß er anfing, ihr auf die Nerven zu gehen. Naß und zerknirscht kam er aus der Dusche, und außerdem mußte er dringend zum Friseur, was sie vorher nicht bemerkt hatte.

Er sagte nichts zu ihr, bis auch sie ihr Nachthemd trug, ein langes Flanellgewand, denn trotz achtzehn Grad Innentemperatur war das alte Haus in dieser feuchten Novembernacht kalt und zugig. Das dunkle Haar hatte sie gelöst, und sie hatte eine Feuchtigkeitscreme aufgelegt, von der sie behauptete, sie würde nicht fetten. Er hingegen war davon überzeugt, daß sie aus Gänsetalg hergestellt wurde. Sie schlug die Decke zurück und schlüpfte ins Bett. Dann streckte sie die Hand aus, um das Licht auszuknipsen, doch seine hektisch flatternden Finger erregten ihre Aufmerksamkeit.

»Es tut mir leid«, sagte er, aber sie hatte sich halb von ihm abgewandt, und ihr entging, was er sagte. Er wiederholte es und bediente sich der Zeichensprache.

»Es tut mir leid.«

Nur Babyboomer in den späten Vierzigern meinten, daß Lieben bedeutete, sich niemals entschuldigen zu müssen. Jeder andere wußte, daß, wenn man jemanden aufrichtig liebte und den Betreffenden verletzt hatte, man sich bei ihm entschuldigen mußte – aber man brauchte es nur einmal zu sagen. Man brauchte nicht auf Hände und Knie hinunterzugehen und für den Rest seines Lebens um Vergebung bitten, nicht, wenn der Betreffende einem glaubte. Man sagte es nur einmal. »Es tut mir leid.« Es sei denn, man hatte eine Ehefrau, die ohne Gehör geboren worden war und die Hände nicht gesehen hatte, weil sie einem halb den Rücken zuwandte. In diesem Fall mußte man es wiederholen. »Es tut mir leid.« Und diesmal hörte sie es und nickte und ergriff eine der beiden Hände und drückte sie und nickte noch einmal.

Sie ließen das Licht an.

Sie kam in seine Arme, auf sein Kopfkissen, und er

küßte ihren Scheitel und drückte sie an sich und erklärte ihr, nicht wegen seines dämlichen Onkels Dom habe er an diesem kalten Thanksgiving im Haus seiner Mutter zuviel getrunken, sondern wegen dem alten Knaben, der an einem Badezimmerhaken gehangen hatte, und wegen Danny Gimp, der in dieser Pizzeria erschossen worden war, und wegen dem Mädchen, das man in Fat Ollies Revier erstochen aufgefunden hatte. Sie alle sorgten dafür, daß er sich so verdammt wertlos vorkam. Plötzlich war es so gewesen, als ob alle Fälle, die er je abgeschlossen hatte, auf einmal aufgeplatzt waren. Sie explodierten zu einem dreifachen Feuerwerk mit sprühenden weißglühenden Funken in der Nacht, ein einzelner brutaler Fall, in dem alles miteinander zusammenzuhängen schien, was aber nicht zutraf. Und zu alledem war dieser blöde Onkel Dom wahrscheinlich wirklich der Vollstrecker eines kleinen Provinzganoven namens Vinnie Pineapples gewesen, ein fettes Scheusal mit größeren Brüsten, als die meisten Frauen sie hatten.

Teddy hörte sich an, was er zu erzählen hatte. Dabei vollführten ihre Augen den magischen Trick, seine sich bewegenden Finger und seine Lippen gleichzeitig zu beobachten, und dann erzählte sie ihm, wie sie selbst sich zu Beginn der Ferien so wertlos vorkam, weil so viele Geschenke gekauft werden mußten, vor allem in diesem Jahr, wo sie knapp bei Kasse waren wegen der Ratenzahlungen für den neuen Wagen. Sie wollte den Job als Einpackhilfe an der Kasse im Supermarkt nicht annehmen, aber es gab nicht viele potentielle Arbeitgeber, die jemanden im Büro duldeten, der behindert war, auch wenn sie stenografieren und achtzig Worte in der Minute tippen konnte und Word und Quicken beherrschte und bestens organisiert war, frag nur die Zwillinge. Daher mußte er bei ihr manchmal Nachsicht üben, wenn sie mürrisch im Haus herumsaß. Es kam eben häufig vor, daß sie das Gefühl hatte, für ihn und die Kinder und nicht einmal für sich selbst genug zu tun. Und Vinnie Pineapples hatte wahrscheinlich wirklich größere Brüste als sie.

Während die Kinder in ihren Zimmern am Ende der Diele schliefen und das Haus so still war wie ihre eigene stumme Welt, trösteten sie einander im Dunkel der Nacht.

Nach einer Weile schlief Teddy ein.

Carella lag den größten Teil der Nacht wach neben ihr.

Als vom Glauben abgefallener Katholik – das letzte Mal war er in einer Kirche gewesen, als er den Mord an einem Priester untersuchte, der während des Abendgebets erschlagen worden war – hätte Carella einen Rest religiöser Inbrunst während der Weihnachtszeit empfinden müssen, aber statt dessen empfand er nur Schuld. Der Thanksgiving-Tag markierte das Ende eines vollen Monats, seit Andrew Hale ermordet worden war. Der Anfang der Weihnachtszeit am folgenden Tag hätte den Beginn eines einen Monat langen Festes anzeigen sollen, das erst endete, wenn am Boxing Day das letzte Weihnachtslied gesungen und der letzte Eierpunsch getrunken war. Statt dessen erinnerte er ihn daran, daß der Fall noch immer ungelöst war. Carella fragte sich, ob Fat Ollie Weeks, ungefähr anderthalb Kilometer stadtauswärts entfernt, die gleiche Hilflosigkeit und Trauer empfand. Fast hätte er ihn angerufen. Statt dessen wühlte er sich durch ein Arbeitspensum, das von Tag zu Tag erdrückender wurde. Ein wenig Trost schenkte ihm die Tatsache, daß die Kinder die Weihnachtszeit viel intensiver genossen als er.

Meyer war ähnlich deprimiert.

Als Jude in einem christlichen Land kam er sich während der Weihnachtszeit seltsam fehl am Platze vor. Vergiß den euphemistischen Chanukahbusch, den er und

Sarah für die Kinder aufgestellt hatten, als sie noch klein waren und an den Weihnachtsmann glaubten. Vergiß die Geschenke und die Grußkarten, die man einander schickte. Sosehr er sich auch bemühte, sich einzureden, daß die Zeit weniger mit Religion als damit zu tun hatte, daß die Menschen besonders nett zueinander waren, konnte er jedoch nie die Erkenntnis verdrängen, daß dies nicht *sein* Fest war. Er hatte einmal Carella und seine Familie zu einem Seder eingeladen, und Carella hatte später zugegeben, daß er sich seltsam fehl am Platze vorgekommen war, obgleich Meyer die traditionelle Zeremonie in Englisch abgehalten hatte. Carella würde Meyer sofort in seinem Keller verstecken und gegen tausend Nazis kämpfen, wenn sie versuchen sollten, seine Tür aufzubrechen. Carella würde jedem den Schädel einschlagen, der auch nur die Andeutung einer abfälligen Bemerkung über Meyer machen würde. Carella würde Meyer mit seiner Ehre und seinem Leben verteidigen. Aber er war sich seltsam vorgekommen, als er mit ihm das Passahfest beging. Ein Gradmesser für die Intensität ihrer Freundschaft war die Tatsache, daß er fähig gewesen war, das einzugestehen.

Auf ähnliche Weise hatte Meyer einmal von Carella wissen wollen, ob all seine Weihnachtskarten »Frohes Fest« oder »Frohe Feiertage« oder ähnlich lauteten oder ob dies nur die Karten waren, die er jedes Jahr an Meyer und andere jüdische Freunde verschickte. Verschickte Carella auch Karten, auf denen »Frohe Weihnachten« stand? Und wenn ja, wollte er Meyers Gefühle schonen, indem er ihm nur allgemein gehaltene Wünsche schickte? Carella erklärte ihm, all seine Karten wären ähnlich antiseptisch, denn er würde im Dezember nicht die Geburt Christi feiern, sondern den Frieden, von dem er hoffte, daß er die Weihnachtszeit überdauerte – eine Sicht, die, wie er annahm, eine Flut von Briefen von Leuten auslösen würde, die er nicht kannte. Meyer sagte: »Na warte, ich werde dir einen Brief schreiben, du Heide!«

Derart ermutigt, begann Carella laut darüber nachzudenken, weshalb er überhaupt Weihnachtskarten verschickte, da er in seinem tiefsten Herzen wußte, daß Weihnachten – zumindest in Amerika – nichts anderes war als ein kommerzielles Fest, ins Leben gerufen von Kaufleuten, die ihre Verluste wettmachen wollten, die sie im Laufe des Jahres eingefahren hatten. Meyer fragte ihn, ob er das Wort »Kaufleute« vielleicht mit antisemitischer Absicht benutzte, und Carella fragte: »Was ist antisemitisch?« Woraufhin Meyer erwiderte: »In diesem Fall möchte ich dich daran erinnern, daß *White Christmas* von einem Juden geschrieben wurde.« Carella sagte: »Giuseppe Verdi war ein Jude?« Derart ermutigt sagte Meyer: »*A Rose in Spanish Harlem* auch.« Dann waren beide Männer losgezogen und hatten ausgiebig auf Mohammed und Buddha angestoßen.

Das lag zu viele Weihnachten zurück.

Dieses Jahr empfanden sie eine Schuld, die mit dem zu tun hatte, was sie als die hohe Pflicht ansahen, zu helfen und zu schützen. Ein einsamer Mann hatte sich mit jemandem angefreundet, der ihn später betäubt und erhängt hatte. Eine neunzehnjährige schwarze Amateurnutte war auf die gleiche Weise betäubt und dann erstochen worden, höchstwahrscheinlich von derselben Person, die den alten Mann getötet hatte. Diese Person hielt sich entweder noch immer in dieser Stadt oder in Houston, Texas, oder Gott weiß wo auf. Dabei könnte der Kerl selbst längst tot sein, ermordet von einer betrogenen Nutte oder einem wütenden Liebhaber. Bis sie sichere Erkenntnisse hatten, galten beide Fälle als offen, weder gelöst noch in Bearbeitung, genauso wie der Mord an Danny Nelson.

Aber dann, am letzten Tag des November, schlug Carella die Morgenzeitung auf.

Der Artikel hatte die Überschrift »Jenny Redux«.

> Norman Zimmer, dessen »Tea Time« nach 730 Vorstellungen immer noch läuft, hat den Erwerb der Rechte an »Jennys Zimmer« bekanntgegeben, einem Musical, das er im nächsten Herbst neu herausbringen will.
> »Die Vorsprechproben beginnen diese Woche«, erklärte er, »und der Probenbeginn ist für den Frühling angesetzt. Wir rechnen mit einem Probelauf in L. A. Ende Juni, Anfang Juli.« Mr. Zimmer fügte hinzu, daß bereits Verhandlungen mit einem weiblichen Topstar begonnen hätten, dessen Namen er jedoch nicht bekanntgeben wolle.
> Wie einige sich vielleicht noch erinnern werden, wurde »Jennys Zimmer« erstmals 1927 als Vehikel für Jenny Corbin inszeniert, eine populäre Musicaldarstellerin der damaligen Zeit. Das Musical traf bei der Kritik auf nur wenig Gegenliebe und verschwand schon nach einem Monat wieder vom Spielplan. Mr. Zimmer ist überzeugt, daß dem Stück diesmal ein solches Schicksal nicht beschieden sein wird. »Ich habe großen Aufwand betrieben, die Rechte zu erwerben«, sagte er. »Die ursprünglichen Copyright-Inhaber sind alle verstorben, und es ging im wesentlichen darum, all jene zu finden, auf die die Rechte übergegangen sind. Einen Rechteinhaber fanden wir in London, einen zweiten in Tel Aviv, einen dritten in Los Angeles.«
> Die Suche fand vor fünf Tagen ihr glückliches Ende, als der letzte Rechtenachfolger, eine Frau namens Cynthia Keating, den Vertrag unterschrieb und ...

Und Carella spuckte einen Mundvoll Kaffee über den Tisch.

Er fand einen Eintrag für eine Firma namens Zimmer Theatrical in der Stadt auf der Stem und rief um kurz nach neun dort an. Eine Frau teilte ihm mit, Mr. Zimmer sei den ganzen Tag mit Vorsprechterminen beschäftigt, und als Carella ihr erklärte, daß er Detective sei und in einem Mordfall ermittele – das Zauberwort –, gab sie ihm die Adresse der Octagon Theater Spaces und informierte ihn, daß dort die Vorsprechproben stattfänden. Sie wisse jedoch nicht, in welchem Studio. »Sie sehen es gar nicht gern, wenn sie gestört werden«, fügte sie unaufgefordert hinzu.

Octagon Theater Spaces war ein sechsstöckiges Gebäude in einem Teil der Stadt namens King's Road, nach dem berühmten Viertel in London. Von einer großen Ähnlichkeit konnte allerdings keine Rede sein. Der eigentliche Name der Straße lautete Kenney Road, eine verkehrsreiche Durchgangsstraße, die mit Möbelläden, Elektrogeschäften, Autowerkstätten, einer Werkstatt für die Lastwagen der Stadtwerke und vereinzelt wiederaufgebauten und renovierten Fabrikgebäuden wie dem Octagon und seinem Zwillingsbau, Theater Five, gesäumt war. Es war ein achtstöckiger Bau, der in großzügige Probenräume aufgeteilt war. Eine Empfangsdame informierte sie, daß sich auf jeder Etage sechs Studios befanden. In einigen wurde zur Zeit geprobt. In anderen wurden Vorsprechproben abgehalten. Die Vorsprechproben für *Jennys Zimmer* fanden in Studio Vier im zweiten Stock statt.

Ein altersschwacher Fahrstuhl aus den Tagen, als das Gebäude noch eine Fabrik beherbergte, brachte sie in die zweite Etage, in der sie in eine große Eingangshalle gelangten, deren eine Wand mit Münzfernsprechern bestückt war. Halblautes geschäftiges Gemurmel hing in der Luft. Gutaussehende Männer und Frauen – das gehörte schließlich zu ihrem Beruf – grüßten einander freundlich. Jeder schien jeden zu kennen. Schauspieler mit Textbüchern, Tänzer und Tänzerinnen in Trikots und Legwarmers eilten zwischen den Telefonen und Probensälen, den Fahrstühlen und Fluren, den Pausenräumen und Vorsprechstudios hin und her. Sie hatten nur flüchtige Blicke für Carella und Brown, erkannten aber sofort, daß sie keine Schauspieler waren, ohne jedoch auf den Grund ihrer Anwesenheit schließen zu können.

Brown hatte eigentlich nicht damit gerechnet, heute unterwegs zu sein. Er trug Bluejeans, einen Skipullover mit Rentiermuster, darüber einen grünen Skianorak und auf dem Kopf eine blaue Wollmütze, die er bis über die Ohren gezogen hatte. Er sah geradezu spießig aus. Carella wäre gut als Gasmann durchgegangen. Er trug einen dikken Wintermantel über einem braunen Pullover und einer grauen Cordhose. Keinen Hut, obgleich seine Mutter ihn ständig warnte, daß er am ganzen Leib frieren würde, wenn sein Kopf Kälte bekam. Beide Männer trugen mit Wolle gefütterte Bean-Stiefel. Während sie durch den Korridor schlenderten und Studio Vier suchten, rief ein Mädchen in Jeans und Trikotoberteil ihnen ein fröhliches »Hi!« zu, lächelte und tänzelte an ihnen vorbei.

Eine Tür mit einer Milchglasscheibe im oberen Teil trug die Aufschrift STUDIO VIER. Sie führte in einen kleinen Warteraum, möbliert mit Klappstühlen, auf denen junge Männer und Frauen in Straßenkleidung saßen. Sie alle waren in Blätter vertieft, die, wie Carella annahm, Fotokopien des Textbuchs waren. Ein aufgeregter junger Mann mit Brille und einem Pullunder mit V-Ausschnitt über einem apfelgrünen Oberhemd fragte Carella, ob er wegen

Jenny gekommen sei. Carella zeigte ihm seine Dienstmarke und erwiderte, er wolle zu Mr. Norman Zimmer. Der junge Mann schien ihn nicht gleich zu verstehen.

»Brauchen Sie Textauszüge?« fragte er.

»Ich bin Polizeidetective«, sagte Carella. »Ich möchte zu Mr. Zimmer. Ist er da?«

»Einen Moment, bitte, ich sehe nach«, sagte der junge Mann und öffnete eine Tür, durch die Carella in einen sehr großen Raum mit Fenstern auf einer Seite blicken konnte. Die Tür schloß sich. Brown zuckte die Achseln. Wenige Sekunden später kam der junge Mann zurück. Er sagte, das Vorsprechen beginne um zehn Uhr, aber Mr. Zimmer könne vorher ein paar Minuten erübrigen. »Gehen Sie bitte gleich hinein«, sagte er.

Carella schaute auf die Uhr.

Es war Viertel vor zehn.

Am Ende des Saals stand Zimmer – oder ein Mann, von dem sie annahmen, daß er Zimmer war – hinter einer Reihe von Klappstühlen, die wiederum hinter einer Reihe langer Tische aufgestellt worden waren. In dem Moment, in dem sie den Raum betraten, fragte er: »Worum geht es, Gentlemen?«

Brown blinzelte.

Seine Stimme. Ich habe seine Stimme wiedererkannt. Er hatte eine sehr auffällige Stimme. Wenn er sich aufregte, dröhnte sie regelrecht.

Das waren Mrs. Kipps Worte. So hatte sie die Stimme des Mannes beschrieben, der Andrew Hale seit September dreimal besucht, sich jedesmal mit ihm gestritten und ihm sogar gedroht hatte.

Es war eine ausgebildete Stimme, die Stimme eines Schauspielers, eines Opernsängers, eines Rundfunksprechers …

Carella – der sich ebenfalls an die Beschreibung in dem

Bericht erinnerte, den Kling und Brown angefertigt hatten – achtete plötzlich sehr genau auf den Mann, der jetzt hinter der Tischreihe hervorkam und sich ihnen näherte.

»Mr. Zimmer?« fragte er.

»Ja?« Die Stimme klang, als käme sie aus einem Megaphon.

»Detective Carella. Mein Partner, Detective Brown.«

»Freut mich«, sagte Zimmer und streckte ihnen die Hand entgegen. Sie fühlte sich an wie eine Muräne. »Ich habe nicht viel Zeit«, sagte er. »Worum geht es?«

Genauso wie Andrew Hales Besucher hatte Zimmer dunkles Haar und blaue Augen. Er war etwa so groß wie Brown, ein Panzer von einem Mann mit einer mächtig gewölbten Brust und einem Bauch, der über den Gürtel einer dunkelblauen Hose hing. Ein blaues Jackett, das zur Hose paßte, war über die Rückenlehne des Sessels drapiert, auf dem er gesessen hatte. Er trug ein weißes Hemd mit hochgekrempelten Ärmeln und offenem Kragen. Der Knoten seiner Krawatte war ein Stück heruntergezogen. Die Krawatte hatte bunte Streifen, gelb und zu seinen Hosenträgern passend, marineblau als Kontrast zu beiden und im gleichen Farbton wie sein Anzug. *Groß,* hatte Mrs. Kipp gesagt. *Ein sehr großer Mann.*

»Es tut mir leid, daß wir Sie stören müssen«, sagte Carella. »Wie wir wissen, sind Sie sehr beschäftigt.«

»Das bin ich.«

»Ja, Sir, das ist uns klar. Aber wenn Sie einen Moment erübrigen können ...«

»Kaum.«

»... wir haben ein paar Fragen an Sie.«

»Worüber?«

Seine Miene hatte sich schlagartig verfinstert. Carella fragte sich, was den Mann plötzlich eine solche Verteidigungshaltung annehmen ließ. Brown fragte sich das gleiche.

»Kannten Sie einen Mann namens Andrew Hale?« begann er.

»Ja. Ich weiß auch, daß er ermordet wurde. Geht es darum?«

»Ja, Sir, darum geht es.«

»In diesem Fall ...«

»Hatten Sie jemals die Gelegenheit, Mr. Hale zu besuchen?« fragte Carella.

»Ich habe ihn dreimal aufgesucht«, sagte Zimmer.

»Weshalb?«

»Wir hatten Geschäftliches zu besprechen.«

»Was für Geschäfte waren das?«

»*Das* geht Sie nichts an.«

»Sind Sie bei diesen Gelegenheiten in Streit geraten?« fragte Brown.

»Wir hatten einige heftige Diskussionen, aber ich würde sie nicht Streit nennen.«

»Heftige Diskussionen worüber?«

Die Tür des Warteraums öffnete sich, und eine hochgewachsene, schlanke Frau in einem Nerzmantel und Nerzhut betrat den Raum, zögerte und sagte: »Autsch, störe ich?« Sie schien bereit zu sein, gleich wieder hinauszugehen.

»Nein, komm rein«, sagte Zimmer und wandte sich gleich wieder an die Detectives. »Tut mir leid«, sagte er, »aber warum stellen zwei Detectives von der Polizei mir solche Fragen ...?«

»Möchtest du uns nicht bekannt machen, Norm?« fragte die Frau, zog den Nerzmantel aus und warf ihn lässig über die Rückenlehne eines der Klappstühle.

»Entschuldige ... das ist Connie Lindstrom«, sagte Zimmer. »Die Detectives Carella und Brown.«

Carella schätzte die Frau auf Mitte dreißig. Der Nerzhut saß in einem verwegenen Winkel auf ihrem Kopf und verlieh ihr etwas Freches. Dunkles Haar drang an den Rändern unter dem seidig glänzenden braunen Hut hervor. Dunklere Augen musterten Carella kurz. »Freut mich, Sie kenenzulernen«, sagte sie und wandte sich ab.

»Mr. Zimmer«, fuhr Carella fort, »kennen Sie eine Frau namens Cynthia Keating?«

»Die kenne ich.«

»Wissen Sie, daß sie die Tochter von Andrew Hale ist?«

»Auch das weiß ich.«

»Hat sie kürzlich irgendwelche Verträge mit Ihnen unterschrieben?«

»Das hat sie.«

»Und Ihnen auf diese Weise bestimmte Rechte übertragen?«

»Warum sollte ein Geschäft, das wir mit Cynthia Keating abgeschlossen haben ...«

»*Wir?*« fragte Brown dazwischen.

»Ja. Connie und ich produzieren *Jennys Zimmer* gemeinsam.«

»Ich verstehe.«

Und Sie sagen, er hat Mr. Hale gedroht?

Ja, er meinte, es würde ihm noch leid tun. Sie würden schon kriegen, was sie haben wollten, auf die eine oder andere Art.

Sie? Hat er dieses Wort benutzt? Sie?

Ich verstehe nicht.

Sie würden kriegen, was sie *haben wollten?*

Ja. Ich bin mir ziemlich sicher, daß er sie sagte.

Da haben wir also zwei Produzenten, dachte Brown, und sie produzieren dieses Stück. Mit Rechten, die sie von einer Frau kriegten, deren lieber alter Dad vor einem Monat ermordet wurde. Nein, nein, wie klein die Welt doch manchmal ist.

»In der Zeitung stand, es hätte Sie große Mühe gekostet, die Rechte an diesem Stück zu erwerben«, sagte er.

»Ja, das stimmt.«

»Die ursprünglichen Copyright-Inhaber wären alle tot ...«

»Es tut mir leid, aber das geht Sie nun wirklich ...«

»Sie mußten lange recherchieren, um herauszufinden, auf wen die Rechte übergegangen waren, nicht wahr?«

»Scheiße, ist das kalt da draußen!« rief eine Stimme an der Tür, und ein kleiner, dunkelhaariger Mann mit Ohrenschützern, einem Kamelhaarmantel und Bluejeans, die in unverschnürte Galoschen gestopft waren, obwohl es gar nicht schneite, stürmte wie eine Rakete in den Saal. »Entschuldigt die Verspätung«, sagte er, »aber auf der Farrell Avenue ist eine Baustelle.«

»Auf der Farrell Avenue ist *immer* eine Baustelle«, sagte Connie und öffnete ihre Handtasche. Sie holte eine Packung Zigaretten heraus, zündete sich eine an und machte einen tiefen Zug. Sie sagte: »Entschuldige, Norm, aber da sind einige Dinge, über die wir noch sprechen müssen, ehe ...«

»Das hier dauert keine Minute mehr«, sagte Zimmer.

»Einer der Rechteinhaber sitzt in London«, sagte Brown. »Ein anderer in Tel Aviv.«

»Ist das irgendeine Geheimsprache?« fragte der Mann im Kamelhaarmantel. Er nahm einen Sportbeutel von der Schulter, entfernte die Ohrenschützer, faltete sie mit ihrem Federmechanismus vorsichtig zusammen, öffnete den Sportbeutel und verstaute sie darin. Während er seinen Mantel nachlässig auf Connies Nerz legte, sagte er: »Hören wir uns heute LKW-Fahrer an?«

Brown vermutete, daß er und Carella die besagten LKW-Fahrer sein mußten. »Mr. Zimmer«, sagte er, »wann haben Sie erfahren, daß Andrew Hales Tochter im Besitz dieser Rechte war, die Sie so dringend brauchten?«

»Bist du jetzt ein Cowgirl?« wollte Chapp von ihr wissen.

»Ja, Ro«, sagte sie.

Connie zündete sich am Stummel der ersten eine zweite Zigarette an.

»Du hast doch nicht etwa vor zu rauchen, während hier Leute singen, oder?« fragte Naomi entsetzt.

»Pardon«, sagte Connie und drückte die frische Zigarette sofort aus.

Die Tür zum Warteraum sprang auf. Der bebrillte junge Mann, der Carella vorher hereingebeten hatte, schob den Kopf herein.

»Der Klavierspieler ist da«, meldete er.

»Gut«, sagte Chapp. »Was ist das da in der Ecke, Charlie?«

»Ein Klavier?« fragte Charlie vorsichtig.

»Gut. Zeig es dem Klavierspieler. Wer ist um zehn Uhr dran?«

»Eine Stephanie Beers.«

»Schick sie rein.«

»Sie haben ihn gehört«, sagte Zimmer zu den Detectives.

»Nur eine einzige Frage noch«, sagte Carella.

»Dann aber schnell.«

»Wie ist Hale an diese Rechte herangekommen?«

»Ich habe jetzt nicht die Zeit, um das zu erörtern.«

»Wann haben Sie die Zeit dafür?« fragte Carella.

»Sie wollten nur eine einzige Frage stellen«, erinnerte Chapp ihn.

Die Tür ging erneut auf.

»Morgen, Morgen!«

Ein Mann in einem kurzen Mantel, einem langen Schal und hellroten Strickhandschuhen ging direkt auf das Klavier in der Saalecke zu, legte Mantel und Handschuhe ab, warf beides auf das Klavier, schob die Sitzbank zurecht und setzte sich. Eine große, rothaarige Frau kam kurz nach ihm herein.

»Guten Morgen allerseits«, sagte sie. »Ich bin Stephanie Beers.«

»Hi«, sagte Chapp. »Ich bin Rowland Chapp, der Regisseur von *Jennys* ...«

»Ich liebe Ihre Arbeit, Mr. Chapp.«

»Danke. Naomi Janus, unsere Choreographin. Und unsere beiden Produzenten, Connie Lindstrom und ... Norm? Tut mir leid, aber wir müssen jetzt wirklich ...«

»Ich komme.«

»Wir melden uns wieder«, sagte Carella.

»Was werden Sie uns vorsingen?« fragte Chapp lächelnd.

Ein Anruf in der Taxizentrale ergab, daß am 10. November um zwei Uhr nachts keine Fuhre vor dem The Telephone Company aufgenommen worden war. Zunächst denkt man vielleicht, eine schwarze Nutte, wen interessiert das schon? Dann denkt man weiter, irgendein Typ hat ihr ein paar Roofers ins Bier oder ins Ginger-ale getan und sie dann erstochen? Das ist nicht fair, denkt man. Also überlegt man weiter und fragt sich, wie das Mädchen in dieser Nacht nach Hause kam, wenn es kein Taxi nahm. Hat jemand sie mit seinem eigenen Wagen nach Hause gefahren, was die schlechteste aller Möglichkeiten wäre? Oder hat sie die U-Bahn oder den Bus genommen? Nicht viele Mädchen wagen sich nachts um zwei in die U-Bahn, obgleich sie schneller ist als jede überirdische Transportmöglichkeit. Nach Mitternacht waren die Busfahrer gehalten, einen an jedem Punkt der Strecke aussteigen zu lassen, nicht nur an den festen Haltestellen, eine seltsam zivilisierte Einrichtung in einer Stadt, die oft wegen ihrer barbarischen Zustände angeprangert wird. Also kam Ollie zu dem Schluß, daß das Mädchen in der Nacht, in der es getötet wurde, wahrscheinlich mit dem Bus nach Hause fuhr. In diesem Fall war es möglich, daß sie ihrem mutmaßlichen Mörder entweder im Bus oder später begegnete, als sie ausstieg. Beides waren einigermaßen phantastische Spekulationen, aber besser als nichts, wenn man auch sonst nichts hatte. Wenn man diesen Weg einschlug, ging man davon aus, daß die beiden Verbrechen in keinerlei Beziehung zueinander standen. Die Roofers in beiden Verbrechen waren demnach ein Zufall, was Ollie keinesfalls ausschloß. Kein Cop, der sich einigermaßen auskannte, schloß jemals den Zufall aus. Nur in Schweden lachten gelehrte Leute über ein Phänomen wie den Zufall.

Ollie überprüfte die Busfahrpläne und stellte fest, daß es einen Bus gab, der jeden Morgen um fünf Minuten nach zwei an der Ecke Stemmler und Lowell hielt. Diesen Bus hatte Althea wahrscheinlich gar nicht erwischen können, da die Haltestelle drei Blocks vom Club entfernt war, den sie, wie Ruby ausgesagt hatte, um etwa zwei Uhr verlassen hatte. Der nächste Bus fuhr um zwei Uhr sechsundzwanzig, und diesen hätte sie mit Leichtigkeit bekommen können. Also zog Ollie drei Wochen nach dem Mord an Althea Cleary los und stellte sich in der bitteren Kälte an der Ecke Stemmler und Lowell auf und wartete auf den Zwei-Uhr-sechsundzwanzig-Bus. An der Haltestelle stand noch eine andere Person, ein Schichtarbeiter mit einer schwarzen Lunchbox. Ollie identifizierte ihn sofort als Stammkunden der öffentlichen Verkehrsmittel. Ein Typ, der um halb drei Uhr morgens mit einer Lunchbox unterwegs war ... wollte der zu einem Baseballspiel? Nein, er war unterwegs zur Arbeit. Und wenn er um diese Uhrzeit an einem Dienstag zur Arbeit wollte, dann bestand die Chance, daß er auch an einem Dienstag vor drei

Wochen auf dem Weg zur Arbeit gewesen war. Ollie wartete, bis der Bus eintraf und sie beide eingestiegen waren, ehe er ein Gespräch mit dem Mann begann.

»Ich heiße Oliver Wendell Weeks«, stellte er sich vor. »Ich bin Detective.« Er zeigte seine Plakette.

Der Mann sagte nichts.

Betrachtete die Plakette.

Nickte.

Sagte nichts.

»Fahren Sie jede Nacht um diese Zeit mit dem Bus?« fragte Ollie.

»Morgens, um genau zu sein«, sagte der Mann. »Um diese Zeit ist es schon morgens.«

»Da wo ich wohne«, sagte Ollie, »heißt es ›nachts‹, wenn es noch dunkel ist.«

»Das ist auch ein Standpunkt«, sagte der Mann. »Mein Name ist Jimmy Palumbo. Ich arbeite als Koch in einem Schnellrestaurant in Riverhead. Wir öffnen um sechs, und ich muß um halb fünf da sein, um alles vorzubereiten. Ich habe Angst, mit der U-Bahn zu fahren, deshalb nehme ich den Bus. Ich brauche zwei Stunden von dort, wo ich wohne. Aber wenigstens komme ich lebendig dort an, habe ich recht?«

Wer hat dich denn gefragt, dachte Ollie.

»Waren Sie auch vor drei Wochen um die gleiche Zeit in diesem Bus?« fragte er.

»An einem Dienstag, meinen Sie?«

»Ja. Heute vor drei Wochen.«

»Ich bin jeden Dienstag um diese Zeit in diesem Bus. Ich bin immer pünktlich. Ich mache außerdem die besten Bratkartoffeln in der ganzen Stadt. Wollen Sie das Geheimnis erfahren, wie man spitzenmäßige Bratkartoffeln zubereitet?«

»Nein«, antwortete Ollie. »Ich möchte wissen, ob Sie

sich daran erinnern können, dieses Mädchen vor drei Wochen um diese Zeit im Bus gesehen zu haben?« Er zog einen Schwarzweißabzug aus der Tasche, den die Fotoabteilung von einem Foto hergestellt hatte, das in Altheas Apartment gefunden worden war. »Ein schwarzes Mädchen«, sagte er, »neunzehn Jahre alt, einsfünfundsechzig groß und nicht schwerer als sechzig Kilo. Entsinnen Sie sich, sie an diesem Dienstag gesehen zu haben?«

»Nein«, sagte Palumbo. »Warum? Was hat sie getan?«

»Haben Sie sie überhaupt mal in diesem Bus gesehen? Irgendwann?«

»Nicht daß ich wüßte. Gewöhnlich ist der Bus leer bis zur Haltestelle Sands Spit Bridge. Dort steigen Leute ein. Sie kommen über die Brücke. Natürlich, wenn ich leer sage, meine ich nicht völlig leer. Eine Handvoll Leute sind schon im Bus. Die meisten fahren lieber mit der U-Bahn, aber mir ist mein Leben zu wichtig. Zwei Stunden später würde ich es riskieren. Aber um halb drei Uhr morgens? Niemals.«

Wer hat dich gefragt, dachte Ollie erneut.

»Wo soll es ausgestiegen sein, dieses Mädchen?« fragte Palumbo.

»Welchen Unterschied macht es, wo sie aussteigt«, fragte Ollie, »wenn es gar nicht erst eingestiegen ist?«

»Weil ich sie vielleicht erst beim Aussteigen und nicht beim Einsteigen bemerkt habe«, sagte Palumbo. »Es kommt oft vor, daß einem bestimmte Dinge erst später auffallen.«

»Sie ist vermutlich in der Hanson Street ausgestiegen. Vielleicht hat sie dem Fahrer aber auch ein Zeichen gegeben, sie zwischen Slade und Hanson rauszulassen.«

»Ich weiß noch nicht mal, wo das ist. Die Hanson Street.«

»Sie ist oben in Diamondback.«

»Arbeiten Sie dort?«

»Ja.«

»Welches Revier ist da oben?«

»Das 88.«

»Ach ja, stimmt.«

»Sie kennen es?«

»Nein.«

Ollie kam zu dem Schluß, daß es keinen Sinn hatte, sich noch länger mit diesem Dummkopf zu unterhalten. Er wechselte den Sitzplatz und verfolgte, wie die stumme Stadt draußen vorbeiglitt. Das war die Zeit des Tages, die er am meisten liebte, die Stunden zwischen Mitternacht und Morgengrauen, eine Zeit, in der die schlaflose Stadt die schlimmsten Bedrohungen und die größten Überraschungen bereithielt. Wäre er kein Polizist, würde er um diese nächtliche Uhrzeit niemals rausgehen, ganz gleich, wie sicher es laut Aussage des Bürgermeisters wäre. Sollte doch der Bürgermeister dort einen kleinen Spaziergang machen, wo verschwommene Gestalten sich unter Straßenlaternen versammelten und Automobile langsam durch die Nacht rollten. Sollte er doch ...

Durch sein eigenes Spiegelbild auf dem dunklen Fenster konnte er die Stadt dahinter sehen, konnte verfolgen, wie sie sich innerhalb eines Lidschlags von Weiß in Latino und von Latino in Schwarz verwandelte, während der Bus durch verlassene Straßen rollte, wo Dampf aus Gullydeckeln quoll und Ratten rudelweise von Bürgersteig zu Bürgersteig huschten. Sollte doch der Bürgermeister hier seinen Spaziergang machen, verdammt noch mal.

Er gab das Zeichen zum Anhalten, wo seiner Meinung Althea es getan hätte, wenn sie in jener Nacht mit dem Bus nach Hause gefahren wäre. Es war kurz vor halb vier. Der Imbißkoch döste, während Ollie zum vorderen Ende des Busses ging. Die Tür öffnete sich. Der Fahrer fragte: »Kommen Sie hier zurecht, Mann?«

»Ich bin Cop«, sagte Ollie und trat hinaus in die Nacht.

In seiner Gestalt und seinem Watschelgang lag eine Arroganz, in seinem Blick eine Überheblichkeit, die seinen Beruf einen Kilometer weit kundtat. Wenn man nicht erkannte, daß dieser Mann ein Cop war, hatte man nicht das Recht, sich um diese Zeit auf der Straße herumzutreiben. Und wenn man ihn als Cop identifizierte, wäre man ein verdammter Narr, wenn man sich mit ihm anlegte. Ollie wußte, daß in der heutigen Zeit seine Dienstmarke nicht viel Schutz bedeutete. Unter bestimmten Umständen lockte sie genauso leicht eine Kugel an, wie sie ihn davor bewahrte. Aber seine Haltung, die signalisierte, daß er ein Cop war, warnte auch davor, daß in einem Halfter unter seiner Jacke eine Neun-Millimeter-Halbautomatik steckte. Er marschierte nicht mit vollkommener Immunität durch die leeren Stunden der Nacht, aber immerhin mit soviel Schutz, wie jemand in seiner Position ihn verdiente.

Um drei Uhr morgens herrschte in Althea Clearys Straße weitaus mehr Betrieb, als Ollie erwartet hätte. Ein rund um die Uhr geöffneter koreanischer Lebensmittelladen zierte in seiner neongrellen Pracht eine Straßenecke. Ein Nachtimbiß, ähnlich hell strahlend, besetzte die gegenüberliegende Ecke. In gewisser Weise waren die beiden stark frequentierten Geschäftsbetriebe ein positives Zeichen. Sie vergrößerten die Zahl der außer dem unsichtbaren John Bridges möglichen Verdächtigen erheblich. Althea konnte den Club allein verlassen, den Bus allein bestiegen und erst dann – entweder im Lebensmittelladen oder im Imbißrestaurant – den Mann getroffen haben, der sie später ermordet hatte. Andererseits ... wünschte sich oder brauchte Ollie wirklich eine größere Schar Verdächtiger? Warum sollte man in die Suche nach dem Täter nicht die ganze Stadt, den Staat, die gesamte Nation mit einbeziehen? Warum sollte er diesen verdammten Fall nicht für den Rest seines Lebens bearbeiten?

Fast wäre er nach Hause zurückgekehrt und hätte sich ins Bett gelegt.

Schließlich ging es hier nur um eine kleine schwarze Nutte.

Statt dessen marschierte er in den Lebensmittelladen und steuerte auf die Registrierkasse zu. Dabei hatte er den Mantel offen, sein Bauch ragte heraus, und der Griff seiner Neuner war zu sehen. Hoffentlich glaubte der grinsende Idiot hinter der Theke, daß er die Absicht hatte, den Laden auszuräumen, hihihi. Wollen dem Ganzen mal eine humoristische Note geben, nicht wahr? Diesen Schlitzaugen ein wenig Angst einjagen, aber dabei die hehre Mission nicht aus den Augen verlieren, herrlich.

»Ich will den Geschäftsführer sprechen«, sagte er.

Der Geschäftsführer oder Inhaber – oder was immer er war – kam nervös grinsend heran.

»Kennen Sie dieses Mädchen?« fragte Ollie.

Der Mann betrachtete das Bild.

»Wohnt um Ecke«, sagte er.

»Richtig. Haben Sie sie mal gesehen?«

»Sie ermordet«, sagte der Mann.

»Wann haben Sie sie das *letzte* Mal gesehen?« wollte Ollie wissen.

»Vor ermordet.«

»Wann vorher?«

»Nacht vorher. Kam rein, kaufte Milch.«

»Um wieviel Uhr war das?«

»Wie jetzt.«

»Etwa um halb vier?«

»Halb vier, ja.«

»War sie allein?«

»Allein, ja.«

»Hat sie was zu Ihnen gesagt?«

»Sagt hallo, auf Wiedersehen.«

»Haben Sie sich dafür bedankt, daß sie die Milch gekauft hat?«

»Was?«

»Vergessen Sie's. Wie lange war sie hier drin?«

»Fünf Minuten. Geht rüber Imbiß.«

»Danke«, sagte Ollie und zwinkerte ihm zu. »Ist auch ein Wort. Müssen Sie lernen«, meinte er und verließ den Laden.

In dem Schnellrestaurant wimmelte es um diese Uhrzeit von, wie Ollie es nannte, »Volk«, was in seinem Sprachgebrauch das Gegenteil von »Mitbürger« bedeutete. Hier waren die Ganoven, die Wesen der Nacht, die Leute, die um Mitternacht wach wurden, um durch die Stadt zu streifen wie wilde Tiere, die sie waren. Weiß, schwarz, Latino, sie alle redeten laut und gaben sich abgebrüht, bis man ihnen eine Neuner unter die Nase hielt. In dem Moment, in dem Ollie eintrat, wußten sie, daß er ein Cop war. Um dieser Erkenntnis Nachdruck zu verleihen, öffnete er Mantel und Sakko und zeigte die Neuner. Er wollte nicht auf einem Hocker mit dem Rücken zur Tür sitzen. Statt dessen entschied er sich für eine Nische in der Ecke, von wo aus er sowohl die Theke beobachten als auch jeden sehen konnte, der hereinkam oder hinausging. Er griff nach der Speisekarte, die zwischen den Serviettenhalter und den Salz- und den Pfefferstreuer geklemmt war, warf einen kurzen Blick darauf und winkte die Serviererin zu sich. Sie war drei- oder vierunddreißig, schätzte Ollie, keine schöne Frau, aber ihre Müdigkeit wirkte irgendwie sehr sexy.

»Bringen Sie mir zwei Hamburger und eine große Portion Pommes frites«, bestellte er.

»Wir haben nur eine Portionsgröße Pommes frites«, klärte sie ihn auf.

»Und wie groß ist die?«

»Das kann ich Ihnen nicht genau sagen. Wir servieren die Pommes frites einfach als Beilage ohne besondere Mengenangabe.«

»Okay. Dann bringen Sie mir zwei Portionen.«

»Die Menge entspricht einer ganz normalen Beilagenportion.«

»Gut, dann bringen Sie mir zwei normale Portionen.«

»Ich meine, die Menge wird nicht genau angegeben. Es gibt kein klein oder groß. Es ist eben nur eine Portion Pommes frites.«

»Das ist prima«, sagte Ollie. »Zwei Portionen. Egal wie groß sie sind.«

»Zwei Hamburger und zweimal Pommes frites«, sagte die Serviererin und entfernte sich, um die Bestellung weiterzugeben. Als sie etwa fünf Minuten später zurückkam, lag Ollies Polizeimarke auf dem Tisch. Er deutete darauf, zwinkerte und sagte: »Wenn es hier ein wenig ruhiger ist, möchte ich mich gern mit Ihnen unterhalten.«

Die Serviererin schaute auf die Plakette.

»Klar«, sagte sie. »Ich habe um vier Pause. Meinen Kaffee kann ich auch hier trinken.«

»Was würden Sie sagen, wenn ich Ihnen verraten würde, daß ich Klavier spielen kann?« fragte er.

»Können Sie denn?«

»Ich werd's lernen.«

»Schön für Sie«, sagte sie. »Bis später.«

Um kurz nach vier kam sie zurück. Sie bot ihm eine Zigarette an, zündete sich selbst eine an, als er dankend ablehnte, und trank von dem Kaffee, den sie an den Tisch mitgebracht hatte. Sie streckte die Beine aus. »Also«, sagte sie, »wer hat wen umgebracht?«

»Wie haben Sie das erraten?«

»Sie sehen nach Mordkommission aus.«

»Sie kennen sich offensichtlich aus«, sagte Ollie.

»Ich war mal mit einem Cop der Mordkommission befreundet.«

»Trug er schwarze Unterwäsche?«

»Nein. Aber alles andere war schwarz.«

»Wie heißen Sie?« fragte Ollic.

»Hildy. Und Sie?«

»Ollie Weeks. Ich bin vom 88. Revier.«

»Okay.«

»Hildy, wahrscheinlich wissen Sie längst, daß im letzten Monat hier in der Nähe jemand ermordet wurde. Ein Mädchen namens Althea Cleary.«

»Ja.«

»Kannten Sie sie?«

»Ja. Sie kam öfter hierher. Ich glaube, sie war Tänzerin oder so was. Entweder das oder Prostituierte. Sie tauchte fast jede Nacht gegen zwei, drei Uhr morgens hier auf.«

»War sie auch in der Nacht hier, in der sie getötet wurde?«

»Ich weiß noch nicht mal, wann genau das war.«

»Am 9. November.«

»Sie suchen wohl noch immer den Täter, oder?«

»Noch immer.«

»Am 9. November«, sagte sie und überlegte.

»Es war eine Dienstagnacht.«

»Das kann ich nicht mit Sicherheit sagen.«

»Können Sie sich an irgendeine Nacht in diesem Monat erinnern, in der sie mit einem Kerl herkam? Ein Jamaikaner, groß, freundlich. Er müßte im Gesicht eine Messernarbe gehabt haben. Auf der linken Seite.«

»Oh, ja«, sagte sie und nickte.

»Sie erinnern sich an ihn?«

»Ein ziemlich bösartiger Typ. Helle Haut, blaugrüne Augen, große Augäpfel. Aber Althea kam nicht *mit* ihm herein. Er war schon hier.«

»Erzählen Sie mal, was geschah.«

»Als er reinkam, muß es halb drei gewesen sein«, sagte Hildy. »Mir fiel sofort die Narbe auf. Die konnte man wirklich nicht übersehen. Man sieht hier öfter Messernarben, aber die war ein Prachtstück. Jamaikaner sieht man hier nicht so oft. Hier findet man zwar alle Farben des Regenbogens, aber das ist nicht gerade eine Gegend, in der es viele Jamaikaner gibt. Die findet man weiter stadtauswärts. Am Stadion, wissen Sie? Als er eine Tasse Kaffee bestellte, fiel mir gleich sein jamaikanischer Akzent auf. Sie wissen ja, wie der klingt ... Eine Tasse Kaffee und ein Rührei auf Brot«, sagte sie und versuchte den Akzent zu imitieren, was ihr aber gänzlich mißlang. Ollie bemerkte es sofort, denn für so etwas hatte er ein feines Ohr. »Wie dem auch sein, Althea kam erst später herein.«

»Sie kannten sie mit Namen?«

»Na klar. Sie war hier Stammgast.«

»Was war denn mit dem Jamaikaner? Hat er einen Namen genannt?«

»Nein.«

»Wer hat den ersten Schritt gemacht?«

»Sie meinen, er oder Althea? Das war er. Sie setzte sich in eine der Nischen und bestellte. Ich weiß nicht mehr, was. Er ging rüber, stellte sich vor und setzte sich.«

»Sie haben auch keinen Namen gehört, als er sich vorstellte, oder?«

»Nee.«

»John Bridges?«

»Nein. Aber er nahm den Hut ab.«

»Sehr höflich.«
»Oh, ja.«
»Lockiges schwarzes Haar, richtig?«
»Ob es lockig war, habe ich nicht erkennen können, aber es war mit Sicherheit schwarz.«
»Hatten Sie den Eindruck, daß er schwul war?«
»Schwul? Verdammt, nein.«
»Wie ging es denn mit den beiden weiter?«
»War sie eine Nutte?« wollte Hildy wissen.
»Nicht offiziell. Sie arbeitete in einem Oben-ohne-Schuppen in der Innenstadt.«
»Sie hat ihn regelrecht angemacht, wollte ich sagen.«
»Sind sie zusammen rausgegangen?«
»Ja.«
»Um welche Uhrzeit?«
»Gegen halb vier.«
»Arm in Arm oder was?«
»Na ja ... freundschaftlich. Wie ich schon sagte.«
»Glauben Sie, sie wollte ihn zu sich nach Hause mitnehmen?«
»Ich sah, wie sie zusammen um die Ecke bogen. Durch das Fenster dort«, sagte Hildy und deutete mit einem Kopfnicken in die Richtung.
»Dann war es also durchaus möglich.«
»Sehr wahrscheinlich, würde ich sagen. Wann fangen Sie denn an?«
»Was soll ich anfangen?«
»Die Klavierstunden.«
»Oh. Bald.«
»Sie müssen mir mal vorspielen«, sagte sie.
»Was ist Ihr Lieblingssong? Ich werde ihn lernen.«
»Mann, das ist schwer zu sagen. Ohne mich als altmodisch zu outen.«
»So dürfen Sie das nicht sehen. Es gibt Songs, die Stan-

dards sind. Um die zu kennen, muß man nicht unbedingt ein Teenager sein.«

»Nennen Sie mal so einen.«

»*Stardust* zum Beispiel. Jeder kennt *Stardust.*«

»Ich nicht.«

»Sie nicht?«

»Nein.«

»Und *Night and Day*?«

»Ist das ein Song?«

»Sie haben noch nie von *Night and Day* gehört?«

»Nie.«

»Sinatra? Sie kennen Frank Sinatra?«

»Natürlich kenne ich Frank Sinatra.«

»Das war einer seiner großen Hits. *Night and Day.*«

»Den kenne ich nicht.«

»Welche Sinatra-Songs kennen Sie denn?«

»*Mack the Knife.*«

»Das war ein großer Hit von *Bobby Darrin.*«

»War er nicht.«

»Natürlich war er das. Kennen Sie andere Sinatra-Songs?«

»Klar.«

»Welche?«

»*Strangers When we Meet*?«

»Das war ein *Buch.*«

»Nein, es war ein Song.«

»Der Song hieß *Strangers in the Night.*«

»Ach ja, stimmt.«

»Kennen Sie irgendwelche Beatles-Songs?«

»Natürlich.«

»Welche?«

»Den über Diamanten?«

»*Lucy in the Sky with Diamonds*?«

»Genau, das ist er.«

»Noch andere?«

»Klar, aber ich kann mich auf Anhieb nicht an die Titel erinnern.«

»An welche Songs können Sie sich denn erinnern?«

»Na ja, zum Beispiel *Back 2 Good* von Matchbox 20?«

»Hm-m.«

»Und *Bad.* Von U2. Kennen Sie den?«

»Hm-m. An welchen sonst noch?«

»Wie wäre es mit *Uninvited*?«

»Hm m.«

»Alanis Morrisette? Schon mal von ihr gehört?«

»Hm-m.«

»*Criminal*? Den müßten Sie eigentlich kennen. Als Cop. Fiona Apple?«

»Hm-m«, sagte Ollie. »Also, ich glaube, ich könnte einen dieser Songs für Sie lernen.« Er hatte die Titel längst wieder vergessen. »Wie ist es mit *Satisfaction*?« fragte er. »Kennen Sie *Satisfaction*?«

»Klar«, sagte Hildy. »Von den Rolling Stones.«

Bingo, dachte Ollie.

Die kostenfreie 800er-Nummer wurde offiziell Police Information Network oder kurz PIN genannt. Das Team der zwölf Polizeibeamten, die die Anrufe entgegennahmen, nannte sich selbst »Verpfeif-Ratten-Schwadron«. Die Beamtin, die an diesem Dienstag eines der Telefone bediente, meldete sich jedoch mit: »Police Information Network, guten Morgen.«

Eine Frauenstimme sagte: »Ich habe das Überwachungsvideo aus Guido's Pizzeria gesehen.«

»Ja, Ma'am?« sagte die Beamtin.

»Wird dieser Anruf auf Band aufgenommen?« wollte die Frau wissen.

»Ja, Ma'am, das wird er«, antwortete die Beamtin.

»Haben Sie eine Anrufer-Identifikation?«

»Ja, Ma'am, die haben wir.«

Die Beamtin hatte die Anweisung, jede Frage eines Anrufers wahrheitsgemäß zu beantworten. Sie hielt das für absoluten Quatsch, aber so lautete der Befehl.

»Dann ist es ganz gut, daß ich aus der Firma anrufe, hm?«

»Das ist eigentlich egal, Ma'am, denn ganz gleich, was Sie uns erzählen, es bleibt auf jeden Fall absolut vertraulich.«

»Ich möchte aber nur mit einem Detective sprechen«, sagte die Frau.

»Soll ich einen Detective bitten, Sie zurückzurufen?« fragte die Beamtin.

»Ich bitte darum«, erwiderte die Frau.

Bert Kling unterhielt sich um kurz nach drei Uhr nachmittags mit ihr und suchte sie später im Laufe des Abends zu Hause auf. Sie wohnte in einem fünfstöckigen Haus ohne Fahrstuhl außerhalb des 87. Reviers in der Coral Street unweit des alten Regency-Theaters. Betty Young entpuppte sich als weiß und um die Dreißig, gutaussehend, dunkelhaarig und blauäugig. Sie erklärte ihm, sie wäre vor kaum zwanzig Minuten nach Hause gekommen. Als er eintraf, trug sie noch immer das Kostüm, das sie, wie er vermutete, an diesem Tag zur Arbeit getragen hatte. Sie stand an der Küchenanrichte, aß ein Twinkie und trank dazu ein Glas Milch. Sie fragte ihn, ob er auch auf irgend etwas Appetit hätte, und als er ablehnte, bat sie ihn in den Wohnbereich ihres Einzimmerapartments, wo sie sich auf dem Sofa niederließ und er ihr gegenüber in einem Sessel Platz nahm. Durch die Fenster hinter ihr konnte Kling die hohen Schornsteine eines Gebäudes ein paar Häuser weiter sehen, die das Panorama beherrschten.

Sie erzählte ihm, sie arbeite als Empfangsdame für die Steuerberatungsfirma, bei der er angerufen hatte, und sie sei ganz gut über die Runden gekommen, bis ihre Mutter im vergangenen August in Orlando, Florida, einen Schlaganfall erlitten habe. Deshalb könne sie die fünfzigtausend Dollar, die Guido's als Belohnung ausgesetzt hatte, gut gebrauchen, denn die Arztkosten wüchsen ihr allmählich über den Kopf.

»Aber ich muß mich vergewissern«, sagte sie, »daß ich in dieser Sache beschützt werde. Es geht schließlich um Mord, wie Sie wissen.«

»Ja, Miss, ich weiß.«

»Also, welchen Schutz würde ich bekommen, wenn ich Ihnen erzähle, was ich weiß?«

Kling erklärte ihr, daß ihr Name geheimgehalten und sie nicht als Zeugin in einem möglichen Strafprozeß aufgerufen werden würde ...

»Ich bin doch gar keine Zeugin«, fiel sie ihm ins Wort. »Ich habe nicht gesehen, daß jemand jemanden getötet hat.«

»Aber Sie verfügen über Informationen, die uns zu der Person oder den Personen führen würden, nicht wahr?«

»Ja, das tue ich. Der Punkt ist, wie kann ich sicher sein, daß mein Name nicht an die Öffentlichkeit dringt?«

»Nun, es muß keinesfalls dazu kommen.«

»Angenommen, irgendein Fernsehreporter wird neugierig, wie kann ich sicher sein, daß die Cops ihm nicht meinen Namen nennen? Oder die Leute bei Guido's? Wie kann ich mich darauf verlassen?«

»Das können Sie nicht«, sagte Kling. »Sie müssen uns einfach vertrauen.«

Sie sah ihn mit einem Blick an, der zu sagen schien: *Ihnen* vertrauen? In dieser Stadt war er an solche Blicke gewöhnt.

»Und wie weiß ich, daß ich mein Geld bekomme?« fragte sie.

»Desgleichen«, sagte er. »Sie müssen uns vertrauen.«

»Hm-m.«

»Oder vielleicht ... ich weiß zwar, daß *wir* es nicht so machen würden, wenn es eine Belohnung der Polizei wäre ... aber vielleicht ist die Firma bereit, die Hälfte der Summe auf einem Treuhandkonto zu hinterlegen und den Rest nach erfolgter Verhaftung und Verurteilung zu zahlen.«

»Verhaftung und *Verurteilung*?« fragte sie.

»Ja, das ist die ...«

»Oh, nein, Moment mal«, sagte sie. »Angenommen, Sie verhaften den Kerl, der geschossen hat, und dann vermasselt Ihr Staatsanwalt die Sache? Was habe ich mit einer Verurteilung zu tun?«

»Nun, das sind die Bedingungen des Angebots von Restaurant Affiliates. Verhaftung und ...«

»Wessen Angebot?«

»Restaurant Affiliates. Das ist die Firma, der die Pizzakette Guido's gehört. Verhaftung und Verurteilung sind die Voraussetzungen für die Auszahlung.«

»Das ist gar kein echtes Angebot, oder?«

»Ich denke doch, daß es echt ist, Miss.«

»Wie das denn? Wenn irgendein unfähiger Staatsanwalt ihn laufenläßt, kriege ich keine Belohnung. Wie kann das echt sein?«

»Nun, das Büro des Staatsanwalts würde es gar nicht zu einer Verhandlung kommen lassen, wenn es nicht überzeugt wäre, überzeugende Argumente zu haben.«

»Aber sie verlieren doch ständig irgendwelche Fälle, oder etwa nicht?«

»Nun ja ... nein. Nicht ständig. Ich würde sagen, sie gewinnen mehr Fälle, als sie verlieren.«

»Trotzdem, wo ist meine Garantie? Ich halte den Kopf hin ...«

»Ob der Fall gewonnen oder verloren wird, Sie werden auf jeden Fall geschützt. Wenn Sie die Person für uns identifizieren ... ich nehme an, Sie kennen nur einen der Schützen, habe ich recht?«

Betty sah ihn verblüfft an.

»Wie kommen Sie auf die Idee?« fragte sie.

»Nun, Sie haben von dem ›Kerl, der geschossen hat‹, gesprochen, und gerade meinten Sie, daß der Staatsanwalt ihn laufenläßt. Sie sprachen von *ihm*, Singular. Daher nehme ich an, daß Sie nur eine Person kennen.«

»Donnerwetter, ein echter Detektiv«, sagte sie, ebenfalls eine Bemerkung, die Kling in dieser Stadt nicht überraschte. Genaugenommen gab es nichts in dieser Stadt, das Kling überrascht hätte. »Auf jeden Fall möchte ich Ihnen keine Fragen stellen«, fuhr er fort, »bevor Sie nicht bereit sind, sie auch zu beantworten. Daher ...«

»Ich werde keine Frage beantworten, ehe Guido's mir nicht verbindlich zusagt, daß ich die Fünfzigtausend kriege, wenn das, was ich Ihnen zu erzählen habe, zu einer *Anklage* führt. Eine Verurteilung interessiert mich nicht. Wenn an der Sache ein Haken ist, können Sie das Ganze vergessen.«

»Ich kann natürlich nicht für die sprechen, aber ich glaube nicht, daß es einen Haken gibt. Ich glaube, sie wollen diese Kerle wirklich fassen. Oder auch nur einen von ihnen, wenn Sie nur über einen der Täter Informationen haben.«

Sie sagte nichts.

Er sah sie an.

»Sie können sich absolut sicher fühlen«, sagte er.

Sie sagte noch immer nichts.

»Ich werde das Ganze erst mal mit meinem Lieutenant

besprechen«, sagte Kling. »Er wird einige Telefonate führen wollen. Wenn wir Restaurant Affiliates überzeugen können, daß wir jemanden gefunden haben, der bereit ist, uns Informationen zu geben, die ...«

»Das bin ich.«

»Das ist mir klar.«

»Aber erst, wenn sie das mit der Verurteilung fallenlassen. Ich will mein Geld in dem Moment, in dem er des Verbrechens angeklagt wird. Ich meine, angenommen, ich hätte gesehen, wie O. J. seine Frau erstochen hat, und hätte der Polizei den entscheidenden Tip gegeben, der zu seiner Verhaftung führte? Und dann ... Sie verstehen, worauf ich hinaus will?«

»Aber Sie sagten, Sie hätten die eigentliche Tat gar nicht selbst gesehen ...«

»Das ist richtig, ich bin nicht direkte Zeugin der Tat gewesen. Aber ich kenne einen der Männer, die es getan haben.«

»Warum haben Sie sich erst jetzt entschlossen, sich damit bei uns zu melden, Miss Young?«

»Mein Gewissen hat mir keine Ruhe gelassen.«

Sie hielt einen Moment lang inne und sagte dann: »Außerdem habe ich mich vergangene Woche von ihm getrennt.«

Der verantwortliche PIN-Deputy-Chief wurde von Lieutenant Byrnes vom 87. Revier irgendwo in der Hölle der Wohnviertel darüber informiert, daß einer seiner Detectives mit einer Frau gesprochen hatte, die behauptete, einen der Schützen des Pizza-Dramas zu kennen, aber keinerlei Information über ihn weitergeben wolle, bis man ihr verbindlich zugesagt habe, daß sie die Belohnung erhalten würde, sobald der Betreffende unter Anklage gestellt wurde. All das kam ein wenig atemlos und überstürzt aus

Byrnes Mund, der, um die Wahrheit zu sagen, ein wenig aufgeregt über das war, was Kling mit nach Hause gebracht hatte.

»Für wen hält die sich, verdammt noch mal?« fragte der Deputy Chief.

»Vielleicht sollten Sie mal mit den Leuten von Guido's reden«, schlug Byrnes vor.

»Sie werden nein sagen«, meinte der Deputy Chief.

Er irrte sich.

Die Manager bei Restaurant Affiliates, die eine brillante Publicity-Idee auf Anhieb erkannten, stürzten sich sofort darauf. An diesem Tag schenkte das Fernsehen – in dem eine Minute Werbung Hunderttausende Dollars kostete – , und zwar alle fünf großen Sender und die meisten Kabelkanäle, der Nachricht zwei Minuten, daß RA, Inc. den potentiellen Mängeln des Strafrechtssystems Rechnung trug und ihr Angebot modifizierte. Falls jemand Informationen lieferte, die zur Verhaftung und Anklage der Schützen führten, sollten die fünfzigtausend Dollar ihnen gehören.

Den Werbeleuten von RA, Inc. mag verziehen sein, daß sie das im Singular erscheinende »jemand« mit der Pluralform »ihnen« verbanden, denn sie verkauften ein Produkt und wollten auf keinen Fall irgendwelche Feministinnen verärgern, die sich gegen das grammatisch korrekte, aber politisch unkorrekte »ihm« hätten wenden können. Es war viel zu umständlich zu sagen, die Belohnung solle »ihr oder ihm gehören«. Da war es schon einfacher, »ihnen« zu sagen, weil die grammatisch korrekte Lösung ohnehin niemanden auch nur im mindesten interessierte. Aber die Journalisten, die über das modifizierte Angebot berichteten, hätten es eigentlich besser wissen müssen. Statt dessen übernahmen sie den Text der Pressemeldung der Werbeagentur Wort für Wort und machten sich zu Komplizen bei diesem Vergehen. Um ihre Unterstützung noch weiter zu treiben, schlossen die meisten ihre Berichte mit dem Slogan, für dessen Popularisierung RA, Inc. im Laufe der Jahre Millionen bezahlt hatte: »Komm rüber zu Guido's auf eine nettere Pizza!«

In Betty Young hatte sich genügend Bitterkeit und Zorn angesammelt, um die ganze Welt zu hassen. Mit zweiunddreißig geschieden, nach elf Jahren scheinbar glücklicher Ehe mit einem Börsenmakler, der mit einer hawaiianischen Touristin, die sich die Stadt ansehen wollte, in den Pazifik verschwand ...

»Die war nur an einem Kerl interessiert, und nicht an Kultur«, meinte Betty dazu.

... hatte sie schließlich den Mann kennengelernt, den sie, wie sie annahm, vorbehaltlos lieben konnte. Dies geschah im vergangenen März, als Maxwell Corey Blaine, ein solider siebenunddreißig Jahre alter weißer Knabe aus Grits, Georgia, die Steuerberatungspraxis, in der sie arbeitete, betrat, weil er Hilfe beim Abfassen seiner Einkommensteuererklärung brauchte. Wie es aussah, arbeitete Maxie in einer Poolhalle oben in Hightown, einer vorwiegend dominikanischen Gegend der Stadt. Doch das kam Betty zu dem Zeitpunkt in keiner Weise seltsam vor, da sie das toleranteste menschliche Wesen war, außer wenn sie es mit Betrügern zu tun hatte. »Die können mir *beide* für immer gestohlen bleiben«, meinte sie.

Maxies Titel in der Billardhalle war »Tischwart«. Es fiel ihm ziemlich schwer, Betty den Job genau zu beschreiben, aber offenbar erforderte er derart spezielle Fähigkeiten, daß er ihm ein Einkommen von dreitausend Dollar die Woche einbrachte. Sein Arbeitgeber, ein gewisser Enrique Ramirez, führte pflichtgemäß den geforderten Steueranteil für Maxie ab, als der Termin heranrückte, doch das war gar nicht das Problem. Offenbar wollte der Staat

Georgia, daß Maxie eine Steuererklärung für das vergangene Jahr abgab, in dem er nicht nur stellungslos gewesen war, sondern auch im Gefängnis gesessen hatte. Maxie war sich nicht sicher, ob der dürftige Lohn, den er in der Gefängniswäscherei mit der Reinigung der Gefängniskluft seiner Mitinsassen verdient hatte, als steuerpflichtiges Einkommen zu betrachten war. Betty verwies ihn an einen der jüngeren Steuerberater der Firma, der diese und andere Fragen zur vollen Zufriedenheit aller Beteiligten klärte – aber das war eine andere Geschichte.

Um der Wahrheit die Ehre zu geben, fand Betty Maxies Gefängnisstrafe irgendwie aufregend. Er war ins Staatsgefängnis von Reedsville gesteckt worden, und zwar wegen, wie es in Georgia genannt wurde, »schwerer Körperverletzung«, ein Vergehen, das mit Zuchthaus von ein bis zwanzig Jahren bestraft wurde. Er war im Januar auf Bewährung vorzeitig entlassen worden und hatte den Staat sofort in Richtung Norden verlassen, an sich auch ein Verstoß gegen bestehende Vorschriften, aber zum Teufel mit Georgia, er hatte hier oben seine süße kleine Zuckerschnecke gefunden.

»Er nannte mich seine süße kleine Zuckerschnecke«, erzählte Betty.

Sie zog am 16. April mit ihm zusammen, einen Tag nachdem er seine Einkommensteuererklärung abgegeben hatte. Er gestand ihr ziemlich früh, daß er ins Gefängnis geschickt worden war, weil er jemandem das Rückgrat gebrochen hatte, der einem Glücksspieler in Atlanta, für den Maxie damals arbeitete, Geld schuldete. Der Mann war jetzt von der Hüfte abwärts gelähmt, aber das war nicht Maxies Schuld, da er ihn nur zum Bezahlen hatte animieren und nicht für den Rest seines Lebens zum Krüppel hatte machen wollen, eine Version, die der Bezirksstaatsanwalt von Fulton County ihm nicht abgekauft hatte.

Wie Betty zugeben mußte, hatte Maxies Körpergröße etwas Furchteinflößendes – aber zugleich auch Aufregendes. Sie schätzte ihn auf einsneunzig, und er wog um die zweihundertzehn Pfund. Überall hatte er nur Muskeln, und seine Arme und Schultern waren mit Gefängnistätowierungen bedeckt. Es war vermutlich seine Körpergröße, die ihn dazu brachte, sich eine Arbeit ähnlich der in Atlanta zu suchen. »Tischwart« war, wie sich herausstellte, ein Euphemismus für »Vollstrecker«, bestand Maxies Job doch darin, jeden unbotmäßigen Drogendealer, der es versäumte, Ramirez das Geld zu zahlen, das er ihm schuldete, zur Räson zu bringen. Ramirez handelte mit Kokain – und, laut Betty, mit allen möglichen »Designerdrogen« – und stand mit dem kolumbianischen Kartell in enger Verbindung. Seine Position war weit über der der triefnasigen Verkäufer, die wie Kakerlaken die Straßen in den Wohngebieten der Stadt bevölkerten, jedoch alles andere als auch nur in der Nähe der unerreichbaren oberen Ränge der Drogenszene.

Irgendwann im Oktober erfuhr Maxie, daß ein Polizeispitzel und Gelegenheitskurier namens Danny Gimp Ramirez gründlich verärgert hatte. Offenbar hatte ein Dealer in Majesta sich bereit erklärt, *El Jefe* – wie Ramirez in einschlägigen Kreisen genannt wurde – zweiundvierzig Riesen für zwei Kilo Kokain zu zahlen. Ramirez übergab Danny das Kokspaket, damit er es auslieferte, doch es fand niemals den Weg nach Majesta. So wie El Jefe es betrachtete, war er nicht nur die Ladung Koks losgeworden, sondern ihm war auch der Profit, den er mit dem Kokain erzielt hätte, vorenthalten worden. Ihm Geld zu schulden, war eine Sache, ihn aber zu bestehlen, eine völlig andere. Das war ein Vergehen, für das es keine Entschuldigung gab. Hier war keine physische Vergeltung nötig, sondern totale Auslöschung.

Am Morgen des 8. November, nach einer Nacht ziemlich heftiger Sexgymnastik, duschte Maxie, zog sich an und erklärte Betty, er wäre mit einem Freund zu einer Pizza verabredet.

»Er grinste, als er das sagte«, erinnerte sich Betty.

Am darauffolgenden Montag abend sah Betty das Video im Fernsehen und glaubte, Maxie als den weißen Schützen bei Guido's zu erkennen.

»Sie sollten bessere Kameras installieren«, sagte sie. »Ich muß Ihnen ganz ehrlich sagen, wenn ich Maxie nicht gekannt hätte, hätte ich ihn auf dem Band niemals identifizieren können.«

Es ergab sich ungefähr eine Woche später während des Frühstücks, daß sie Maxie beinahe offenbart hätte, daß sie ihn auf dem Videoband gesehen und den Verdacht hatte, daß er einer der Männer war, die die Ratte getötet hatten, von der zur Zeit überall geredet wurde. An diesem Morgen stellte sie nämlich die beiläufige Frage: »Übrigens, wie hat dir die Pizza neulich morgens geschmeckt?«

»Verdammt noch mal, wovon redest du?« sagte Maxie.

Vier Tage später zog er mit einer achtzehnjährigen Braut zusammen, deren einziger Vorzug, laut Maxie, der war, daß sie die Marokkanische Schlucktechnik beherrschte. Was auch immer das war. Als ob Betty das interessiert hätte.

Sie wollte nichts anderes, als daß die Cops ihn verhafteten und auf den elektrischen Stuhl schickten. War das für lausige fünfzigtausend Scheine etwa zuviel verlangt?

Das alles erzählte sie ihnen am Mittwoch morgen, dem 1. Dezember.

Um Viertel nach eins am nächsten Morgen fuhren fünf Detectives des 87. in die Stadt, um Maxwell Corey Blaines Wohnungstür aufzubrechen.

Nur einer von ihnen wurde angeschossen.

6

Sie kamen mit einem Haftbefehl, der ihnen erlaubte, auf das Anklopfen zu verzichten, und Kevlarwesten, weil der Kerl nach allem, was Betty Young ihnen erzählt hatte, kein harmloser Bäckerbursche war.

Das Problem mit den meisten Mietshäusern in vielen Teilen der Stadt war, daß sie nicht für komplizierte Polizeieinsätze gebaut waren. Maxwell Corey Blaine lebte nicht auf einer Farm in Beaucoup Acres, Louisiana, wo die Männer des Sheriffs eine mit Bäumen gesäumte, grasbewachsene Auffahrt heraufkommen und die Haustür mit einem Rammbock und je fünf Cops auf beiden Seiten aufsprengen konnten – du liebe Güte, was haben die Rinder sich erschreckt! Maxwell – oder Maxie, wie er noch immer von seiner ehemaligen, mittlerweile redselig gewordenen Freundin genannt wurde – wohnte in einem sechsstöckigen Haus ohne Fahrstuhl in einer engen Straße in Calm's Point. Es war ein Teil der Stadt, der früher mal schön und friedlich gewesen, nun jedoch häßlich und barbarisch war und während der nächsten zehn Jahre saniert werden sollte, womit ein Kreislauf in Gang gesetzt wurde, der sich unweigerlich wiederholen würde, obgleich das niemand im Stadtrat im mindesten wahrhaben wollte.

Das Gebäude bestand aus roten Ziegeln, die vom Ruß der Jahrhunderte schwarz gefärbt worden waren. Die Treppen waren steil, die Flure eng. Auf jeder Etage befanden sich vier Apartments, und um diese frühe Morgenstunde – sie hatten sich draußen um Viertel vor zwei versammelt – drangen Schlafgeräusche durch doppelt verriegelte Türen nach draußen. Sie bewegten sich in den kugelsicheren Westen ein wenig schwerfällig. Außerdem trugen sie Winterkleidung unter den Westen. Die Handschuhe hatten sie innerhalb des Gebäudes abgestreift, und alle waren mit AR-15-Sturmgewehren bewaffnet. In diesen Fluren, in denen die Treppen aus der Jahrhundertwende sich steil nach oben wanden, war kein Platz für den Einsatz eines Rammbocks. Schließlich hatten die Männer den fünften Stock erreicht und postierten sich.

Diese Männer waren Kollegen und Freunde. Es gab keine lächerlichen Streitereien, keiner versuchte, den anderen auszutricksen und sich beim »Übernehmen der Tür« zu drücken, womit die zehn gefährlichsten Sekunden im Leben eines jeden Polizisten gemeint waren. Kling erklärte den anderen, daß er diesmal an der Reihe wäre. Es waren er und Brown gewesen, die zuerst in die Pizzeria gerufen worden waren, daher war dies offiziell ihr Fall und ihr Einsatz. Er würde daher die Tür übernehmen, flankiert von Carella und Brown und mit Willis und Meyer als Unterstützung. Es war sehr kalt auf dem Treppenabsatz im fünften Stock. Sein Atem fächerte als weiße Wolke aus seinem Mund, während er all dies den anderen im Flüsterton erklärte.

Er hatte den schweren Coltkarabiner mit beiden Händen gepackt. In der Wohnung befand sich ein Mann, der einen Mord begangen hatte, ein Mann, von dem der Richter meinte, daß er gefährlich genug war, um ihm einen Besuch abzustatten, ohne anzuklopfen. Das Team war gut. Diese Männer hatten schon des öfteren zusammengearbeitet und wußten genau, was sie hier und heute erwartete und was sie zu tun hatten. Carella und Brown würden die Tür sichern. Kling würde sie eintreten. In dem Moment, in dem das Schloß seinen Geist aufgab, würden die drei in den Raum stürmen, während Willis und Meyer hinter ihnen in Position gingen. Wenn sie Glück hatten, war in zwei oder drei Minuten alles vorbei.

Kling drückte das Ohr gegen das Holz und lauschte.

Er hörte nichts.

Er lauschte noch einen Moment länger, trat von der Tür zurück und vergewisserte sich mit einem leichten Kopfnicken, daß die anderen bereit waren. Er holte tief Luft, zog das rechte Knie an, streckte den linken Arm aus, um das Gleichgewicht zu bewahren, und packte mit der rechten Hand den Griff des Gewehrs fester. Die Wucht seines Tritts, kombiniert mit der Vorwärtsbewegung und dem Gewicht seines Körpers, sprengte das Holz, in dem der Stahlbeschlag saß, der den Riegel des Schlosses hielt. Er folgte der zersplitterten Tür in die Wohnung, während Carella und Brown von beiden Seiten in die Türöffnung sprangen und hinter ihm ins Apartment drängten. Meyer und Willis folgten ihnen auf dem Fuße.

»Polizei!« rief Kling, und hinter ihm wiederholten die Stimmen der anderen das Wort, »Polizei! Polizei!«, während die Männer sich hektisch umschauend im Apartment verteilten. Willis fand einen Wandschalter, und eine Deckenlampe flammte auf. Sie befanden sich in einem kleinen, schäbigen Wohnzimmer, das mit Polstermöbeln ausgestattet war. Links lag eine kleine Küche, rechts sahen sie drei Türen. Sie vermuteten, daß die erste zu einem Wandschrank gehörte. Das Bad verbarg sich wahrscheinlich hinter der mittleren Tür, und die letzte führte zum Schlafzimmer. Das sicher auch ein Fenster zur Straße hatte. Niemand äußerte diese Überlegungen laut. Sie waren schon in vielen ähnlichen Apartments gewesen und kannten die in Mietskasernen üblichen Wohnungsgrundrisse. Sie folgten Kling zur letzten Tür. Es waren keine Scharniere zu sehen, daher öffnete sie sich wohl nach innen. Er legte die Hand um den Knauf, drehte ihn herum, brüllte erneut »Polizei!«, stieß die Tür auf und betrat mit dem Gewehr als Vorhut das Zimmer.

Die Tür aufzutreten, den Raum zu durchqueren, sich der Tür zu nähern, hinter der sie das Schlafzimmer vermuteten, hatte vielleicht dreißig Sekunden gedauert. Im gleichen Zeitraum hatte der Mann, der vermutlich im Bett gelegen hatte, als sie eintrafen, das Zimmer bereits zur Kommode durchquert, die obere Schublade geöffnet, eine, wie es schien, Neun-Millimeter-Pistole herausgerissen und sich umgewandt, um auf Kling zu zielen.

»Waffe!« brüllte Kling und warf sich flach auf den Fußboden, rollte sich von dem Schützen weg, während Brown und Carella in den Raum kamen. Im Schlafzimmer war es dunkel. Im matten Licht, das aus dem Wohnzimmer hereindrang, sahen sie das Mädchen im Bett erst, als es schrie, und es schrie erst, als der Riese, der in einer weißen Jockeyunterhose und einem weißen Unterhemd an der Kommode stand, in schneller Folge zwei Schüsse abfeuerte, nicht auf Kling, sondern auf die Türöffnung, die jetzt von Browns beachtlicher Leibesfülle versperrt wurde. Brown warf sich nach links, als die Schüsse dröhnten. Die erste Kugel verfehlte ihn und auch Carella, der hinter ihm hereinkam. Die zweite Kugel bohrte sich in den Türpfosten.

»Er hat eine Pistole!« rief Meyer Willis zu, rannte durch die Türöffnung und feuerte auf die Mündungsblitze. Das Mädchen stieß jetzt hysterische Schreie aus. Der Kerl in der Unterhose schoß auf alles, was durch die Tür kam, traf nichts anderes als die Tür und den Türpfosten, bis Willis, das kleinste der Ziele, wie ein Tänzer erschien und sich eine Kugel im Oberschenkel einfing, wohin die Schutzweste nicht hinunterreichte. Die Kugel warf ihn herum. Sein Bein gab unter ihm nach und knickte ein.

Der Kerl an der Kommode begriff plötzlich, daß ihm fünf Männer mit Sturmgewehren gegenüberstanden und nur einer zu Boden gegangen war. Er konnte weiter schießen, während die verrückte Braut im Bett in einem fort schrie, oder er konnte eine Art Waffenstillstand anstreben, ehe jemand ihn wie einen Schweizer Käse durchlöcherte.

»Ganz ruhig, Freunde«, sagte er und ließ die Pistole fallen.

Brown traf ihn mit der linken Faust, die sich anfühlte wie ein zehnpfündiger Vorschlaghammer.

Willis lag auf dem Fußboden und versuchte, das aus seinem Oberschenkel strömende Blut zu stoppen.

Was einem jegliche Freude an der Polizeiarbeit nehmen konnte, war die plötzliche Erkenntnis, daß sie keine fröhliche Spielerei war. Die Friedhofsschicht hatte den Dienst eine Viertelstunde vor Mitternacht angetreten. Das Einsatzteam war eine halbe Stunde später eingetroffen und hatte sich im Umkleideraum vorbereitet. Jetzt, um kurz nach vier, kam fast jeder Detective des Reviers zu dem Haus in der Grover Avenue, um sich zu erkundigen, was passiert war, verdammt noch mal. Männer, die erst um acht Uhr morgens ihren Dienst antreten mußten, erschienen, weil sie etwas »gehört« hatten. Männer, die eigentlich Urlaub hatten oder krank waren, tauchten im Dienstraum auf und wollten alle Einzelheiten wissen.

Sergeant Murchison teilte ihnen mit, Hal Willis sei angeschossen worden, was sie alle längst wußten, sonst wären sie gar nicht gekommen. Was sie hören wollten, waren Einzelheiten, Mann, aber die einzigen, die Einzelheiten kannten, waren die vier anderen Cops, die an dem Einsatz beteiligt gewesen waren. Zwei von ihnen, Kling und Brown, hatten sich mit dem Lieutenant und Maxie Blaine eingeschlossen. Die anderen beiden, Carella und Meyer, waren bei Willis im St. Mary's Hospital. Es war niemand verfügbar, der irgendwelche genauen Informationen zu haben schien, und daher ergingen sich die versammelten Detectives in Spekulationen.

Sie wußten nur, daß in der Wohnung irgend etwas furchtbar schief gegangen war. Und da Bert Kling den Einsatz angeführt hatte, kamen die herumrätselnden Cops auf die Idee, daß vielleicht er es gewesen war, der etwas falsch gemacht hatte und daher irgendwie dafür verantwortlich war, daß Willis jetzt im Krankenhaus lag. Andererseits äußerten einige Detectives die Vermutung, daß Willis vielleicht selbst für seinen »Unfall« verantwortlich war, und das führte zur nächsten Überlegung, daß er vielleicht ein Cop war, der das Pech anzog. Denn entweder machte er seinen Job nicht richtig – das wurde aber nur im Flüsterton geäußert –, oder er war verflucht. So oder so war er niemand, den man sich als Partner wünschte. Der Polizeidienst war gefährlich. Man hatte keine Lust, mit einem geborenen Pechvogel von Cop Dienst zu tun, der das Risiko für einen erhöhte. So dachten einige Detectives im Revier, und ein paar sprachen es an diesem trüben Dezembermorgen auch aus. Die Loyalität unter Polizisten glich der Loyalität unter Soldaten. Wenn ihnen die Scheiße um die Ohren flog, hieß es: einer für alle und alle für einen. Aber das bedeutete nicht, daß man gemeinsam einen trinken ging, wenn die Schlacht geschlagen und gewonnen war. Oder verloren, wie es in dieser Nacht der Fall gewesen zu sein schien, trotz der Tatsache, daß eine Verhaftung vorgenommen worden war. Alles in allem erzeugte der Umstand, daß Willis angeschossen worden war, eine düstere Stimmung im Dienstraum, die eine Rückkehr zur Tagesordnung längst nicht so musketiermäßig erscheinen ließ, wie das Fernsehen einen immer glauben machen wollte.

An diesem Morgen drängelte sich im Dienstraum die übliche Ansammlung von Übeltätern, die in der vorangegangenen Nacht aufgelesen worden waren: eine Kollektion

Nutten, eine Kollektion Diebe, eine Kollektion Straßenräuber, eine Kollektion Drogendealer. Nutten wurden normalerweise durchaus freundlich behandelt, wobei die Cops gelegentlich schon mal die Hände wandern ließen, wenn sich die Gelegenheit ergab, und die Mädchen sich lautstark über polizeiliche Brutalität aufregten, wobei sie doch aus Erfahrung wußten, daß sie damit niemals weiterkämen. An diesem Morgen war es anders. Die Mädchen, die man in der Nacht festgenommen hatte, wurden ziemlich unfreundlich in die Transporter geschoben, die sie in die Innenstadt zur Registrierung bringen sollten. Diesmal gab es keine launigen Kabbeleien. Sie waren Huren, und ein Cop war angeschossen worden, und jetzt war nicht der Zeitpunkt für irgendwelche Nettigkeiten.

Diebe – solange sie keine Junkies waren – wurden gewöhnlich mit einem Mindestmaß an Respekt behandelt. Aus Gründen, die nur von Cops verstanden wurden, galt ein Dieb seltsamerweise als ein Art Gentleman, obgleich er in das Heim eines Menschen eindrang, seine Privatsphäre verletzte und sich an seinem persönlichen Eigentum bereicherte. Professionelle Diebe und Einbrecher waren nur sehr selten auch gewalttätig. Cops wußten das zu würdigen. Einen Junkie, der einen Einbruch verübt hatte, faßten sie gelegentlich ein wenig rauher an, aber einen Profi behandelten sie wie einen Gleichrangigen, der rein zufällig auf der anderen Seite des Gesetzes stand. Nicht an diesem Morgen. An diesem Morgen war ein Cop angeschossen worden, und es gab keine Vertraulichkeiten à la Hallo-George-seit-wann-bist-du-denn-wieder-draußen? An diesem Morgen war jeder ein verdammter Krimineller, und jeder war schuldig.

An diesem Morgen litten die Gewalttäter am meisten.

Körperverletzung war niemals ein besonders beliebtes Verbrechen, aber wenn man an diesem Morgen im Park eine alte Lady niedergeschlagen und ihre Handtasche geklaut hatte, war man fällig. Körperverletzung war nicht das gleiche, als würde man auf jemanden schießen, aber für die Cops des 87. Reviers kam es dem an diesem Morgen, an dem einer aus ihrer Reihe mit einer tödlichen Waffe attackiert worden war, doch verdammt nah. Aber wenn man an diesem Morgen aufs 87. gebracht worden war, war man als Rauschgifthändler am übelsten dran. Zu viele Polizeibeamte waren von Männern, die Rauschgift an Schulkinder verhökerten, angeschossen und getötet worden, und wenn auch solche Kriminelle in keinem Revier der City besonders freundlich empfangen wurden, war die Verbindung von Rauschgift und Mord und vor allem der Mord an einem Polizeibeamten den Cops des 87. an diesem Morgen besonders bewußt – vor allem, nachdem bekannt geworden war, daß der Verdächtige, der von Kling und Brown verhört worden war, als Vollstrecker für das kolumbianische Kartell arbeitete.

Selbst im Bewußtsein reißerischer Schlagzeilen und Proteste und Märsche zum Rathaus, selbst in Kenntnis einer öffentlichen Aufmerksamkeit, die dafür sorgen konnte, daß winzige Vergehen zu Staatsverbrechen hochgeschaukelt wurden, waren die Cops des 87. an diesem Morgen ziemlich unsensibel, wenn nicht sogar offen rücksichtslos, indem sie mit Handschellen gefesselte Gefangene in Arrestzellen oder Transporter hineinstießen, wenn eine einfache Aufforderung ausgereicht hätte, indem sie Schimpfworte und sogar Beleidigungen ausstießen und all ihren Ängsten, ihrer Wut, ihrem Haß Luft machten und Kriminelle jeder Couleur wie Dreckschweine, Scheißköpfe und abgrundtief böse Hurensöhne behandelten und sich tatsächlich wie die brutalen, verabscheuungswürdigen Mistkerle verhielten, für die die Bürger dieser Stadt sie hielten und schon immer gehalten hatten.

Verbrechen machte sich an *diesem* Donnerstag morgen nicht bezahlt.

Nicht, wenn ein Cop im St. Mary's Hospital lag.

Sie hatte gewußt, daß Kling früh an diesem Morgen eine heikle Verhaftung durchführen wollte, und als sie sich am Telefon meldete und erfuhr, daß ein Cop angeschossen und mit einer, wie man anfangs erklärte, Bauchwunde ins St. Mary's eingeliefert worden war, nahm sie zuerst an, es wäre Kling. Zu ihrer Erleichterung erfuhr sie dann, daß er nicht das Opfer war, doch jeder angeschossene Cop war ein Problem für Sharyn Cooke, weil sie stellvertretende Chefärztin bei der Polizeibehörde war und ihr Job darin bestand, dafür zu sorgen, daß jedem Polizisten in ihrem Dienstbereich die beste Behandlung zuteil wurde, die die Stadt zu bieten hatte.

Die ungewöhnliche Schreibweise ihres Vornamens rührte daher, daß ihre damals erst dreizehn Jahre alte ledige Mutter nicht wußte, wie man Sharon schreibt. Dieselbe Mutter brachte sie später durchs College und anschließend durchs Medizinstudium. Das Geld dafür verdiente sie, indem sie nach Feierabend die Büros der Weißen schrubbte. Sharyn Cooke war schwarz und die erste Farbige, die jemals in dem Job tätig gewesen war, den sie innehatte. Ihre Haut hatte die Farbe von gebrannten Mandeln, während ihre Augen lehmgelb waren. In ihrer Freizeit entschied sie sich oft für rauchblauen Lidschatten und burgunderroten Lippenstift. Zur Arbeit trug sie überhaupt kein Make-up. Hohe Wangenknochen, ein markanter Mund und Haar in einem gemilderten Afrolook verliehen ihr das Aussehen einer stolzen Massaifrau. Mit ihren knapp einsachtzig Körpergröße fühlte sie sich in dem kompakten Automobil, das sie fuhr, stets eingeengt, und ständig verschob sie den Vordersitz, damit ihre langen

Beine genügend Platz fanden. Sie brauchte vierzig Minuten für die Fahrt von ihrem Apartment in den Randbezirken von Calm's Point bis zum St. Mary's Hospital im Zentrum des unteren Isola, unweit des Apartmenthauses, in dem Maxie Blaine verhaftet worden war. St. Mary's war das vielleicht zweitschlechteste Krankenhaus in der Stadt, aber das war nur ein schwacher Trost.

Ein Besuch bei Willis in der Notaufnahme versicherte Sharyn, daß es sich nicht um die Bauchwunde handelte, wie sie befürchtet hatte, aber ungefähr zwei bis drei Prozent aller tödlichen Schußwunden kamen in den unteren Extremitäten vor, und die Kugel steckte noch immer in seinem Oberschenkel, dicht an der Beinschlagader. Sie wollte nicht, daß irgendein Dummkopf, frisch von der Uni in irgendeinem Provinznest, darin herumstocherte und schlimmere Blutungen verursachte. Sie begab sich sofort zum Krankenhauschef, einem nicht mehr praktizierenden Arzt namens Howard Langdon.

Langdon trug einen grauen Flanellanzug mit breiten Revers, der schon vor zehn Jahren aus der Mode gekommen war. Dazu trug er ein pinkfarbenes Oberhemd und eine Strickkrawatte, die eine Schattierung dunkler war als sein Anzug. Er hatte weißes Haar und einen weißen Kinnbart. Er sah aus, als gehörte sein Porträt auf einen Karton mit gebratenen Hähnchenteilen.

Langdon war mal ein guter Chirurg gewesen, aber das entschuldigte nicht die Art und Weise, wie er jetzt das St. Mary's leitete. Sharyn war selbst ausgebildete Chirurgin – was bedeutete, daß sie vier Jahre an der Uni studiert und fünf Jahre als Chirurgin in einem Krankenhaus gearbeitet hatte. Danach hatte sie die Qualifikation des American College of Surgeons erhalten. Sie hatte immer noch ihre eigene Privatpraxis, doch als Ein-Sterne-Chief in Uniform arbeitete sie bei einem Jahresgehalt von achtundsechzigtausend Dollar fünfzehn bis achtzehn Stunden täglich im Chief Surgeon's Office. In dieser Stadt wurden jährlich durchschnittlich zwanzig bis dreißig Polizeibeamte angeschossen. Sharyn hatte nicht die Absicht, auch nur einen von ihnen hier im St. Mary's liegen zu lassen.

So höflich wie möglich erklärte sie Langdon, daß sie Detective Willis ins Hoch Memorial, einen Kilometer weiter stadtauswärts – und damit dreihundert Lichtjahre entfernt in Kategorien wie Service und medizinischem Standard, was sie jedoch nicht erwähnte – bringen lassen wollte. Langdon sah ihr drohend in die Augen und fragte: »Weshalb?«

»Weil ich möchte, daß er dort behandelt wird«, antwortete sie.

Erneut fragte Langdon: »Weshalb?«

»Weil ich glaube, daß er dort die beste Behandlung erfährt, die ich mir für ihn wünsche.«

»Die Behandlung hier ist ebenfalls hervorragend«, widersprach Langdon.

»Herr Doktor«, sagte Sharyn, »ich möchte mich wirklich nicht mit Ihnen streiten. Der Detective muß sofort operiert werden. Ich will, daß er noch in dieser Minute ins Hoch Memorial gebracht wird.«

»Ich fürchte, ich kann ihn nicht entlassen«, sagte Langdon.

»Das liegt nicht in Ihrer Entscheidungsgewalt«, sagte Sharyn.

»Ich leite dieses Krankenhaus.«

»Sie leiten nicht die Polizeibehörde«, sagte sie. »Entweder lassen Sie den Mann innerhalb der nächsten drei Minuten mit einem Krankenwagen aus der Notaufnahme abholen, oder ich mache daraus einen Neun-Elfer. Was ist Ihnen lieber, Herr Doktor?«

»Das kann ich nicht zulassen«, sagte Langdon.

»Herr Doktor, ich trage hier die Verantwortung«, sagte

Sharyn. »Das ist mein Job und mein Dienstbereich. Der Detective wird umgehend verlegt.«

»Man wird annehmen, daß das geschieht, weil das St. Mary's kein gutes Krankenhaus ist.«

»Von wem reden Sie, Doktor?«

»Von den Medien«, sagte Langdon. »Sie werden annehmen, er sei deshalb verlegt worden.«

»Das *ist* der Grund, weshalb ich ihn verlege«, sagte Sharyn kühl und grausam und unbarmherzig. »Ich rufe jetzt das Hoch an«, sagte sie, machte auf dem Absatz kehrt, ging zur Schwesternstation und deutete mit einem Fingerschnippen auf ein Telefon. Die Schwester hinter dem Tresen reichte es ihr sofort. Langdon drückte sich noch immer im Hintergrund herum und wirkte wütend und geschlagen und traurig und irgendwie bemitleidenswert. Während sie wählte, sagte Sharyn zu der Krankenschwester: »Lassen Sie einen Krankenwagen vor dem Hinterausgang vorfahren und den Detective auf einer Trage hinunterbringen. Ich verlege ihn.« Ins Telefon sagte sie: »Dr. Gerardi, bitte.« Sie wartete. »Jim«, fuhr sie nach ein paar Sekunden fort, »hier ist Sharyn Cooke. Ich habe einen Polizisten mit einem Oberschenkelsteckschuß, der gleich vom St. Mary's rübergebracht wird.« Sie lauschte und antwortete: »Tangential«, lauschte wieder, sagte: »Nicht verletzt. Die Kugel steckt noch drin, Jim, Sie können schon einen OP und ein Chirurgenteam vorbereiten. Wir sind in fünf Minuten da. Bis gleich«, sagte sie, legte auf und sah die Krankenschwester an, die reglos hinter dem Tresen stand. »Gibt es ein Problem, Schwester?« fragte sie.

»Es ist nur ...«, sagte die Schwester und blickte hilflos zu Dr. Langdon. »Dr. Langdon«, sagte sie, »darf ich einen Krankenwagen bestellen?«

Langdon schwieg ein paar Sekunden lang.

Dann sagte er: »Sorgen Sie dafür.« Er ging wortlos davon, eilte durch den langen, auf Hochglanz gebohnerten Flur, ohne sich umzudrehen, bog um eine Ecke und war verschwunden.

Sharyn ging zu Willis, der in der Notaufnahme hinter einem Vorhang auf einer Trage lag. Er hatte einen Sauerstoffschlauch in der Nase und hing an einem intravenösen Tropf.

»Ich bringe Sie von hier weg«, sagte sie zu ihm.

Er nickte.

»In fünf Minuten sind Sie woanders.«

Er nickte wieder.

»Ich bleibe bei Ihnen. Brauchen Sie irgend etwas?«

Er schüttelte den Kopf.

Dann, völlig unerwartet, sagte er: »Es war nicht Berts Schuld.«

Paragraph 125 Absatz 27 des Strafgesetzes besagte, daß jemand des Mordes schuldig war, wenn er den Tod eines Polizeibeamten, der sich in Ausübung seiner Pflicht befand, mutwillig herbeiführte. Maxie Blaine hatte niemanden getötet, aber er hatte auf einen Raum voller Cops gefeuert, die im Besitz eines Haftbefehls gewesen waren. Dies bedeutete, daß sie ihm gleich fünfmal versuchten Mord ersten Grades vorwarfen, ein Kapitalverbrechen, das für jeden Einzelfall mit fünfzehn Jahren bis lebenslänglich bestraft werden konnte. In dieser Stadt schoß man nicht auf einen Polizisten und kam ungeschoren davon. Kein Bezirksstaatsanwalt mit einem winzigen Rest an Selbstachtung ließ sich auf einen Handel ein, wenn er vier andere Polizeibeamte hatte, die aussagen würden, daß der gute alte Maxie Blaine mehrmals mit der Waffe geschossen hatte, die einen Polizeikollegen niedergestreckt hatte. Falls sie auch noch zivile Unterstützung brauchten, würden sie die gewiß von dem achtzehnjährigen Mädchen erhalten, das schreiend in Maxies Bett gelegen hatte und dessen Anwalt ihr geraten hatte, eisern zu schweigen, bis zu erkennen war, aus welcher Richtung in dieser Sache der Wind wehte.

Der Anwalt des Mädchens – dessen Namen Rudy Ehrlich lautete – hatte keine Ahnung, daß der Wind in Richtung tödliche Injektion wehrte, in diesem Staat die Strafe für vorsätzlichen Mord. Bislang wußte Ehrlich nur, daß der »Freund« seiner Klientin einen Polizeidetective verwundet hatte und sie eine mutmaßliche Zeugin der Schießerei war. In solchen Fällen lautete Ehrlichs Motto: »Reden ist Silber, Schweigen ist Gold.« Genaugenommen war dies Ehrlichs Motto in jedem Strafrechtsfall. Er bekam viel Geld für diesen Ratschlag, der zum Allgemeinwissen eines jeden Schulkindes gehörte, das jemals auf Schußwaffen durchsucht worden war.

Maxie Blaine wußte instinktiv und durch bittere Erfahrung während seines meteorhaften Aufstiegs innerhalb des Strafrechtssystems von Georgia, daß »Schweigen ist Gold« ein geradezu unbezahlbarer Rat war, wenn man es mit Gesetzeshütern zu tun hatte. Er wußte ebenfalls, daß er soeben einen Cop angeschossen hatte, und er wußte auch tief in seinem Herzen, daß er vor ungefähr einem Monat einen Mann getötet hatte, den die Medien später als Informanten der Polizei identifiziert hatten, tschüs, Rattie. Er vermutete, daß die Cops nur deshalb um zwei Uhr nachts an seine Tür geklopft hatten, weil sie unbedingt wissen wollten, ob er wirklich diesen miesen Bastard abserviert hatte. Was er auf keinen Fall zugeben wollte.

In einer Situation wie dieser, wo sie ihn dabei erwischt hatten, wie er in einem Anflug von Panik auf einen Cop geschossen hatte, während die verdammte Kleine schrie wie eine Wahnsinnige, rechnete Blaine sich aus, daß vielleicht ein Handel abgeschlossen werden konnte, wenn er seine Karten richtig ausspielte. Während er einerseits nach einem Anwalt verlangte – kein erfahrener Gauner fragte *nicht* nach einem Anwalt, wenn er sich in Haft befand –, hatte er dennoch die Absicht, ihre Fragen zu beantworten, bis er erkannte, worauf sie hinauswollten. Sobald er ahnte, was sie wirklich in der Hand hatten – er sah keine Möglichkeit, wie sie ihn mit der Schießerei in der Pizzeria in Verbindung bringen konnten –, könnte er sich vielleicht aus der Sache rauswinden, vielleicht den Bezirksstaatsanwalt überreden, alles zu regeln, was er sich hatte zuschulden kommen lassen, inklusive der Sache bei Guido's, und zu einer Abmachung gelangen, die ihm eine Entlassung auf Bewährung in zwanzig, vielleicht sogar fünfzehn Jahren ermöglichte. Mit anderen Worten, er dachte so, wie viele Kriminelle dachten. Er glaubte, zwei erfahrene Detectives, einen Lieutenant, der schon alles in dieser Richtung erlebt hatte, und seinen eigenen Anwalt, einen Mann namens Pierce Reynolds aus Tennessee, der natürlich auf Schweigen drängte, austricksen zu können.

Das Verhör begann um sechs Uhr früh an diesem Morgen des 2. Dezember im Büro des Lieutenants. Blaines Anwalt hatte sich eingefunden und mit ihm beraten, und Blaine waren seine Rechte vorgelesen worden, und man hatte sich vergewissert, daß er sie auch verstanden hatte. Um sich für einen eventuellen Streit zwischen Anwalt und Klient abzusichern, ließ Reynolds ins Protokoll aufnehmen, daß er Blaine geraten hatte zu schweigen, und Blaine bestätigte, daß ihm dies empfohlen worden war. Nachdem diese Präliminarien erledigt waren, begann das eigentliche Verhör um Viertel nach sechs, indem Detective-Lieutenant Peter Byrnes sich von Maxie Corey Blaine seinen vollen Namen, Adresse und Arbeitsplatz nennen ließ. Letzteres war eine Poolhalle in Hightown, jedenfalls behauptete er das, aber schließlich sagte er nicht unter Eid aus.

Falls Blaine tatsächlich Schädel für jemanden einschlug, der mit dem kolumbianischen Drogenkartell in Verbindung stand, wie Betty Young sie informiert hatte, konnte er den Cops wohl kaum auf die Nase binden, daß dies sein Beruf war. Nicht, wenn er hoffte, sie überlisten und ihnen später einen Deal anbieten zu können. Noch war kein offizieller Stenograph anwesend, und auch aus dem Büro des Bezirksstaatsanwalts war noch niemand zugegen. Blaine schloß daraus, daß die Karten für ihn äußerst günstig gemischt waren. Die Cops glaubten, sie könnten ihm den Schuß auf Willis anhängen, wann immer sie dazu Lust hatten. Jemanden aus dem Büro des Bezirksstaatsanwalts herzuholen bedurfte lediglich eines kurzen Telefongesprächs. Aber sie machten Jagd auf einen dickeren Fisch. Sie wollten auf vorsätzlichen Mord hinaus.

Byrnes begann mit einem Laserschuß mitten in die Stirn.

»Kennen Sie jemanden namens Enrique Ramirez?«

Blaine blinzelte.

»Nein«, sagte er. »Ganz sicher nicht.«

»Ich dachte, Sie hätten mal für ihn gearbeitet«, sagte Byrnes.

»Ist das eine Frage?« meldete sich Reynolds.

»Herr Anwalt«, sagte Byrnes, »können wir uns auf ein paar grundlegende Regeln einigen?«

»Welche grundlegenden Regeln haben Sie im Sinn, Lieutenant? Ich dachte, ich kenne alle Regeln, seien sie grundlegend oder nicht, aber vielleicht irre ich mich ja auch.«

»Mr. Reynolds«, sagte Byrnes, »wir brauchen hier keine Gerichtssaaltheatralik, klar? Hier ist kein Richter, der über Einsprüche entscheidet, keine Jury, der man was vorspielen muß, Ihr Klient steht noch nicht mal unter Eid. Warum lassen wir es also nicht ganz ruhig und lässig angehen, wie es so schön in einem Song heißt.«

»Ist in dem Song auch von einem Polizisten die Rede,

auf den geschossen wurde?« fragte Reynolds. »Deshalb ist mein Klient doch in Haft, oder?«

»Nun, Herr Anwalt«, sagte Byrnes, »wenn Sie ihn meine Fragen beantworten lassen, finden wir vielleicht am Ende heraus, weshalb wir hier sind, okay? Es sei denn, Sie wollen die ganze Sache abbrechen, was natürlich das Recht Ihres Klienten ist, wie Sie wissen.«

»Verdammt noch mal, lassen Sie ihn seine Scheißfragen stellen«, sagte Blaine. »Ich habe nichts zu verbergen.«

Berühmte letzte Worte, dachte Byrnes.

Reynolds dachte das gleiche.

Ebenso Kling.

Brown überlegte, ob dieser Hurensohn es mit brutalen Polizeimethoden versuchen würde, weil er ihm in seiner Wohnung einen Kinnhaken verpaßt hatte.

Blaine dachte plötzlich, daß er sehr vorsichtig sein mußte, denn irgendwie hatten sie von seiner Beziehung zu Enrique Ramirez erfahren, und das war eine Spur, die auf direktem Weg zu Guido's Pizzeria und zu einer Menge verspritzter Tomatensauce führte.

Byrnes dachte, daß sie äußerst behutsam vorgehen müßten, denn sie hatten Betty Young Schutz versprochen. Sie hatten sie gebeten, ihnen zu vertrauen, und er konnte jetzt kaum ihren Namen nennen oder schildern, wie er in Besitz dieser Information gelangt war, die sie ihnen gegeben hatte.

»Diese Poolhalle, in der Sie arbeiten«, fuhr er fort. »Wem gehört die?«

»Ich habe keine Ahnung.«

»Sie wissen nicht, wer der Boß ist?«

»Nee. Der Manager gibt mir jede Woche meinen Scheck.«

»Wie heißt der Manager?«

»Joey.«

»Joey ... und wie weiter?«

»Keinen blassen Schimmer.«

»Wie haben Sie diesen Job gefunden?«

»Ein Freund hat mir davon erzählt.«

»Wie lautet der Name Ihres Freundes?«

»Alvin Woods. Er ist nach Georgia zurückgekehrt.«

Sucht ihn doch, dachte er.

Den gibt es nicht, dachte Byrnes.

»Kennen Sie jemanden namens Ozzie Rivera?«

»Ncin.«

»Oswaldo Rivera?«

»Noch nie von ihm gehört.«

»Wie steht es mit Joaquim Valdez?«

»Fehlanzeige.«

»Könnte das nicht dieser Joey sein, der Ihnen jede Woche Ihren Scheck aushändigt?«

»Ich kenne Joeys Nachnamen nicht.«

»Rivera wurden im vergangenen April beide Beine gebrochen. Haben Sie im vergangenen April schon in der Stadt gewohnt?«

»Ganz bestimmt. Aber ich weiß nichts von diesem Ozzie Rivera oder seinen gebrochenen Beinen. Das ist wirklich eine Schande.«

Ich würde ihm am liebsten noch einen Kinnhaken verpassen, dachte Brown.

»Was haben Sie am Morgen des 8. November gemacht?« fragte Byrnes.

Jetzt geht's los, dachte Blaine.

»Am 8. November, da muß ich mal überlegen«, sagte er.

»Lassen Sie sich alle Zeit der Welt«, sagte Byrnes.

»War das vielleicht ein Samstagmorgen? Denn am Samstag habe ich immer frei. Da schlafe ich lange.«

»Nein, es war ein Montagmorgen.«

»Dann war ich wohl in der Poolhalle.«

»Und was haben Sie dort getan? Was ist Ihr Job in der Poolhalle, Maxie?«

»Ich bin Tischwart.«

»Was ist das, ein Tischwart?«

»Ich sorge dafür, daß alles in Gang bleibt.«

»In Gang, hm-m. Was heißt das?«

»Ich sorge dafür, daß die Tische ständig besetzt sind. Daß niemand auf einen freien Tisch warten muß und es nicht vorkommt, daß ein Tisch leer steht. Es ist ein interessanter Job.«

»Das kann ich mir vorstellen. Haben Sie schon mal was von einem Danny Nelson gehört?«

»Tut mir leid, nein.«

»Danny Gimp ist ein anderer Name, unter dem er bekannt war.«

»Nein, den habe ich auch noch nie gehört.«

»Würde es Sie überraschen, wenn ich Ihnen erzählen würde, daß er Ihren Boß bei einem kleinen Drogendeal übers Ohr gehauen hat?«

»Meinen Boß? Wer soll denn mein Boß sein?«

»Enrique Ramirez. Dem die Poolhalle gehört, in der Sie arbeiten.«

»Ich kenne niemanden namens Enrique Ramirez, das sagte ich Ihnen doch schon. Und auch keinen Danny Gump.«

»Gimp.«

»Ich dachte, Sie hätten Gump gesagt.«

»Gimp. Damit wird jemand bezeichnet, der humpelt.«

»Hat das alles irgend etwas mit einem Drogenvergehen zu tun?« fragte Reynolds.

»Zwei Kilo Kokain«, sagte Byrnes und nickte. »Wert zweiundvierzigtausend.«

»Wissen Sie«, sagte Reynolds, »ich denke, Sie sollten meinen Klienten eines bestimmten Verbrechens bezichtigen oder ...«

»Ramirez hat einen Mann namens Danny Nelson dafür bezahlt, zwei Kilo Kokain nach Majesta zu liefern«, erklärte Byrnes freundlich. »Danny ist dort niemals angekommen, und das Kokain auch nicht. Und so etwas erlaubt man sich nicht gegenüber Enrique Ramirez.«

»Ich habe von alledem noch nie etwas gehört«, sagte Blaine. »Vor allem kenne ich diesen Enrique Ramirez nicht, der, wenn ich Sie richtig verstanden habe, irgendwas mit Drogenhandel zu tun hat.«

»El Jefe?« fragte Byrnes. »Schon mal diese Bezeichnung gehört?«

»Nein. Ist das Spanisch?«

»Wir denken, daß El Jefe Sie angeheuert hat, um Danny Nelson zu töten«, sagte Byrnes.

»Autsch, jetzt reicht's, Lieutenant«, sagte Reynolds.

»Nein, es ist schon okay«, meinte Blaine grinsend. »Ich kenne keinen der Leute, von denen er redet, daher beruhigen Sie sich, es ist schon okay. Ich habe nichts zu befürchten. Alles ist völlig in Ordnung, klar? Wie Sie selbst sagten, Lieutenant.«

Am liebsten würde ich ihm eins auf sein verdammtes Auge geben, dachte Brown.

»Am Morgen des 8. November«, sagte Byrnes, »haben Sie da einem Bekannten gesagt, Sie wollten Pizza essen gehen?«

Kling sah ihn an. Brown ebenfalls. Der Lieutenant hatte dicht davor gestanden, Betty Youngs Identität zu enthüllen. Falls Blaine heute ungeschoren aus dieser Sache rauskam ...

»Nein«, sagte Blaine. »Was für ein Bekannter?«

»Ein Bekannter, dem Sie erzählt haben, Sie gingen Pizza essen, am Morgen, als Danny Gimp ...«

»Lieutenant ...«

»Haben Sie einem Bekannten gesagt, Sie gingen Pizza essen?«

»Sie meinen Betty Young, nicht wahr?« fragte Blaine.

O Gott, dachte Kling. Der Lieutenant hatte sie soeben ans Messer geliefert.

»Es tut nichts zur Sache, wer es ist. Haben Sie ...?«

»Es ist diese verdammte Schlampe Betty, nicht wahr? Wer sollte es sonst sein? Was hat sie Ihnen sonst noch erzählt?«

»Ich würde vorschlagen ...«

»Wenn es Ihnen nichts ausmacht, Herr Anwalt ...«

»Mr. Blaine ...«

»Was meinten Sie damit, als Sie sagten, Sie wollten Pizza essen gehen?« fragte Byrnes.

»Ich meinte, daß ich eine Pizza essen wollte, was ist nicht in Ordnung daran, verdammt noch mal? Oh, ich verstehe. Sie hat mich auf dem Band entdeckt, richtig? Sie will die Be...«

»Auf welchem Band?« fragte Byrnes sofort.

Blaine verstummte plötzlich.

»Sind wir jetzt fertig?« fragte Reynolds.

»Es sei denn, Mr. Blaine möchte uns noch etwas erzählen«, sagte Byrnes.

»Wir sind fertig«, sagte Blaine.

»Sie haben ihn gehört. In diesem Fall ...«

»In welchem?« fragte Blaine.

»Kommen Sie«, sagte Reynolds. »Gehen wir.«

»Nein, wie was?« beharrte Blaine. »Was sollte ich Ihnen noch erzählen wollen?«

»Das liegt an Ihnen«, sagte Byrnes. »Denken Sie darüber nach. Unterdessen halten wir Sie hier für ein paar Stunden fest, während wir ein paar Zeugen aus der Pizzeria anrufen. Wir bereiten eine kleine Gegenüberstellung vor, mal sehen, ob sie Sie in natura besser erkennen als auf dem Band, das Sie gerade erwähnten. Das Gesetz gestattet uns ...«

»Das war es, habe ich recht? Sie hat mich auf dem Band gesehen, diese verdammte Schlampe.«

Kling starrte den Lieutenant an.

Sie hatten Betty Young beteuert, sie könnte ihnen vertrauen.

Aber der Lieutenant hatte sie hängen lassen.

»Sie wollen sicher wissen, wer mit mir dort war«, sagte Blaine. »Stimmt's, oder habe ich recht?«

Es war offensichtlich ansteckend.

Der Schwarze, der bei der Schießerei in der Pizzeria Blaines Komplize gewesen war, hieß Hector Milagros und war Kolumbianer. Sie verhafteten ihn um neun an diesem Morgen in einem Imbißrestaurant, in dem er allein in einer Nische saß und frühstückte. Milagros wußte, daß es keinen Sinn hatte, sich mit Gewalt aus einer Situation zu befreien, in der er mit dem Rücken zu einer Fensterscheibe saß und in drei Neun-Millimeter-Mündungen blickte, während er nur mit einer einzigen Achtunddreißiger aufwarten konnte. Er fragte sie, ob er sein Ei noch aufessen könne, ehe es ganz kalt wurde. Sie erwiderten, sie würden ihm im Revier eine frische Portion Eier bestellen. Beiläufig fragte er: »Um was geht es denn eigentlich, *muchachos*?«

»Wir haben uns mit einem alten Freund von Ihnen unterhalten«, sagte Kling.

»Maxie Blaine«, sagte Carella. »Erinnern Sie sich an ihn?«

»*Mierda!*« schimpfte Milagros und stach seine Gabel in ein Eigelb. Es verteilte sich auf dem Teller.

Als die Morgennachrichten am nächsten Tag über die Bildschirme liefen, waren Milagros und Blaine von einer Grand Jury wegen Mordes an Danny Nelson öffentlich angeklagt worden. Da sie erwartete, daß sie nicht auf Kaution freigelassen wurden, zeigte Betty Young wenig Angst, sich als diejenige zu offenbaren, die für ihre Verhaftung verantwortlich war. Immer auf der Suche nach guten Werbemöglichkeiten, arrangierte Restaurant Affiliates die Übergabe des Fünfzigtausend-Dollar-Schecks (auf ein extremes Maß vergrößert, so daß er weithin deutlich zu erkennen war) während der Abendnachrichten um halb sieben. Es schadete nicht, daß Betty Young eine attraktive Frau mit einem bezaubernden Lächeln und einer makellosen Figur war. Freundlich in die Kamera lächelnd, bedankte sie sich bei RA, Inc. für den Scheck, den sie dafür verwenden wolle, die Pflege ihrer Mutter in Florida finanziell abzusichern und sich selbst einen neuen Chevrolet Geo zu kaufen. Dann äußerte sie den innigen Wunsch, daß diese beiden brutalen Mörder die Höchststrafe erhielten – anderenfalls würde sie für den Rest ihres Lebens Angst haben, wer hinter ihr herschlich. Das sagte sie jedoch nicht dem Fernsehpublikum. Literaturagenten in der Stadt überlegten, ob aus dieser Sache ein Buch oder vielleicht sogar ein Film herauszuholen war. Schulkinder in den gesamten Vereinigten Staaten vergossen Tränen des Mitleids in ihr Bier und gingen zu Guido's auf eine *nettere* Pizza und hofften dabei, in eine weitere Schießerei zu geraten und vielleicht ebenfalls fünfzig Riesen als Belohnung abstauben zu können. Während Kling mit Sharyn Cooke im Bett lag, chinesisches Essen verdrückte und sich die Fernsehnachrichten ansah, fragte er sich laut, ob Lieutenant Byrnes wohl alles richtig gemacht hatte.

»Denn, weißt du, Shar«, sagte er, »Pete hatte keine Ahnung, daß Blaine plötzlich den Mund aufmachen würde. Nicht die geringste. Er hat sie den Löwen vorgeworfen, einfach so. Nachdem sie uns ihr Vertrauen geschenkt hat.«

»Als sie den Scheck annahm, sah sie ganz und gar nicht schüchtern und ängstlich aus«, sagte Sharyn.

Er beobachtete, wie sie mit den Stäbchen hantierte. Sie

ging damit um wie ein Profi, pickte das Essen von ihrem Teller, als wäre sie in Peking aufgewachsen. Er war von dem Anblick total gebannt.

»Was ist?« fragte sie.

»Ich mag, was du da tust.«

»Ja?«

»Ja.«

»Du kannst das aber auch ganz gut, Big Boy«, sagte sie. »Mir fällt immer der Reis runter.«

»Paß nur auf, daß nicht alles im Bett landet.«

»Sie hat wirklich eine behinderte Mutter in Florida, weißt du?«

»Deshalb braucht sie den Geo«, sagte Sharyn. »Damit sie hinfahren und die alte Dame besuchen kann.«

»Und unterwegs anhalten und eine Pizza essen kann«, sagte Kling.

»Mit fünfzigtausend Mäusen kriegst du eine Menge Pizzas«, sagte Sharyn, spießte einen Pilz auf und schob ihn sich in den Mund. »Ich habe in meinem ganzen Leben noch nie etwas gewonnen, du etwa?« sagte sie. »In meiner Jugend hat meine Mutter ständig Bingo gespielt. Das Höchste, was sie gewonnen hat, waren mal fünf oder zehn Dollar. Ich habe nichts gewonnen.«

»Ich einmal ein Fahrrad.«

»Wann?«

»Als ich zwölf war. Auf einer Kirmes.«

»Ohne Scherz?«

»Ja. An einem dieser Rouletteräder. Ich weiß immer noch die Zahl.«

»Und welche war es?«

»Siebzehn. Schwarz mit weißen Streifen.«

»Die Zahl?«

»Das Fahrrad.«

»Genauso wie wir«, sagte Sharyn.

»Aber weißt du«, sagte er, »sie hat nie etwas gewonnen. Dies war eine Belohnung.«

»Richtig, dafür, daß sie ihn verpfiffen hat«, sagte Sharyn.

»Wir versuchen, diese Denkweise zu vermeiden«, sagte Kling.

»Welche?« fragte Sharyn. »Und wer ist *wir*?«

»Die Polizei. Die Denkweise, das Wahrnehmen einer öffentlichen Pflicht mit dem Verpfeifen von irgend jemand gleichzusetzen.«

»Donnerwetter, das versucht ihr?« sagte sie. Und deponierte Teller und Stäbchen auf dem Nachttisch neben ihrem Bett. Dann leerte sie ihre Tasse Tee, rutschte zu ihm hinüber und küßte ihn auf den Mund.

Sie schmeckte nach jeder schwarzen Frau, die er je gekannt hatte.

Tatsächlich war sie die einzige Schwarze, die er je gekannt hatte, die einzige Frau, gleich welcher Farbe, die er in der nahen oder fernen Zukunft kennen wollte. Er betrachtete es als einen Glücksfall, daß sie über ihn das gleiche dachte, daß aus irgendeinem Grund in diesem verwickelten Universum zwei Menschen aus grundverschiedenen Stämmen sich gefunden und beschlossen hatten, es miteinander zu versuchen. Er hielt es für ein Wunder, und sie auch, daß sie es offenbar trotz vielfältiger Handicaps zu schaffen schienen. Man stelle sich das vor. Ein kleines Negermädchen aus Diamondback wird stellvertretende Polizeichefin, und ein weißer Junge auf einem Fahrrad wird Polizeidetective, und in dieser hektischen Stadt finden sie einander. Und verlieben sich ineinander. Das sollte man mal den Hutus und Tutsis, den Albanern und den Serben, den Arabern und den Juden erzählen.

Sie beide wußten, daß die Gott-, Vaterland- und Brüderlichkeitsgeschichte, die man ihnen unabhängig voneinander in der Schule eingetrichtert hatte, heute nicht mehr in diesem Maße zutraf. Sie waren eine schwarze Frau und ein weißer Mann, die in der realen Welt zusammenlebten. Was sie hatten, war kein idealistisches demokratisches Gefühl, das auf Gleichheit basierte. Sie wußten, daß vieles von dem, was sie füreinander empfanden, mit identischen Vorlieben und Abneigungen zu tun hatte, ja, aber das war nicht alles. Sie hatten einen gleichgelagerten Sinn für Humor, und sie hatten die gleiche Arbeit, mehr oder weniger, und sie hatten den gleichen Geschmack in Bezug auf Bücher und Theater, und sie beide liebten Basketball und wählten gleich und sehnten sich nach einem Haus und drei Kindern, falls die Zukunft das für sie bereithielt – aber das war Amerika, und daher hatten sie ihre Bedenken und Sorgen hinsichtlich der Zukunft und hüteten sich, ihre Wünsche übermächtig werden zu lassen. In der Dunkelheit der Nacht, wo es keine Farben und keinen Mangel an Farben gab, könnten sie, falls sie jemals darüber nachdachten, ob ihre Ähnlichkeit dieses starke und ungewöhnliche Band zwischen ihnen geschaffen hatte, unabhängig voneinander zu dem Schluß gelangen, daß es auch ihre Unterschiede gewesen waren.

Sie waren nicht farbenblind.

Jeder Weiße oder Schwarze in Amerika, der einem erklärte, er oder sie wäre farbenblind, log.

Tatsächlich hatte Kling sich von ihr angezogen gefühlt, weil sie schwarz und schön war und weil er neugierig war, und Sharyn hatte sich zu ihm hingezogen gefühlt, weil er so gottverdammt blond und weiß und gutaussehend und reserviert gewesen war. Zwischen ihnen bestanden Unterschiede, die Kontinente und Ozeane überspannten und von Urwaldtrommeln und Segelschiffen und Sklaven in Ketten und weißen Männern erzählten, die sie auf Märkten verkauften, und da war Blut im Schnee und Blut auf den Sternen, und Blut mischte sich mit Blut, bis Blut etwas Bedeutungsloses war. Diese Unterschiede brachten sie noch dichter zusammen. Wenn sie sich umarmten, erlebten sie eine Vertrautheit, eine Intimität, die sie noch nie zuvor kennengelernt hatten, Kling nicht mit einer anderen Frau, Sharyn nicht mit einem anderen Mann.

»Ein schwarzweiß gestreiftes Fahrrad, hm?« sagte sie.

»Schwarz mit weißen Streifen.«

»Du bist sicher, es war nicht weiß mit schwarzen Streifen?«

»Ich bin mir sicher.«

»Du weißt, was Streifen bedeuten?«

»Klar.«

»Und auch, was schwarze Streifen bedeuten?«

»Das weiß ich.«

»Wie kommt es, daß du solche schmutzigen Dinge kennst?«

»Wie kommt es, daß ich dich so sehr liebe?« fragte er.

»Süßholzraspler.«

»Liebst du mich auch?«

»Na klar«, sagte sie.

7

Als sie Zimmer erneut aufsuchten, waren sie darauf vorbereitet, ihm mit einer Ladung vor die Grand Jury zu drohen. Statt dessen schien er bereit zur Kooperation. Es war Freitag morgen, der 3. Dezember. Das letzte Mal hatten sie ihn am Dienstag gesehen. Sie nahmen an, daß er mittlerweile mit seinem Anwalt gesprochen hatte und wußte, wie töricht es wäre, die Ermittlungen in einem Mordfall zu behindern.

Sie saßen in seinem Eckbüro mit Blick auf die Stemmler Avenue und die Stockwell Street. Auf der Stem, sechs Stockwerke unter ihnen, herrschte dichter Verkehr. Selbst bei geschlossenen Fenstern konnten sie das ständige Hupen hören, eine Unart, die in dieser Stadt eigentlich gesetzlich verboten war. Hier, in der Abgeschiedenheit seines Büros, führte sich Zimmer auf, als versuchte er, auch noch die letzte Reihe im zweiten Balkon zu erreichen. Seine dröhnende Stimme übertönte mit Leichtigkeit den Verkehrslärm, der von unten heraufdrang.

»Es tut mir leid, daß ich so kurz angebunden war, als sie neulich hereinschauten«, sagte er. »Aber wir fingen gerade mit den Vorsprechproben an, und ich fürchte, ich war ein wenig gereizt. Mittlerweile hat sich alles beruhigt. Fragen Sie mich, was Sie wollen.«

Er war fast genauso gekleidet wie an jenem letzten Novembertag, diesmal mit einem braunen Anzug, das Hemd elfenbeinfarben, das Jackett wieder auf der Sessellehne, die Krawatte gelockert, die Ärmel hochgekrempelt, die Hosenträger farblich zur Krawatte, diesmal ein rostbraunes Strickmodell, passend. *Ein sehr großer Mann*, hatte Mrs. Kipp gesagt. *Sehr groß.*

»Zuerst einmal«, sagte Carella, »diese Rechte.«

»Die Rechte«, wiederholte Zimmer.

»Erzählen Sie.«

»Eine lange Geschichte.«

»Wir haben Zeit.«

»Ich weiß nicht, ob *ich* so viel Zeit habe«, sagte Zimmer und schaute genauso demonstrativ auf seine Uhr, wie er es am Dienstag getan hatte. Für einen kurzen Moment erwogen die Detectives, trotz allem doch die Möglichkeit einer Vorladung vor die Grand Jury zu erwähnen. Zimmer holte tief Luft.

»Blende auf«, sagte er. »1923. Eine zweiundzwanzig Jahre alte Frau namens Jessica Miles schreibt ein autobiographisches Bühnenstück mit dem Titel *Jennys Zimmer.* Es wird ein großer Erfolg und läuft drei Jahre lang hier auf der Stem. 1928 wird es zu einem Musical umgeschrieben, das aber innerhalb eines Monats nach der Premiere vom Spielplan genommen wird. Ende der Geschichte, okay? Nicht ganz. Meine Partnerin Connie ... die Sie am Dienstag kennengelernt haben. Es ist die, die so viel raucht.«

»Die zu mir gesagt hat, ich wäre alt genug, um ihr Vater zu sein«, meinte Brown.

»Genau die. Sie grub die Noten für das Musical aus – das war, ehe es Schallplatten gab, wissen Sie –, und nun raten Sie mal. Die Musik ist grandios! Das Buch war natürlich schrecklich, aber das kann man ja umschreiben. Also überzeugte sie mich, daß wir das Stück gemeinsam herausbringen sollten.«

»Handelt es sich um das Stück, das Sie im Augenblick produzieren?« fragte Brown.

»Ja«, antwortete Zimmer. »Nun, so sollte ich das nicht sagen. Es ist grundsätzlich dasselbe Stück, sicher. Wir haben das Buch umgeschrieben, und es gibt einige zusätzliche Melodien, aber das sind nur geringfügige Änderungen. Was den Inhalt und die Intention betrifft, ist es dasselbe Stück, ja.«

Brown fragte sich, weshalb er so entschlossen war, erneut einen Flop zu produzieren.

»Und es basierte auf diesem Stück *Jennys Zimmer*, oder?« fragte er.

»Es basiert noch immer darauf«, sagte Zimmer. »Deshalb mußten wir uns an Cynthia Keating wenden.«

Brown schaute zu Carella. Carella erwiderte seinen Blick.

»Um die Rechte des zugrunde liegenden Materials zu erwerben«, sagte Zimmer. »Das Quellen-Material. Und die Rechte daran besitzt Cynthia Keating.«

Erneut schauten die Detectives ziemlich dumm aus der Wäsche.

»Wir hatten bereits die anderen wesentlichen Rechte von den drei Personen erworben, die die Songs des Musicals und das Buch geschrieben hatten, aber wir brauchten noch – nun, Moment, ich muß mich korrigieren. Die ursprünglichen Autoren sind vor langer Zeit verstorben. In den meisten Fällen verhandelten wir mit Enkeln oder sogar Urenkeln, die durch Erbschaft in den Besitz der Rechte gelangt waren. Aber die Quellen-Rechte waren eine ganz andere Angelegenheit. Als das Musical 1928 von der Bühne verschwand, fielen die Rechte an die Person zurück, die das Stück geschrieben hatte – an Jessica Miles. Und ohne diese Quellen-Rechte konnten wir nicht weitermachen.«

»Ist Cynthia Keating eine Enkelin?« fragte Carella. »Ist es das? Oder eine Ur...«

»Nein, Jessica Miles hat nie geheiratet.«

»Wie ist dann Cynthia Keating an die Rechte gelangt?«

»Das ist eine lange Geschichte.«

»Wir haben noch immer eine Menge Zeit.«

Anfangs kennt Andrew Hale die Frau nur von kurzen Begegnungen.

Er trifft sie, wenn er das Gebäude verläßt oder es betritt. Stets tauschen sie ein freundliches guten Morgen oder guten Abend aus, aber das ist es auch schon. Die Frau ist sehr alt, viel älter als Andrew, der – als er sie zum ersten Mal sieht – Anfang fünfzig ist. Er ist zu der Zeit noch verheiratet. Das ist lange vor seinem ersten Herzinfarkt. Und es ist kurz nachdem er seinen Job im Krankenhaus gekündigt hat oder – um genau zu sein – vom Krankenhaus gekündigt wurde, weil sie meinten, er wäre zu alt für die Arbeit als Krankenpfleger, obgleich in seiner Abteilung Schwestern arbeiteten, die ebenso alt waren wie er. Dreiundfünfzig, ist das alt? So viel zum Thema Sexismus. Er vermutet, es liegt daran, daß ein Mann, wenn er ein bestimmtes Alter erreicht, als geiler alter Bock angesehen wird, und sie wollen einfach nicht, daß er in Zimmern ein und aus ging, in denen junge Frauen Krankenhausnachthemden trugen, die hinten völlig offen waren.

Er schätzt, daß die Frau Mitte achtzig ist, ein zerbrechliches kleines Ding, das arthritisch wirkt und auf einem Bein lahmt. Vielleicht leidet sie auch unter Diabetes, wer weiß? Eines Morgens trifft er sie dabei an, wie sie mühsam versucht, eine Einkaufstasche voller Lebensmittel in ihre Wohnung im dritten Stock zu schaffen. Er fragt, ob er ihr dabei behilflich sein kann, und sie sagt: »Oh, ja, vielen Dank, das finde ich wirklich nett von Ihnen.« Sie hat einen britischen Akzent, stellt er fest. Wahrscheinlich kommt sie aus England. Nun, eins führt zum anderen und dies und das, und ehe er sich versieht, sind sie echte Freunde. Er kocht für sie nachmittags Tee und macht kleine Besorgungen. Er hilft ihr, Fotos aufzuhängen, Rolläden anzumontieren, die Wohnung zu reinigen, solche und andere Dinge. Er fühlt sich wieder jung, indem er für sie sorgt. Er fühlt sich willkommen, man braucht ihn. Er hat eine Aufgabe, diese alte, zerbrechliche Frau zu pflegen.

Eines Tages erzählt sie ihm, daß sie früher eine berühmte Bühnenautorin war, ob er das gewußt habe? Er sagt, hör auf, erzähl nicht so einen Blödsinn. Sie sagt, nein, es stimmt. Als ich zweiundzwanzig Jahre alt war, habe ich ein Stück mit dem Titel *Jennys Zimmer* geschrieben. Es war ein großer Erfolg, und ich will auf der Stelle tot umfallen, wenn ich nicht die Wahrheit sage. Er wieder: Du willst mich veräppeln, hör auf damit. Sie entgegnet, glaubst du wirklich? Dann sieh doch mal in der Bibliothek nach. Jessica Miles, ich stehe im *Who's Who in Amerika.*

Fast hat er Angst, nachzuschauen, denn angenommen, ihr Name steht nicht in dem Buch? Angenommen, das alles sind nichts als Phantastereien? Dann wäre sie nicht mehr als eine verrückte alte Dame, die Märchen erfindet, oder? Er weiß nicht, ob er damit leben kann. Aber Donnerwetter, tatsächlich, seine Freundin oben im dritten Stock ist prominent! Sie hat nicht nur das Stück geschrieben, das sie erwähnt hat. Es wurde auch fünf Jahre später zu einem Musical verarbeitet, was hält man davon? Die Hauptrolle in dem Stück spielte eine gewisse Jenny Corbin, die damals ein großer Star war. Als er sie das nächste Mal trifft, sagt er, nee, nee, nee, und lacht sie an, und sie fragt, habe ich gelogen?, und er sagt, ich würde das Stück gern einmal lesen, es wäre mir eine Ehre.

Sie erzählt ihm, daß es ursprünglich *Jessies Zimmer* hieß, nicht *Jennys Zimmer*, denn es war rein autobiographisch und schilderte, wie sie aus England in diese Stadt kam und die ersten Jahre bei Beneficial Loan gearbeitet hat, und ihre Erfahrungen mit verschiedenen Liebhabern und all ihre katastrophalen Affären, die darin resultierten, daß sie schwor, nie zu heiraten. All das kam in dem Stück vor. Aber als Jenny Corbin, die damals ein großer Star war, sich bereit erklärte, die Rolle zu übernehmen, bestand sie darauf, den Titel in *Jennys Zimmer* zu ändern, damit es *ihr* Stück ist, verstehst du ...

»Das ist ja schrecklich«, sagte Andrew.

»Nun ja, eigentlich nicht so sehr«, sagte Jessica. »Weil sie es dadurch zu einem Riesenerfolg gemacht hat. Ich meine, niemand wäre ins Theater gegangen, um etwas über mich zu erfahren, aber jeder glaubte, das Stück handelte von ihr, von Jenny Corbin, dem Star, daher rannte alles ins Theater, und ich verdiente eine Menge Geld. Ach, und sie war so schön.«

Sie hat nicht die gleichen Worte für die Produzenten des Musicals fünf Jahre später. Sie erzählt Andrew, daß sie ein einfühlsames Stück nahmen – nun, ein Stück über Jessica selbst – und es in etwas Rohes und Schrilles verwandelten, mit einem Libretto von jemandem, der in Liverpool geboren war und davor eine Komödie über, man stelle sich vor, Fußball geschrieben hatte. Und die Texte und die Musik waren nicht viel besser. Alles hatte einen aufdringlichen Rhythmus mit den primitivsten Reimen und plattesten Anzüglichkeiten. Zum Beispiel nahmen sie eine der eindringlichsten Szenen des Bühnenstücks – in der Jenny auftritt wie ein Engel – und verwandelten sie in eine Tanznummer.

»Die Szene, in der sie mit der einzigen wahren Liebe ihres Lebens bricht, obgleich sie es zu diesem Zeitpunkt noch nicht erkennt? Das ist wirklich eine anrührende Szene. Das Publikum hat jeden Abend geweint, wenn Jenny sie gespielt hat. Aber in dem Musical traten farbige Jungen und Mädchen auf und tanzten auf die aufreizendste Art und Weise. Es war einfach schrecklich. Wenn ich gewußt hätte, was sie aus meinem kleinen Stück machen würden, hätte ich niemals meine Erlaubnis zu einer Aufführung gegeben.«

»Ich würde es wirklich gern einmal lesen«, sagt Andrew, und Jessica geht kurz ins Nebenzimmer und kehrt wenig später mit der in Leder gebundenen Ausgabe zurück, die der Produzent ihr am Premierenabend überreicht hatte.

In dieser Nacht weint Andrew, als er die Szene in dem Stück liest, in der Jessica mit der einzig wahren Liebe ihres Lebens Schluß macht, ohne zu begreifen, was sie tut, während das Publikum es erkennt. Seine Frau meint bloß, er solle bitte still sein, sie wolle schlafen.

Nicht lange danach wird Jessica schwer krank.

Er versorgt sie zu Hause, bis klar wird, daß sie in ein Krankenhaus gebracht werden muß. Und dann besucht er sie jeden Tag, sitzt oft von morgens bis abends an ihrem Bett und manchmal auch nachts. Nach wenigen Wochen stirbt sie.

In ihrem Testament hinterläßt sie ihm die in Leder gebundene Ausgabe ihres wertvollen Stücks und etwas noch Wertvolleres, nämlich das Copyright daran.

»Woher wissen Sie das alles?« fragte Carella.

»Hale hat es mir erzählt. An die hundert Mal«, sagte Zimmer. »Natürlich hat niemand zu diesem Zeitpunkt jemals erwartet, daß das Musical vielleicht noch einmal aufgeführt werden würde. Jessica starb vor vierzehn oder fünfzehn Jahren. Allem Anschein nach hatte dieses Stück, das sie ihm hinterlassen hatte, nur einen sentimentalen, ideellen Wert.«

»Bis Ihre Partnerin das Musical wiederentdeckte.«

»Ja. Wir machten uns auf die Suche nach den Copyrights und stellten fest, daß alle Erneuerungen vorgenommen worden waren, stöberten die augenblicklichen Eigentümer auf und begannen, die Rechte zu kaufen. Sie können sich bestimmt vorstellen, wie aufgeregt und erfreut diese Leute waren! Der Enkel des Librettoautors arbeitet in der Poststelle eines Londoner Verlags. Die Enkelin des Songtexters verkauft in L. A. Immobilien. Und der Urenkel des

Komponisten ist Taxifahrer in Tel Aviv! Dieses Revival ist für sie alle ein Gottesgeschenk, eine Gelegenheit, eine Menge Geld zu verdienen. Wenn das Stück ein Erfolg wird, natürlich. Was es, wie ich glaube, werden wird«, sagte er und klopfte mit den Fingerknöcheln auf die Tischplatte.

»Wann haben Sie erfahren, daß Hale die Quellen-Rechte geerbt hatte?«

»Als unsere Anwälte die Rechteinhaber suchten. Wir hatten nicht mit irgendwelchen Problemen gerechnet, warum auch? Wir hatten bereits in der sicheren Annahme mit der Produktion begonnen, daß der Erwerb der Rechte nur eine Formsache sei. Ein neuer Autor schrieb bereits am Buch, wir hatten neue Songs in Auftrag gegeben und einen Regisseur und eine Choreographin engagiert, alles lief bestens. Aber Hale zu finden ... das war eine ganz andere Angelegenheit. Wie sich dann herausstellte, hielt er sich praktisch vor unserer Nase in der Stadt auf, aber er war in den vergangenen Jahren ziemlich oft umgezogen. Offenbar ist er aus einem Pflegerjob in irgendeinem Krankenhaus in Riverhead rausgeflogen, weil er ein Mädchen in ihrem Krankenzimmer belästigt hat, jedenfalls hat sie das so erzählt, aber wer wußte das schon? Oder interessierte sich dafür? Wir wollten nur die Rechte an dem rührseligen kleinen Stück, das Jessica Miles geschrieben und ihm reichlich unbesonnen vererbt hatte.«

»Wollen Sie damit sagen, daß es kein gutes Stück ist?«

»Es ist schrecklich. Das einzige, was seinen Erfolg ausgemacht hat, war die Tatsache, daß Jenny Corbin die Titelrolle gespielt hat. Sie war zur damaligen Zeit die Geliebte des Bürgermeisters und eine ziemlich bekannte Persönlichkeit. Eine überwältigende Frau, wie ich mir habe erzählen lassen.« Er zeichnete mit beiden Händen die üppigen Formen ihrer Brüste nach und nickte bestätigend. »Aber wir brauchten das verdammte Ding«, sagte er. »Ohne dieses Stück konnten wir nicht weitermachen.« Er seufzte tief auf, öffnete eine Zigarrenkiste auf dem Schreibtisch und angelte eine Zigarre heraus. »Möchten Sie rauchen?« fragte er. »Es sind echte Havannas.«

»Vielen Dank, nein«, lehnte Carella ab.

Brown schüttelte den Kopf.

Zimmer wickelte die Zigarre aus, biß die Spitze ab und zündete ein Streichholz an. Er blies dicke Rauchwolken in die Luft, wedelte sie mit einer Hand weg und lehnte sich dann mit zufriedener Miene in seinem Sessel zurück. Ohne zu fragen, stand Carella auf, um das Fenster zu öffnen. Verkehrslärm strömte in das Zimmer.

»Nun, ich habe den alten Mann besucht«, sagte Zimmer. »Ohne auch nur mit dem geringsten Problem zu rechnen. Weshalb sollte es auch Probleme geben? Wer möchte denn nicht ein Vermögen verdienen? Ich erzählte ihm, daß wir das Musical, das auf Jessica Miles' Stück basierte, neu herausbringen wollten und bereit wären, ihm die Rechte daran abzukaufen. Er lehnte kategorisch ab.«

»Warum?« fragte Brown.

»Weil er ein Idiot war«, sagte Zimmer. »Ich versuchte ihm klar zu machen, daß er eine Menge Geld verdienen könnte, wenn das Musical ein Erfolg würde. Nein. Ich versuchte ihm bewußt zu machen, daß das Musical überall in den USA, ja, auf der ganzen *Welt* aufgeführt würde! Nein. Zuerst glaubte ich, er wollte eine höhere Vorschußzahlung herausschinden, höhere Tantiemen. Aber das war es nicht.«

»Was war es denn?« fragte Carella.

»Er beschützte Jessicas beschissenes kleines Stück! Ist so etwas zu glauben? Er sagte, sie wäre mit dem Musical unglücklich gewesen ... Nun ja, sagte ich, das sind wir auch! Deshalb lassen wir das Buch umschreiben, und deshalb fügen wir einige neue Songs hinzu. Nein, sagte er. Es tut mir leid. Sie würde nicht wollen, daß das Musical neu herausgebracht wird. Ich würde ihre Wünsche mißachten, wenn ich Ihnen ihr Stück überlassen würde. Dreimal war ich bei ihm. Er war für vernünftige Argumente einfach nicht zugänglich.« Zimmer schüttelte den Kopf und blies eine dicke Rauchwolke zur Decke. »Also wandte ich mich an seine Tochter. Cynthia Keating. Eine mausgraue kleine Hausfrau, die bei ihrem Rechtsanwaltsgatten total unter der Fuchtel steht. Der erkannte sofort, wieviel Geld sie verdienen könnten, wenn das Musical ein Erfolg würde. Ich bat Cynthia, sich für mich zu verwenden, den alten Mann aufzusuchen und ihn zur Vernunft zu bringen. Vergebens. Er wollte sich nicht erweichen lassen.« Zimmer schüttelte den Kopf und sah über den Schreibtisch hinweg die Detectives an. »Also brachte ich ihn um«, sagte er. Und lachte plötzlich wie ein Chorknabe, der während eines Weihnachtschorals einen Furz gelassen hatte.

Weder Carella noch Brown lächelten auch nur.

»Das glauben Sie jetzt doch, nicht wahr?« sagte Zimmer. »Daß ich gute Gründe hatte, seinen Tod zu wollen, oder? Warum sollte ich diesen sturen Hund nicht umbringen? Das wäre doch viel einfacher, als mich mit seiner Tochter herumzuschlagen, nicht wahr?«

Die Detectives sagten nichts.

»Es stellte sich heraus«, sagte Zimmer, zog an seiner Zigarre und betrachtete nachdenklich die Glut, »daß Cynthia wußte, daß ihr Vater ihr die Rechte an dem Stück hinterlassen würde.«

»Woher wissen Sie das?« fragte Carella.

»Er hat es ihr gesagt. Er sagte, wenn er stürbe, bekäme sie fünfundzwanzigtausend Dollar von der Lebensversicherung und die Rechte an diesem jämmerlichen kleinen Stück. Verzeihen Sie meine unfreundlichen Kommentare, aber diese ganze Angelegenheit geht mir fürchterlich auf die Nerven.«

Donnerwetter, was meinen Sie, wie uns die Sache nervt, dachte Carella.

»Ich sage Ihnen etwas«, meinte Zimmer. »Wir veranstalten morgen eine kleine Kennenlernparty...«

»Eine was?« fragte Brown.

»Ein kleines Treffen der üblichen Verdächtigen«, sagte er und grinste. »Warum kommen Sie nicht auch vorbei?«

Carella fragte sich, wo die einfachen Fälle geblieben waren, bei denen man zum Tatort kam und einen Kerl mit qualmender Kanone in der Faust und einer blutenden Leiche zu seinen Füßen vorfand. Zimmer hatte angedeutet, daß er selbst einen guten Verdächtigen abgab. Carella gab ihm recht. Aber das traf auch auf Cynthia Keating zu oder auf ihren geldgierigen Ehemann oder auf jeden der Rechteinhaber in London, Tel Aviv oder Los Angeles. Ganz zu schweigen von all den Leuten, die an der Produktion beteiligt waren – der neue Buchautor und Komponist, der Regisseur, die Choreographin, Zimmers Partnerin. Jeder, der das Stück auf der Bühne sehen wollte, hätte den Jamaikaner anheuern können, der Hale an der Badezimmertür aufgehängt hatte wie ein nasses Handtuch.

»Um wieviel Uhr morgen abend?« fragte er.

»Wollt ihr ein Rätsel hören?« fragte Parker. »Da habt ihr ein Rätsel.«

»Wir wollen keine Rätsel«, sagte Carella.

»Wir haben schon ein Rätsel«, sagte Meyer.

»Zwei Rätsel«, sagte Kling.

»Zu viele Rätsel«, sagte Brown.

»Hier ist mein Rätsel«, sagte Parker. »Ich stoppe neulich einen Burschen, der gerade bei Rot durchgefahren ist, während ich direkt an der Ecke stehe. Ich halte ihn an, weil ich ein pflichtbewußter Cop bin ...«

Brown putzte sich die Nase.

»... und verlange von ihm seinen Führerschein und die Wagenpapiere. Er holt jede Menge Kram aus seiner Brieftasche und seinem Handschuhfach, und ratet mal, was dabei ist?«

»Was denn?« fragte Kling.

»Sein Trauschein.«

»Sein was?«

»Ja«, sagte Parker.

»Weshalb hat er seinen Trauschein bei sich?«

»Das ist das Rätsel«, sagte Parker.

»Hat er vor kurzem geheiratet?«

»Nein, der Trauschein war zehn Jahre alt.«

»Weshalb schleppt er ihn dann mit sich herum?«

»Das weiß ich nicht. Deshalb ist es ja auch ein Rätsel.«

»Ich hasse Rätsel«, sagte Carella.

Die Kennenlernparty sollte um achtzehn Uhr in Connie Lindstroms Penthouseapartment auf der Grover Avenue mit Blick auf den Grover Park stattfinden. Es war Welten vom Gebäude des 87. Reviers entfernt, aber nur gut drei Kilometer weit stadteinwärts gelegen. Hätten Brown und Carella an diesem Samstag gearbeitet, wären sie in zehn Minuten auf der Party gewesen. Aber sie kamen von zu Hause in Riverhead und brauchten an die vierzig Minuten, nachdem Brown Carella um zwanzig nach fünf abgeholt hatte. Mittlerweile hatte ein heftiger Schneesturm eingesetzt und traf sie mit voller Wucht, als sie die Brücke über den Devil's Byte überquerten. Sie erreichten die Adresse erst gegen halb sieben. Wie sich herausstellte, hatten sie sich kaum verspätet. Die meisten Gäste waren in ähnlicher Weise durch den Schneesturm aufgehalten worden und trafen ebenfalls gerade erst ein. Die Detectives hatten sich für diesen Anlaß umgezogen und trugen Anzüge, Brown einen blauen, Carella einen grauen. Sie hätten darauf verzichten können. Die Hälfte der Gäste war in Jeans erschienen. Einer von ihnen, ein Schauspieler, fragte sie, was sie machten. Als sie ihm erklärten, sie seien Polizeidetectives, sagte er, er habe einmal in einer Sommerproduktion von *Detective Story* mitgespielt.

Der neue Songschreiber des Stücks, der sich ihnen als Randy Flynn vorstellte, erklärte Carella, daß Kennenlernpartys normalerweise ausschließlich bei Probenbeginn stattfänden, wenn die Besetzung das erste Mal mit den Produzenten und den Autoren zusammentrifft. »Connie ist noch neu in diesem Geschäft«, flüsterte er. »Sie kennt die Gepflogenheiten noch nicht.« Flynn, ein Mann in den Sechzigern, der mehrere Bühnenhits aufweisen konnte, legte eine unsägliche Überheblichkeit an den Tag, die wohl seinen weltweiten Ruhm bestätigen sollte. Ständig an einer Zigarette nuckelnd, erzählte er Carella, daß Zimmer sich Anfang Juni an ihn gewandt hatte, als sie die Rechte an der Originalmusik des Stücks vom Urenkel des Komponisten in Tel Aviv erworben hatten. »Er ist heute nicht hier«, sagte er, »aber die anderen schon.«

Die Enkelin des ursprünglichen Texters war aus Los Angeles eingeflogen worden, wo sie als Immobilienmaklerin bei Coldwell Banker arbeitete. Sie hieß Felicia Carr und war so um die dreiunddreißig Jahre alt. Sie hatte rotblondes Haar und trug als einzige ein langes Kleid, ein grünes Seidenmodell, das ihre Figur umschloß wie eine zweite Haut. Sie unterhielt sich angeregt mit Naomi Janus, der Choreographin, die denselben schwarzen Cowboyhut auf dem Kopf hatte wie am vergangenen Dienstag. Naomi erzählte einem Mann namens Arthur Bragg, daß sie ein paar ungewöhnlich heiße Tanzsequenzen für die Speakeasy-Nummer, was auch immer das war, geplant hatte. Brown vermutete, daß Bragg der Orchesterchef der Produktion war, was auch immer das war. Er kam zum Schluß, daß viel zu viele Leute zugegen waren. Felicia meinte, sie könnte es kaum erwarten, die Tänze zu sehen, und sie liebe Musicals, in denen viele sexy Tänze vorkämen.

»Wann sind Sie hergeflogen?« fragte Brown sie.

»Gestern«, antwortete sie. »Mit der Nachtmaschine.«

»Und wann wollen Sie wieder zurück?«

»Ach, vorerst nicht. Ich will hier ein paar Weihnachtseinkäufe machen.«

»Das alles ist für Sie sicherlich sehr aufregend, nicht wahr?«

»O ja, das ist es!« sagte sie. »Ich kann die Premiere kaum erwarten!«

»Wann wird die sein?«

»Irgendwann im nächsten Herbst«, sagte Naomi. »Vorausgesetzt, wir kriegen ein Theater.«

»Das liegt aber noch in weiter Ferne.«

»Nun«, sagte Naomi, »das Stück hat seit 1928 in der Versenkung geschlummert, daher werden ein paar weitere Monate ihm wohl nicht schaden.«

Der Enkel des Buchautors war ein Engländer namens Gerald Palmer. Er war Anfang vierzig, schätzte Carella, ein glattrasierter Mann, der dringend eines Haarschnitts bedurfte. Wie die beiden Detectives trug auch er einen Anzug, obgleich seiner ziemlich aus der Mode zu sein schien, ein Eindruck, der vermutlich durch seinen urbritischen Stil hervorgerufen wurde. Der Anzug war dunkelblau, und die Schuhe, die er dazu trug, waren braun. Mit seinem Cockneyakzent erklärte er Carella unnötigerweise, daß der Buchautor alles schrieb, was auf der Bühne neben den Gesangs- und Tanznummern gesprochen wurde. »Manchmal nennt man ihn auch den Librettisten«, sagte er. »Mein Großvater hat ein absolut wunderbares Libretto für das ursprüngliche Musical geschrieben. Ich weiß nicht, warum sie jemand anderen genommen haben, der es umschreiben soll.« Carella vermutete, daß man ihm nicht gesagt hatte, daß das Originallibretto »unmöglich« war.

In genau diesem Moment stieß der Mann zu ihnen, der das Buch umgearbeitet hatte. Er war hochgewachsen und schlaksig. Carella schätzte ihn auf Ende fünfzig. Er trug Jeans, ein blaues Hemd mit offenem Kragen und eine grüne Strickjacke mit Schalkragen. »Clarence Hull«, stellte er sich vor und schüttelte jedem von ihnen die Hand. Er erklärte Palmer umgehend – fast, als glaubte er sich entschuldigen zu müssen, wie es Carella vorkam –, daß das Libretto seines Großvaters »für seine Zeit sehr künstlerisch« gewesen war, das waren seine Worte, aber das neue Jahrtausend etwas Packenderes, Handfesteres brauchte. Deshalb habe er sich entschieden, den Beginn des Stücks nicht wie das Original auf einer Farm in den East Midlands spielen zu lassen, sondern statt dessen in London. »Auf diese Art und Weise ist die Heldin kein einfaches Bauernmädchen, das nach Amerika kommt, sondern wirkt schon etwas sicherer und erfahrener, wenn sie von einer Stadt in die andere reist.« Palmer erzählte ihm, daß sein Großvater auch einmal ein *richtiges* Bühnenstück geschrieben hatte. »Eine Komödie«, sagte er, »über Fußball.« Daraus könne man sicherlich ein gutes Musical machen, gerade jetzt, da dieser Sport in Amerika doch so beliebt werde. Hull entgegnete knapp, das einzige Sportmusical, das jemals Erfolg gehabt habe, sei *Damn Yankees* gewesen. Dann entschuldigte er sich, um sein Champagnerglas neu aufzufüllen.

Palmer erzählte Carella, daß er während der letzten fünfzehn Jahre im »Postzimmer«, wie er es nannte, eines Verlags namens Martins and Grenville gearbeitet habe, »der letzte Verlag am Bedford Square, Sie wissen schon. Ein sehr angesehenes Haus.« Er sagte weiter, daß er es ganz toll fände, daß sie das Stück seines Großvaters wieder aufleben ließen. »Ich hoffe, daß es eines Tages auch nach London kommt«, endete er.

»Wann sind Sie hergekommen?« fragte Carella.

»Ich bin am Mittwoch hier gelandet.«

»Und wo wohnen Sie?«

»Im Piccadilly. Es klang wie zu Hause«, sagte er und grinste. Er hatte sich zu gründlich rasiert. An seinem Kinn waren winzige Schnittwunden zu erkennen.

»Wann fliegen Sie wieder zurück?«

»Nicht vor dem nächsten Sonntag. Ich bleibe für ein paar Tage hier und sehe mir die Stadt an. Arbeiten kann ich später immer noch, oder?« sagte er.

Cynthia Keating trug ein schlichtes schwarzes Cocktailkleid. Ihr Mann Robert war einer von den Männern, die einen Anzug trugen. Brown kam zu dem Schluß, daß jeder, der nicht auf engste Weise mit dem Showbusiness verbunden war, sich für diese Gelegenheit herausgeputzt hatte. Allmählich kam er sich ziemlich dämlich vor. Der Anzug, den Keating trug, hatte dezente Nadelstreifen. Er sah aus, als müßte er einen Fall für IBM vertreten. Cynthia erzählte Rowland Chapp, dem Regisseur der Produktion, daß das ursprüngliche Stück, das Jessica Miles geschrieben hatte, »einfach wunderbar« sei, was Chapp mit einem geistesabwesenden Nicken quittierte, das andeutete, daß er genau wußte, wie entsetzlich das Stück war. Brown hatte nur noch den Wunsch, nach Hause zurückzukehren.

Champagner und Kanapees wurden auf Tabletts herumgetragen, serviert von zwei Möchtegernschauspielern, die heute abend schwarzweiß kostümiert waren und den schlagfertigen Kellner und die kapriziöse Kellnerin spielten. Schneeflocken wirbelten vor den Penthousefenstern, angestrahlt von Scheinwerfern, deren grelles Licht sie so scharf und funkelnd aussehen ließen wie winzige Dolche.

Connie Lindstrom klopfte an ihr Champagnerglas.

»Ich habe eine Überraschung«, sagte sie. »Randy?«

Applaus brandete auf, und dann wurde es schlagartig still, als Randy Flynn zum Konzertflügel in einer Ecke des Raums ging, sich niederließ und den Deckel über den Tasten hochklappte. Hinter ihm tanzten Schneeflocken vom nächtlichen Himmel.

»Ich werde Ihnen jetzt die Musik des Musicals vorstellen«, sagte er. »Darunter auch die drei neuen Songs, die ich geschrieben habe. Wir haben das ursprüngliche Konzept erhalten. Das gesamte Musical spielt in Jennys Zimmer. Das Fenster ihres Zimmers ist ein Fenster zur Stadt. Wir sehen die Stadt, und wir sehen alles, was in der Stadt geschieht, mit ihren Augen und von ihrem Standpunkt aus.«

Er begann zu spielen.

Carella konnte nicht entscheiden, welche neuen Songs hinzugefügt worden waren. Für ihn war die Musik, die die Luft in Connie Lindstroms Penthouseapartment erfüllte, aus einem Guß. Während Morrow mit seiner rauhen Raucherstimme sang, trieb Carella in eine andere Zeit und an einen anderen Ort zurück, in diese Stadt im Jahr 1928, als alles einem jungen Mädchen namens Jenny so frisch und unschuldig vorkam, während sie in einem Emigrantenviertel, das damals – und auch heute noch – The Lower Platform hieß, in ihrem Zimmer saß und träumte.

Aber welche Unterschiede gab es zwischen damals und heute?

Flynn sang von den Sehnsüchten und vom Erwachen auf einer wundervollen Insel, gesäumt von zusammenströmenden Flüssen und überspannt von magischen Brücken. Er sang von goldenen Türmen, die bis in die Wolken ragten, von ineinander verschlungenen wundervollen Straßen, von einer unterirdisch dahinjagenden U-Bahn, die noch nicht von Zeit und Gebrauch abgenutzt war. Er sang von Verheißung und Hoffnung für ein Volk von Immigranten, das Sitten und

Gebräuche mitgebracht hatte, die erhalten und gepflegt werden mußten. Während er sang, steigerte seine Stimme sich zu einem regelrechten Chor, zu den Stimmen von Hunderten von Stämmen mit genauso vielen Historien und Sitten, die sich in diesem wunderschönen Land zusammenfanden, um am Ende ein einziger, vereinigter Stamm zu sein.

Dort jenseits der Fenster von Jennys Zimmer ...

Was für ein Wunderland hatte dort existiert.

Flynn spielte den letzten Akkord des letzten Tanzes.

Es schneite noch immer.

Carella blickte durch den Raum zu seinem Partner, der wuchtig und groß und schwarz vor den weißen Flocken stand, die draußen umherwirbelten. Randy Flynn erhob sich von der Klavierbank, legte die Handflächen zusammen wie ein indischer Guru, verneigte sich in deutlich erkennbarer falscher Bescheidenheit und nahm den Beifall der versammelten Gäste entgegen. Browns Blicke streiften durch den Raum. Desgleichen Carellas.

Fast jeder in diesem Raum hätte Andrew Hale töten können.

Es war unmöglich, daß die Detectives, die den Mordfall unten in Hopscotch bearbeiteten, diesen mit den Morden weiter außerhalb in Verbindung bringen konnten. Unmöglich. Das erste Opfer dort war ein achtundsechzigjähriger Weißer gewesen, der an einem Türhaken erhängt und danach ins Bett gelegt worden waren. Das zweite Opfer war eine neunzehnjährige Schwarze gewesen, die mit einem Messer aus ihrer eigenen Küche erstochen worden war. Die vorherige Einnahme von Rohypnol war das einzige Bindeglied zwischen ihnen – falls es überhaupt ein Bindeglied war und keiner von den Zufällen, wie sie immer wieder die Polizeiarbeit erschwerten.

Außer in Romanen hatten die Cops dieser Stadt es nur höchst selten mit Serienmördern zu tun. Serienmörder in Romanen waren heutzutage ungemein populär, aber das hieß nicht, daß sie überall in den Vereinigten Staaten Amok liefen. Kürzlich durchgeführte Untersuchungen bestätigten, daß nur fünfundfünfzig oder fünfzig von ihnen irgendwo da draußen herumschlichen. Damit ein Mörder sich als echter Serienmörder qualifizierte, mußte er innerhalb einer relativ kurzen Zeitspanne drei oder mehr Menschen umgebracht haben. Andererseits war ein Serienmörder nicht jemand, der Onkel George tötete und zwei Tage später die Cousinen Mandy und Maude, weil sie ihn beim Begehen des ersten Mordes beobachtet hatten. Das war lediglich ein besonders vorsichtiger Mörder.

Die Cops in dieser Stadt untersuchten jährlich rund zweitausend Morde. Selbst wenn die Detectives, die den Notruf aufgenommen hatten, eine Verbindung zwischen dem Hale-Mord, dem Cleary-Mord und diesem neuen Mord vermutet hätten, wären sie nicht zu der Schlußfolgerung gelangt, daß ein rasender Serienmörder in der Stadt unterwegs war. Die Detectives, die den Ruf am frühen Montag morgen aufnahmen, hatten vielleicht über das Fernsehen von dem Hale-Mord erfahren, aber sie hatten ganz bestimmt keine Ahnung von dem Mord an einem harmlosen kleinen schwarzen Mädchen in Diamondback. Daher kam es ihnen ganz einfach nicht in den Sinn, daß dieser neue Mord irgendwie mit den vorangegangenen beiden Morden, ganz gleich ob als Serie oder anders verübt, in Verbindung stand.

Laut einer Geburtsurkunde, die sie in einer Zuckerdose in der obersten Schublade ihrer Schlafzimmerkommode fanden, lautete der Name des Opfers Martha Coleridge, und sie war achtundneuzig Jahre alt geworden. Sie war ein kleines, vogelähnliches Wesen und lag in ihrem Nachthemd am Fußende des Bettes. Offensichtlich war ihr Genick gebrochen. Die Detectives, ein erfahrener First namens Bryan Shanahan und ein neu zugeteilter Third namens Jefferson Long, durchsuchten die Habseligkeiten der Lady, blätterten in vergilbten Briefen und Tagebüchern, wohl wissend, daß sie in all dem Zeug keinen Hinweis finden würden, aber sie hielten trotzdem an der Routine fest. So wie sie es sahen, war irgendein Junkie eingestiegen, hatte das Haushaltsgeld der alten Dame gestohlen und ihr dann noch schnell das Genick gebrochen. Sie gingen ihre uralten Papiere durch, verteilten sie auf dem Bett, während der Leichenbeschauer die Tote untersuchte. Sie fanden einen blauen Klemmbinder mit einem maschinenbeschriebenen Etikett darauf. Zu lesen war:

MEIN ZIMMER
VON MARTHA COLERIDGE

Was sich in dem Klemmbinder befand, sah aus wie ein Theaterstück. Dann legten sie den Binder zu den anderen Funden aufs Bett.

Reverend Gabriel Fosters Interesse an dem Fall weckte eigentlich die Tatsache, daß der weiße Verdächtige auf Kaution freigelassen worden war, während seinem schwarzen Partner die Freilassung auf Kaution verweigert worden war und er ins Untersuchungsgefängnis für Männer eingeliefert wurde. Dasselbe Verbrechen, derselbe Richter, zwei Schützen, einer weiß, einer schwarz, unterschiedliche Beurteilung.

Das war das erste, aber es reichte nicht aus, um ihn auf die Straße zu schicken, denn was er hier spürte, war eine Veränderung der öffentlichen Stimmung. Waren Maxwell Corey Blaine und Hector Milagros anfangs behandelt worden wie Nationalhelden, weil sie das schlimmste aller menschlichen Wesen, den Informanten, beseitigt hatten, wurden sie nun als Monster oder Schlimmeres an den Pranger gestellt, weil ein zweiter Informant – nun ein Liebling der Medien und so etwas wie ein Instantheld – gegen eine beträchtliche Belohnung den Weißen ans Messer geliefert hatte, der sofort einen Handel angeboten und seinen Partner, den Schwarzen, verraten hatte, dem man eine Freilassung auf Kaution verweigert hatte. Die Welt war heutzutage voll von nichtswürdigen, schmutzigen Ratten, aber Foster hatte nicht die Absicht, für ein Paar allgemein geschmähter Mörder auf die Straße zu gehen.

Bis ein Paar ehrgeiziger Detectives ihm das Leben erleichterte.

Die Partner hießen Archie Bingman und Robert Tracey, von den Leuten, die in Hightown wohnten, wo Enrique Ramirez seine Poolhalle und sein Drogengeschäft betrieb, freundschaftlich Bingo und Bop genannt. Sie waren El Jefes Spur seit nunmehr anderthalb Jahren gefolgt. Nach dem staatlichen Drogenhändler- und Korruptions-Statut waren Morde, die zur Förderung krimineller Unternehmungen begangen wurden, mit lebenslänglichen Strafen zu ahnden. Das kolumbianische Kartell war ganz gewiß eine solche Organisation. Wenn sie den Mord in Guido's Pizzeria mit El Jefes Drogenunternehmen in Verbindung bringen konnten, würde er für den Rest seines Lebens in Kansas auf seinem Hintern sitzen dürfen.

Bingo und Bop waren überzeugt, daß die beiden Mordschützen nichts verraten hatten, was Ramirez in irgendeiner Form belastete. Das unter Anklage stehende Pärchen wußte sehr wohl, daß der lange Arm des Kartells bis in die abgelegensten Gefängniszellen reichte, und sie hatten sicherlich wenig Sehnsucht danach, in einer dunklen, stürmischen Nacht einen Eispickel ins Auge gerammt zu bekommen. Da wäre es schon besser, sich still zu verhalten, seine Zeit abzusitzen und am Leben zu bleiben. Außerdem, wenn das Pärchen Ramirez tatsächlich in irgendeinem Handel ans Messer geliefert hätte, wäre die Grand Jury längst zusammengetreten und hätte ihn angeklagt. Bingo und Bop wußten von keinem derartigen Vorhaben.

Es ärgerte sie, daß einer von Ramirez' Vollstreckern in der Stadt in Haft war, wo sich jeder Polizeibeamte mit ein wenig Einfallsreichtum Zugang zu ihm verschaffen und vielleicht etwas darüber in Erfahrung bringen konnte, wer wen losgeschickt hatte, um den armen kleinen Spitzel zu erschießen, den keiner der beiden Detectives je kennengelernt hatte. Sie wußten bereits, wer Milagros in diese Pizzeria geschickt hatte. Denn es war hier oben im 89. allgemein bekannt, daß Milagros und sein Partner Blaine zu El Jefes Aufräumservice gehörten. Im amerikanischen Strafrechtssystem reichte es jedoch nicht aus, etwas zu wissen. Man mußte es auch über jeden begründeten Zweifel hinaus beweisen können.

Während an diesem Montag, dem 6. Dezember, zwei Detectives in Hopscotch ihre DD-5-Formulare über die kleine alte Lady, deren Genick gebrochen worden war, ausfüllten und Reverend Foster die aktuellen Tageszeitungen durchblätterte und über einen Weg nachdachte, wie er die Verhaftung von Hector Milagros zu seinem Vorteil nutzen konnte, fuhren Bingo und Bop in die Stadt zum Untersuchungsgefängnis für Männer in seinem neuen Gebäude in der Blanchard Street und erklärten dem diensthabenden Aufseher, daß sie zu dem Revolverhelden aus Guido's Pizzeria wollten. Mit wessen Befugnis, wollte der Aufseher wissen.

»Wir ermitteln in einer damit in Verbindung stehenden Drogensache«, erklärte Bingo.

»Da müßt ihr euch erst an seinen Anwalt wenden«, sagte der Aufseher.

»Wir haben schon mit ihm gesprochen«, sagte Bop. »Er meinte, es wäre okay.«

»Ich brauche das schriftlich«, verlangte der Aufseher.

»Stell dich nicht so an, okay?« sagte Bingo. »Verdammt noch mal, wo sollen wir um diese Zeit den Anwalt finden?«

»Sucht ihn morgen«, sagte der Aufseher. »Kommt morgen wieder.«

»Wir haben da eine Sache, die ziemlich heiß ist und nicht bis morgen warten kann«, sagte Bingo.

»Schon mal was von wilder Jagd gehört?« fragte Bop.

»Sicher, aber noch nie von einer wilden Jagd, die über eine Knastzelle führt.«

»Hab dich nicht so, wir wollen endlich diesen Arsch festnageln, der deinen Kindern Stoff verkauft.«

»Meine Kinder sind erwachsen und leben in Seattle«, sagte der Aufseher.

»Zehn Minuten, okay?«

»Die Tür war offen, und ihr seid einfach reingegangen«, sagte der Aufseher.

Milagros saß in seiner Zelle und las in der Bibel. Eine andere Zelle wurde von einem alten Mann besetzt, der im Schlaf redete. Milagros hatte die beiden Typen noch nie in seinem Leben gesehen und fragte sich, wie sie reingekommen waren. Sein Anwalt hatte nichts davon erwähnt, daß ihn jemand aufsuchen wollte. Soweit Mlagros wußte, würde er hier in den »Katakomben« sitzen, bis sein Fall vor Gericht kam. So wie sein Anwalt es erklärt hatte, konnte man niemanden nur auf Grund der unbewiesenen Aussage eines Komplizen verurteilen. Außerdem ... wer würde schon einem Kerl glauben, der versucht hatte, fünf Cops zu töten, und dabei einen von ihnen schwer verletzt hatte? Niemand. Verhalten Sie sich ruhig und warten Sie ab, hatte sein Anwalt gesagt, was Milagros durchaus recht war. Wer also waren diese Burschen, und was wollten sie hier zu dieser nächtlichen Stunde?

Die Tür öffnete sich elektrisch mit einem Klicken. Bingo und Bop betraten die Zelle und schlossen die Tür hinter sich. Am fernen Ende des Flurs betätigte der Aufseher den Schalter, der sie wieder verriegelte.

Bingo lächelte.

Milagros wußte schon seit längerem alles über Typen, die lächelnd auf einen zukamen.

Der andere lächelte ebenfalls.

»Dann erzähl uns doch mal, wer dich in die Pizzeria geschickt hat«, sagte Bingo.

»Wer zum Teufel sind Sie?« fragte Milagros.

»Nette Frage«, sagte Bop.

»Wir sind zwei Typen, die deinen Boß in die Wüste schicken«, sagte Bingo.

»Von welchem Boß reden Sie, Mann?«

»Enrique Ramirez.«

»Den kenne ich nicht.«

»Ach du meine Güte«, sagte Bingo.

»Verschwinden Sie schnellstens von hier, sonst rufe ich den Aufseher.«

»Der Aufseher ist auf dem Klo, pinkeln«, klärte Bop ihn auf.

»Ich brülle den gesamten Knast zusammen, wenn Sie nicht sofort verschwinden«, drohte Milagros.

»Ach du meine Güte«, sagte Bingo noch einmal.

»Ich möchte dir jemanden vorstellen«, sagte Bop und zog seine Neuner aus dem Schulterhalfter. »Mr. Glock«, sagte er, »das ist Mr. Milagros.«

Milagros starrte auf die Pistole.

»Hört mal, was soll das?« fragte er.

»Das«, sagte Bop und imitierte seinen Tonfall, »ist eine Pistole. *Una pistola, maricón. Comprende?*«

»He, was ist los mit Ihnen?«

»Wer hat euch losgeschickt, um diesen verdammten Singvogel alle zu machen?«

»Niemand. Er hat uns Geld geschuldet. Es war unsere persönliche Angelegenheit.«

»El Jefe hat euch geschickt, nicht wahr?«

»Wissen Sie, wer El Jefe ist?« sagte Milagros und versuchte zu lächeln. »Meine Mama ist El Jefe. So haben meine Brüder sie immer genannt. *Jefita.*«

»Donnerwetter, so nennst du deine Huren-Mama?« fragte Bop.

»He, Mann, passen Sie auf, was Sie sagen, klar?«

»Paß *du* lieber auf, was du sagst«, meinte Bop und stieß den Lauf der Neuner gegen Milagros Lippen.

»He, Mann ...«

»Friß sie!« verlangte Bop.

»Mann, was wollt ihr ...?«

Bop wischte mit dem Lauf quer über Milagros Mund. Es klang, als zerbräche etwas. Blut spritzte. Zähne wirbelten durch die Luft.

»Herrgott im Himm...«

»Pssst«, sagte Bingo.

»Friß sie«, verlangte Bop erneut und schob den Lauf in Milagros' Mund.

»Ganz still jetzt«, sagte Bingo.

Milagros begann zu stammeln. Seine Augen waren weit aufgerissen. Blut sickerte aus seinen Mundwinkeln und verteilte sich auf dem Lauf der Neuner.

»Wer hat euch losgeschickt, um ihn zu töten?«

Milagros schüttelte den Kopf.

»Nein, hm?« sagte Bop und spannte die Pistole. »Wer?« wiederholte er seine Frage.

Milagros schüttelte erneut den Kopf.

»Du solltest mal wieder zum Zahnarzt gehen«, sagte Bingo und nickte.

Bop schlug erneut mit der Pistole auf Milagros' Mund.

Er erstickte beinahe an seinen eigenen Zähnen.

Der Aufseher sah nicht, was mit Milagros geschehen war, bis er um Mitternacht seine Runde machte. Lange davor hatte er Milagros Zellentür vom Gangende aus geöffnet und verfolgt, wie die beiden Detectives auf die Stahltür mit der kugelsicheren Sichtscheibe zukamen, hatte sie herausgelassen in den kleinen Warteraum und dann aus dem Gebäude selbst. Während er nun den Korridor hinunterschlenderte, saß der alte Mann in der Zelle neben Milagros aufrecht auf seiner Pritsche, die Augen weit aufgerissen, und sagte nichts. Der Aufseher erkannte sofort, daß etwas nicht in Ordnung war.

Milagros lag auf dem Fußboden seiner Zelle.

Auf dem Boden waren Blut, verstreute Zähne und etwas, das aussah und roch wie Erbrochenes. Da war auch noch ein anderer Geruch, weil Milagros sich selbst besudelt hatte, während die beiden Detectives ihm systematisch jeden Zahn aus dem Mund geschlagen hatten, aber der Aufseher hatte noch keine Ahnung vom vollen Umfang dessen, was hier geschehen war. Er sah nur das Blut und eine Handvoll Zähne im matten Licht der Nachtbeleuchtung auf dem Korridor.

Der Aufseher hatte in den vergangenen Wochen genug Zeitungen gelesen.

Er ging nicht mal in Milagros' Zelle hinein. Statt dessen kehrte er im Korridor um, ging an der Zelle des alten Mannes mit den anklagend geweiteten Augen vorbei, schloß die Stahltür am Gangende auf, verriegelte sie wieder hinter sich, begab sich zum Wandtelefon neben dem Dienstzimmer und wählte die Nummer seines direkten Vorgesetzten, des diensthabenden Captains der Security Division.

Der Aufseher berichtete, daß zwei Detectives in die Arrestabteilung gekommen waren und ein Stück Papier vorgezeigt hätten, das sie autorisierte, Hector Milagros zu befragen. An die Namen der beiden könne er sich nicht erinnern. Er habe sie gebeten, sich einzutragen, und hatte angenommen, daß sie es auch getan hätten. Er habe nachher nicht eigens im Besucherbuch nachgeschaut. Er erzählte dem Captain, sie hätten sich etwa eine halbe Stunde in der Zelle aufgehalten, und er habe in dieser Zeit nichts Ungewöhnliches gehört. Allerdings sei die Tür am Ende des Gangs aus Stahl und so gut wie schalldicht. Er sagte, er könne sich nicht erinnern, einen der beiden Detectives hier schon mal gesehen zu haben, und er könne sich auch nicht erinnern, wie sie ausgesehen hätten, außer, daß einer von ihnen einen Schnurrbart gehabt hatte. Der diensthabende Captain vermutete, daß der Mann nur seine Haut retten wollte.

Er las auch Zeitung.

Damit ihm später niemand vorwarf, er habe Verschleppungstaktik betrieben, während man sich eine plausible Geschichte zurechtlegte, rief er sofort einen Krankenwagen und ließ den Gefangenen schnellstens ins St. Mary's bringen, dasselbe Krankenhaus, aus dem Sharyn Cooke keine vier Tage vorher Willis herausgeholt hatte. Dann telefonierte er mit dem stellvertretenden Direktor der Security Division, der sich den Bericht in seinem Bett zu Hause anhörte und abwechselnd Überraschung und größte Besorgnis bekundete. Der stellvertretende Direktor weckte seinerseits den Direktor, der als leitender Beamter der gesamten Einrichtung vorstand. Der Direktor überlegte, ob er den Supervisor des Department of Correction wecken sollte, und rief ihn schließlich zu Hause an. Der Police

Commissioner selbst wurde um kurz vor drei Uhr morgens geweckt. Er war es, der die Medien umgehend informierte, ehe irgend jemand auf die Idee kam, daß eine Vertuschungsaktion in Gang gesetzt worden war.

Gabriel Foster hörte die Neuigkeiten erst, als er am nächsten Morgen den Fernseher einschaltete.

Am selben Morgen rief Carella zuerst Cynthia Keatings Anwalt an, um ihm mitzuteilen, er hoffe, sie nicht vor ein Geschworenengericht laden zu müssen, um sich ein paar einfache Fragen beantworten zu lassen, und als Alexander am Telefon frech wurde, sagte Carella: »Herr Anwalt, ich habe in dieser Sache keine Zeit mehr zu vergeuden. Ja oder nein?«

»Was für Fragen?« wollte Alexander wissen.

»Fragen in bezug auf die Urheberrechte, die sie von ihrem Vater geerbt hat.«

»In meinem Büro«, sagte Alexander. »Um zehn Uhr.«

Sie waren fünf Minuten vor dem Termin dort.

Alexander trug eine schokoladenbraune Cordhose, ein beiges Hemd mit Button-down-Kragen, eine grüne Krawatte und ein braunes Tweedjackett mit ledernen Ellbogenflecken. Er sah aus wie ein Landedelmann, der den örtlichen Pastor zum Tee erwartet. Cynthia trug einen hellblauen Rollkragenpullover zu einem kurzen Minirock, eine dunkelblaue Strumpfhose und hochhackige dunkelblaue Pumps. Sie wirkte groß und langbeinig, ihr dunkles Haar war anders frisiert, und ihr Make-up war dezenter, perfekter. Insgesamt schien sie eine Selbstsicherheit auszuströmen, die an jenem ersten Morgen im Oktober nicht zu erkennen gewesen war, nachdem sie, wie sie zugegeben hatte, ihren Vater vom Haken in der Badezimmertür abgenommen und zu seinem neuen Ruheplatz im Bett geschleift hatte. Offenbar bewirkte die Aussicht auf einen Musicalhit wahre Wunder für ihre Persönlichkeit. Alexander hingegen war abweisend, blond und arrogant wie eh und je.

»Was wollen Sie von meiner Klientin?« fragte er. »In fünfundzwanzig Worten oder weniger.«

»Ehrlichkeit«, sagte Carella.

»Das sind aber *viel* weniger Worte«, sagte Meyer.

Alexander streifte ihn mit einem schiefen Blick.

»Sie war immer ehrlich zu Ihnen«, sagte er.

»Gut«, meinte Carella. »Dann brauchen wir nicht so hart zu arbeiten, nicht wahr?«

»Hören Sie, Sie glauben doch nicht ernsthaft, daß sie irgend etwas mit dem Mord an ihrem Vater zu tun hat, oder?«

Carella blickte zu Meyer. Dieser zuckte unmerklich die Achseln und nickte dann knapp.

»Sie ist eine Verdächtige«, sagte Carella.

»Haben Sie diese Auffassung jemand anderem mitgeteilt? Jemandem außerhalb der Polizei, zum Beispiel? Denn ich brauche Sie wohl nicht daran zu erinnern, falls Mrs. Keating verunglimpft ...«

»Zum Teufel damit«, sagte Carella. »Wir gehen.«

»Einen Moment, Detective.«

»Ich habe Ihnen am Telefon gesagt, daß ich mit Ihnen keine weitere Zeit mehr vergeude«, sagte Carella. »Wenn ich mit leeren Händen hier rausgehe, führt mein Weg mich direkt in das Büro des Bezirksstaatsanwalts. Ja oder nein? Was meinen Sie? Sagen Sie's. Jetzt.«

»Ich gebe Ihnen eine halbe Stunde, nicht mehr«, lenkte Alexander ein und verzog sich hinter seinen Schreibtisch. Dort saß er, die Hände aneinandergelegt, so daß sie ein Zelt bildeten, und musterte die Detectives finster.

»Ich mache es ganz kurz«, sagte Carella. »Als Ihr Vater starb, wußten Sie, daß er Ihnen die Rechte an Jessica Miles' Theaterstück hinterlassen hatte, oder?«

»Ja.«

»Warum haben Sie uns das nicht erzählt? Sie haben die fünfundzwanzigtausend Dollar Lebensversicherung genannt ...«

»Ja?«

»Und Besorgnis geäußert, sie könnte eine Ausschlußklausel bei Selbstmord enthalten ...«

»Das ist richtig. Aber ...«

»Warum haben Sie nicht auch erwähnt, daß sie das Theaterstück geerbt hatten?«

»Ich hielt das nicht für so wichtig.«

»Sie hielten das nicht ...«

Carella wandte sich von ihr ab. Er sah Meyer an, und der verstummte. Er drehte sich wieder zu ihr um. Sein Gesicht war angespannt. Meyer beobachtete ihn.

»Wieviel hat man Ihnen für die Lizenzrechte bezahlt?«

»Das geht Sie nichts an«, mischte Alexander sich ein.

»Okay, das war's«, sagte Carella. »Meyer? Wir gehen.«

»Dreitausend Dollar für eine einjährige Option«, sagte Cynthia sofort. »Und dreitausend Dollar für ein zweites Jahr, wenn es bis dahin nicht produziert wurde.«

»Welche Tantiemen erhalten Sie?«

»Die gleichen wie die anderen.«

»Welche anderen?«

»Der Typ in London ...«

»Gerald Palmer?«

»Ja. Und der Taxifahrer in Tel Aviv. Und die Frau aus Los Angeles. Die Rothaarige in dem langen Kleid. Felicity Carr.«

»Felicia«, korrigierte Meyer sie.

»Felicia, ja. Wir teilen uns sechs Prozent der wöchentlichen Einnahmen.«

»Ist Ihnen klar, wieviel Geld das ...«

»Cynthia, du kannst das Gespräch beenden, wann immer du willst«, meldete Alexander sich wieder zu Wort.

»Und vor ein Geschworenengericht geladen werden.«

»Ich kann mir kaum vorstellen, daß die Herren ein Geschworenengericht zusammentreten lassen, nur um ...«

»Haben Sie eine Vorstellung, wieviel Geld da zusammenkommen kann?« fragte Carella. »Sechs Prozent von den Einnahmen, geteilt durch vier?«

»Ich denke, eine ganze Menge«, sagte Cynthia. »Wenn das Stück ein Hit wird.«

»Wie können Sie dann sagen ...«

Er wandte sich wieder von ihr ab. Drehte sich um. Atmete aus.

»Wollen Sie, daß wir Sie verhaften?« fragte er.

»Natürlich nicht.«

»Wie können Sie dann behaupten, Sie hätten es nicht für wichtig gehalten? Sie erzählen uns etwas von einer mickrigen Lebensversicherung ...«

»Nicht so laut, Detective. Sie ist nicht in Kanada.«

»... aber Sie erwähnen nichts von einem Bühnenstück, das Ihnen schlußendlich Hunderttausende Dollar einbringen kann? Weil Sie das nicht für wichtig halten?«

»Ich habe ihn nicht umgebracht.«

»Ich denke, das reicht jetzt«, sagte Alexander.

»Ich bin noch nicht fertig.«

»Ich sagte, das ...«

»Ich habe ihn nicht getötet.«

»Wann haben Sie den Lizenzvertrag für das Theaterstück unterschrieben?«

»Ich habe meinen Vater nicht ermordet.«

»Wann, Mrs. Keating?«

»Ich habe ihn nicht getötet, verdammt noch mal!«

»Wann?«

»Gleich nach der Testamentseröffnung.«

»Und wann war das?«

»Zwei Wochen nach seinem Tod«, sagte sie.

8

Nellie Brand kam mit dem kühlen Blick einer Assistentin des Bezirksstaatsanwalts zu dem Fall, mit zehn Jahren Erfahrung im Büro des Bezirksstaatsanwalts und einer über ihre blonden Haare gestülpten Skianorakkapuze. Als sie an diesem Morgen ins Büro fahren wollte, hatte ihr Mann ihr vorgeschlagen, doch etwas Konservativeres zur Arbeit anzuziehen als Jeans, einen dicken Pullover, den Skianorak und Stiefel. Sie hatte erwidert – ein wenig kurz angebunden, wie er meinte –, daß die Straßen voller Schneematsch wären und sie nicht zum Ball des Gouverneurs wolle, aber trotzdem vielen Dank für den guten Rat.

Nun erklärte sie Lieutenant Byrnes und den in seinem Büro versammelten Detectives – ein wenig kurz angebunden, wie Carella meinte –, daß sie mit ihrer Absicht einer Anklage gegen Cynthia Keating wegen vorsätzlichen Mordes ein wenig übers Ziel hinausschossen, wenn sie nicht mehr in der Hand hätten als, *vielleicht*, Behinderung und ...

»... okay, ich gebe Ihnen noch Manipulation von Beweismitteln«, sagte sie. »Sie hat zugegeben, die Leiche ihres Vaters bewegt zu haben, und das ist ein klassischer Zwei-fünfzehn-vierzig. Aber wollen Sie sie tatsächlich für höchstens vier Jahre ins Gefängnis schicken? Die ihr Anwalt sowieso auf zwei runterkriegt, und dann ist sie in sechs oder sieben Monaten wieder draußen? Falls sie nicht schon vorher in den offenen Vollzug geht. Ist es das wert?«

»Wir glauben, daß sie jemanden engagiert hat, den alten Mann zu töten«, sagte Carella.

»Wen?«

»Einen Jamaikaner aus Houston«, sagte Meyer.

»Hat er einen Namen?«

»John Bridges. Aber die Cops da unten haben noch nie von ihm gehört.«

»Haben Sie schon bei der Telefongesellschaft nachgefragt?«

»Dort gibt es auch keinen Eintrag von ihm.«

»Es gibt noch ein zweites Opfer, von dem wir annehmen, daß es derselbe Typ auf dem Gewissen hat«, meldete sich Brown.

»Die Kleine trat als Tänzerin in einem Oben-ohne-Schuppen namens The Telephone Company auf«, sagte Carella.

»Woher haben Sie den Namen Bridges?«

»Von einem Typ, der für Gabriel Foster arbeitet«, sagte Brown.

»Über den steht heute eine Menge in der Zeitung«, sagte Nellie. »Foster, meine ich.«

»Wir haben es gelesen. Die Sache hängt auch damit zusammen.«

»Welche?«

»Die Schießerei in der Pizzeria. Irgendwie.«

Nellie seufzte.

»Wie hängt sie damit zusammen?«

»Der Informant, der getötet wurde, arbeitete für einen Dealer in Hightown, der mit Kokain und ›allen möglichen Designerdrogen‹ handelte. Ein Zitat. Der Mörder hat in beiden Fällen Rohypnol benutzt.«

»Wollen Sie damit andeuten, daß er die Roofers von dem Dealer in Hightown gekriegt hat?«

»Das wissen wir nicht.«

»Vielleicht sollten Sie das mal aufklären, hm? Wäre doch nett, wenn man das wüßte. Wen haben Sie zitiert?«

»Betty Young.«

»Sie war übrigens die Informantin, die uns zu dem Schwulen geführt hat.«

»Glauben Sie, deswegen wurde er umgebracht?«

»Betty Young zufolge nicht.«

»Das wäre schon das zweite Mal.«

»Sie ist die Exfreundin eines der Schützen.«

»Wessen? Des Schwarzen, der Samstag nacht zusammengeschlagen wurde?«

»Nein, des anderen«, sagte Kling. »Der ist zu Hause und schläft in seinem Bett.«

»Betty Young, richtig, ich hab sie im Fernsehen gesehen. Sie ist diese Woche die Gewinnerin des Mach-deinen-Ex-fertig-Preises. Was ist ihr zufolge denn passiert?«

»Sie sagt, Danny wäre mit einer Koksladung seines Bosses durchgebrannt.«

»Wer ist Danny?«

»Unser Informant.«

»Dumme Sache, seinem Boß das Kokain zu stehlen.«

»Überhaupt, dem Boß irgendwas zu stehlen.«

»Jetzt weiß er es«, sagte Meyer.

»Auf jeden Fall besteht da keine Verbindung«, sagte Nellie.

»Bis auf die Roofers vielleicht.«

»Eine sehr vage Chance, daß in dieser großen Stadt ...«

»Nun, wir sind der Ansicht, es besteht irgendeine Verbindung.«

»Wollen Sie, daß ich *irgendeine* Anklage gegen Cynthia Keating erhebe?«

»So wie Sie klingen«, sagte Brown, »kriegen wir wohl nichts zusammen.«

»Wollen Sie eine Anklage oder ein Urteil, was?«

»Wir finden, es reicht für ein Geschworenengericht.«

»Das lehnen die ab.«

»Erstens«, sagte Carella, »wußte sie von einer Lebensversicherung in Höhe von fünfundzwanzigtausend Dollar, die ihr Vater hatte ...«

»Peanuts.«

»*Und*«, fuhr Carella unbeirrt fort, »von den Rechten für ein Theaterstück, von dem sie wußte, daß es als Musical herauskommen soll.«

»Ach?«

»Ja.«

»Und sie wußte das, bevor der alte Mann getötet wurde«, sagte Meyer.

»Wann hat sie davon erfahren?«

»Irgendwann im September.«

»Und sie hat die Rechte zwei Wochen nach seinem Tod verkauft.«

»Für wieviel?«

»Dreitausend plus ...«

»Ich bitte Sie.«

»*Plus* sechs Prozent der Einnahmen, geteilt durch vier.«

»Wieviel sind das?«

»Anderthalb Prozent für jeden«, sagte Brown.

»Wie machen Sie das?«

»Köpfchen«, sagte Brown und tippte sich mit dem Finger gegen die Schläfe.

»Wie hoch sind die wöchentlichen Einnahmen?«

»An einem erfolgreichen Musical? Hoch genug«, sagte Carella.

»Papa wollte die Rechte nicht weggeben«, sagte Byrnes. »Der Produzent war dreimal bei ihm und bat schließlich die Tochter um Unterstützung.«

»Er hat noch immer abgelehnt.«

»Warum?«

»Er wollte die eigentliche Autorin schützen.«

»Wie nett.«

»Oder dämlich, je nachdem, wie man es betrachtet.«
»Ich bleibe bei nett.«
»Wie dem auch sei«, sagte Carella, »sie wußte, daß sie etwas erben würde, das ihr wahrscheinlich eine ganze Menge ...«
»Woher wissen Sie, daß sie es wußte?«
»Sie hat es zugegeben.«
»Deshalb hat sie ihn getötet, behaupten Sie.«
»Ja. Nun ja, sie hat jemanden beauftragt, ihn zu töten.«
»Das ist das gleiche. Wie war es um die Gesundheit des alten Mannes bestellt?«
»Zwei Herzinfarkte in den vergangenen acht Jahren.«
»Sie konnte es wohl nicht abwarten, daß er eines natürlichen Todes starb, was?«
»Die Produktion des Musicals war bereits angelaufen. Sie hatten schon einen Songschreiber, einen Buchautor ...«
»Sie sah, wie ihr die Sache zu entgleiten drohte.«
»Also hat sie diesen Jamaikaner angeheuert, damit er ihn tötet. Behaupten Sie.«
»Das behaupten wir.«
»Sie ist nach Houston geflogen, um einen Killer zu engagieren, ist es das?«
»Na ja ...«
»Er kommt doch aus Houston, oder haben Sie das nicht gesagt?«
»So lauten unsere Informationen, ja.«
»Ein Jamaikaner«, sagte Nellie. »Aus Houston.«
»Ja.«
»Ich wußte gar nicht, daß es in Houston Jamaikaner gibt.«
»Offensichtlich gibt es dort welche.«
»Mein Punkt ist ... die Frau ist doch Hausfrau, richtig?«
»Ja.«
»Woher, zum Teufel, soll sie wissen, wie man einen Berufskiller engagiert? Dazu noch in Houston?«

»Na ja ...«

»Verraten Sie mir das mal.«

»Nun ...«

»Ich höre.«

Niemand sagte etwas.

»Erzählen Sie mir von diesem zweiten Mord. Glauben Sie, daß die Hausfrau den auch arrangiert hat?«

»Nein.«

»Nur den ersten?«

»Ja.«

»Dann erzählen Sie mal von dem zweiten.«

»Der Jamaikaner wollte noch ein bißchen Spaß haben, bevor er nach Hause flog«, sagte Brown. »Er geriet mit der Kleinen in Streit. Sie hat zeitweise als Amateurnutte in einem Oben-ohne-Laden in der Stadt gearbeitet.«

»Was für ein Streit?«

»Keine Ahnung. Aber er hat sie erstochen.«

»Warum?«

»Ich sagte doch, sie hatten Streit.«

»Der alte Mann wurde erhängt, nicht wahr?«

»Richtig. Aber Rohypnol wurde in beiden Fällen benutzt. Und wir haben einen Zeugen, der das Mädchen mit dem Jamaikaner zusammen gesehen hat. Er hat eine auffällige Messernarbe im Gesicht und dürfte leicht zu finden sein.«

»Also«, faßte Nellie zusammen, »wir haben einen alten Mann, der wegen Geld getötet wurde, und einen Informanten, der aus dem gleichen Grund sterben mußte, und ein Go-go-Girl, das aus wer weiß welchen Gründen ermordet wurde, aber wenn sie als Nutte gearbeitet hat, können wir durchaus so etwas wie Liebe als Grund annehmen. Damit hätten wir zwei ziemlich gute Motive für einen Mord, was meinen Sie, Liebe und Geld. Ich finde schon.«

Die Detectives enthielten sich eines Kommentars.

»Jetzt brauchen wir nur noch einen vierten Mord«, sagte Nellie.

»Mir reichen die drei«, sagte Meyer.

»Sie glauben, daß die Hausfrau nur hinter einem steckt, oder?«

»Ja.«

»Sie hat diesen mysteriösen Jamaikaner angeheuert, damit er ihren Vater tötet ...«

»So mysteriös ist er gar nicht, Nellie. Wir haben eine eindeutige Beschreibung von zwei Leuten.«

»Eine Narbe im Gesicht, sagten sie?«

»Ja.«

Sie überlegten alle, ob sie ihr auch von der Tätowierung auf seinem Penis erzählen sollten. Sie verzichteten darauf. Carella lächelte.

»Aber Sie können ihn nicht finden«, sagte Nellie.

»Noch nicht.«

»Nicht hier und auch nicht in Houston.«

»Richtig. Aber es besteht eine Verbindung zum Vater und zu der kleinen Nutte.«

»Er hat expandiert, stimmt's? Auf eigene Kosten gearbeitet, sozusagen.«

»Niemand hat was für Klugscheißer übrig, Nellie.«

»Tut mir leid. Ich habe nur überlegt, wie ich eine Anklage durchsetzen kann, ohne mich allzu lächerlich zu machen.«

»Wir denken, daß wir eine starke Position haben, Nellie.«

»*Ich* finde, das Ganze ist eine Seifenblase. Ich bedanke mich für den Ausflug in diese schöne Gegend«, sagte sie und griff nach ihrer Schultertasche. »Es ist immer ein Erlebnis, mal zu sehen, wie die andere Hälfte der Menschheit lebt. Aber wenn Sie wollen, daß ich diese Lady für Sie hochnehme, müssen Sie folgendes tun. Erstens wäre es schön, wenn Sie den Jamaikaner mit der Messernarbe und diesem anderen Merkmal finden, über das Sie sich schon die ganze Zeit amüsieren. Aber das wäre zu schön, um wahr zu sein. Da uns der Vollstrecker fehlt – ich wähle diesen Ausdruck, weil wir nach einem Henker und einem Messerhelden Ausschau halten –, sollten Sie besser Beweise finden, die plausibel erklären, wie eine Hausfrau mit einem Rechtsanwalt als Ehemann Kontakt zu einem jamaikanischen Berufskiller aufnehmen kann. Hat sie ihn in Houston angerufen? Oder vielleicht in Kingston? Hat sie ihn aus dem Internet? Oder traf sie ihn in einer Bar? Hat sie ihm ins Gefängnis geschrieben? Bringen Sie mir irgendeinen Beweis, der die beiden zusammenbringt, wer immer er sein mag – und erzählen Sie mir nicht, daß er gar nicht so mysteriös ist, Steve. Ich denke nämlich, daß er *verdammt* mysteriös ist. Wenn Sie alle wirklich glauben, daß er die Roofers von diesem Typ in Hightown gekriegt hat – und das klingt verdammt weit hergeholt –, sollten Sie rauskriegen, ob es tatsächlich so war, und sich bessere Informationen über ihn besorgen, als Sie sie zur Zeit haben, nämlich etwas, das eindeutig zu ihm führt. Wenn Sie das alles erledigt haben, wissen Sie, wo Sie mich erreichen können. Bis dann, Freunde«, sagte sie, winkte ihnen zu, zog sich wieder die Kapuze über den Kopf und ging hinaus.

Lorraine Riddock konnte ihre Erregung kaum zügeln.

Sie war neunzehn Jahre alt und hatte rotes Haar. Sie studierte im zweiten Jahr an der Ladd-Universität, keine drei Kilometer stadtauswärts, und arbeitete seit Semesterbeginn stundenweise für Reverend Foster. Die meiste Zeit klebte sie Briefumschläge zu und bediente die Frankiermaschine, aber sie hatte den Job angenommen, weil sie politische Wissenschaften studierte und sich leidenschaftlich für das Wahrheits- und Gerechtigkeitsprogramm des Reverends einsetzte. Während der letzten beiden Tage –

seit der brutalen Mißhandlung von Hector Milagros – hatte Foster ihr gestattet, an einigen Strategiekonferenzen teilzunehmen, und so hatte sie das Gefühl, einiges zu dem Plan beigetragen zu haben, den er an diesem Abend verkünden würde.

Die drei weißen Männer im taktischen Komitee des Reverends nannten sich die »Vorzeigeweißen«, worüber sich sogar Foster amüsierte, obgleich er normalerweise jeden Ausdruck vermied, ob nun für Weiße oder Schwarze, den man als rassistisch betrachten könnte. Es gab Schwarze von der Straße, die das Wort »Nigger« so selbstverständlich benutzten, als stecke darin nicht jahrhundertealter Haß, sondern als sei das Wort eine Anrede wie »Bruder« oder »Schwester«. Hier in den Büros über der Kirche jedoch hatte Lorraine dieses Wort noch nie gehört, ganz sicher nicht von einem der Weißen, aber auch von keinem Schwarzen. Es war ein Wort, das sie selbst in ihrem ganzen Leben noch nie über die Lippen gebracht hatte. Sie nahm kaum wahr – und es war ihr wirklich gleichgültig –, wer von den Versammelten an diesem Tag weiß oder schwarz war, beides ohnehin völlig falsche Bezeichnungen. Weiß war die Farbe von Schnee, und schwarz war die Farbe von Kohle. Niemand hier war auch nur annähernd schneeweiß oder kohlrabenschwarz.

»Sie sind jetzt bereit für Sie, Rev«, sagte jemand, und Lorraine drehte sich um und sah, wie Walter Hopwell vom mobilen Fernsehteam herüberkam. Er trug die Kluft, die sein Markenzeichen war: schwarze Jeans, einen schwarzen Rollkragenpullover und darüber einen hellbraunen Sportsakko. Sein kahler Schädel schien nur unwesentlich schwächer zu glänzen als der goldene Ohrring in seinem linken Ohrläppchen.

»Die Elf-Uhr-Nachrichten«, flüsterte jemand hinter ihr.

Lorraine schaute auf die Uhr. Es war jetzt kurz vor neun, daher mußte das ein Mitschnitt sein. Hopwell reichte Foster eine Haarbürste, die er ablehnte.

»Die Blumen sehen ein wenig verwelkt aus, Rev«, stellte einer der Helfer fest. »Vielleicht sollten Sie nicht so nahe herangehen.«

Foster machte ein paar Schritte zur Seite und bewegte sich dabei genauso elegant und fließend wie der Boxer, der er früher gewesen war. Er fand einen Platz, in dessen Nähe ein gerahmtes Foto von Martin Luther King an der Wand hing. Eine Blondine in einer dunkelblauen Jacke und einem grauen Rock machte ein paar Schritte auf ihn zu und sprach in ihr Mikrofon: »Brauchen wir noch eine weitere Probe?« Und dann rief sie: »Eins, zwei, drei, hallo, hallo, hallo, okay? ... Wollen Sie meinen Rat?« fragte sie Foster.

»Gern«, sagte er.

»Lassen Sie das mit King. Die Leute schauen nur auf ihn, anstatt auf Sie.«

»Was schlagen Sie statt dessen vor?« fragte Foster.

»Versuch mal folgendes, Will«, sagte sie ins Mikrofon. »Auf mich für die Einleitung, dann auf das King-Bild und dann hinüber zum Reverend.« Sie wartete einen Moment und fragte dann: »Wie sieht das aus?« Sie lauschte ihrem Ohrhörer und sagte: »Okay, super. Sie haben jetzt beides, Reverend«, sagte sie dann zu Foster. »Bin ich nicht gut? Sagen Sie ein paar Worte für den Ton, okay?«

»Eins, zwei, drei, vier«, sagte Foster.

»Danke«, sagte sie. »Ich spreche die Einleitung, dann ein Schwenk auf King und dann zu Ihnen. Sag, wenn du bereit bist, Jimmy«, meinte sie zu jemandem.

»Ich will erst noch nachladen«, sagte Jimmy. »Wir sind fast am Ende.«

Sie wartete, während er die Kassette wechselte, und meinte dann: »Okay, zehn Sekunden, bitte. Achtung, Leute!«

Eine junge Frau mit einem Kopfhörer begann den Countdown: »Zehn, neun, acht, sieben, sechs ...« und verstummte, während sie die Sekunden an den Fingern herunterzählte und dabei die Hand der Reporterin entgegenstreckte – fünf, vier, drei, zwei, eins – und dann den Zeigefinger auf sie richtete, während im gleichen Moment das rote Licht an der Kamera zu blinken begann.

»Hier ist Bess MacDougal in der First Baptist Church in Diamondback, wo der Reverend Gabriel Foster eine Pressekonferenz einberufen hat.«

Die Kamera schwenkte an dem King-Foto vorbei und richtete sich auf Foster, der einen ernsten, aber zugleich leicht zornigen Gesichtsausdruck hatte. Regentropfen rannen am Fenster hinter ihm herab.

»Es ist mir egal, welche Hautfarbe ihr da draußen habt«, sagte er, »aber ihr müßt mir glauben, daß das, was der Bürgermeister heute verkündet hat, nicht der Wahrheit entsprach und ungerecht war. Wahrheit und Gerechtigkeit! Darum geht es, und nur das ist wichtig!«

»Jawohl, Rev!« rief jemand.

»Der Bürgermeister hat erklärt, es wäre keiner seiner Detectives gewesen, der am Samstag abend in den Katakomben erschien und Hector Milagros zusammenschlug, und das ist nicht wahr! Der Bürgermeister hat erklärt, Hector Milagros sei ein geständiger Mörder und verdiene nicht das Mitleid der Menschen dieser wundervollen Stadt, und das ist nicht gerecht!«

»Hört, hört!«

»Es ist mir egal, ob du ein streitsüchtiger schwarzer Mann bist, der eine Pistole braucht ...«

»Sag's ihnen, Rev!«

»Es ist mir egal, ob du so ein Mensch bist oder eine bigotte Seele, die alle Weißen freundlich anlächelt und ihnen hinter ihrem Rücken wünscht, tot umzufallen ...«

»Oh, Gott!«

»Ganz gleich, was für ein Afroamerikaner du bist, reich oder arm, Doktor oder Arbeiter, ob du klug oder dumm bist, ob Telefonistin oder jemand, der auf Händen und Knien den Boden schrubbt, wie meine Mama es getan hat, als ich in Mississippi zur Welt kam ... ich weiß auf jeden Fall tief in meinem Herzen und in meiner Seele, daß es da draußen keinen einzigen unter euch gibt – ob schwarz oder weiß –, der nicht über das entsetzt ist, was diesem Mann zustieß, während er in Untersuchungshaft saß und alles Recht auf Schutz hatte.«

Der Applaus war ohrenbetäubend.

Bess MacDougal hörte und schaute zu und wartete auf ihr Zeichen, ins Studio zurückzuschalten.

»Daher verspreche ich euch heute folgendes. Ab acht Uhr morgen früh, wenn Schichtwechsel ist, werden vor jedem Polizeirevier in der Stadt Leute aufmarschieren! Tausende werden es sein, die vor den Katakomben erscheinen, um ihre Stimmen im Protest zu erheben und eine Untersuchung zu fordern, die zur Verhaftung der beiden Detectives führen soll, die für diesen brutalen Akt gegen einen Mann in Gefangenschaft verantwortlich sind! Wir werden nicht nachgeben, bis wir die Wahrheit erfahren! Wir werden nicht schweigen, bis für Gerechtigkeit gesorgt ist! Wahrheit und Gerechtigkeit! Nur darauf kommt es an, und nur das verlangen wir!«

Das Mädchen mit den Kopfhörern deutete wieder auf Bess.

»Sie hörten Reverend Gabriel Foster«, sagte sie, »hier in der First Baptist Church in Diamondback. Ich bin Bess MacDougal. Zurück zu euch, Terri und Frank.«

Gelächter erklang, schwarz und weiß, das Rauschen des Regens gegen die Fenster, die flappsigen Bemerkungen der Fernsehcrew, die ihre Geräte zusammenpackte. Bess Mac-

Dougal meinte zu Foster, was für eine schöne, zu Herzen gehende Rede er doch gehalten habe, und ging hinüber zu ihren Leuten. Lorraine schlenderte dorthin, wo eine Reporterin von *Ebony* Foster gerade fragte, ob er vielleicht bereit wäre, sich für ein Foto nach draußen in den Regen zu stellen ...

»Unter einem Regenschirm natürlich«, sagte sie und lächelte ihn an. »Als Unterschrift hatte ich mir gedacht: ›Stürmt, ihr Winde!‹«

»Macbeth«, sagte Foster sofort.

»Womit ich natürlich auf die Mauer des Schweigens anspiele«, sagte die Reporterin.

»Ich verstehe. Gedulden Sie sich zehn Minuten. Ich treffe Sie draußen.«

Lorraine streckte ihm die Hand entgegen.

»Das war wunderbar«, sagte sie.

Foster ergriff die Hand.

»Danke, Lorraine«, sagte er.

Bis zu diesem Moment hatte sie nicht einmal geahnt, daß er ihren Namen kannte. Sie spürte, wie ihr plötzlich das Blut ins Gesicht schoß, der verräterische Fluch jeder Rothaarigen mit heller Haut. Bis zu ihren Zehenspitzen errötend, ließ sie seine Hand los und entfernte sich. Walter Hopwell rief ihr zu: »Lorraine? Möchtest du Kaffee?« Ein Mitglied der Fernsehcrew rief Bess zu, daß sie schnellstens wegen einer Reportage in die Stadt müßten, und alle Fernsehleute rannten hinaus, und zurück blieben nur die Zeitungs- und Illustriertenreporter und Fosters Leute, schwarz und weiß, und der Regen und die lange Nacht, die vor ihnen lag.

Sie stand an der Straßenecke im Regen, einen baufälligen Regenschirm über dem Kopf, die Hälfte der Stangen zerbrochen, während der Regen herabrauschte, als würde er niemals mehr aufhören. Plötzlich stoppte ein dunkelblaues Auto am Bordstein, und das Fenster auf ihrer Seite wurde heruntergefahren.

»Lorraine!« rief eine Männerstimme.

»Wer ist da?« fragte sie und bückte sich, um in den Wagen zu schauen.

»Ich«, sagte er. »Soll ich dich mitnehmen?«

Sie ging zum Wagen und schaute genauer hin.

»Oh. Hi«, sagte sie.

»Steig ein«, sagte er. »Ich fahr dich nach Hause.«

»Der Bus kommt jeden Moment.«

»Es macht mir keine Umstände.«

»Aber nur, wenn es auf deinem Weg liegt.«

»Steig ein, ehe du ertrinkst«, sagte er und beugte sich über den Beifahrersitz, um die Tür zu öffnen. Sie rutschte auf den Sitz, klappte den Regenschirm zusammen, schwang die Beine hinein und zog die Tür hinter sich zu.

»So ein Mistwetter«, schimpfte sie.

»Wohin?«

»Ecke Talbot und 28th.«

»Stets zu Diensten«, sagte er, legte den Gang ein und steuerte den Wagen in den fließenden Verkehr. Die Scheibenwischer kämpften gegen den Regen. Die Heizung blies warme Luft auf ihre Füße und ihr Gesicht. Im Wagen war es so warm und sicher wie in einem Kokon.

»Wie lange hast du schon da draußen gestanden?« wollte er wissen.

»Zehn Minuten mindestens.«

»Um diese Uhrzeit weiß man nie, wann der Bus kommt.«

Die Digitaluhr im Armaturenbrett zeigte zweiundzwanzig Uhr siebenunddreißig.

»Das macht mir nichts aus«, sagte sie. »Aber das *Wetter*!«

»Schnee, Regen«, sagte er, »was kommt als nächstes? Und wir haben noch nicht mal richtig Winter.«

»Ach, ich weiß«, sagte sie.

»Wie hat es dir heute gefallen?«

»Es war wunderbar.«

»Ich konnte sehen, daß es dir Spaß gemacht hat.«

»Ich arbeite gern für ihn, du auch?«

»Natürlich.«

»Warst du schon mal dabei, als er fürs Fernsehen interviewt wurde?«

»Ein- oder zweimal. Er ist eine erstaunliche Persönlichkeit.«

»Ich weiß, ich weiß.«

Sie verstummten und dachten an die Protestversammlungen vor den Polizeirevieren am nächsten Tag. Dabei wurde ihnen auch bewußt, wie stolz sie darauf sein konnten, für diesen wundervollen Menschen zu arbeiten, der so viel für die Beziehungen zwischen den Rassen in dieser Stadt tat. Lorraine war einem Revier draußen in Majesta zugeteilt worden. Sie wußte noch nicht einmal genau, wo das war.

»Ich hoffe nur, daß es nicht regnet«, sagte sie. »Morgen, meine ich.«

»Oder schneit«, sagte er. »Schnee wäre noch schlimmer.«

»Wo bist du?«

»Vor dem Fünften. Unten im Quarter. In der Nähe des Ramsey U.«

»Ich wohne gleich da vorn«, sagte sie. »Auf der rechten Seite.«

»Okay.«

Er lenkte den Wagen an den Bordstein und warf einen Blick auf die Uhr im Armaturenbrett. Sie zeigte acht Minuten vor elf.

»Verdammt«, sagte er. »Jetzt versäume ich es bestimmt.«

»Was denn?«

»Die Nachrichten. Sie fangen um elf an. Er ist bestimmt die Meldung des Tages.«

»Oh«, sagte sie. »Ja. Das ist schade.«

»Na ja, es kommen sicher noch andere Berichte.«

»Warum ... nun ... warum kommst du nicht mit zu mir rauf? Und siehst dir dort die Nachrichten an?«

»Es ist schon spät«, sagte er. »Morgen ist ein wichtiger Tag.«

»Wenn wir uns nicht beeilen, versäumen wir beide die Nachrichten«, sagte sie.

Er parkte und schloß den Wagen ab, und sie rannten durch den Regen zu ihrem Apartmenthaus, wobei ihr Regenschirm angesichts der erbarmungslosen Wassermassen praktisch nutzlos war. Als sie die kleine Wohnung betreten hatten, schaltete sie sofort den Fernseher ein und fragte ihn dann, ob er ein Bier oder etwas anderes haben wolle.

»Bediene dich, es ist alles im Kühlschrank«, sagte sie, deutete auf die winzige Küche und begab sich dann ins Bad auf der anderen Seite der Diele. Er holte zwei Bierflaschen aus dem Kühlschrank, fand einen Flaschenöffner in der obersten Schublade der Küchenanrichte und öffnete beide Flaschen. Er fand auch zwei Gläser in dem Schrank über der Spüle und füllte sie. Dann warf er einen Blick auf die geschlossene Badezimmertür, holte einen Streifen mit zwei eingeschweißten weißen Tabletten aus der Tasche und ließ sie in eins der Gläser fallen.

Als sie wenige Sekunden später zurückkam, saß er auf der Couch im Wohnzimmer. Die Nachrichten fingen gerade an. Wie er vermutet hatte, war die Ansprache Gabriel Fosters die Hauptmeldung des Tages. Er reichte ihr eins der Gläser.

»Danke«, sagte sie.

»Hier ist Bess MacDougal in der First Baptist Church in Diamondback ...«

»Da ist es schon«, sagte sie.

»Prost«, sagte er.

»Da bist *du*! Schau doch, da bist du!«

»Prost«, sagte er wieder.

»Und da bin ich! Siehst du?«

»... eine Pressekonferenz einberufen hat.«

Der Schwenk über das Foto von Martin Luther King hatte genau die Wirkung, die Foster sich wahrscheinlich erhofft hatte, und bildete eine dramatische bildhafte Verbindung zwischen dem ermordeten Bürgerrechtskämpfer und ihm selbst. Sie verstummten beide, als er zu reden begann.

»Es ist mir egal, welche Hautfarbe ihr da draußen habt«, sagte er, »aber ihr müßt mir glauben, daß das, was der Bürgermeister heute verkündet hat, nicht der Wahrheit entsprach und ungerecht war. Wahrheit und Gerechtigkeit! Darum geht es, und nur das ist wichtig!«

»Jawohl, Rev!« rief jemand.

»Schau ihn dir an«, sagte Lorraine.

»Wunderschön.«

»Der Bürgermeister hat erklärt, es wäre keiner seiner Detectives gewesen, der am Samstag abend in den Katakomben erschien und Hector Milagros zusammenschlug, und das ist nicht wahr!«

»Sein Charakter trägt alles.«

»Seine Ernsthaftigkeit.«

»Charakter und Ernsthaftigkeit, genau.«

»Der Bürgermeister hat erklärt, Hector Milagros sei ein geständiger Mörder und verdiene nicht das Mitleid der Menschen dieser wundervollen Stadt, und das ist nicht gerecht!«

»Hört, hört!«

»Es ist mir egal, ob du ein streitsüchtiger schwarzer Mann bist, der eine Pistole braucht ...«

»Sag's ihnen, Rev!«

»Es ist mir egal, ob du so ein Mensch bist oder eine bigotte Seele, die alle Weißen freundlich anlächelt und ihnen hinter ihrem Rücken wünscht, auf der Stelle tot umzufallen ...«

»Oh, Gott!«

»Ganz gleich, was für ein Afroamerikaner du bist, reich oder arm, Doktor oder Arbeiter, ob du klug oder dumm bist ...«

»Prost«, sagte Lorraine endlich und hob das Glas.

»Prost«, sagte er.

»... ob Telefonistin oder jemand, der auf Händen und Knien den Fußboden schrubbt ...«

Sie stießen mit den Gläsern an und tranken.

Als Arthur Brown am Mittwoch morgen zum Dienst erschien, marschierten mindestens drei Dutzend Menschen vor dem Reviergebäude auf und ab und veranstalteten ein lautes Protestgeschrei. Ein Schwarzer, der ein Schild mit der Aufschrift WAHRHEIT UND GERECHTIGKEIT trug, musterte Brown mit einem bösen Blick und sagte: »Ich würde an deiner Stelle nicht dort reingehen, Bruder.«

»Ich arbeite hier, Bruder.«

»Du solltest dir einen anderen Job suchen.«

Brown marschierte einfach weiter, die vertrauten Stufen hoch und an dem uniformierten Beamten vorbei, der auf der obersten Stufe vor der ramponierten Holztür stand, die von großen grünen Kugeln mit den Ziffern 87 eingesäumt wurde. Sergeant Murchison, der hinter dem Meldepult Dienst tat, fragte: »Tanzen die noch immer da draußen herum?«

»Sieht so aus«, sagte Brown und stieg die Stahltreppe hinauf, die zum Dienstzimmer im zweiten Stock führte.

Genaugenommen wußte er nicht, welche Einstellung er zu den Leuten hatte, die da draußen umhermarschierten und Sprechchöre anstimmten. Er wußte, daß es ganz sicher falsch war, daß zwei Detectives losgezogen waren und einen Gefangenen in seiner Arrestzelle zusammengeschlagen hatten, ganz gleich, ob er schwarz oder weiß war. Aber dieser Mann unten in den Katakomben arbeitete für einen Drogenhändler, und ihm war genau das widerfahren, was er selbst für diesen Dealer erledigte: Er verprügelte Leute. Manchmal ermordete er sie auch, wie er es mit Danny Nelson getan hatte. Brown mußte sich die Frage stellen – und diese Frage stellte Reverend Foster *niemals* –, ob der Mann zusammengeschlagen worden war, weil er schwarz oder weil er einfach nur ein dummes Stück Scheiße war. Die Wahrheit würde man erst erfahren, wenn man die beiden Detectives fand, die Milagros aus irgendeinem Grund zusammengeschlagen hatten. Brown sah es so ... Wenn man zuließ, daß jemand einen Schwarzen verprügelte, nur weil er schwarz war, könnte man das nächste Mal selbst an der Reihe sein. Er wußte, daß es auf dieser Welt eine Menge Hurensöhne gab, die sich nichts dabei denken würden, ihm nur wegen seiner Hautfarbe eins über den Schädel zu geben, das wußte er. Aber er war Cop. Und während seiner Tätigkeit hatte er so manchen schwarzen Hurensohn ausgeschaltet, der ihm ans Leder wollte, und in diesen Fällen hatte das nichts mit der Hautfarbe zu tun gehabt. Er hatte es auch nicht bedauert. Das war die Wahrheit. Ob es gerecht war, das war eine andere Geschichte.

Auf seinem Weg in den Dienstraum gewahrte er als erstes eine rothaarige junge Frau, die an Bert Klings Schreibtisch saß.

Meyer informierte ihn, daß sie auf jemanden wartete, der Vergewaltigungen bearbeitete.

Sie sah ganz und gar nicht wie ein Cop aus und erst recht nicht wie jemand, der mit Lorraine über eine Vergewaltigung sprechen wollte. Sie war Mitte dreißig, schätzte Lorraine, mit schwarzem, stufig geschnittenem Haar und braunen Augen hinter einer Designerbrille, eine schlanke mittelgroße Frau, die einen Mantel trug, wie man ihn manchmal bei Offizieren der Navy sehen konnte, ohne Hut und Handschuhe, obgleich die Temperatur an diesem Morgen unter den Gefrierpunkt gesunken war und ein heftiger Wind wehte. Eine blaue Ledertasche hing von ihrer linken Schulter herab. Lorraine vermutete, daß eine Waffe darin steckte, wenn sie ein Cop war, obgleich sie überhaupt nicht aussah wir ein Cop. »Miss Riddock?« fragte sie und streckte die Hand aus. »Ich bin Detective Annie Rawles.« Sie tauschten einen kurzen Händedruck aus. »Gehen wir ein Stück den Flur entlang, okay?« schlug sie vor. »Dort sind wir ungestört.«

Lorraine nickte und folgte ihr durch die Schwingtür im Holzgeländer und dann einen Korridor entlang zu einer Tür mit der Aufschrift VERHÖRZIMMER auf der oberen Milchglasscheibe. Der Raum dahinter hatte keine Fenster. Sie nahmen an einem langen Tisch Platz, der mit Brandflecken von unzähligen Zigaretten übersät war. Ein Spiegel hing an einer Wand. Lorraine fragte sich unwillkürlich, ob es wohl ein Einwegspiegel war. Sie hätte auch gern gewußt, ob hinter der fleckigen grünen Wand jemand saß und alles beobachtete und belauschte.

»Wollen Sie darüber sprechen?« fragte Annie.

Das Mädchen sah nicht so aus wie das übliche Vergewaltigungsopfer. Gewöhnlich sah man bei ihnen eine stumme, geschockte Haltung, einen unsteten Blick in den Augen. Gewöhnlich waren die Schultern herabgesunken und die Finger ineinander verkrampft wie bei einem Gebet, die Knie zusammengepreßt, und auf dem Gesicht lag ein Ausdruck der Scham. Statt dessen funkelten Lorraines Augen vor Zorn, und ihr Mund war eine schmale kleine

Linie in ihrem Gesicht. Als sie zu reden begann, war ihre Stimme klar und deutlich.

»Ich wurde vergewaltigt«, erklärte sie.

»Wann ist das passiert?«

»Vergangene Nacht.«

»Um welche Uhrzeit?«

»Das weiß ich nicht.«

»Sie wissen ...«

»Irgendwann nach elf Uhr.«

»Wo, Miss Riddock?«

»In meinem Apartment.«

»Wie ist er in ihr Apartment gelangt?«

»Ich habe ihn eingeladen.«

»War es eine Verabredung?«

»Nein. Wir arbeiten zusammen.«

»Erzählen Sie, was geschehen ist.«

»Ich weiß nicht, was geschehen ist.«

»Sie wissen nicht ...«

»Ich erinnere mich nicht. Aber ich weiß, daß ich vergewaltigt wurde.«

»Haben Sie etwas getrunken, Miss Riddock?«

»Ja.«

»Wieviel haben Sie getrunken?«

»Nur ein Bier. Wir tranken Bier, während wir vor dem Fernseher saßen. Reverend Foster hatte am Abend ein Interview gegeben. Wir schauten es uns im Fernsehen an.«

»Wer ist Reverend Foster?«

»Gabriel Foster. Der heute morgen überall in der Stadt Protestveranstaltungen organisiert hat. Kennen Sie Gabriel Foster nicht? Ich sollte jetzt eigentlich in Majesta sein.«

»Sie haben vor dem Fernseher gesessen ...«

»Ja.«

»Und was geschah dann?«

»Ich erinnere mich nicht.«

»Aber Sie sagen, Sie wurden vergewaltigt.«

»Ja.«

»Wenn Sie sich an nichts erinnern können ...«

»Da war Blut«, sagte Lorraine. »Als ich heute morgen aufwachte. In meinem Bett. Auf dem Laken. Und ich bin erst in zwei Wochen fällig«, sagte sie. »Das war nicht meine Periode. Es war aber auch nicht sehr viel Blut. Jemand hat mich vergewaltigt.«

»Lorraine ...«

»Ich bin Jungfrau«, sagte sie. »Ich wurde vergewaltigt.«

Eine Ärztin im Morehouse General untersuchte Lorraine und entdeckte ein vor kurzem perforiertes Hymen und zahlreiche Verletzungen im Genitalbereich, die auf ein gewaltsames Eindringen schließen ließen. Eine Krankenschwester fertigte zwei vaginale Abstriche an und sammelte Proben von Haaren, die sie aus Lorraines Schambereich aufsammelte, schnitt Vergleichsproben von Lorraines eigenem Schamhaar ab und führte dann einen Azidphosphatase-Test in Lorraines Genitalbereich durch. Die augenblicklich einsetzende Rotfärbung deutete auf das Vorhandensein von Samenflüssigkeit hin. Sie befanden sich noch innerhalb des zweiundsiebzigstündigen Testzeitraums für Rohypnol: Man fand in ihrer Urinprobe das Metabolit, das einen Kontakt mit Flunitrazepam bewies.

Annie Rawles machte sich selbst auf den Weg, um die Verhaftung vorzunehmen.

Annie identifizierte ihn auf Anhieb unter den ungefähr vierzig Männern und Frauen, die in der bitteren Kälte vor dem Fünften Revier auf und ab marschierten. Wie alle anderen trug auch er ein Schild mit der Aufschrift WAHRHEIT UND GERECHTIGKEIT. Wie alle anderen rief auch er die Worte immer und immer wieder. Aber er war der einzige

Weiße in der Gruppe. Lorraine Riddock hatte Lloyd Burton als einen verklemmt und leicht trottelig wirkenden Typen mit Brille beschrieben, etwa einsfünfundsiebzig groß, mit braunem Haar, braunen Augen und einem Pickelgesicht. Er entsprach genau dem Bild.

Annie schob sich neben ihn und fiel in den gleichen Schritt.

»Mr. Burton?« fragte sie.

Er wandte sich erschrocken um.

»Ja?« sagte er.

»Lloyd Burton?«

»Ja?«

Ihr Atem füllte die vor Kälte klirrende Luft vor ihnen.

»Sie sind verhaftet, Sir«, sagte sie.

Eine schwarze Frau, die hinter ihnen marschierte, meinte: »Wenn Sie ihn verhaften, können Sie mich auch gleich mitnehmen.«

»Nicht, wenn Sie keine Vergewaltigung begangen haben«, sagte Annie, holte ein Paar Handschellen aus ihrer Schultertasche und begann, die Miranda-Formel aufzusagen.

Sie verhörte ihn im selben Raum, in dem Lorraine Riddock ihn drei Stunden zuvor beschrieben hatte. Er hatte eine irgendwie quäkende, hohe Stimme, die in dem kleinen, fensterlosen Raum unangenehm widerhallte. Im angrenzenden Zimmer beobachtete Lieutenant Albert Genetti, Annies direkter Vorgesetzter im Team für Sexualdelikte, den Verlauf der Befragung und hörte aufmerksam zu.

»Wo waren Sie gestern abend um elf Uhr?« wollte sie von Burton wissen.

»Zu Hause vor dem Fernseher«, antwortete er.

»Wo ist zu Hause?«

»637 South Third.«

»War jemand bei Ihnen?«

»Nein. Ich lebe allein.«

»Sie sind sicher, daß Sie nicht in der Talbot Ecke 28th waren?«

»Ganz sicher.«

»1271 Talbot?«

»Nein.«

»Apartment 3-D?«

»Kenne ich nicht.«

»Und zusammen mit einem Mädchen namens Lorraine Riddock ferngesehen haben?«

»Nein, das habe ich nicht. Ich war allein zu Hause.«

»Sie kennen Lorraine, nicht wahr?«

»Ja, sicher. Aber ich war gestern abend nicht bei ihr.«

»Aber Sie waren mit ihr in der First Baptist Church, nicht wahr?«

»Ja, aber nicht so spät. Nicht um elf Uhr, wie Sie gefragt haben.«

»Sie waren bei Gabriel Fosters Pressekonferenz, oder?«

»Ja, da war ich.«

»Das beweist das Fernsehvideo.«

»Ich weiß. Ich hab's gesehen.«

»Lorraine stand direkt neben Ihnen. Auf dem Band.«

»Ich weiß.«

»Wo haben Sie es gesehen? Das Video, meine ich.«

»In den Nachrichten an diesem Abend. Zu Hause.«

»Haben Sie Lorraine nach der Pressekonferenz nicht nach Hause gebracht?«

»Doch, das habe ich.«

»Sind Sie nicht gestern abend um kurz vor elf mit ihr in ihre Wohnung mitgegangen?«

»Nein, ich habe sie unten abgesetzt.«

»Sie sind nicht mit ihr raufgegangen, um sich die Elf-Uhr-Nachrichten anzusehen?«

»Nein, ich bin nach Hause gefahren.«

»Haben Sie nicht mit ihr Bier getrunken, während die Nachrichten liefen?«

»Nein, ich bin nach Hause gefahren und habe die Nachrichten dort gesehen.«

»Sie haben kein Bier mit ihr getrunken?«

»Nein.«

»Sie haben keine Roofers in ihr Bier getan?«

»Ich weiß gar nicht, was das ist ... Roofers.«

»Woher hatten Sie die Roofers, Mr. Burton?«

»Ich weiß gar nicht, was Roofers sind.«

»Mr. Burton, Sie wissen, daß wir Ihnen Fingerabdrücke abnehmen dürfen, nicht wahr?«

»Nun, nein, das dürfen Sie nicht, glaube ich. Wenn Sie das vorhaben, muß ich mir das mit dem Anwalt doch noch mal überlegen.«

»Sie können jederzeit einen Anwalt haben, aber das ändert nichts an der Tatsache, daß wir Ihnen die Fingerabdrücke abnehmen dürfen. Wenn Sie Ihren Anwalt anrufen wollen ...«

»Wahrheit und Gerechtigkeit hat eigene Anwälte.«

»Gut, rufen Sie einen an. Wenn Sie das Ganze zu einem politischen Fall machen wollen, nur zu. Ich beschuldige Sie nur einer klassischen Vergewaltigung.«

»Dann möchte ich jetzt lieber einen Anwalt anrufen.«

»Gut, ich hole Ihnen ein Telefon. Und wenn Sie sich dabei besser fühlen, nehme ich Ihnen die Fingerabdrücke nicht ab, ehe er hier ist. Ich würde aber gern ...«

»Das haben Sie mir schon gesagt. Sie wollen mir eine Vergewaltigung anhängen.«

Ja, du Dreckschwein, dachte Annie.

»Darauf läuft es hinaus«, sagte sie. »Aber vorher möchte ich Ihre Fingerabdrücke mit den Abdrücken vergleichen, die wir auf zwei Bierflaschen in Lorraine Riddocks Küche sicherstellen konnten.«

Burtons Gesicht wurde bleich.

»Haben Sie was vergessen?« fragte Annie.

Junius Craig war einer von einem Stab von fünf schwarzen Anwälten, die von Wahrheit und Gerechtigkeit engagiert waren. Er informierte Burton unter vier Augen, daß »Geschlechtsverkehr mit einer weiblichen Person, die wegen vorübergehender physischer Hilflosigkeit nicht ihre Einwilligung bekunden kann«, laut Paragraph 130 Absatz 35 des Strafgesetzes als schwere Vergewaltigung gewertet wurde, ein Vergehen, das mit mindestens drei bis sechs und höchstens sechs bis fünfundzwanzig Jahren Zuchthaus geahndet wurde. Er empfahl Burton, falls er befürchtete, daß seine Fingerabdrücke mit den Abdrücken auf den Bierflaschen in der Küche des Opfers oder Proben seines Schamhaars mit irgend etwas übereinstimmen könnten, das man im Genitalbereich des Mädchens gefunden hatte, oder – eine durchaus denkbare weitere Möglichkeit – ein DNS-Vergleich zwischen seinem Samen und irgendwelchen Spuren aus der Vagina des Mädchens positiv ausfallen könnte ...

»Und vertun Sie sich nicht«, warnte er seinen Klienten, »sie werden diese Proben von Ihnen kriegen. Ich vermute, sie beschaffen sich einen Gerichtsbeschluß ...«

»Sie sollen sich auch für meine Fingerabdrücke einen Gerichtsbeschluß besorgen«, sagte Burton.

»Den brauchen sie nicht. Den Miranda-Vorschriften zufolge brauchen sie auch keinen für die Proben. Aber sie gehen auf Nummer Sicher, weil Sie aus einer Gruppe demonstrierender Bürgerrechtskämpfer rausgeholt wurden. Also, was sagen Sie dazu?«

»Wozu?«

»Zu einer dieser Möglichkeiten.«

Burton gab keine Antwort.

»Denn falls Sie annehmen, daß eine dieser Möglichkeiten

in Betracht kommt, würde ich vorschlagen, daß wir sofort versuchen, einen Handel abzuschließen. Fünfundzwanzig Jahre in einem Staatsgefängnis sind eine lange Zeit.«

»Sie wollte es genauso wie ich«, sagte Burton.

»Sie haben Glück, daß Sie ein Weißer sind.«

»Wie dem auch sei, die Roofers hatte ich von Walter Hopwell«, sagte Burton.

Sie hatten ihn dermaßen mit Betäubungsmitteln vollgepumpt, daß er sich nicht mal an seinen eigenen Namen erinnern konnte, aber wie angenehm war dieser Zustand! Ein winziger Stich mit einer Nadel, und schon verschwand der pulsierende Schmerz in seinem Bein, und sofort trieb er auf weichen Wolken der Seligkeit dahin. Er versuchte sich zu erinnern, wie lange er schon Cop war, bekam aber nicht mal zusammen, wie er sich heute nacht die Kugel eingefangen hatte. Letzte Nacht? Oder vor zwei Nächten? Welchen Fall hatte er bearbeitet? Er versuchte sich daran zu erinnern, wie viele Fälle das 87. im Laufe der Jahre bearbeitet hatte, aber er wußte noch nicht einmal, wo das Revier war. Er lag lächelnd in seinem Krankenhausbett, strengte seine Erinnerung an, ließ Opfer und Täter aufmarschieren, katalogisierte die Fälle nach ihren Eigenschaften, ihren typischen Merkmalen, und arrangierte sie dann alphabetisch, um wenigstens eine Ahnung von Ordnung zu schaffen. Dabei lächelte er, zufrieden damit, was für ein gescheiter Detective er war, auch wenn er sich hatte anschießen lassen – bis er durcheinander kam und wieder von vorn anfangen mußte. Schön, okay, wie viele waren es? Zehn, zwanzig? Wer kann das schon sagen, dachte er, wie gewonnen, so zerronnen. Vielleicht vierzig? Wer zählt das schon? Wer erinnert sich, wen interessiert es überhaupt, ich wurde *angeschossen*! Ich verdiene einen Orden oder so was allein dafür, daß ich hier bin. Zwei Orden, wenn ich sterbe.

Ich erinnere mich an Marilyn Hollis.

Ich erinnere mich, Marilyn Hollis geliebt zu haben. Ich erinnere mich an Gift, ich erinnere mich an diese Dreckschweine, die die große Liebe meines Lebens erschossen haben, die Marilyn Hollis getötet haben. Wenn ich in diesem Moment, in diesem Bett sterben sollte ...

Es müssen mindestens fünfzig sein, meinst du nicht?

Mindestens.

Laß uns tanzen, Marilyn.

Marilyn?

Möchtest du tanzen?

Darf ich dich um diesen letzten Tanz bitten?

Bryan Shanahan, der Detective, der den Mord an Martha Coleridge aufgenommen hatte, konnte keinen Hinweis darauf entdecken, daß irgend etwas aus dem Apartment der alten Lady gestohlen worden war. Daher mußte er annehmen, daß jemand eingebrochen war und etwas gesucht hatte, was er hätte stehlen können, und, als er nichts fand, sich voller Wut auf die alte Dame gestürzt hatte. So etwas passierte manchmal. Nicht alle Einbrecher waren Gentlemen. Genaugenommen war nach Shanahans Erfahrung kein einziger Einbrecher ein Gentleman.

Er kehrte am Mittwoch nachmittag ohne seinen Partner in das Apartment zurück, erstens, weil er nicht ständig neugierige Fragen eines frischgebackenen Detectives beantworten wollte, und zweitens, weil er besser nachdenken konnte, wenn er allein war. Dies hier würde er nicht als schwierigen Fall bezeichnen, irgendein Süchtiger, der irgendwo eingebrochen und ausgerastet war. Andererseits war es aber auch kein ganz einfacher Fall, denn der Mörder wer immer er sein mochte hatte keinerlei Spuren hinterlassen. Keine Fingerabdrücke, keine Fasern oder Haare – die ihnen letzten Endes auch nicht viel genutzt hätten, wenn sie nicht jemanden schnappten, mit dessen Haaren sie sie hätten vergleichen können.

Vielleicht ging er aber auch nur deshalb zurück, weil es ihn störte, daß jemand eine Lady getötet hatte, die alt genug gewesen war, um zu sterben, auch ohne daß ihr jemand dabei half. Oder vielleicht auch, weil er sich, während er Martha Coleridges Theaterstück gelesen hatte, in das Bauernmädchen verliebt hatte, das von den englischen East Midlands nach Amerika ausgewandert war. Vielleicht hatte ihr Stück ihm einen kleinen Eindruck von Alter und vom Altwerden, vom Tod und vom Sterben vermittelt. Wenn er auf die zerbrechliche alte Dame mit dem gebrochenen Genick hinunterblickte, wäre er niemals auf die Idee gekommen, daß sie mal eine unternehmungslustige und schöne Neunzehnjährige gewesen war, die in diese Stadt gekommen war und eine neue Welt außerhalb ihres Zimmers entdeckt hatte. Lange Zeit war eine Leiche für Bryan Shanahan nichts anderes gewesen als ein toter Körper. Plötzlich, nach der Lektüre von Marthas Stück, wurde aus einer Leiche ein menschliches Wesen.

Also kämmte er noch einmal ihre Wohnung durch, diesmal allein, genoß die Einsamkeit und suchte in den Habseligkeiten der alten Dame nach dem jungen Mädchen, hielt Ausschau nach braunen Fotografien oder mit Spitze gesäumten Taschentüchern, nach Souvenirs aus Brighton oder Battersea Park. Ganz hinten in einem Fach eines ihrer Schränke fand er eine mit Seide überzogene Schachtel, in der sich vielleicht einmal Teebeutel befunden hatten. Der Stoff war verblichen und zerschlissen, der kleine Verschluß gefährlich lose und drohte jeden Moment abzubrechen. In der Schachtel lagen Briefe, mit einem verblichenen roten Band zusammengebunden. Er löste die Schleife und begann zu lesen.

Die Briefe waren von jemandem namens Louis Aronowitz geschrieben worden. Die Tinte hatte sich im Laufe der Jahre braun verfärbt, und das Papier war brüchig geworden. Shanahan hatte Hemmungen, die Blätter auseinanderzufalten, weil er befürchtete, daß das Papier dann genauso leicht zerbrechen würde wie das Genick der alten Dame. Die Briefe waren alle im Jahr 1921 geschrieben worden, zwei Jahre, nachdem Louis aus dem Krieg nach Amerika zurückgekehrt war, und ein Jahr, nachdem Martha von Southampton nach Amerika aufgebrochen war. Sie dokumentierten eine Liebesaffäre, die im April des Jahres begonnen hatte und im Dezember, kurz vor Weihnachten, beendet war. Martha hatte Schluß gemacht. In einem Brief vom 21. Dezember, in dem er sich auf eine Bemerkung von ihr bezog, schrieb Aronowitz: »Wie kannst Du sagen, daß Du keine Zukunft in einer Beziehung zwischen einem christlichen Mädchen und einem Juden siehst? Ich liebe Dich! Das ist die Zukunft, mein Liebling!« Sein letzter Brief war am Silvesterabend geschrieben worden. Er teilte ihr mit, daß er nach Berlin zurückkehren würde, wo seine Eltern geboren waren und wo »ein Jude sich Jude nennen darf, ohne Angst haben zu müssen, anders beurteilt zu werden als jeder andere Mensch. Ich werde Dich immer lieben, Martha. Ich werde Dich bis zu meinem Tod lieben.«

Es war eindeutig, daß die Briefe die Grundlage der Liebesgeschichte bildeten, die Martha im darauffolgenden Jahr in ihrem Theaterstück beschrieben hatte. Aber neben ihrer herzzerreißenden Schilderung einer zum Scheitern verurteilten Liebe gab es dort auch noch die Geschichte von einem jungen Mädchen, das ein neues Leben in einer großen und aufregenden Stadt findet: die Welt jenseits der Fenster ihres kleinen Zimmers. Shanahan schloß behutsam den Deckel der brüchigen, verblichenen Schachtel. Er hatte nichts gefunden, was ihm hätte einen Hinweis darauf geben können, wer die alte Dame getötet hatte.

Aber da war noch ein anderer Brief.

Er fand ihn in einem Ordner mit bezahlten Rechnungen. Der Brief war mit Maschine geschrieben. Shanahan setzte sich in einen Sessel unter eine Lampe mit einem mit Troddeln behangenen Schirm und las im schwindenden Licht des Nachmittags:

Mein Name ist Martha Coleridge, Autorin eines Theaterstücks mit dem Titel Mein Zimmer, *das ich im Jahr 1922 schrieb und das im September desselben Jahres für eine Woche im Little Theater Playhouse am Randall Square aufgeführt wurde. Ich lege eine Kopie des Programmzettels bei. Gleichzeitig lege ich auch eine Kopie des Textes zu Ihrer Verwendung bei. Ich kenne Ihre jeweiligen Adressen nicht, daher schicke ich all dies an Mr. Norman Zimmers Büro zur Weiterleitung.*

Ich habe vor kurzem einem Artikel in Daily Variety, *dem Magazin für Theater und Film, entnommen, daß mit der Produktion eines Musicals, das auf einem Theaterstück mit dem Titel* Jennys Zimmer *basiert, begonnen wurde, das in der nächsten Saison auf die Bühne kommen soll. Ihren Namen fand ich in der Liste derer, die in irgendeiner Form an der Produktion dieses Stücks beteiligt sind.*

Ich möchte Ihnen zur Kenntnis bringen, daß ich im Jahr 1923, als das Stück Jennys Zimmer *mit großem Erfolg öffentlich aufgeführt wurde, seiner angeblichen Autorin, einer Miss Jessica Miles, schrieb und sie warnte, daß ich sie wegen Plagiats anzeigen würde, falls ich nicht angemessen für das Werk entlohnt würde, auf das ihr Stück sich stützte, nämlich* mein *Theaterstück, dessen Text Sie als Anlage finden. Sie hat nie auf meinen Brief geantwortet, und ich hatte zum damaligen Zeitpunkt weder die Mittel noch die Möglichkeiten, die Angelegenheit weiterzuverfolgen.*

Nachdem ich jedoch den Bericht in Variety *gelesen habe, habe ich mehrere Anwälte konsultiert, die großes Interesse bekunden, den Fall gegen ein Erfolgshonorar anzunehmen und weiterzuverfolgen. Ich wende mich an Sie alle in der Hoffnung, daß Sie sich bereit finden werden, einzeln oder gemeinsam die wahre Schöpferin des Werks, mit dem Sie sich in den kommenden Wochen und Monaten beschäftigen werden, angemessen zu entlohnen. Andernfalls sehe ich mich leider gezwungen, eine gerichtliche Lösung herbeizuführen.*

Für Ihre Aufmerksamkeit bedanke ich mich auch im Namen der Kunst, die unser aller Leben so sehr bereichert.

Herzlichst,
Martha Coleridge
Autorin

Martha Coleridges Brief war am 26. November geschrieben worden, dem Tag nach Thanksgiving. Angeheftet war ein Einschreibezettel vom 27. November. Es gab eine weitere Quittung mit demselben Datum von Mail Boxes, Etc. die das Päckchen an Norman Zimmer geliefert hatten. Ein gesonderter Zettel mit seiner Postadresse war an eine Liste von Namen und Adressen geheftet, an die weitere Kopien des Materials geschickt werden sollten. Die Namen auf der Liste lauteten:

Constance Lindstrom, Koproduzentin
Cynthia Keating, Quellenrechte
Gerald Palmer, Buchrechte
Felicia Carr, Textrechte
Avrum Zarim, Musikrechte
Clarence Hull, Librettist
Buddy Flynn, Komponist
Rowland Chapp, Regisseur
Naomi Janus, Choreographin

Als Norman Zimmers Sekretärin ihm mitteilte, daß zwei Detectives ihn sprechen wollten, erwartete er wieder Carella und Brown. Statt dessen waren da ein großer rothaariger Cop namens Bryan Shanahan und sein kleinerer lockiger Partner namens Jefferson Long, die beide vom 20. Revier kamen. Shanahan war der Wortführer. Er teilte Zimmer mit, daß sie den Mord an einer Frau namens Martha Coleridge bearbeiteten, und zeigte ihm dann den Brief, den sie geschrieben hatte, und fragte, ob er ihn erhalten habe. Zimmer blickte kurz auf den Brief und sagte: »Eine Spinnerin.«

»Haben Sie diesen Brief erhalten?« fragte Shanahan.

»Ja, das habe ich.«

»Wann, Sir?«

»Ich erinnere mich nicht an das genaue Datum. Es war irgendwann nach Thanksgiving.«

»Haben Sie darauf geantwortet?«

»Nein, das habe ich nicht. Ich habe doch gesagt, die Frau ist eine Spinnerin.«

»Wie können Sie sich dessen so sicher sein, Sir, wenn Sie ihr nicht geantwortet haben?« fragte Shanahan.

Zimmer machte sich allmählich ein Bild von dem Mann. Er war offenbar eine dieser menschlichen Bulldoggen, die mit einer vorgefaßten Meinung daherkamen und stur daran festhielten. Aber er hatte geäußert, daß sie den Mord an dieser Frau bearbeiteten. Daher war Vorsicht angeraten.

»Immer, wenn ein Bühnenstück oder ein Film erfolgreich ist«, sagte er, »oder ein Roman, ja, sogar ein *Gedicht*, taucht irgend jemand auf und behauptet, es wäre aus einem obskuren, unveröffentlichten, nicht produzierten, unbedeutenden Stück Mist geklaut worden, das irgendwer auf die Rückseite einer Serviette gekritzelt hat. Dann beginnt das gleiche Theater wie bei *Dadiers Nase*.«

»Wie bitte?«

»*Le Nez de Dadier*, ein Theaterstück, das von einem Pariser Scherenschleifer namens Henri Clavère im Jahr 1893, also vier Jahre vor der Premiere von Edmond de Rostands Stück *Cyrano de Bergerac*, geschrieben wurde. Clavère strengte eine Klage wegen Plagiats an. Er verlor den Prozeß, sprang in die Seine und ertrank. Wenn ich auf jeden Irren einginge, der behauptet, daß sein Werk ausgebeutet wurde, hätte ich keine Zeit mehr, irgend etwas anderes zu tun.«

»Aber Sie produzieren doch tatsächlich ein Stück mit dem Titel *Jennys Zimmer*, oder nicht?« fragte Shanahan.

Er biß die Zähne zusammen. Offenbar hatte sich in seinem Bewußtsein eine bestimmte Vorstellung entwickelt, wie immer die aussehen mochte. Sein Partner stand mit unbewegter Miene neben ihm und hörte stumm zu. Zimmer hätte die beiden am liebsten hochkant hinausgeworfen.

»Ja«, sagte er geduldig, aber nicht bereit, seine Verärgerung auch nur im mindesten zu kaschieren. »Ich arbeite als Koproduzent an einem Musical mit dem Titel *Jennys Zimmer*, jawohl, das ist eine Tatsache. Tatsache ist aber auch, daß dieses Musical nicht das geringste mit dem Theaterstück dieser armen Frau zu tun hat.«

»Haben Sie ihr Theaterstück gelesen, Sir?«

»Nein. Das habe ich nicht. Ich habe auch nicht die Absicht, es zu lesen.«

»Wie können Sie dann wissen, daß es keinerlei Ähnlichkeit zwischen ihrem Stück und dem Stück *Jennys Zimmer* gibt, auf dem Ihr Musical basiert ...?«

»Zuerst einmal hieß das Stück nicht mal *Jennys Zimmer*, als es geschrieben wurde. Es hieß *Jessies Zimmer.* Und *Jessies Zimmer* war ein sehr autobiographisches Stück, das von einer Frau namens Jessica Miles geschrieben wurde ...«

»Das ist mir schon klar.«

»... und nicht von jemandem namens Margaret Coleridge.«

»*Martha* Coleri ...«

»Wie auch immer sie heißt.«

»Deren Stück ebenfalls höchst autobiographisch ist.«

»Ist es das?«

»Ja. *Mein Zimmer.* Das Stück, das *sie* schrieb. Das, wie sie behauptet, von Jessica Miles gestohlen wurde.«

»Woher wissen Sie, daß es autobiographisch ist?«

»Ich habe es gelesen.«

»Ich verstehe. Kannten Sie diese Frau?«

»Nicht, bevor ich ihr Stück las«, sagte Shanahan.

»Sie kannten sie, als sie noch lebte?«

»Nein, Sir. Ich kannte sie nicht«, sagte Shanahan. »Ich lernte sie dadurch kennen, daß ich das Stück las. Es ist ein sehr gutes Stück.«

»Ich verstehe. Sie sind Theaterkritiker, nicht wahr?«

»Kein Grund, frech zu werden, Sir«, sagte Shanahan, und sein Partner blinzelte erschrocken. »Eine Frau wurde ermordet.«

»Das tut mir leid«, sagte Zimmer. »Aber ich habe es satt, daß ständig Detectives hier auftauchen und mich mit ihren Fragen belästigen. Verdammt noch mal, was produziere ich hier? Das Schottische Stück?«

»Welche Detectives?« fragte Shanahan verblüfft.

»Was ist das Schottische Stück?« fragte sein Partner.

»Die sich nach Martha Coleridge erkundigt haben?«

»Nein, sie interessierten sich für Andrew Hale.«

»Tut mir leid, wer ist ...«

»Ich sage Ihnen was«, meinte Zimmer. »Sprechen Sie mit Ihren Kollegen, okay? Carella und Brown. Vom 87. Revier.«

»Was ist das Schottische Stück?« fragte Long erneut.

9

Die Detectives warteten in der Lobby von Fitness Plus, als Connie Lindstrom am frühen Donnerstag morgen mit flatterndem Nerzmantel, schwarzem Trikot und Nike-Laufschuhen an ihnen vorbeisegelte, um ihren Arbeitstag zu beginnen. Ihre Augen weiteten sich überrascht, als sie Carella und Brown auf der Bank sitzen sah. Sie kam aus dem Tritt, blieb stehen, sah sie an, schüttelte den Kopf und sagte: »Was ist denn nun schon wieder?«

»Tut uns leid, daß wir Sie wieder belästigen müssen«, sagte Carella.

»Das kaufe ich Ihnen glatt ab.«

»Haben Sie das schon mal gesehen?« fragte er und reichte ihr eine Kopie des Briefs, den Shanahan ihm am vergangenen Nachmittag geschickt hatte. Connie ergriff das Papier, begann zu lesen, erkannte den Text sofort und gab den Brief zurück.

»Ja«, sagte sie. »Und?« Dabei setzte sie ihren Weg zum Ausgang fort.

Sie gingen die Treppe hinunter und gelangten auf die Straße. Connie, die einen kleinen Vorsprung hatte, warf einen Blick auf ihre Uhr, eilte zum Bordstein und hielt Ausschau nach einem Taxi. Es war halb neun an einem sehr kalten Tag, der Himmel war klar und wolkenlos, und auf den Straßen herrschte dichter Verkehr. Um diese Uhrzeit war es fast unmöglich, ein freies Taxi zu erwischen, aber die Busse waren ebenfalls überfüllt, und es war ein mühevolles Unterfangen, irgendwohin zu gelangen. Connie winkte jedem sich nähernden Taxi und schüttelte immer wieder den Kopf, wenn es besetzt vorbeirauschte.

»Ich muß in zehn Minuten in der Stadt sein«, sagte sie. »Egal, was Sie auf dem Herzen haben, ich fürchte, es muß ...«

»Die Frau, die diesen Brief schrieb, wurde ermordet«, sagte Carella.

»Mein Gott, was ist das hier?« sagte Connie. »Das Schottische Stück?«

»Was ist das Schottische Stück?« fragte Brown.

»Wir müssen uns mit Ihnen unterhalten«, sagte Carella. »Wenn Sie in die Stadt wollen, können wir Sie hinbringen.«

»Womit?« fragte sie. »Mit einem Streifenwagen?«

»Mit einer schicken Dodge-Limousine.«

»Mit einer Schrotflinte auf dem Rücksitz?«

»Im Kofferraum«, sagte Brown.

»Warum nicht?« sagte Connie und begleitete sie um die Ecke, wo Carella den Wagen geparkt hatte. Sie war in bester Form. Sie mußten sich Mühe geben, mit ihr Schritt zu halten. Carella schloß die Fahrertür auf und öffnete dann die anderen Türen, danach klappte er die Sichtblende mit dem rosafarbenen Polizeiausweis hoch. Connie entschied sich für den Beifahrersitz. Brown stieg hinten ein.

»Wohin?« fragte Carella.

»Zum Octagon«, antwortete sie. »Sie waren schon mal dort.«

»Weitere Vorsprechproben?«

»Ein endloser Prozeß«, sagte sie. »Ich kenne diese Frau nicht. Das müssen Sie mir glauben. Wenn Sie andeuten wollen, daß ihre Ermordung ...«

»Wann haben Sie ihren Brief erhalten, Miss Lindstrom?«

»Irgendwann in der vergangenen Woche.«

»Vor der Kennenlernparty?«

»Ja.«

»Wie haben Sie darauf reagiert?«

»*Dadiers Nase*«, sagte sie und zuckte die Achseln.

»Was ist das?«

»Eine viel zu lange Geschichte. Genaugenommen eine viel zu lange Nase. Reicht es, wenn ich Ihnen mitteile, daß angebliche Plagiatsopfer auftauchen, sobald irgend etwas nach Erfolg riecht? Ich habe den Brief meiner Anwältin gegeben.«

»Hat sie sich mit ihr in Verbindung gesetzt?«

»Ich habe keine Ahnung.«

»Sie haben nicht nachgefragt?«

»Warum sollte ich? Wir reden von einem Stück, das 1922 geschrieben wurde!«

»Wir reden auch von einem Stück, das zu Mord zu inspirieren scheint.«

Im Wagen setzte Stille ein.

Connie wandte sich zu ihm um.

»Das wissen Sie nicht mit letzter Sicherheit«, sagte sie.

»Was weiß ich nicht?«

»Daß die beiden Morde in irgendeiner Weise miteinander in Verbindung stehen. Ich nehme an, Sie beide kriegen einen Anfall, wenn ich jetzt rauche.«

»Nur zu«, sagte Carella zu Browns Überraschung.

Sie wühlte in ihrer Schultertasche herum und holte eine einzelne Zigarette und ein Feuerzeug heraus. Sie ließ das Feuerzeug aufflammen und zündete die Zigarette an. Sie atmete eine Rauchwolke aus und seufzte zufrieden. Brown öffnete hinten ein Fenster.

»Ich weiß, wie es aussieht«, sagte sie. »Hale weigert sich, uns die Rechte zu verkaufen, also wird er umgebracht. Die Frau schreibt einen Brief, der für die Produktion gefährlich werden könnte, und auch sie wird umgebracht. Jemand wollte den Tod der beiden, weil die Show weitergehen muß«, sagte sie und hob dramatisch die Stimme. »Nun, ich habe Neuigkeiten für Sie. Die Show muß nicht weitergehen. Wenn es zu schwierig oder zu kompliziert wird, geht sie eben nicht weiter, und das ist eine Tatsache.«

»Aber die Show *geht* weiter«, sagte Brown. »Und auch das ist eine Tatsache.«

»Ja. Aber wenn Sie glauben, daß einer der Profis, die an diesem Projekt beteiligt sind, einen Mord begehen würde, um den Fortgang der Produktion zu gewährleisten ...« Sie schüttelte den Kopf. »Nein«, sagte sie, »tut mir leid.«

»Und wie steht es mit den Amateuren?« fragte Carella.

Manchmal war es besser, wenn man es mit Profis zu tun hatte.

Ein Profi wußte, was er tat, und wenn er die Regeln übertrat, dann nur, weil er sie gut genug kannte. Der Amateur sah ein oder zwei Morde im Fernsehen, kam zu dem Schluß, daß er die Regeln nicht zu kennen brauchte, er ganz einfach losziehen und selbst einen kleinen Mord begehen konnte. Der Amateur glaubte, er könne ungeschoren davonkommen, selbst wenn er nicht wußte, was er tat. Der Profi glaubte, daß er besser genau wissen sollte, was er tat, sonst würde er erwischt. Und der Profi wußte auch ohne jeden Zweifel, daß er immer besser werden mußte, sonst würden sie ihm am Ende auf die Schliche kommen. Die Ironie an der Geschichte war, daß es da draußen mehr Amateure als Profis gab und jeder es immer wieder aufs neue versuchen würde. Den Rest konnte man sich denken.

Wie Carella und Brown es sahen, waren vier Amateure an der Produktion von *Jennys Zimmer* beteiligt, und drei von ihnen hielten sich noch immer in dieser geschäftigen kleinen Stadt auf. Der vierte war irgendwo in Tel Aviv, lenkte sein Taxi durch die dicht bevölkerten Straßen und hoffte, daß auf seinem Weg keine Bombe explodierte. Nichts sprach dagegen, daß ein israelischer Taxifahrer einen Jamaikaner aus Houston hätte engagieren können, um einen alten Mann in seinem Badezimmer zu erhängen und später einer alten Dame das Genick zu brechen, aber das klang nach einem Stoff, den sich ein Anfänger ausgedacht hatte. Die Entfernung hätte ebensogut Felicia Carr aus Los Angeles und Gerald Palmer aus London in diesem Punkt für ungeeignet erscheinen lassen können, wären die beiden nicht ebenfalls in der Stadt gewesen, als Martha Coleridge das Genick gebrochen wurde.

Cynthia Keating stand auf der Liste der Verdächtigen noch immer an erster Stelle.

Die mausgraue kleine Cynthia, die ihren Vater vom Türhaken genommen und zum Bett rübergeschleppt hatte. Die liebe kleine Cynthia, die sich Sorgen wegen einer Selbstmord-Ausschlußklausel gemacht hatte, die sie vielleicht um jämmerliche fünfundzwanzigtausend Dollar gebracht hätte, wo doch Hunderttausende mit einem Musicalerfolg zu verdienen waren?

Sie wußten längst, wo sie Cynthia Keating finden konnten. Sie wußten, daß Palmer im Piccadilly abgestiegen war, denn das hatte er auf Connie Lindstroms Party verlauten lassen. Von dem stets hilfsbereiten Norman Zimmer erfuhren sie, daß Felicia Carr bei einer Freundin in der Stadt wohnte. Weil Felicia und Palmer an diesem Wochenende in ihre jeweilige Heimat zurückkehren wollten und die Zeit knapp wurde, bildeten sie drei Teams und teilten sich die Laufarbeit.

Ganz gleich, ob jemand schuldig oder unschuldig war, er oder sie schien immer überrascht – und ein wenig erschrokken – zu sein, einen Polizisten vor der Tür stehen zu sehen. Felicia Carr öffnete die Tür des Gartenapartments ihrer Freundin in Majesta, sah zwei stämmige Männer, die ihr blitzende Dienstmarken vor die Nase hielten, riß ihre grünen Augen weit auf und fragte, ob es Probleme gebe, Officers?

»Wir ermitteln in einem Mordfall«, sagte Meyer, denn das brachte Amateure oft dazu, sich die Hosen naß zu machen.

»Genaugenommen geht es um zweifachen Mord«, fügte Kling freundlich hinzu. »Dürfen wir vielleicht eintreten?«

»Nun ja ... klar«, sagte Felicia.

Sie folgten ihr in ein geräumiges, sonniges Wohnzimmer mit Blick auf die Majesta Bridge in nicht allzu weiter Ferne. Die Möbel waren noch immer mit Sommerschutzhüllen versehen, deren Stoff mit einem Gewimmel roter und gelber und blauer Blumen auf einem Untergrund aus großen grünen Blättern bedruckt war. Das sommerliche Muster und die Sonne, die durch die großen Fenster schien, ließen den Tag draußen fast mild erscheinen. Aber die Temperaturen schwankten um den Gefrierpunkt, und der Wetterbericht hatte mehr Schnee während der Nacht oder am frühen Morgen des nächsten Tages angekündigt.

Felicia erklärte ihnen, sie sei soeben im Begriff auszugehen ...

»Hier gibt es ja so viel zu sehen«, erklärte sie.

.. und hoffe, es würde nicht zu lange dauern.

»Obgleich es mir schon leid tut, hören zu müssen, daß jemand ermordet wurde«, fügte sie hinzu.

»Es gab zwei Morde«, erinnerte Kling sie.

»Ja, das tut mir leid.«

»Miss Carr«, sagte Meyer, »können Sie uns verraten, wo Sie am vergangenen Sonntag abend waren?«

»Wie bitte?«

»Am letzten Sonntag. Abends«, wiederholte er.

»Das war der fünfte«, sagte Kling hilfsbereit.

»Können Sie uns mitteilen, wo Sie waren?«

»Nun ... warum?«

»Wir ermitteln in einem Mordfall«, sagte Meyer und lächelte aufmunternd.

»Was hat das mit mir zu tun?«

»Höchstwahrscheinlich nichts«, sagte Kling und nickte bedauernd, als wolle er sagen, ich weiß, daß Sie mit den Morden nichts zu tun haben, und Sie wissen, daß Sie nichts damit zu tun haben, aber sehen Sie, wir müssen diese Fragen stellen, das ist unser Job. Doch Felicia Carr kam aus der Filmmetropole des Universums. Sie hatte jeden Polizeifilm gesehen, der je gedreht worden war, jede Polizei-Serie im Fernsehen verfolgt, und sie hatte nicht die Absicht, sich von einer solchen Böser-Cop-Guter-Cop-Nummer einwickeln zu lassen.

»Was meinen Sie mit höchstwahrscheinlich?« schnappte sie. »Warum wollen Sie wissen, wo ich am Sonntag abend war? Wurde da jemand getötet?«

»Ja, Miss«, sagte Kling und versuchte noch bedauernder dreinzuschauen, aber die Lady kaufte ihm das nicht ab.

»Was ist das hier?« fragte sie. »Los Angeles? Die LAPD-Gestapo?«

»Kennen Sie eine Frau namens Martha Coleridge?« fragte Meyer. Plötzlich hatte der böse Cop die Bühne betreten. Kein Lächeln mehr in seinem Gesicht. Der kahle Schädel ließ ihn aussehen wie einen Scharfrichter mit einer Axt. Die Arme waren in unmißverständlicher Körpersprache feindselig und drohend vor der Brust verschränkt. Blaue Augen studierten sie kühl. Er hatte keine Ahnung, daß er es hier mit Wonder Woman zu tun hatte, die vor kaum zwei Wochen in Westwood drei Häuser verkauft hatte.

»Nein, wer ist Martha Coleridge?« fragte sie. »Ist das die Person, die am letzten Sonntag getötet wurde? Verhält es sich so?«

»Ja, Miss Carr.«

»Nein, ich kenne sie nicht. Ich habe noch nie von ihr gehört. Reicht Ihnen das? Kann ich jetzt gehen?«

»Noch ein paar weitere Fragen«, sagte Kling sanft. »Wenn Sie noch zwei oder drei Minuten erübrigen können.«

Guter Cop mit blondem Haar und braunen Augen und roten Wangen von der Kälte draußen, der sanft und fürsorglich versuchte, die Dame den Gartenweg hinunterzuführen und nicht ins Kalkül zog, daß sie aus Tinseltown, USA, kam, wo die Leute, wenn sie jemals zu Fuß irgendwohin wollten, tatsächlich an den Straßenecken warteten, bis die Ampeln auf Grün umsprangen.

»Ich glaube nicht, daß Sie das dürfen«, sagte sie. »Hier hereinstürmen und ...«

»Miss Carr, waren Sie jemals in Texas?« unterbrach Meyer sie.

»Ja, das war ich. *Texas!* Was hat Texas damit zu tun ...?«

»In Houston, Texas?«

»Nein. Nur in Dallas.«

»Kennen Sie jemanden namens Andrew Hale?«

»Nein. Ja. Ich habe ihn nie persönlich kennengelernt, aber ich kenne seinen Namen. Jemand hat ihn mal erwähnt.«

»Wer war das?«

»Cynthia, glaube ich. Er war ihr Vater, nicht wahr?«

»Wie hat sie ihn erwähnt? In welchem Zusammenhang?«

»Es ging um irgendwelche Urheberrechte. Ich kann mich wirklich nicht erinnern.«

»Aber Sie sagen, Sie kennen niemanden namens Martha Coleridge.«

»Das ist richtig.«

»Haben Sie von ihr nicht erst kürzlich einen Brief erhalten?«

»Was?«

»Einen Brief. Von einer Frau namens Martha Coleridge.

In der sie darauf hingewiesen hat, daß sie ein Theaterstück mit dem Titel ...«

»Ach so. Die meinen Sie. Ich habe den Brief an Norman zurückgeschickt. Wollen Sie etwa sagen, diese Person ist getötet worden?«

»Norman Zimmer?«

»Ja. Ist sie diejenige ...?«

»Warum haben Sie ihm den Brief zurückgeschickt?«

»Ich dachte mir, er weiß schon, was in dieser Sache zu tun wäre. Er ist der Produzent, nicht wahr? Was weiß ich von einer verrückten alten Tante, die 1922 irgendein Theaterstück geschrieben hat?«

»Entschuldigen Sie«, sagte Kling höflich, »aber was meinen Sie damit, Sie hätten ihn ihm zurückgeschickt?«

»Nun, der Brief war über sein Büro an mich adressiert. Er hat ihn mir per Boten bringen lassen. Ich habe ihn mit der Post zurückgeschickt.«

»Sie haben nicht versucht, mit Miss Coleridge Kontakt aufzunehmen?«

»Nein, warum sollte ich?«

»Sie haben ihr nicht geschrieben, sie nicht angerufen ...«

»Nein.«

»Sahen Sie in dem Brief keine Drohung?«

»Eine Drohung?«

»Ja. Was sie über eine Klage geschrieben hat ...«

»Das betrifft mich nicht.«

»Wirklich nicht?«

»Das ist Normans Problem. Und Connies. Sie sind es, die das Musical produzieren.«

»Aber wenn die Produktion wegen einer Plagiatsklage unterbrochen werden muß ...«

»Das ist nicht mein Problem.«

»Möglicherweise kommt das Stück niemals auf die Bühne«, sagte Kling.

»Na und?«

»Ich bitte Sie, Miss Carr«, sagte Meyer in scharfem Ton. »Es geht schließlich um viel Geld.«

»Ich habe einen guten Job in L. A.«, sagte Felicia. »Es wäre prima, wenn *Jennys Zimmer* tatsächlich herauskommt. Aber wenn nicht, dann eben nicht. Das Leben geht weiter.«

Nicht, wenn Sie Martha Coleridge heißen, dachte Meyer.

»Werden Sie uns nun erzählen, wo Sie am Sonntag abend waren?« fragte er.

»Ich war mit meiner Freundin im Kino«, meinte Felicia und seufzte. »Der Frau, der dieses Apartment gehört. Shirley Lasser.«

»Was haben Sie sich angesehen?« fragte Kling beiläufig.

»Den neuen John-Travolta-Film.«

»War er gut?«

»Der Film war lausig«, sagte Felicia. »Aber ich mag Travolta.«

»Er ist gewöhnlich sehr gut«, sagte Kling.

»Ja.«

»Finden Sie ihn attraktiv?«

»Aber sehr sogar.«

»Um welche Uhrzeit fing der Film an?« fragte Meyer und fiel wieder in seine Rolle.

»Um acht.«

»Wann kamen Sie nach Hause?«

»Gegen elf.«

»War die Freundin die ganze Zeit bei Ihnen?«

»Ja.«

»Wo können wir sie erreichen?«

»Sie arbeitet im Augenblick.«

»Und wo ist das?«

»Ihr könnt einem wirklich den Nerv töten«, stöhnte Felicia.

Als sie die Innenstadt hinter sich ließen, begann der Himmel sich zu beziehen. Die Stadt erstrahlte anläßlich des Weihnachtsfests in voller Lichterpracht und verlangte trotzig nach Schnee. Ladenfenster waren mit künstlichem Schnee dekoriert, und falsche Heilsarmee-Weihnachtsmänner schwenkten an jeder Straßenecke vor falschen Schornsteinen ihre Glocken. Aber es war bereits der 9. Dezember, und Weihnachten rückte rasend schnell näher. Die Stadt brauchte jetzt einen echten Weihnachtsmann, der über die Dächer rauschte, und echten Schnee, der lautlos vom Himmel fiel. Die Stadt brauchte jetzt ein Zeichen.

»Ich glaube, sie sagt die Wahrheit«, meinte Kling.

»Ich nicht«, widersprach Meyer.

»Wo hat sie gelogen?«

»Sie erhält einen Brief, in dem mit einem Prozeß gedroht wird, und vergißt den Namen der Absenderin.«

»Na ja ...«

»Sie behauptet, sie hätte noch nie von ihr gehört. Und plötzlich dämmert es ihr! Ach ja, jetzt erinnere ich mich«, sagte er und imitierte die Frau ziemlich treffend. »Martha Coleridge! Sie ist doch die Lady, die einen Brief schrieb, auf Grund dessen ich vielleicht vergessen kann, mich vorzeitig zur Ruhe zu setzen.« Er nahm das Handy aus seiner Halterung und reichte es Kling. »Ruf diese Shirley Lasser an«, sagte er. »Sag ihr, daß wir zu ihr unterwegs sind. Ich wette sechs zu fünf, daß ihre Freundin längst in der Leitung war und ihr erklärt hat, sie hätten sich am letzten Sonntag abend einen John-Travolta-Film angeschaut.«

Kling wählte.

»Ich würde nur gern wissen, welcher es war«, sagte er.

Da er wußte, daß Jamaikaner manchmal zu zehnt, zwölft in einem Zimmer schliefen, hielt Fat Ollie es nicht für völlig unwahrscheinlich, daß ein jamaikanischer Besucher aus Houston in dieser schönen Stadt bei Freunden oder Verwandten geschlafen haben könnte. Da er außerdem wußte, daß der fragliche Jamaikaner Althea Cleary in einem Schnellrestaurant im 81. aufgegabelt hatte, stattete er der jamaikanischen Enklave des Reviers, dem Forbes House an der Ecke Noonan und Crowe, einen Besuch ab – und fand nichts. Unverdrossen, aber nicht bereit, eine Von-Tür-zu-Tür-Befragung in den sechs anderen jamaikanischen Vierteln durchzuführen, machte er sich auf den Weg zum größten im 32. Revier.

Hier in der alten Stadt mündeten enge, gewundene kleine Straßen mit floridahaft klingenden Namen wie Lime, Hibiscus, Pelican, Manatee und Heron in ähnlich enge, kleine Sträßchen und Gassen mit Namen wie Goedkoop, Keulen, Sprenkels und Visser, so benannt von den Holländern, als die Stadt noch ganz neu war und mehrmastige Segelschiffe im Hafen lagen. Diese Tage waren für immer vorüber, Gertie. Von den Straits of Napoli und Chinatown nach Osten verlaufend, schwang die Visser Street sich nach Norden in eine Gegend, die früher hauptsächlich aus Lagerhäusern bestanden hatte, die den Flußhafen begrenzten. Zu weit vom Zentrum entfernt, um als Lower Platform angesehen zu werden, nicht nah genug am Zentrum, um dem trendigen Hopscotch zugerechnet zu werden, hießen die hier neu errichteten Bauten offiziell The Mapes Houses nach James Joseph Mapes, einem angesehenen ehemaligen Gouverneur des Staates.

Alle städtischen Bauten wurden von der Polizeibehörde nach einer fünfstufigen Skala bemessen, die von »unklar« über »heikel«, »riskant«, »unsicher« bis hinunter zu »gefährlich« reichte. Den Mapes Houses war eine mittlere Dreierposition auf der Sicherheitsskala zugeordnet worden, obgleich Streifenpolizisten der Gegend diese Einstufung als überholt ansahen. Die Cops des 32. nannten die Wohnanlage »Rockfort«, nach einer im siebzehnten Jahrhundert erbauten und mit einem Graben versehenen Festung am östlichen Stadtrand von Kingston, aber vielleicht war der Grund auch nur der, daß achtzig Prozent der Bewohner Jamaikaner waren.

Auf Fat Ollie Weeks' persönlicher Sicherheitsskala rangierte Rockfort auf einer traurigen achten Stufe, was in seinem Lexikon soviel wie beschissen bedeutete. Er ging an jenem frühen Donnerstag nachmittag allein dorthin, aber nur, weil es ein heller Tag wenige Wochen vor Weihnachten war. Anderenfalls hätte er um Sicherung und ein SWAT-Team gebeten. Indem er seine typisch siegessichere Körperhaltung unterdrückte, die die Jamaikaner vielleicht als Herausforderung empfinden würden, trat er beinahe unterwürfig auf, als er von Tür zu Tür ging und nach einem Mann von rund einem Meter neunzig Körpergröße mit hellbrauner Haut, dunkelbraunen Augen, breiten Schultern, schmalen Hüften, einem einschmeichelnden Grinsen und einem deutlichen jamaikanischen Akzent fragte. Er sagte nichts von dem tätowierten blauen Stern auf dem Penis des Verdächtigen, denn viele der Leute, mit denen er redete, waren Frauen, und viele der Männer betrachteten sich als Christen.

Seine Suche erbrachte erst gegen drei Uhr den ersten Erfolg. Um diese Zeit fing es gerade wieder zu schneien an, und der Himmel war dunkel genug, um ihn darüber nachdenken zu lassen, ob er nicht lieber nach Hause zurückkehren sollte.

Cynthia Keating schien nicht überrascht zu sein, Carella und Brown erneut vor ihrer Tür stehen zu sehen. Sie drohte noch nicht einmal damit, ihren Anwalt zu rufen. Sie bat sie herein, teilte ihnen mit, daß sie zehn Minuten für sie erübrigen konnte, und nahm dann ihnen gegenüber Platz. Sie schlug die Beine über Kreuz und verschränkte die Arme vor der Brust. Es hatte zu schneien angefangen, und im Fenster hinter ihr führten Schneeflocken einen fröhlichen Tanz im böigen Wind auf.

Carella kam direkt zum Thema.

»Eine Frau namens Martha Coleridge«, begann er, »hat einige Brief an das Büro Norman Zimmers geschickt und darum gebeten, sie weiterzuleiten. Einer der Briefe war an Sie als Eigentümerin der Rechte zu *Jennys Zimmer* gerichtet. Dazu gehörte eine Fotokopie eines Theaterstücks, das Miss Coleridge geschrieben hat. Haben Sie das Theaterstück und den Brief erhalten?«

»Ja, das habe ich.«

Treffer, dachte Carella.

»Wie haben Sie darauf reagiert?«

»Besorgt.«

»Warum?«

»Weil mir schien, daß es tatsächlich Parallelen zwischen ihrem Stück und *Jennys Zimmer* gab.«

»Welche Parallelen?«

»Zum Beispiel die Ausgangssituation, um gleich beim ersten Punkt zu beginnen. Eine junge Immigrantin kommt nach Amerika und verliebt sich in jemanden, der einer anderen Religion angehört, während sie sich gleichzeitig in die Stadt verliebt – der sie schließlich den Vorzug vor dem Mann gibt. Dieser Anfang ist in beiden Stücken gleich. Und das Konzept. Wir beobachten ihre Liebesaffäre mit der Stadt durch das Fenster ihres Zimmers, das in Wirklichkeit ein Fenster zu ihrem Herzen ist. Das glich sich ebenfalls. Das alles zu lesen ... nun ja ... es war erschreckend.«

»Was haben Sie daraufhin getan?«

»Ich habe Todd angerufen. Er ...«

»Todd Alexander?«

»Ja. Meinen Anwalt. Er hat mir geraten, dem keine Beachtung zu schenken.«

»Und haben Sie diesen Rat befolgt?«

Sie zögerte einen winzigen Augenblick lang. Carella bekam dieses Zögern mit, Brown ebenfalls. Ihre Blicke verrieten nichts, aber sie hatten es bemerkt. Ihr kurzer innerer Widerstreit führte offenbar zu der Entscheidung, die Wahrheit zu sagen.

»Nein, ich habe diesen Rat nicht befolgt.«

Aber die Wahrheit führte notgedrungen zu einer weiteren Frage.

»Was haben Sie statt dessen getan?« wollte Brown wissen.

Erneut ein kurzes Zögern.

»Ich habe sie aufgesucht«, sagte Cynthia.

Die Detectives hatten keinen blassen Schimmer, weshalb sie die Wahrheit sagte – falls es wirklich die Wahrheit war. Die Frau, über die sie Erkundigungen einzogen, war tot, und alles, was sich zwischen ihr und Cynthia Keating abgespielt hatte, konnte weder bestätigt noch in Zweifel gezogen werden. Aber Cynthia schien den Weg der Wahrheit gewählt zu haben, und sie dankten Gott für seine gelegentlichen Gunstbezeugungen und setzten die Befragung fort.

»Wann war das?« fragte Carella.

»Am Tag, nachdem ich das Stück erhalten hatte. Ich rief sie an, und wir verabredeten uns.«

»Und wann war das?«

»Am Donnerstag vor Connies Party.«

»Wo haben Sie sich getroffen?« fragte Brown.

»In ihrer Wohnung. Unweit des Stadtzentrums in der Sinclair.«

»Worüber haben Sie sich unterhalten?«

»Über ihren Brief. Das Theaterstück. Ich wollte in Erfahrung bringen, was genau sie vorhatte.«

»Wie meinen Sie das?«

»In ihrem Brief sprach sie von einer ›angemessenen Vergütung‹. Ich wollte wissen, was sie für angemessen hielt.«

»Sie sind in der Erwartung dorthin gegangen, eine Abmachung zu treffen, oder?«

»Wie ich Ihnen schon sagte, ich machte mir Sorgen. Die Sache mit ihrem Theaterstück konnte kein Schwindel sein, sie hatte uns das Programm mit dem Namen des Theaters darauf geschickt, dazu das Premierendatum. Wie hätte sie das alles vortäuschen können? Und wenn das Ganze keine Täuschung war, dann war ihr Theaterstück tatsächlich die Vorlage für *Jennys Zimmer* gewesen. Das stand für mich außer Frage.«

»Also gingen Sie hin, um einen Deal zu machen.«

»Um in Erfahrung zu bringen, wie dieser Deal ihrer Vorstellung nach aussehen könnte.«

»Obgleich Ihr Anwalt davon abgeraten hat.«

»Nun ja, Anwälte«, sagte sie und demonstrierte ihre Geringschätzung für das gesamte juristische Gewerbe mit einer wegwerfenden Handbewegung.

»Was hatte sie sich denn vorgestellt?« fragte Brown.

»Eine einmalige Zahlung von einer Million Dollar.«

»Sie hat eine Million von Ihnen verlangt?«

»Das war die Gesamtsumme, die sie von uns allen haben wollte. Von den zehn Leuten, denen sie den Brief geschickt hatte. Hunderttausend von jedem von uns.«

»Was haben Sie ihr dazu gesagt?«

»Ich erklärte ihr, ich könnte nicht für die anderen sprechen, aber daß ich darüber nachdenken und mich wieder bei ihr melden würde. Das hatte ich allerdings nicht ernsthaft vor. Ich hielt ihre Forderung für absurd. Todd hatte recht. Ich hätte gar nicht erst dorthin gehen sollen.«

»Hatten Sie den Eindruck, daß es ihr mit ihrer Forderung ernst war?«

»Es gäbe nichts zu handeln, erklärte sie mir. Eine Million Dollar, nicht mehr und nicht weniger.«

»Haben Sie mit den anderen darüber gesprochen?«

»Ja.«

»Mit wem?«

»Mit Norman Zimmer und Connie Lindstrom. Sie sind unsere Produzenten. Ich hätte die Angelegenheit von Anfang in ihre Hände legen sollen.«

»Was haben sie gesagt?«

»Vergessen Sie's. Das gleiche wie Todd.«

»Was war mit den anderen, die den Brief erhalten haben? Haben Sie auch mit denen gesprochen?«

»Nein.«

»Mit niemandem vom Kreativ-Team?«

»Nein.«

»Auch nicht mit den anderen Rechteinhabern?«

»Mit Felicia und Gerry? Nein.«

»Haben Sie es denen gegenüber nicht mal während der Kennenlernparty erwähnt?«

»Nein.«

»Obgleich Sie sich wenige Tage vorher mit Miss Coleridge getroffen hatten?«

»Ich hielt es nicht für notwendig.«

»Wie kommt's?« fragte Brown.

»Das habe ich doch schon gesagt. Mir war geraten worden, das Ganze zu vergessen. Und genau das tat ich.« Sie zuckte die Achseln. »Außerdem war es eine Party. Zur Hölle mit ihr.«

»Und was hatten Sie erwartet? Womit haben Sie gerechnet?«

»Ich hatte keine Ahnung. Wenn sie klagen wollte, dann sollte sie doch. Aber ich war nicht gewillt, ihr hunderttausend Dollar zu geben, die ich nicht besaß.«

»Haben Sie sie nach diesem Donnerstag noch einmal gesehen?«

»Nein.«

»Sie haben sie nicht noch einmal aufgesucht?«

»Nein.«

»Sie auch nicht angerufen?«

»Nein.«

»Sie hatten also keinen Kontakt mehr mit ihr?«

»Richtig.«

»Wissen Sie, daß sie tot ist?«

Cynthia war entweder geschockt, oder sie zögerte erneut und überlegte, ob sie die Wahrheit sagen sollte oder nicht.

»Nein«, sagte sie schließlich. »Das wußte ich nicht.«

»Es stand in der Zeitung«, sagte Brown.

»Ich habe es nicht gelesen.«

»Auch im Fernsehen ist es gebracht worden«, sagte er.

»Dann sind Sie also deshalb hier«, stellte sie fest.

»Genau, deshalb sind wir hier.«

»Sie denken also noch immer ...«

Sie schüttelte den Kopf und verstummte.

»Sie sind auf dem Holzweg«, sagte sie.

Vielleicht waren sie es.

»Der mit der Narbe, ja«, sagte die Frau.

Der jamaikanische Akzent der Frau machte die Worte beinahe völlig unverständlich.

»Sie kennen ihn?« fragte Ollie erstaunt. Er lief sich nun schon seit über zwei Stunden die Sohlen ab.

»Ich hab ihn hier im Haus gesehen«, sagte die Frau. »Aber sonst weiß ich nichts von ihm.«

Die Frau briet Bananen auf dem Küchenherd, kippte die Bratpfanne hin und her, um die Butter darin zu verteilen. Ein Topf mit Gemüse in Knoblauch und Öl köchelte auf einer anderen Flamme. Und im Ofen brutzelte irgend etwas Saftiges vor sich hin. Die Frau war barfuß und trug einen weiten Kittel mit Blumenmuster und auf dem Kopf ein pinkfarbenes Taschentuch. Die Küche war klein und aufgeräumt, die Kochdüfte waren überwältigend. Ollie war plötzlich sehr hungrig.

»Wissen Sie vielleicht auch, wie er heißt?«

»Seinen Namen habe ich nie gehört«, sagte die Frau.

»Was ist das?« fragte Ollie. »Gebratene Bananen?«

»Ja, Mann, gebratene Bananen, was denken Sie denn?«

»Wie schmecken die?«

»Hm?«

»Diese gebratenen Bananen.«

»Wollen Sie mal eine probieren?«

»Die sehen richtig gut aus.«

»Sie sind gleich fertig«, sagte sie.

Ollie beobachtete, wie die Butter in der Pfanne um die Bananen herum Blasen warf. Das Wasser lief ihm im Mund zusammen.

»Haben Sie irgendeine Idee, wo in dem Haus?« fragte er.

»Er hat Saxophon gespielt«, sagte sie. »Wollen Sie jetzt eine haben?«

Sie schob die Pfanne auf eine kalte Herdflamme, bugsierte mit einer Gabel eine Banane auf einen Teller und reichte Ollie Gabel und Teller. Er spießte die Banane auf und schob sie sich fast ganz in den Mund. Die Hände in den Hüften und zufrieden lächelnd sah sie ihn an.

»Das schmeckt wirklich gut«, stellte er fest.

»Ja«, sagte sie. »Aber später sind sie noch besser. Ich serviere sie immer mit Vanilleeis.«

Er hoffte, daß sie ihm noch eine anbot, egal ob mit oder ohne Eis, ob heiß oder kalt, aber sie tat ihm den Gefallen nicht. Er stellte den Teller zurück auf die Anrichte, wischte sich mit dem Handrücken die Lippen ab und sagte: »Ist er Musiker?«

»Nein, aber er spielt Saxophon«, sagte die Frau und lachte.

»Wo haben Sie ihn spielen gehört?«

»Im Freizeitraum«, sagte sie.

Gerry Palmer packte seine Sachen für den Flug nach London, als sie gegen vier Uhr an diesem Donnerstag nachmittag vor seinem Hotelzimmer standen.

»Ich fliege zwar erst am Sonntag abend«, sagte er, »aber ich mache mich lieber früher als zu spät fertig.«

Das Zimmer befand sich in der zehnten Etage des Piccadilly Hotels. Es war bei weitem nicht so elegant wie die Hotels in den Seitenstraßen an der Jefferson Avenue, und es lag nicht nahe genug an der Stem, um es für den Besuch von Restaurants oder Bühnenshows als günstig gelegen zu bezeichnen. Carella erinnerte sich vage, daß vor nicht allzu langer Zeit in dem Gebäude eine Reitschule untergebracht war, ehe der neue Bürgermeister gegen die Prostituierten vorging, die Stundenhotels für ihre flüchtigen Geschäfte nutzten. In dem Bau herrschte noch immer eine Atmosphäre schäbigen Überdrusses, die Vorhänge und die gleichfarbige Tagesdecke auf dem Bett waren ein wenig schmuddelig und die Armlehnen bei beiden Sesseln abgewetzt und fadenscheinig. Carella ließ sich in einen der Sessel sinken, Brown in den anderen. Palmer stand am Fußende des Bettes, sah sie an und trug Kleidung aus der Kommode und dem Schrank zum aufgeklappten Koffer auf dem Bett.

Ein brauner Anzug, ein kanariengelbes Hemd mit weißem Kragen, eine frische Jockey-Unterhose, braune Socken und eine braune Seidenkrawatte lagen akkurat aufgereiht auf dem Bett. Palmer erklärte, er habe die Sachen zurechtgelegt, weil er an diesem Abend Essen und ins Theater gehen wolle. Er nannte den Titel des Stücks – von dem die Detectives noch nie gehört hatten – und erzählte, daß Norman Zimmer Logenplätze im Ferguson Theater hatte reservieren lassen. All das schilderte er mit seinem Cockneyakzent, der ihn klingen ließ wie die schlechte Karikatur eines Engländers.

»Wem verdanke ich denn die Ehre dieses Besuchs?« fragte er.

»Kennen Sie eine Frau namens Martha Coleridge?« stellte Brown die erste Frage.

»Ich weiß, daß es sie gibt«, sagte Palmer, »aber ich kann nicht behaupten, das Vergnügen zu haben, sie persönlich zu kennen.«

»Haben Sie in letzter Zeit einen Brief von ihr erhalten?«

»Oh, das habe ich tatsächlich.«

»Dem ein Theaterstück mit dem Titel *Mein Zimmer* und die Kopie eines Premierenprogramms beigelegt waren?«

»Ja. Das auch. Richtig.«

»Was haben Sie von alledem gehalten?« fragte Carella.

»Ich kann nicht behaupten, daß ich das Stück gelesen habe. Aber den Brief hielt ich für recht interessant.«

»Und was haben Sie unternommen?«

Palmer trug gerade fünf oder sechs zusammengefaltete Oberhemden von der Kommode zum Bett. Er blieb stehen und schaute über das Bett hinweg zu den Detectives. »Was ich unternommen habe?« sagte er. »Sollte ich deswegen irgend etwas unternehmen?«

»Kam der Brief Ihnen nicht wie eine Drohung vor?«

»Eigentlich nicht. Ich hielt sie für eine bemitleidenswerte alte Dame«, sagte Palmer und packte die Oberhemden in den Koffer.

»Sie fanden die Situation überhaupt nicht bedrohlich, hm?«

»Hätte ich sie bedrohlich finden sollen?« stellte Palmer eine Gegenfrage und schaffte es, überrascht und amüsiert und gleichzeitig herausfordernd dreinzuschauen wie ein Kind, das Oma und Opa gefallen möchte. Er öffnete weit die blauen Augen, und der Mund verzog sich zu einem koboldhaften kleinen Lächeln. Erneut hatte Carella das Gefühl, als imitierte er jemanden, vielleicht einen Komiker, den er auf irgendeiner Bühne gesehen hatte, oder einen Schauspieler in einer Filmkomödie. Vielleicht war er aber auch nur dämlich.

»Haben Sie sie angerufen oder so?« fragte Brown.

»Lieber Himmel, *nein*!« sagte Palmer.

»Sie glaubten wohl nicht, daß das Ganze einen Anruf lohnte, oder?«

»Ganz sicher nicht.«

»Haben Sie mit Cynthia Keating oder mit Felicia Carr darüber gesprochen?«

»Nein. Das habe ich nicht.«

»Haben Sie die Angelegenheit gegenüber Mr. Zimmer erwähnt? Oder seiner Partnerin?«

»Vielleicht, ja.«

»Wann war das?«

»Daß ich es erwähnt habe? Während der Party, könnte ich mir denken.«

»Sie haben aber keinen der beiden vor der Party deswegen angerufen, oder?«

»Nein. Hätte ich das denn tun sollen?«

»Nein, aber warum haben Sie es nicht getan?«

»Nun, mal überlegen. Der Umschlag kam über Mr. Zimmers Büro zu mir. Daher nahm ich an, daß er längst darüber Bescheid wußte. In diesem Fall bestand keine Notwendigkeit, ihn anzurufen, oder doch?«

Erneut dieses koboldhafte Grinsen, dieses beleidigte Heben der Augenbrauen, das besagte: Also wirklich, es geht doch hier um ziemlich einfache Dinge. Warum regen wir uns darüber auf?

Brown hätte ihm am liebsten eins aufs Auge gegeben.

»Hatten Sie nicht das Gefühl, daß die Frau eine Gefahr für die Produktion des Musicals war?«

»Natürlich hatte ich das.«

»Und für einen möglichen Geldsegen?«

»Natürlich!« sagte Palmer. »Aber Sie wollte hunderttausend Dollar von jedem von uns! Hunderttausend! Genauso hätte sie auch gleich hundert Millionen verlangen können. Ich hätte ihr keinen der beiden Beträge geben können, verstehen Sie? Wissen Sie, wieviel ich im Postzimmer von Martins und Grenville verdiene? Siebentausend Pfund im Jahr. Das ist unendlich viel weniger als hunderttausend Dollar.«

Erneut die gerunzelten Augenbrauen. Die großen blauen Augen. Das verschlagene Grinsen. Brown rechnete nach. Er schätzte, daß siebentausend Pfund etwa fünfzehntausend Dollar im Jahr entsprachen.

»Also haben Sie es einfach fallenlassen«, sagte er.

»Ich habe es einfach ...« Ein Achselzucken. »Fallenlassen, ja. So wie Sie sagen.« Ein Schürzen der Lippen. »Ich habe es einfach ignoriert.«

»Und jetzt ist sie tot«, sagte Brown und fixierte ihn.

»Ich weiß«, sagte Palmer. »Ich habe die Meldung in einem Ihrer Klatschblätter gelesen.«

Diesmal keine großen blauen Augen. Kein überraschter Blick. Wenn überhaupt, dann war da ein Ausdruck übertriebener Sorge. Mehr und mehr gelangte Carella zu der Überzeugung, daß der Mann ihnen etwas vorspielte, daß er tat, als sei er viel gescheiter, viel raffinierter und erfahrener als der unterbezahlte Hauspostbote, der er in Wirklichkeit war.

»Was empfanden Sie, als Sie die Meldung gelesen haben?« fragte Carella.

»Nun, ich habe der Frau nicht den Tod gewünscht«, sagte Palmer. »Aber ich muß zugeben, daß unsere Lage sich dadurch erheblich verbesserte.« Und er hob wieder die Augenbrauen und weitete die Augen, diesmal kein Grinsen, sondern nur ein Blick, der zu sagen schien: Finden Sie nicht auch? Er klappte den Deckel des Koffers zu, verdrehte die Ziffern des Zahlenschlosses und wischte sich die Hände ab. Das wäre erledigt.

»Das war's«, sagte er.

»Wann genau fliegen Sie am Sonntag?« fragte Brown.

»Um acht Uhr.«

»Demnach haben wir noch ein wenig Zeit.«

»Ach? Wofür?«

Um dich festzunageln, dachte Brown.

»Um eine Matineevorstellung anzusehen«, sagte er. »Hier gibt es sonntags eine Menge Matineen.«

»In London auch«, sagte Palmer beinahe sehnsüchtig.

Die Schlüssel zum Freizeitraum der Wohnanlage verwaltete ein alter Schwarzer, der sich einfach als Michael vorstellte, kein Nachname. Die Leute schienen heute keine Nachnamen mehr zu haben, stellte Ollie fest – nicht daß ihn das sonderlich interessierte. Aber er dachte, ein Mensch sollte stolz sein auf seinen Nachnamen, der, verdammt noch mal, sein ganz persönliches Erbe war. Statt dessen hörte man nur Vornamen von jedem Idioten in jeder Arztpraxis und in jeder Bank. Und nun sagte ihm auch dieser Hüter der Schlüssel, daß er nur Michael hieße. Es geschah ihm nur recht, daß er als armseliger Schwarzer auf die Welt gekommen war.

»Ich suche einen Jamaikaner mit einer Messernarbe im Gesicht und einem tätowierten Stern auf seinem Schwanz, der Saxophon spielt«, sagte Ollie.

Der Alte brach in schallendes Gelächter aus.

»Das ist nicht lustig«, sagte Ollie. »Er hat möglicherweise zwei Menschen getötet.«

»Das ist wirklich nicht lustig, okay«, gab Michael zu und wurde ernst.

»Haben Sie ihn hier mal gesehen? Eine Lady hat mir erzählt, daß er hier drin mal Saxophon gespielt hat.«

»Meinen Sie den Typ aus London?« fragte Michael.

Sie saßen im Dienstraum um Carellas Schreibtisch und tranken den Kaffee, den Alf Miscolo im Schreibzimmer zubereitet hatte. Ollie war der einzige, dem der Kaffee ekelhaft schmeckte. Im Lauf der Jahre waren die anderen zu der Überzeugung gelangt, daß der Kaffee gar nicht so schlecht schmeckte, sondern in Wirklichkeit einer dieser Feinschmeckerkaffees war, wie man sie in kleinen Straßencafés in Paris oder Seattle vorgesetzt bekam. Ollie hätte den ersten Schluck beinahe ausgespuckt.

Er wollte den anderen erzählen, was er in der Stadt im Rockfort erfahren hatte. Die vier Detectives, die sich seinen Bericht anhörten, waren Carella, Brown, Meyer und Kling, die verschiedene Aspekte des Falles seit, wie es ihnen vorkam, einer Ewigkeit untersuchten – dabei waren sie erst seit dem 9. Oktober an der Sache dran. Ollie kam sich vor wie der Gast einer Talk-Show. Carella war der Gastgeber, und die anderen waren frühere Gäste, die zur Seite gerutscht waren, um für Ollie Platz zu machen, der unter tobendem Applaus und lauten Begeisterungsrufen auf die Bühne gekommen war. Brown und Meyer saßen auf Stühlen, die sie von ihren Schreibtischen mitgebracht hatten. Kling begnügte sich mit einem Platz auf einer Ecke von Carellas Schreibtisch.

Es war eine gemütliche kleine Talk-Show, während die Temperaturen draußen bei etwa sechs bis sieben Grad unter Null lagen und es auf jeden Fall besser war, an einem solchen Abend unter Dach und Fach zu bleiben. Die Uhr an der Wand des Dienstraums verkündete Viertel nach fünf. Ollie hatte gleich nach dem Gespräch mit Mr. Michael und einem zweiten mit der Lady, die ihm eine weitere Banane angeboten hatte, angerufen und Carella gebeten, auf ihn zu warten, er wäre gleich da. Das war um zehn vor vier gewesen. Der Schnee hatte Ollie aufgehalten, aber was kann man dagegen tun, das war höhere Gewalt, hatte er sich entschuldigt. Es schneite noch immer, und die Flocken prasselten gegen die Dienstraumfenster wie Geister, die verzweifelt Einlaß begehrten.

»So wie ich es verstanden habe«, sagte Ollie, »war Bridges Anfang November eine Woche lang bei seinem Cousin. Der Typ aus dem Freizeitraum erinnert sich daran, daß er auf seinem Saxophon üben wollte. Ich schätze, das war, nachdem er den Hale-Mord begangen hatte und bevor er nach Hause zurückflog.«

»Das alles hat dir der Typ aus dem Freizeitraum erzählt?«

»Nicht das mit dem Mord, das ist meine Vermutung. Davon hatte er keine Ahnung.«

»Was dann?«

»Das mit dem Cousin, dem Saxophon und dem Heimflug.«

»Hast du mit dem Cousin gesprochen?«

»Ich habe bei ihm geklopft, aber es war niemand da. Doch ich hielt das Ganze für wichtig genug, um sofort etwas zu unternehmen. Deshalb bin ich hier.«

»Wer hat dir erzählt, daß der Saxophonspieler John Bridges heißt?«

»Der Typ aus dem Freizeitraum.«

»Und er hat dir auch gesagt, daß er zurück nach Houston geflogen ist?«

»Ja und nein«, sagte Ollie und grinste.

»Dann laß uns mal raten, okay?«

»Er ist nicht nach Houston, Texas, geflogen.«

»Wohin dann?«

»Nach Euston, England. Es klingt genauso, klar, aber es wird anders geschrieben, E-U-S-T-O-N. Ich war noch mal bei meiner Lady mit den gebratenen Bananen ...«

»Häh?« machte Carella.

»Eine Lady in der Wohnanlage, sie heißt Sarah Crawford und macht die besten gebratenen Bananen.«

Ollie spürte, daß er jetzt ihre ungeteilte Aufmerksamkeit hatte.

»Sie ist Jamaikanerin und erzählte mir eine Menge von Euston und auch von King's Cross, ein Stadtbezirk in der Nähe, wo sich jede Menge Nutten und Drogenhändler rumtreiben und wo es mehrere Bahnhöfe gibt. Sie kannte Bridges nicht persönlich, aber sein Cousin hat ihr erzählt, daß er in Euston wohnt. So ist das, hm«, sagte Ollie. »Kennt ihr sonst noch jemanden aus London?«

Sie warteten vor dem Ferguson Theater, als Gerald Palmer zur Acht-Uhr-Vorstellung an diesem Abend erschien. Er trug einen dunkelblauen Mantel über dem braunen Anzug, dem kanariengelben Oberhemd mit weißem Kragen und der braunen Seidenkrawatte, die sie vorher bei ihm auf dem Bett hatten liegen sehen. Sein Haar und die Schultern seines Mantels waren mit Schnee bedeckt. Seine blauen Augen weiteten sich, als er Carella und Brown neben der Kasse stehen sah, wo sie auf ihn warteten. In seiner Begleitung befand sich eine blonde Frau. Sie guckte ziemlich verwirrt, als die Detectives sich näherten.

»Mr. Palmer«, sagte Carella, »würde es Ihnen etwas ausmachen, uns zu begleiten?«

»Weshalb?« fragte er.

»Wir möchten Ihnen ein paar Fragen stellen.«

Als wollte er Eindruck auf die Blondine machen – vielleicht aber auch, weil er nur ganz einfach dämlich war –, zeigte Palmer wieder diesen großäugigen, hochmütigen, trotzigen Gesichtsausdruck, den sie schon früher bei ihm gesehen hatten.

»Das tut mir schrecklich leid«, sagte er. »Aber ich habe andere Pläne.«

»Wir auch«, sagte Brown.

Die Blondine nahm Palmers großzügiges Angebot an, sich das Theaterstück allein anzusehen, während er diese »alberne Angelegenheit«, wie er es nannte, in Ordnung brächte. Er spielte noch immer den Premierminister, der sich mit zwei allzu aufdringlichen Reportern herumschlagen mußte. Während der ganzen Fahrt zum Revier beschwerte er sich über die Polizei in dieser Stadt und sagte ihnen, sie hätten kein Recht, einen Fremden einer derartigen Behandlung zu unterziehen, was, natürlich, nicht stimmte, denn sie hatten dazu jedes Recht der Welt, da das Gesetz auf alle Bürger und Besucher ohne Unterschied zutraf, es sein denn, sie genossen diplomatische Immunität. Als er in Gewahrsam war, lasen sie ihm seine Rechte vor. Diese unterschieden sich recht grundlegend von denen in England, aber auch mit denen sei er nicht vertraut, wie er ihnen erklärte, da er in seinem ganzen Leben noch nie Ärger mit dem Gesetz gehabt hätte. Tatsächlich könne er überhaupt nicht verstehen, weshalb er sich plötzlich in polizeilichem Gewahrsam befand, was wieder mal das alte Lied war, das sie seit Jahrhunderten von Axtmördern und Maschinengewehr-Kellys hörten.

Aus Rücksicht auf seinen Status als Ausländer brachten sie ihn in das Büro des Lieutenants, das gemütlicher war als das Verhörzimmer, und boten ihm von Miscolos Kaffee an oder eine Tasse Tee, falls ihm die lieber sei. Daraufhin zeigte er wieder seine typische Reaktion – Augen weit offen, Augenbrauen gerunzelt, Mund zu einem indignierten Lächeln verzogen – und erklärte ihnen, sie sollten sich von gewissen Klischeevorstellungen lösen, da er selbst nur selten Tee trank und Kaffee schon immer das Getränk seiner Wahl gewesen sei, womit er genau wie der Typ Engländer klang, mit dem nichts gemein zu haben er sich ständig bemühte.

»Dann erzählen Sie uns doch mal, Mr. Palmer«, begann Carella, »kennen Sie jemanden namens John Bridges?«

»Nein. Wer ist das?«

»Wir nehmen an, daß er Andrew Hale ermordet hat.«

»Tut mir leid, aber muß ich wissen, wer Andrew Hale ist?«

»Sie müssen nur wissen, was Sie wirklich wissen«, sagte Carella.

»Ah, hervorragend«, sagte Palmer.

»Er kommt aus Euston.«

»Andrew Hale?«

»John Bridges. Wissen Sie, wo Euston ist?«

»Natürlich.«

»Kennen Sie jemanden aus Euston?«

»Nein.«

»Oder aus King's Cross?«

»Das sind Viertel, die ich gewöhnlich nicht frequentiere«, sagte Palmer.

»Kennen Sie irgendwelche Jamaikaner in London?«

»Nein.«

»Wann haben Sie erfahren, daß Andrew Hale Schwierigkeiten macht?«

»Ich kenne niemanden namens Andrew Hale.«

»Er ist Cynthia Keatings Vater. Wußten Sie, daß er Inhaber der Rechte an *Jennys Zimmer* war?«

»Ich weiß nichts von ihm oder von irgendwelchen Rechten, die er mal besessen hat.«

»Hat niemand Sie je darüber informiert?«

»Keine Menschenseele.«

»Dann erfahren Sie in diesem Moment zum ersten Mal davon?«

»Nun ja ... nein. Nicht gerade in diesem Moment.«

»Dann wußten Sie es also schon vorher.«

»Ja, ich glaube schon. Wenn ich es recht bedenke.«

»Wann erfuhren Sie es denn?«

»Daran kann ich mich nicht mehr erinnern.«

»Könnte es vor dem 29. Oktober gewesen sein?«

»Wer hat ein so gutes Gedächtnis?«

»Wissen Sie denn nicht, wie Sie davon erfahren haben?«

»Ich habe es wahrscheinlich in der Zeitung gelesen.«

»Erinnern Sie sich, in welcher Zeitung?«

»Tut mir leid. Keine Ahnung.«

»War es eine englische Zeitung?«

»Oh, das ganz bestimmt nicht.«

»Dann war es eine amerikanische, richtig?«

»Ich weiß nicht mehr, was für eine Zeitung es war. Es könnte eine englische gewesen sein. Aber genau weiß ich es nicht.«

»Aber Sie sagten, es wäre keine gewesen.«

»Ja, aber ich erinnere mich wirklich nicht.«

»Wie gut kennen Sie Cynthia Keating?«

»So gut wie gar nicht. Wir haben uns vor einer Woche das erste Mal gesehen.«

»Wo war das?«

»Auf Connies Party.«

»Der Kennenlernparty?«

»Ja.«

»Vorher haben Sie nie mit ihr gesprochen?«

»Nie. Soll ich denn mit ihr gesprochen haben?«

»Es hat uns nur interessiert.«

»Hm. Was denn?«

»Wann Sie das erste Mal mit ihr gesprochen haben.«

»Ich habe doch gesagt ...«

»Sehen Sie, nachdem wir erfuhren, daß Mr. Bridges aus London kam ...«

»Das ist eine große Stadt, wie Sie sicher wissen.«

»Ja, das wissen wir.«

»Ich meine nur, falls Sie andeuten wollen, daß wir einander kennen.«

»Aber Sie sagten doch, Sie kennen ihn nicht.«

»Das stimmt. Ich sage, daß die Einwohnerzahl noch größer ist als hier. Wenn Sie also andeuten, daß ich einen Jamaikaner kenne, und auch noch aus Euston oder King's Cross ...«

»Aber das tun Sie nicht.«

»Richtig.«

»Und Sie haben auch nie Cynthia Keating kennengelernt, oder ...?«

»Nun, erst ...«

»Auf der Party von Connie Lindstrom, richtig.«

»Genau.«

»Vorher haben Sie nie mit ihr gesprochen.«

»Nie.«

»Was uns gewundert hat. Als wir unsere Notizen durchgingen. Nachdem wir erfuhren, daß Mr. Bridges ...«

»Oh, Sie machen sich Notizen? Wie clever.«

»Mr. Palmer«, sagte Carella, »es würde für Sie besser aussehen, wenn Sie aufhören würden, den Klugscheißer zu spielen.«

»Ich hatte keine Ahnung, daß es für mich schlecht aussieht«, sagte Palmer und zog die Brauen hoch, weitete die Augen und grinste verschmitzt. »Ich wollte lediglich darauf hinweisen, daß eine Unmenge von Menschen aus London kommen, mehr nicht.«

»Ja, aber nicht alle stehen mit Cynthia Keatings Vater in Verbindung.«

»Ich habe Andrew Hale in meinem ganzen Leben nicht kennengelernt. Und es gibt zwischen ihm und mir ganz gewiß keinerlei Verbindung, wie Sie andeuten.«

»Mr. Palmer«, sagte Carella, »woher wußten Sie, daß Martha Coleridge von jedem von Ihnen hunderttausend Dollar verlangte?«

Die blauen Augen weiteten sich wieder. Die Augenbrauen ruckten hoch. Die Lippen schürzten sich.

»Nun ... lassen Sie mich mal nachdenken«, sagte er.

Sie warteten.

»Mr. Palmer?« sagte Carella.

»Jemand muß es mir erzählt haben.«

»Ja, wer?«

»Das weiß ich nicht mehr.«

»Sie haben nicht mit Miss Coleridge persönlich gesprochen?«

»Natürlich nicht. Ich habe die Frau niemals getroffen.«

»Wer hat es Ihnen dann erzählt?«

»Ich habe keine Ahnung.«

»War es Cynthia Keating?«

Palmer antwortete nicht.

»Mr. Palmer? Es war Cynthia Keating, nicht wahr?«

Er schwieg noch immer.

»Hat sie Ihnen auch erzählt, daß ihr Vater die Rechte an dem Theaterstück besitzt?«

Palmer verschränkte die Arme vor der Brust.

»Und sich weigerte, sie abzutreten?«

Palmers Blick verriet soeben, daß seine Kutsche einen Straßenjungen überfahren hatte und er seinem Kutscher befahl, einfach weiterzufahren.

»So war es doch, oder?« sagte Carella.

Palmer holte eine emaillierte Schnupftabakdose aus der Tasche seiner mit Brokat besetzten Weste, öffnete sie mit indignierter Miene und schob sich eine Prise in jedes Nasenloch.

So jedenfalls sah es für die versammelten Plattfüße aus.

Sie riefen Nellie Brand an und schilderten ihr, was sie zu haben glaubten. Zumindest rechneten sie sich aus, mit Verschwörung zu einem vorsätzlichen Mord durchzukommen. Nellie wies sie an, Cynthia Keating aufs Revier zu bringen.

Sie selbst erschien dort eine halbe Stunde später. Es war halb acht auf der Uhr im Dienstraum, und draußen schneite es noch immer.

Sie brachten Cynthia zehn Minuten später. Todd Alexander stieß um zehn nach acht hinzu. Er teilte ihnen umgehend mit, daß seine Klientin keine Fragen beantworten würde, und warnte sie, wenn man sie nicht sofort eines Vergehens bezichtigte, würde sie sofort wieder nach Hause zurückkehren.

Es kam jetzt darauf an, wer als erster einknickte.

»Ich wäre an Ihrer Stelle nicht so hastig, Todd«, sagte Nellie. »Sie können hier eine Menge Geld verdienen.«

»Ach? Wie kommen Sie darauf?«

»Ich habe die Absicht, die beiden Morde zusammenzufassen. Das wird ein langer Prozeß. Ich hoffe, Ihre Klientin hat einen Sack voll Dollar.«

»Von welchen beiden Morden reden Sie?« fragte Alexander.

»Zuerst einmal von dem Auftragsmord an Mrs. Keatings Vater ...«

»Aha, ich verstehe, ein Auftragsmord.« Er wandte sich an Cynthia und sagte: »Ein Auftragsmord gilt als vorsätzlicher Mord.«

»Erklären Sie ihr, womit sie rechnen muß, Todd.«

»Weshalb sollte ich meinen Atem vergeuden? Werfen Sie ihr das vor? Vorsätzlichen Mord? Nur zu.«

»Warum so eilig? Wollen Sie mich nicht zu Ende anhören? Ich kann Ihnen das Leben retten«, sagte Nellie und wandte sich an Cynthia. »Ich kann Ihnen außerdem helfen, eine Menge Geld zu sparen.«

»Danke«, sagte Cynthia, »aber mein Leben ist nicht in Gefahr ...«

»Machen Sie sich nichts ...«

»... und ich werde reich sein, sobald *Jennys* ...«

»Die Strafe für vorsätzlichen Mord ist eine tödliche Injektion«, sagte Nellie. »Ich biete Ihnen ein einmalig günstiges Geschäft an.«

»Was haben Sie denn?« fragte Alexander.

»Ich habe einen alten Mann, der dem im Weg steht, was Ihre Klientin als ein Vermögen betrachtet. Ich habe ein Spatzenhirn in London, das das Ganze genauso sieht. Die beiden verbünden sich ...«

»Mrs. Keating und jemand in London, sagen Sie?«

»Ein ganz spezieller Jemand namens Gerald Palmer. Der ebenfalls ein Vermögen verdienen wird, wenn das Musical ein Hit wird.«

»Und die haben sich verschworen, Mr. Keatings Vater zu töten, sagen Sie?«

»Das ist unsere Vermutung, Todd.«

»Ziemlich wild, das Ganze.«

»Die Briten waren in so etwas schon immer gut«, sagte Nellie.

»Klar. Richard der Zweite.«

»In jüngerer Vergangenheit.«

»Sie sagen ...«

»Ich sage, die beiden fanden einen jamaikanischen Mietkiller namens John Bridges, ließen ihn hierher nach Amerika fliegen ...«

»Ich bitte Sie, Nellie.«

»Die Metropolitan Police überprüft in diesem Moment seine Herkunft. Sobald sie sich bei uns gemeldet hat ...«

»Ah, eine Sherlock-Holmes-Nummer.«

»Nein, nur ein Detective namens Frank Beaton.«

»Das ist alles Unsinn«, sagte Cynthia.

»Na schön, es ist Ihr Risiko«, sagte Nellie.

»Was wollen Sie von ihr?«

»Ihren Partner und den Mörder. Die beiden will ich.«

»Was bieten Sie ihr dafür an?«

»Reden Sie über mich?« fragte Cynthia.

»Einen Moment, Cyn«, sagte Alexander.

»Vergiß den Moment. Wenn sie etwas in der Hand hätte, würde sie nicht auf einen Handel drängen.«

»Glauben Sie das?« fragte Nellie.

»Was können Sie uns anbieten?« fragte Alexander erneut.

»Sie nennt die Namen, und ich ändere die Anklage in Totschlag. Zwanzig Jahre bis lebenslänglich statt einem Valium-Cocktail.«

»Gehen Sie auf fünfzehn«, sagte Alexander.

»Zwanzig. Mit einer Empfehlung für vorzeitige Entlassung auf Bewährung.«

»Ich bitte Sie, geben Sie mir wenigstens das Minimum.«

»Fünfzehn können es werden, mit oder ohne Bewährung«, sagte Nellie. »Und dann zwanzig, dann dreißig und vierzig und noch immer keine Bewährung. Ehe Sie sich versehen, sitzt Ihre Lady für den Rest ihres Lebens im Knast. Nehmen Sie meinen Rat an. Zwanzig mit Empfehlung.«

»Dann wäre sie sechzig, wenn sie rauskommt.«

»Siebenundfünfzig«, korrigierte Cynthia.

Aber sie überlegte.

»Andererseits können Sie es jederzeit darauf ankommen lassen. Vergessen Sie nicht, es droht die Todesstrafe. Sie sitzen dann fünf oder sechs Jahre in der Todeszelle, während alle ihre Berufungsanträge abgelehnt werden – und das war es dann.«

»Empfehlung für Bewährung nach fünfzehn Jahren«, sagte Alexander.

»Das kann ich nicht.«

»Zwanzig ist nicht gut genug.«

»Wie gut ist denn der Cocktail?« fragte Nellie.

10

Palmer stellt Ende September den ersten Kontakt her.

Er berichtete Cynthia per Telefon, daß Norman Zimmer, der gerade ein Musical nach dem Theaterstück *Jennys Zimmer* produziere, ihn angerufen habe. Ob sie ihn kenne ...

»Ja, er hat sich auch bei mir gemeldet«, sagt Cynthia.

»Ich belästige Sie nur ungern«, sagt er, »aber soweit ich verstanden habe, ist das Projekt auf Grund der Unnachgiebigkeit Ihres Vaters gefährdet.«

»Ja, ich weiß.«

»Das wäre doch eine Schande, nicht wahr?« sagt er. »All diese Leute, die gerne ein wenig dazuverdienen würden.«

»Ich weiß«, sagt Cynthia.

»Könnten Sie nicht mal mit ihm reden?«

»Das habe ich schon«, sagt sie. »Er gibt nicht nach.«

»Das ist wirklich schade.«

»Er schützt Jessica, wissen Sie.«

»Wer ist das?«

»Jessica Miles. Die Frau, die das Originalstück geschrieben hat. Er meint, daß sie einem zweiten Musical niemals zugestimmt hätte.«

»Tatsächlich? Weshalb das denn?«

»Weil das erste absolut schrecklich war.«

»Also, das glaube ich nicht. Ich habe das Buch meines Großvaters gelesen, und ich hab mir die Songs angehört. Es ist wirklich gut. Außerdem werden neue Songs geschrieben und ein neues Buch und – also, es ist wirklich eine Schande. Denn ich denke, es hat gute Chancen. Ich bin überzeugt, daß wir alle damit reich werden könnten. Wenn es produziert wird.«

Es knistert in der Leitung.

Sie versucht sich London vorzustellen. Sie ist noch nie dort gewesen. Sie stellt sich Schornsteine und Straßen mit Kopfsteinpflaster vor. Sie sieht Männer mit rußgeschwärzten Hemdkragen und Frauen in langen Stundenglaskleidern. Sie hört, wie Big Ben die vollen Stunden schlägt, sieht Ruderregatten auf der Themse. All das stellt sie sich vor. Und sie träumt davon, sich das eines Tages mit eigenen Augen anzusehen.

»Könnten Sie nicht noch einmal mit ihm reden?« fragt Palmer.

Das zweite Mal ist sie es, die anruft, und zwar Anfang Oktober. Er ist gerade von der Arbeit nach Hause gekommen. In London ist es sieben Uhr abends, in Amerika zwei Uhr nachmittags. Er erzählt ihr, daß er »bei dem letzten der Verlage in Bedford Square« arbeitet, eine Formulierung, von der sie annimmt, daß er sie schon oft benutzt hat. Tatsächlich ist an seiner Art zu reden etwas, das alles einstudiert und vorbereitet klingen läßt, als habe er eine Rolle auswendig gelernt, die er jetzt spielt. Sie vermutet einen Mangel an Spontaneität, der alles, was er sagt, künstlich und geprobt erscheinen läßt, als steckte hinter seinen Worten nicht die geringste Substanz.

»Waren Sie noch einmal bei ihm?« fragt er.

»Mehrmals«, sagt sie.

»Und?«

»Nichts zu machen.«

»Hm.«

»Er will sich nicht überzeugen lassen. Er sagt, das Stück sei ein heiliges Vermächtnis ...«

»Quatsch.«

»Das glaubt er aber.«

»Sie muß es vor einer halben Ewigkeit geschrieben haben.«

»1923.«

»Norman meint, es sei entsetzlich.«

»Mein Vater hält es für wundervoll.«

»Nun, wie die alte Jungfer schon sagte, als sie vom Ochsen geküßt wurde ...«

»Es ist eine Schande, daß es sich gerade jetzt ergeben mußte. Die Möglichkeit, meine ich. Das Musical wieder auf die Bühne zu bringen.«

»Wie meinen Sie das?«

»Nun ... in zehn Jahren wäre alles so viel einfacher.«

»Ich verstehe nicht ...«

»Vergessen Sie's. Ich hätte es gar nicht aussprechen sollen.«

»Tut mir leid, ich verstehe noch immer nicht ...«

»Es ist nur ... mein Vater ist nicht gerade bei bester Gesundheit, wissen Sie.«

»Das ist schlimm.«

»Und ich habe ganz bestimmt nicht die Probleme, die er hat.«

»Probleme? Was ...?«

»Mit dem Stück. Damit, daß es als Musical herauskommt. Ich habe zu Jessica Miles keinerlei emotionale Bindungen. Ich kenne diese Frau nicht einmal. Ich will damit sagen, daß ihr Stück mich nicht im geringsten interessiert. Im Gegenteil, ich fände es toll, wenn es als Musical wiederbelebt würde.«

»Aber was soll in zehn Jahren besser sein?«

»Mein Vater vererbt mir die Rechte.«

»Wie?«

»Die Rechte an dem Stück. Wenn er stirbt. Es steht in seinem Testament.«

»Ich verstehe.«

»Ja.«

Lange bleibt es in der Leitung still.

»Aber«, sagt sie, »wir sind jetzt nicht zehn Jahre weiter, nicht wahr?«

»Nein, das sind wir nicht«, pflichtet Palmer ihr bei.

»Wir haben heute«, sagt sie.

»Ja«, sagt er. »Das stimmt.«

Er ruft sie am 18. Oktober wieder an. In Amerika ist Mitternacht, und er erzählt ihr, daß die Uhr in London fünf Uhr morgens zeigt, er jedoch kein Auge zugetan habe.

»Ich habe viel über Ihren Vater nachgedacht«, beginnt er.

»Ich auch«, sagt sie.

»Es ist so schade, daß er diese Rechte nicht freigibt, nicht wahr? Verzeihen Sie, aber haben Sie ihm die Situation völlig klar gemacht? Haben Sie ihm erklärt, was Sie darüber denken, daß das Stück zu einem Musical verarbeitet wird?«

»Oh, ja, mindestens tausendmal.«

»Ich meine ... er muß doch erkennen, daß in dem Moment, in dem er stirbt ... also verzeihen Sie ... aber daß Sie dann mit dem verdammten Stück tun und lassen können, was Sie wollen. Ist ihm das nicht klar?«

»Ich denke schon.«

»Das ist doch unfair, meinen Sie nicht?«

»Doch, das ist es.«

»Vor allem, da er ziemlich krank ist.«

»Er hatte zwei Herzinfarkte.«

»Man könnte doch annehmen, daß er Ihnen das Stück schon jetzt überläßt. Warum auch nicht? Mit seinem Segen. Da, nimm, Cynthia, verfahre damit nach deinem Gutdünken.«

»Ich bin schließlich sein einziges Kind«, sagt Cynthia.

»Das wäre doch völlig normal.«

»Aber er tut es nicht.«

»Nun, wenn sie ein bestimmtes Alter erreicht haben ...«

»Das ist es nicht. Er ist lediglich ein sturer alter Bock. Manchmal wünschte ich ...«

Sie läßt das Ende des Satzes offen.

Er wartet.

»Manchmal wünschte ich, er würde schon morgen sterben«, sagt sie.

Erneut setzt Stille ein.

»Das meinen Sie doch ganz bestimmt nicht ernst«, sagt er.

»Nein, ich glaube nicht.«

»Ich bin ganz sicher, daß Sie es nicht ernst meinen.«

»Aber ich meine es so«, sagt sie.

Es gibt da einen Jamaikaner namens Charles Colworthy, der zusammen mit Palmer in der Poststelle arbeitet. Er kennt einen anderen Jamaikaner namens Delroy Lewis, der wiederum einen weiteren Jamaikaner namens John Bridges kennt. Letzterer ist in jeder Hinsicht ein »Yardie«, was, wie Palmer erklärt, ein englischer Slangausdruck für einen jungen Jamaikaner ist, der mit Drogen handelt und gewalttätig ist.

»Ich will nicht, daß ihm weh getan wird«, sagt Cynthia sofort.

»Natürlich nicht.«

»Sie sprachen von Gewalt.«

»Er hat mir versichert, daß es völlig schmerzlos ist.«

»Sie haben mit ihm gesprochen?«

»Mehrmals.«

»Wie heißt er?«

»John Bridges. Er ist bereit, es für uns zu tun. Wenn Sie es immer noch wollen.«

»Ich habe viel darüber nachgedacht.«

»Ich auch.«

»Es scheint doch genau das richtige zu sein, oder, Gerry?«

»Ja.«

Lange bleibt es still.

Alles scheint so schnell zu gehen.

»Wann ... wann würde er es tun?«

»Irgendwann vor Ende des Monats. Er braucht so etwas wie eine Einführung. Das müssen Sie arrangieren.«

»Eine Einführung?«

»Bei Ihrem Vater.«

»Ist er schwarz?«

»Ja. Aber er hat eine sehr helle Haut.«

»Ich kenne keinen Schwarzen, müssen Sie verstehen.«

»Und sehr blasse Augen«, fährt Palmer fort. »Ein reizendes Lächeln. Sie brauchen nichts anderes zu tun, als ihn vorzustellen. Er wird den Rest erledigen.«

»Es ist nur so, daß ich keine Schwarzen kenne.«

»Nun ...«

»Ich wüßte nicht, was ich sagen soll.«

»Sagen Sie einfach, daß er ein Freund aus London ist.«

»Ich war noch nie in London.«

»Der Freund eines Freundes, können Sie sagen. Der für ein paar Tage hierhergekommen ist. Den Sie Ihrem Vater vorstellen wollten. Das könnten Sie zum Beispiel sagen.«

»Warum möchte irgend jemand meinen Vater kennenlernen?«

»Sie können sagen, daß er hier in einem Krankenhaus gearbeitet hat. Genauso wie Ihr Vater. Dann hätten sie etwas gemeinsam. Ich nenne Ihnen den Namen des Krankenhauses hier in London.«

»Ich habe in meinem ganzen Leben meinem Vater niemals jemanden vorgestellt.«

»Für alles gibt es ein erstes Mal.«

»Er würde mißtrauisch.«

»Es ist nur jemand, den Sie ihm vorstellen wollen. Ein Krankenpfleger. Genau wie Ihr Vater einer war.«

»Er wird ihm nicht weh tun, oder?«

»Nein, nein, Sie brauchen sich keine Sorgen zu machen.«

»Wann wird es gleich noch passieren?«

»Nun, er kommt, sobald wir es wollen. Er möchte die Hälfte des Honorars als Vorschuß und die zweite Hälfte nach der Ausführung.«

»Wieviel wollte er noch mal?«

»Fünftausend.«

»Ist das viel?«

»Ich denke, es ist angemessen. Dollar, meine ich. Keine Pfund.«

»Ich möchte nicht, daß er leidet«, sagt sie wieder.

»Nein, das wird er nicht.«

»Schön.«

»Aber ich muß ihm Bescheid sagen.«

»Was meinen Sie denn ... was sollen wir tun?«

»Ich denke, wir sollten die Sache durchziehen. Zweitausendfünfhundert Dollar sind für mich eine Menge Geld, aber ich betrachte sie als sinnvolle Investition ...«

»Ja.«

»... als eine Möglichkeit, mich zu verbessern. Für Sie kann ich natürlich nicht sprechen ... aber ... aber ich hatte nie viel in meinem Leben, Cynthia. Ich arbeite im Postzimmer. Ich werde nicht sehr oft zu irgendwelchen Bällen auf Schloß Windsor eingeladen. Wenn dieses Musical ein Erfolg wird, würde sich alles für mich ändern. Mein Leben würde ... nun ... einfach toll.«

»Ja«, sagt sie.

»Ich denke, wir sollten es tun«, sagt er. »Das ist mein voller Ernst.«

»Na dann ...«

»Wenn Sie einverstanden sind, mache ich folgendes – ich gebe John meine Hälfte des Honorars, ehe er London verläßt, und Sie können ihm den Rest zahlen, wenn er es getan hat. Drüben in Amerika. Danach. Würde Ihnen das recht sein?«

»Ich denke schon.«

»Soll ich ihm dann Bescheid sagen?«

»Nun ...«

»Ihm sagen, daß wir die Sache durchziehen wollen?«

»Ja.«

Und jetzt, während sie mit ihrem Anwalt und den Detectives im Büro des Lieutenants sitzt, senkt sie den Blick und sagt: »John war so reizend. Er und mein Vater verstanden sich auf Anhieb. Aber er hat mir später sehr viel Ärger gemacht. Denn er sagte, es würde wie ein Unfall aussehen, und das tat es nicht.«

Gerald Palmer rief das Britische Konsulat an, als die Cops ihm erklärten, wessen sie ihn beschuldigten. Der Konsul, der sich einfand, hieß Geoffrey Holden, ein rundlicher Mann Mitte vierzig, der einen kurzen Schnurrbart streichelte, der ihn aussehen ließ wie einen Kavallerieoffizier. Er zog seinen Mantel aus und hängte ihn an den Kleiderständer in einer Ecke. Darunter trug er einen neutralen grauen Anzug mit Weste und eine hellgelbe Krawatte. Er meinte zu Palmer, er wäre sein erster BSN der Woche. Die Buchstaben stünden, wie er fröhlich verkündete, für Britische Staatsbürger in Not.

»Mord, hm?« fragte er. »Wen haben Sie getötet?«

»Ich habe niemanden getötet«, sagte Palmer. »Reden Sie nicht so einen Stuß.«

»Ich will Ihnen mal erklären, wie die amerikanischen Gesetze funktionieren«, sagte Holden. »Wenn Sie wirklich jemanden engagiert haben, um einen anderen zu töten, sind Sie genauso schuldig wie derjenige, der abgedrückt hat. Ein Mordauftrag ist vorsätzlicher Mord, und darauf steht die Todesstrafe durch die Giftspritze. Sie nehmen Valium. Eine hohe Dosis, die das Herz zum Stillstand bringt. Verschwörung zum Mord ist ein weiteres Schwerverbrechen. Wenn Sie sich eines dieser Vergehen oder beider schuldig gemacht haben ...«

»Das habe ich nicht.«

»Ich wollte sagen, dann stecken Sie in schlimmen Schwierigkeiten. Wenn Sie diese Dinge begangen haben. Was aber Ihnen zufolge nicht zutrifft.«

»Das ist richtig.«

»Engländer zu sein ist übrigens keine Entschuldigung. Das verschafft Ihnen keine Immunität.«

»Ich brauche keine Immunität. Ich habe nichts getan.«

»Na schön, prima. Kennen Sie jemanden namens John Bridges?«

»Nein.«

»Man scheint anzunehmen, daß Sie ihn kennen.«

»Ich kenne ihn aber nicht.«

»Wie steht's mit einem gewissen Charles Colworthy?«

Palmers Augen weiteten sich.

»Er soll mit Ihnen bei Martins and Grenville arbeiten. Ein guter Verlag, nicht wahr? Kennen Sie ihn?«

Palmer dachte nach.

»So wie sie es sehen«, sagte Holden, »kennt Colworthy jemanden namens Delroy Lewis, der Sie mit diesem Bridges zusammengebracht hat, dem Sie und Cynthia Keating zusammen fünftausend Dollar gezahlt haben, um ihren Vater umzubringen. Aber das trifft nicht zu, oder?«

»Na ja, ich kenne Colworthy, sicher. Aber ...«

»Ach, Sie kennen ihn?«

»Ja. Wir arbeiten zusammen im Postzimmer. Aber ich habe ganz sicher niemanden engagiert ...«

»Das ist gut. Ich erkläre ihnen, daß sie einen Fehler gemacht haben.«

»Woher haben die überhaupt diese Namen?«

»Von der Frau.«

»Von welcher Frau?«

»Cynthia Keating«, sagte Holden und hakte seine Daumen in die Westentaschen. »Sie hat Sie verpfiffen.«

Palmer sah ihn an.

»Aber wenn Sie mit dieser Angelegenheit nichts zu tun haben ...«

»Einen Moment mal. Was meinen Sie damit? Nur weil sie den Namen von jemandem genannt hat, mit dem ich zusammenarbeite ...«

»Den anderen Mann ebenfalls. Delroy Lewis. Der direkt zu Bridges führt. Welcher ihren Vater getötet hat.«

»Nun, der einzige, den ich kenne, ist Charlie. Er ist ein Kollege von mir. Vielleicht habe ich ihr gegenüber seinen Namen mal erwähnt. So ganz nebenbei. Wenn ja, muß sie sich aus eigenem Antrieb mit ihm in Verbindung gesetzt haben.«

»Aha«, sagte Holden und nickte. »Um ihn zu fragen, ob er jemanden kennt, der ihr helfen würde, ihren Vater umzubringen, meinen Sie?«

»Na ja, ich ... ich weiß ganz bestimmt nicht, was sie ihn gefragt hat.«

»Sie hat in London angerufen, um seine Ermordung zu arrangieren, ist das Ihre Version?«

»Ich habe überhaupt keine Version. Ich versuche nur zu erklären ...«

»Ja, daß Sie, Sie ganz persönlich, mit der Sache nichts zu tun haben.«

»Ganz und gar nichts.«

»Demnach lügt Mrs. Keating. Genaugenommen hat sie sie angelogen. Sie hat sich auf einen Handel eingelassen.

Sie haben den Vorwurf der Verschwörung fallengelassen und den Mordvorwurf in Totschlag umgewandelt. Zwanzig Jahre bis lebenslänglich mit einer Empfehlung für Bewährung.« Holden hielt inne. »Vielleicht bieten sie Ihnen denselben Handel an. Vielleicht aber auch nicht.«

Palmer starrte ihn an.

»Wegen des zweiten Mordes.«

Palmer konnte den Blick nicht von ihm lösen.

»Sie scheinen anzunehmen, daß Sie den selbst begangen haben. Die alte Lady. Martha Coleridge. Ich habe keine Ahnung, wie sie in diese ganze Geschichte hineinpaßt, aber offensichtlich hat sie mit einem Plagiatsprozeß gedroht. Kennen Sie die Frau, die ich meine?«

»Ja«, sagte Palmer.

»Das wäre eine zweite Anschuldigung wegen vorsätzlichen Mordes«, sagte Holden und strich über seinen Schnurrbart. »Daher bezweifle ich, daß sie Ihnen den gleichen Handel anbieten werden.«

»Ich will keinen Handel.«

»Warum auch? Sie haben ja nichts getan.«

»Richtig.«

»Ich sage ihnen, sie sollen das Ganze gefälligst vergessen.«

»Natürlich. Sie haben keine Beweise.«

»Nun, sie haben das Geständnis der Frau. Worin Sie beschuldigt werden. Und unsere Leute kriegen aus Bridges vielleicht noch etwas heraus, wenn sie ihn finden. Sie suchen ihn gerade. In Euston. Dort wohnt er nämlich.«

Palmer sagte nichts.

»Ihnen muß klar sein, daß man Sie nicht auf Kaution rauslassen wird«, sagte Holden. »Sie sind ein Ausländer, der in eine Mordsache verwickelt ist, daher wird niemand das Risiko eingehen, daß Sie unter Umständen abhauen. Sie wollen Ihren Paß, bis die Angelegenheit sich auf die eine oder andere Art und Weise aufgeklärt hat.« Er seufzte tief auf und meinte: »Nun, ich suche schon mal einen Anwalt für Sie.« Er ging in die Ecke, wo sein Mantel am Garderobenständer hing. Er schlüpfte hinein und knöpfte ihn zu. Mit dem Rücken zu Palmer sagte er: »Sie haben nicht zufälligerweise irgend etwas, was Sie ihnen anbieten könnten?«

»Was meinen Sie?«

Holden drehte sich zu ihm um.

»Nun«, sagte er, »ich muß Ihnen gestehen, mit dem Geständnis der Frau haben sie mehr als genug für eine Anklage. Es wird für Sie noch schlimmer, wenn sie den Jamaikaner schnappen und auch ihn zum Reden bringen, doch auch so haben sie schon einen wasserdichten Fall.«

»Aber ich habe nichts getan.«

»Richtig. Das hätte ich beinahe vergessen. Tut mir leid. Ich werde mal mit ihnen reden.« Er öffnete die Tür, zögerte, wandte sich wieder zu Palmer um und sagte: »Sie wissen nicht zufälligerweise etwas über ein junges schwarzes Mädchen, das oben in Diamondback erstochen wurde?«

Palmer starrte ihn nur wortlos an.

»Althea Cleary? Sie wollen nämlich alles in einem Aufwasch erledigen. Wenn Sie ihnen irgend etwas über diesen Mord erzählen können ... Sie versuchen nicht, Sie in diese Sache hineinzuziehen, denn sie glauben offenbar, daß das ganz allein auf die Kappe des Jamaikaners geht. Ist mit dem Mädchen wohl in Streit geraten und hat die Nerven verloren. Wie auch immer.« Er senkte die Stimme. »Aber wenn er sich darüber Ihnen gegenüber geäußert hat ... vielleicht bevor er nach London zurückflog ... dann könnte das einen Handel ermöglichen.«

Palmer sagte nichts.

Holden, dessen Stimme nun zu einem Flüstern herabgesunken war, fuhr fort: »Er ist nur ein Yardie, wissen Sie.«

Palmer saß völlig regungslos auf seinem Platz.

»Nun, dann also nicht«, sagte Holden.

Ihm war plötzlich klar geworden, daß der Mann ganz einfach nur dämlich war.

Er seufzte wieder und verließ den Raum.

Im Dienstraum stellten sie Vermutungen darüber an, was mit Althea Cleary passiert sein könnte.

»Sie nimmt den Jamaikaner mit in ihre Wohnung«, mutmaßte Parker. »Er tut die Roofers in ihren Drink und glaubt, jetzt hat er freie Bahn. Aber während er darauf wartet, daß die Wirkung einsetzt, erwähnt sie, daß sie eine Nutte ist und es ihn zwei Scheine kosten wird. Er ist beleidigt, weil er noch nie dafür hat bezahlen müssen, egal ob bei Frauen oder bei Männern. Also ersticht er sie.«

»Das wäre möglich«, sagte Brown, »aber du vergißt etwas.«

»Was denn?«

»Er ist schwul.«

»Er ist bi.«

»Er *glaubt*, er ist bi.«

»Wäre er nicht bi, wäre er bestimmt nicht mit ihr gegangen«, beharrte Parker.

»Er gelangt in die Wohnung«, sagte Brown unbeirrt, »tut die Tabletten ins Glas und macht sich an sie ran. Das Problem ist, er ist schwul. Sie erregt ihn nicht. Es funktioniert nicht. Daher gerät er in Wut und tötet sie.«

»Das wäre eine Möglichkeit«, sagte Meyer, »aber es hätte auch etwas anderes passieren können.«

»Was denn?«

»Bridges macht die Tablettennummer, okay? Nach fünf Minuten fühlt das Mädchen sich seltsam. Es beschuldigt ihn, etwas in den Drink getan zu haben. Er gerät in Panik, schnappt sich das Messer von der Anrichte und macht sie alle.«

»Ja, vielleicht«, sagte Kling, »aber ich denke, es ist folgendes passiert. Er kommt in die Wohnung ...«

»Wer möchte eine Pizza?« fragte Carella.

»Sie beschreiben einen Yardie als jemanden, der das Land mit einem gestohlenen oder gefälschten britischen Paß betritt«, sagte Carella. »Gewöhnlich – aber nicht notwendigerweise – ein Schwarzer aus Jamaika, zwischen achtzehn und fünfunddreißig. Er hat entweder schon ein Vorstrafenregister ...«

»Hat Bridges eins?« fragte Byrnes.

»Sie haben niemanden dieses Namens in ihren Akten. Sie sagten, er könnte ein neu Zugereister sein, dort sei ein ständiges Kommen und Gehen in den Häusern. Die meisten sind im Drogenhandel tätig. Sich die Roofers zu besorgen wäre für ihn ein Kinderspiel gewesen.«

»Wird er wegen irgend etwas gesucht?«

»Nicht von den Briten. Bisher jedenfalls nicht.«

»Lassen wir ihnen Zeit«, sagte Byrnes.

»Unterdessen ist er in London unterwegs.«

»Oder in Manchester.«

»Oder wo auch immer. Tatsächlich brauchen wir ihn gar nicht, Pete. Nellie sagt, die offenkundige Handlung reicht.«

»Verschwörung und die offenkundige Handlung, ja.«

»Die hat sie ja längst.«

»Soll sich Queen Mum mit ihm herumschlagen«, sagte Byrnes.

Ollie war nervös wie ein Teenager vor seiner ersten Verabredung. Er wählte die Nummer auf der Visitenkarte, die sie ihm gegeben hatte, und ließ es drei-, vier-, fünfmal ...

»Hallo?«

»Miss Hobson?« sagte er.

»Ja?«

»Hier ist Detective Weeks. Wir haben über Klavierstunden gesprochen, erinnern Sie sich?«

»Nein. Detective wie?«

»Weeks. Oliver Wendell Weeks. Ich war in der Mordsache Althea Cleary tätig, wissen Sie noch? Big Ollie werde ich manchmal genannt«, sagte er, was eine Lüge war. »Ich wollte fünf Songs lernen.«

»Ach ja«, sagte sie.

»Ich möchte es noch immer.«

»Ich verstehe«, sagte sie.

»Ich habe eine Liste, aus der wir etwas aussuchen können«, sagte er.

»Haben Sie ihn gefunden?«

»Wen meinen Sie, Miss Hobson?«

»Den, der Althea ermordet hat.«

»Er ist jetzt in London. Wir überlassen ihn den Bobbies dort. Sie sollen sehr gut sein. Wann können wir anfangen, Miss Hobson?«

»Das hängt davon ab, welche Songs Sie lernen wollen.«

»Oh, es sind ganz leichte, keine Angst.«

»Das beruhigt mich aber«, erwiderte sie trocken. »Welche sind es denn nun genau?«

»Raten Sie mal«, sagte er und grinste in die Sprechmuschel.

Sie hatten keine Ahnung, daß sie mitten in Rassenunruhen steckten, bis das Theater losging. Bis zu diesem Moment hatten sie friedlich ferngesehen und waren allmählich eingedöst. Kling mußte am nächsten Tag um acht im Dienstraum antreten, und Sharyns Arbeitstag würde etwa um die gleiche Zeit in ihrem Büro am 24 Rankin Plaza beginnen. Keiner rechnete mit einer Explosion, und sie waren total überrascht, als sie erfolgte.

Eine Kollektion sprechender Köpfe verkündete ihre kollektive Meinung über den Krieg, die Wahl, die Ehe, den Zusammenbruch, die Katastrophe, das Spiel, über was auch immer, denn in Amerika reichte es nicht aus, nur die Nachrichten zu präsentieren, man brauchte auch ein halbes Dutzend Kommentatoren, die ihre Gedanken dazu äußerten, worum es in den Nachrichten gegangen war. Durch die Hintergrundgeräusche hindurch sagte Kling zu Sharyn, daß in dem soeben abgeschlossenen Fall eine ganze Menge Leute Informationen über andere Leute weitergegeben und sie es mit einem veritablen Chor von Verrätern und Informanten zu tun gehabt hatten, als plötzlich eine blonde Frau unter den Kommentatoren etwas über eine »sogenannte unsichtbare Mauer des Schweigens« sagte, und Sharyn machte »psst«, und ein anderer Kommentator, ein Schwarzer, rief, daß die unsichtbare Mauer des Schweigens im Milagros-Fall nicht stehenbleiben würde, wäre das Opfer ein Weißer gewesen, und ein anderer, diesmal ein Weißer, brüllte: »Das arme Opfer, von dem Sie reden, ist ein Mörder!«, und Kling sagte: »Milagros ist einer der Kerle, die ich meine«, und Sharyn machte wieder »psst«, als er eigentlich nichts anderes äußern wollte, als daß Hector Milagros von Maxie Blaine ans Messer geliefert und der wiederum von Betty Young verpfiffen worden war in einem Fall, der im Grunde von ständiger Verpfeiferei gekennzeichnet wurde.

»Sie wissen noch nicht einmal, ob die Männer, die sich dort rein schwindelten, weiß oder schwarz waren!« rief einer der Kommentatoren.

»Sie wissen noch nicht einmal, ob es überhaupt richtige Cops waren!« schrie ein anderer.

»Sie waren Cops, und sie waren weiß!«

»Das waren sie ganz bestimmt«, sagte jemand anders, aber diese Stimme drang nicht aus dem Fernseher, sondern erklang auf dem Kissen direkt neben Kling. Er drehte sich halb um und sah sie an.

Die Blondine im Fernsehen sagte ganz ruhig: »Ich glaube nicht, daß irgendein Polizeibeamter in dieser Stadt sich angesichts eines derart brutalen Übergriffs für eine Schweigetaktik entscheiden würde. Die Polizei ...«

»Ach, vergiß es«, sagte Sharyn.

»... weiß ganz einfach nicht, wer dort gewesen ist, das ist alles. Wenn sie es wüßte ...«

Im Fernsehen sagte der Schwarze: »Der Kerl, der sie reingelassen hat, weiß es.«

»Jeder Cop in der Stadt weiß es«, sagte Sharyn.

»Ich nicht«, sagte Kling.

Nun drang babylonisches Stimmengewirr aus dem Fernseher, das lauter und lauter, leidenschaftlicher und leidenschaftlicher wurde ...

»Statt an dieser lächerlichen Haltung ...«

»Es gibt auch schwarze Cops, wissen Sie. Ich sehe keine von denen ...«

»Würden Sie offen zugeben ...«

»Es ist kein Verpfeifen, wenn die Person ...«

»Milagros befand sich in Haft!«

»Er ist ein Verbrecher!«

»Das sind auch die Cops, die ihn verprügelt haben!«

»Ein Mörder!«

»... haben ihn fast getötet!«

»Er ist schwarz!«

»Und schon geht es wieder los«, sagte Kling.

»Deshalb haben sie ihn verprügelt!«

»Nur weiter so, Schätzchen«, sagte Sharyn.

Sie drängten sich aneinander, suchten Schutz vor den wütenden Stimmen.

Schließlich fragte Kling: »Möchtest du tanzen? Wie wär's mit einem Song?«